国家出版基金项目
NATIONAL PUBLICATION FOUNDATION

鲁迅与20世纪中国研究丛书

鲁迅与20世纪中国
都市化进程

杨洪承　张克　张娟　钱旭初　著

百花洲文艺出版社
BAIHUAZHOU LITERATURE AND ART PRESS

图书在版编目（CIP）数据

鲁迅与20世纪中国都市化进程／杨洪承等著. — 南昌：
百花洲文艺出版社,2018.3
（鲁迅与20世纪中国研究丛书）
ISBN 978-7-5500-2723-7

Ⅰ.①鲁… Ⅱ.①杨… Ⅲ.①鲁迅著作研究②城市化进程 –
研究 – 中国 – 20世纪 Ⅳ.①I210.97②F299.21

中国版本图书馆CIP数据核字（2018）第046145号

鲁迅与20世纪中国都市化进程

LUXUN YU 20 SHIJI ZHONGGUO DUSHIHUA JINCHENG

杨洪承 张克 张娟 钱旭初 著

出 版 人	姚雪雪
策 划	毛军英
责任编辑	童子乐 杨 振
书籍设计	方 方
制 作	何 丹

出版发行 百花洲文艺出版社
社 址 南昌市红谷滩世贸路898号博能中心一期A座20楼
邮 编 330038
经 销 全国新华书店
印 刷 江西华奥印务有限责任公司
开 本 720mm×1000mm 1/16 印张 19.25
版 次 2018年5月第1版第1次印刷
字 数 280千字
书 号 ISBN 978-7-5500-2723-7
定 价 48.00元

赣版权登字 05-2018-112
邮购联系 0791-86895108
网 址 http://www.bhzwy.com
图书若有印装错误，影响阅读，可向承印厂联系调换。

让鲁迅重新回到民族的现实生存中去

——"鲁迅与20世纪中国研究丛书"代序

谭桂林

鲁迅学在中国学界是一门显学，鲁迅与20世纪中国之关系的研究在国内外的中国现当代文学研究中，也都是一个持续热门的话题。成果汗牛充栋，意见纷纭杂陈，尤其是近20年来，国内外鲁迅研究趋势发生了一些重要的变化，归纳起来大致有三种现象比较明显。一是大众娱乐化现象。一些文化明星以鲁迅作商品，在各种大众传媒的平台上宣讲着各种似是而非的有关鲁迅的言论，消费鲁迅，利用鲁迅，其目的并不是宣传鲁迅，而是以鲁迅的牌号来包装自己，使自己的利益最大化；一些江郎才尽的作家则以开涮鲁迅甚至谩骂鲁迅来哗众取宠，迎合后现代文化思潮下社会公众对权威的消解狂欢；一些娱乐媒介甚至把鲁迅与朱安的婚姻、鲁迅兄弟的失和等私人生活事件加以种种的猜测、窥探和渲染，以此娱乐大众。二是价值相对化现象。国内思想文化界有一些学者利用重评20世纪文化论争的平台，或者抬高学术，贬抑启蒙，或者标举胡适，批判鲁迅；不少学者或文化人认为鲁迅的价值和意义在时空上是相对的，鲁迅的意义在于启蒙，在于对旧文化的批判和毁坏，这种批判和毁坏的力量在鲁迅的时代里是必须的，而当下的时代主题是建设，需要的是平和的理性精神，所以鲁迅是过时了的文化英雄，是功能退化乃至错位的文化符号。三是学术的边缘化现象。许多严肃的学者坚守在鲁迅研究领域，但是为了抗衡近20年来鲁迅研究中的浮躁状况，这些严肃的研究越来越学院化、边缘化、琐细化。研究的内容和研究成果的突出成就大多集中在研究史的总结、文本技术的解析、资料的整理考据，等等。这三种现象尽管对鲁迅研究的态度、对鲁迅精神的认知截然不同，但它们有一个倾向却是共同的，这就是从不同的方向把鲁迅这一民族精神的象征同当下民族的生存现实和文化建构疏离开来。正是针对鲁迅研究中的这三种现象，我们撰写了这一套丛书，目的就在于将鲁迅研究与20世纪中国社会的革命现实和民族命运重新联系起来。

我们认为，中国的20世纪是一个改革的世纪，政治制度的更迭变换是改革的外在形式，而整个世纪中有关改革的思想则总是围绕着若干基本问题而展开。鲁迅作为一个文学型的思想家与社会文化批评家，他与20世纪中国社会改革的关系当然是十分密切而深刻的。所以，本丛书以现代中国思想文化的发展为线索，提出了八个20世纪中国社会改革过程中的、鲁迅曾经深度介入的基本问题，从思想史的角度来清点、整理、发掘和重新解读鲁迅这一民族精神象征和文化符号与20世纪中国的联系。丛书不仅全面切实地梳理鲁迅研究界在这些基本问题上所取得的研究成果，深入地解读阐述鲁迅面对和思考这些基本问题时的思路、资源和观点，而且着重分析了鲁迅这一精神象征在20世纪中国历史中建构与形成的内在机制与外在因缘，深度阐释鲁迅这一文化符号在20世纪中国社会改革进程中的能指、所指和功能结构，突出一种从民族精神象征与文化符号的意义上对鲁迅与20世纪中国关系进行综合思考的问题意识和方法观念。我们希望通过这一思想史角度的采用和综合思考的方法观念，使本丛书既容纳又超越过去从文学史角度或者学术史角度进行鲁迅研究总结的局限性，在新世纪的鲁迅研究中，从理论上进一步深化思想、文化与现实融会贯通，多种学科交叉融合的鲁迅研究新思维。

在20世纪的中国，不少先进知识分子向西方寻求真理来解决中国的问题，结果形成了激进主义的文化思潮；也有不少刚正的知识分子固守民族的文化血脉，主张以儒家文化融汇新知来渐进改良，结果形成了保守主义的文化思潮。

我们认为，在"五四"一代中国的知识分子中间，也许只有鲁迅的思想真正超越了激进与保守的思维模式，根基的是本民族的经验和当下的个体生命感受。鲁迅的伟大就在于他用熔铸着民族本土经验和个体生命感受的思想为20世纪中国的社会改革与文化发展提供了一种无可取代的精神资源。改革开放初期，针对"左"倾思潮影响下鲁迅研究的机械政治化倾向，鲁迅研究界曾经发出鲁迅研究要"回到鲁迅那里去"的口号。现在30年时间已经过去，针对近年来鲁迅研究的学院化和娱乐化的倾向，我们认为，应该理直气壮地提出"让鲁迅重新回到民族的现实生存中去"的口号。所以，本丛书将通过对鲁迅思想的民族化和个体性特点的发掘与阐述，在民族精神象征和文化符号的基石上，重新建立起鲁迅与20世纪中国社会的密切联系，让鲁迅精神和鲁迅研究重新深度介入中国当下社会改革的民族生存现实中去。

基于这样的立场，在本丛书的写作中，我们强调了三个方面的方法理念。

一是突出问题意识。本丛书在研究思路上，以思想史为线索，以问题意识为切入口，来清点、整理、发掘和解读鲁迅这一象征和符号在中国民族复兴运动中的伟大意义、价值及其局限性。这种问题意识的突出，也许能对目前鲁迅研究界纯粹学术研究的学院传统有所突破。本丛书选择的八个问题经过精心选择，其中国民信仰的重建、政治文化的变迁、民族国家话语的建构等都是我国20世纪精神文化建设中举足轻重的问题，而鲁迅与中国的都市化进程，与20世纪中国的文学教育以及鲁迅在20世纪中外文化交流历史上的符号功能与象征意义等，则是本丛书提出的具有创新性的问题。譬如鲁迅与20世纪中外文化交流的子课题，我们的研究对象不仅是国外对鲁迅的学术性研究，也不仅是鲁迅对外国文学的译介活动，我们的重心是鲁迅在20世纪中国对外文化输出方面所起到的历史和现实作用及所达到的积极效果。其中包括收集整理和分析西方主流媒体的鲁迅报道、西方主流教育中的鲁迅课程开设情况以及西方主流大学中文系与文学系对鲁迅的学习介绍情况，尤其是要运用比较的方法来探讨西方主流教育鲁迅课程开设的特点，为国内鲁迅教育以及国外孔子学院的鲁迅推广提供参考。正是因为本丛书设计的重心不是单纯研究鲁迅在社会文化领域内诸多方面的成就和贡献，而是紧紧扣住20世纪中国社会文化发展的若干基本问题，着重研究鲁迅这一符号和象征在20世纪中国社会文化发展中所起到的作用、所具有的价值和意义，所以这一设计方向可能使本丛书的研究另辟蹊径，可以从鲁迅研究浩如烟海而且程度高深、体系庞大的已有成果中突围出来，建构起自己的原创性。

二是强调民族经验。我们认为，鲁迅作为20世纪中国伟大的文学家、思想家和社会文化批评家，他的伟大之处就在于他对中国现代社会问题的思考具有鲜明的独特性。他同无数现代先进知识分子一样，为了改变民族命运而积极介入中国社会问题的思考。而他与很多现代知识分子不一样的地方在于，他是在中国这块文化土壤里诞生出来的一个思想独行者，他从来就是立足在中国的土地上、立足在"当下"这一时间维度上，以自己对于中国民族生存现实的极其个性化的生命体验为基础，来考量、思索和辨析中国社会存在的问题。所以，鲁迅对于20世纪中国文化史的贡献乃是他提供了一种极其鲜明的、具有民族本土性和生命个体化的关于中国问题的思想。本丛书在设计上一个突出的特点就是在整个课题的论证过程中强调鲁迅思想的民族性，从民族本土经验与个体生命体验相熔铸的观点来阐释鲁迅思想在现代中国思想界不可取代的独特性。这一观念在鲁迅资源与20世纪中国社会改革之关系的研究中具有支撑性的创新意义，同时也能对于国内外近来比较流行的认为中国现代民族国家的历史是想象的历史，民族国家只是存在于知识分子的各种文字记叙中的学术观点给予理论上的回应。

三是解读批判精神。我们认为，鲁迅是20世纪中国伟大的文化巨人，而他的伟大性在于他是一个思想批判型的文化战士，他的特征是民众的立场、人本的理念、积极介入现实的公共情怀、独立思考的精神原则、不惮于做少数派的英雄气度以及信仰的纯粹意义。这种批判不是只问破坏与摧毁式的批判，而是康德的批判哲学中所倡导的在反思中求证、在扬弃中螺旋上升式的主体自由精神。社会建设需要鲁迅这样的具有纯粹信仰的批判型文化战士来承担社会文化批判的任务，来体现知识分子作为社会良知在社会文化发展中的中坚作用，使民族的发展、社会的建设始终保持一种人本的取向、清醒的精神和理性的态度。这一观点，我们认为对鲁迅资源在当代中国社会改革与文化建设的伟大价值的阐释方面，具有十分重要的意义。

在具体的研究方法上，本丛书的写作力图突出两个方面的特色。一是将历史述评与现实透视结合起来。这一研究方法包括两个层面的要求，第一是要求每一个子课题都必须有研究史梳理的论证环节，将研究历史的梳理评述与当下研究现状的透视分析结合起来；第二是要求每一个子课题都必须十分重视鲁迅生前与20世纪中国社会革命，与20世纪中国民族发展的命运的紧密关系的研究，也即重视鲁迅的生命史与中国现代革命史之间的紧密的关联，这是整个丛书研究的历史基础，没有这个基础，也就无法说清楚鲁迅的符号意义与精神象征在当代中国社会发展与民族文明建设上的资源价值所在。二是将社会调查与学理思辨结合：本丛书同时具有基础研究和应用研究这两方面的特质，是一种综合性的研究项目。因而，本丛书在研究方法上坚持学理思辨与社会调查相结合的论证途径。在具体研究中，尤其重视社会调查的环节，合理地设计调查内容，精确地统计与分析调查数据和资料，对鲁迅在公众心目中的形象定位、鲁迅资源在某个现实问题中的社会效应、鲁迅形象在国内外媒体传播中的实际状况、鲁迅资源在国内外文学教育中的功能呈现等等问题进行广泛的社会调查。由上海同济大学承担的国家社科基金特别委托项目"鲁迅社会影响调查报告"在这方面开启了一个先端，但这一项目目前成果侧重在学术与社会物质文化的层面，我们希望本丛书以社会文化问题为中心，将鲁迅的社会影响调查推进到国民精神与心灵现象的层面，从国内影响推进到国际影响的层面，实现在鲁迅社会影响研究方面的进一步补充与深化。

需要说明的是，本丛书是在国家社科基金重大项目"鲁迅与20世纪中国研究"结项成果的基础上编选出版的。2011年底，重大项目"鲁迅与20世纪中国研究"获得全国社科规划立项，这对我们既是一种巨大的鼓励，也是一份沉甸甸的责任。5年来，仰仗课题组各位同人的大力支持与辛勤劳作，这一重大项目取得了显著成就，各个子课题组成员总共发表出版阶段性研究成果120余项，其中著作6部，论文110余篇，论文集2部。不少论文发表在《中国社会科学》《文学评论》《鲁迅研究月刊》《中国现代文学研究丛刊》等国内重要的学术刊物上。最让我们难以忘怀的是课题组分别在2013年和2015年召开了"鲁迅与20世纪中国研究"国际学术研讨会和"从南京走向世界——鲁迅与20世纪中国研究青年学术论坛",这两次会议得到国内外鲁迅研究专家的热情支持,在鲁迅学界产生了热烈的反响。项目于2017年上半年顺利结项,作为项目的首席专家,我要特别感谢朱晓进、杨洪承、郑家建、汪卫东、何言宏、刘克敌、林敏洁、李玮等子课题的负责人,感谢参与此项目研究的各位作者,是你们的通力合作和智慧付出,才保证了此项目的圆满完成,也保证了本丛书的顺利出版。在2017年11月绍兴召开的中国鲁迅研究会年会上,新任会长孙郁在感言中说,研究鲁迅是自己一生的坚持。这句话,朴实而掷地有声,可以说代表了我们每个鲁迅爱好者的心声。能够坚持一生,不仅因为我们热爱鲁迅的作品,而且也是因为鲁迅研究是一个高水准的学术共同体。在这个共同体中,我们不仅能够始终仰望着一个伟岸的、给我们以指引和慰安的身影,而且能够经常性地与一些这个时代的优秀的、高境界的心灵进行对话。在这个共同体中,经常能够爆发出给人以思想震撼力的研究成果,这也是鲁迅研究一代代学人值得骄傲的事情。当然,这套丛书肯定存在许多缺点,我们不敢期待它能有多么杰出的成就,但如果能够为鲁迅研究这一学术共同体提供一点新的具有参考价值的观点与材料,为鲁迅这一民族精神象征重新回到民族现实生存中去起到一点促进的作用,于愿已足。

最后,要诚挚感谢国家出版基金对这套丛书的慷慨资助,感谢百花洲文艺出版社毛军英等领导和编辑们对此丛书出版给予的大力支持和付出的辛勤劳动。

鲁迅与20世纪中国研究丛书

目录

导　言

　　开宗明义理应为为文之正道。不过就"鲁迅与20世纪中国都市化进程"这一命题的研究而言，事情并非那么简单。尽管依据知识社会学的智慧，20世纪以降尤其当下中国社会急剧进行中的都市化进程势必会引发思想界诸多知识、精神上的应对，而鲁迅作为20世纪最重要且复杂的文化先驱，对其精神遗产的阐释也应该有"都市化进程"的观察纬度。不过在我们就这一命题的研究请教为数不少的前贤时修时，他们脸上流露的迷茫和惊讶还是令我们在相当长的一段时间里感到匪夷所思。人们对将"鲁迅"与"都市"尤其"都市化进程"并置并加以研究的迷茫、疑惑使我们意识到，如果容许对学人们的思想、知识资源做苛刻要求的话，或许那原因之一就在于，我们对"都市"作为一种社会、文化乃至精神现象的知识准备还不够深厚，直觉上感到此一研究有些莫名其妙自然也在情理之中。的确，如果我们细致检视过往汗牛充栋的鲁迅研究方面的学术著述，除去关于鲁迅辗转于诸个城市的生平史料的钩沉研究外，此一研究命题的学术积累还未臻完善，尤其深具问题意识的理论研究成果可以说是出奇地寥落。①这其中的缘由颇耐人寻味。当然，伴随着中国当下社会急剧的都市化进程，近年来对西方都市文学、都市社会学等研究领域知识资源的引进和

---

① 具体都市与鲁迅的关系的研究，可参考者如邓云乡的《鲁迅与北京风土》，河北教育出版社2004年版；萧振鸣：《鲁迅与他的北京》，北京燕山出版社2015年版；彭晓丰、舒建华：《"S会馆"与五四新文学的起源》，湖南教育出版社1997年版；朱水涌、王烨主编：《鲁迅：厦门与世界》，厦门大学出版社2008年版；朱崇科：《广州鲁迅》，中国社会科学出版社2014年版。

借鉴倒是愈见驳杂，①新的更具深度和拓展性的研究意识可能正在萌发也未可知。执古绳今虽然有诬今之虞，但学术史的考察毕竟还是可以钩沉些许启示。我们从下文辑录的零散材料中或许可见一些论者提到关于"鲁迅与都市"这一命题时的直观理解，它们应指引我们逼近问题的深层——到底何谓"鲁迅与中国的都市化进程"？

抵达问题之前，还需先对何谓"都市"略做必要的铺陈。

第一节　古今之变中的中国"都市"

不管是中国还是西方，古今之变视野中的城市概念正呈现出多重意涵。

先说中国古代的城市概念。中国古代对城市有多种称谓，如城、邑、都、市等，主要体现的是其宗教、建筑、聚集、交易、战争、行政等方面的功能。从趋势上看，"城市"的内涵、功能也是不断累积的。《史记·五帝本纪》中有云："一年而所居成聚，二年成邑，三年成都。"这里所谓"聚""邑""都"就是规模逐渐变大的城市的不同称谓。"城"最早是指都邑四周用来做军事防御的墙垣，《说文解字》有"城，以盛民也"的说法。《诗经·邶风·击鼓》里谈到"土国城漕"，《左传·隐公元年》里讲"都城过百雉，国之害也"，"土"与"城"用作动作，有守卫之意，这些早期的"城"的主要功能集中于军事防御。我们所熟悉的"城池"一词，城即是卫护之城郭，池则是护城河，最早的"城"的主要功能集中在军事防御上殆无疑义。

在中西城市变迁的过程里，"城"的起源均源于抵御敌人的军事需要，再由军事需要延伸至追求神权、政权秩序上的需求，所以古代的"城市"其实是一种大型的永久性防御工事。在西方的中世纪，这种"城池"多以星散的贵族城堡的面目出现。在中国，随着秦王朝六合一统、皇权钳制天下，"溥天之

---

① 这些理论资源中，就我们阅读所及，援引最为频繁的应是美国学者刘易斯·芒福德的系列著述，如《城市发展史》《城市文化》等。至于英语世界尤其美国学术界关于20世纪中国现代都市文化研究的文献线索，以近来董玥在《民国北京城：历史与怀旧》一书（生活·读书·新知三联书店2014年版）绪论里梳理得较为周详，此处不赘引。

鲁迅与20世纪中国研究丛书

下，莫非王土；率土之滨，莫非王臣"，"城"的军事意义自然被有意地削弱，它的行政、民生功能得以加强。约而言之，由于中国古代城市的世俗化程度远高于同时期的欧洲，特别是自唐宋两代以降，在经济较为发达的中原和江南地区，出现了不少以商业贸易为主的封建都会，商业规模较大，手工业发达，人民安居乐业，13世纪马可·波罗在游记里记载杭州城的繁华时，为之惊叹万分。

"城市"中的"市"最早是指交易或集中做买卖的地方。《战国策·燕策》："人有卖骏马者，比三旦立市，人莫之知。"这里的"市"指的是交易场所。《韩非子·外储说左上》中讲到"及反，市罢，遂不得履"，这里的"市"指的则是交易或者贸易行为本身。《战国策·燕策下》中讲到"天下必以王为能市马"，这里的"市"也是动词，意指贸易行为。

西方的城市概念侧重点略有不同。作为西方文明摇篮的希腊文明本身就是城邦文明，希腊文明的许多因素，尤其公共生活、民主政治方面的词都与城市有关。比如"politics"（政治）和"polity"（政体）都来自希腊文的"polis"（城邦），"civilization"（文明）则来自拉丁文"civitas"（市民）。可以说，城市已成为西方文明最久远、最直接，也最具体的物质表现。如果我们对城市做一个宽泛的理解，城市无非就是一个群聚的所在。依据社会进化论的观点，欧洲历史上的城市聚落也可以看作是一个从低级到高级发展的过程。具体而言就是从小自然村（hamlet）、村庄（village）开始，发展到小规模的镇（town），再到较大规模的城市（city）以至于现代社会规模巨大的大都市（metropolis）、大都市区（metropolitan area）、集群城市或城市群（conurbation）和城市带或城市连绵区（megalopolis）等。迄今为止，人们对"城市"（city）的定义有上百种，并且还在不断增加。"世界的历史就是城市的历史"[1]，城市是人类文明的产物，也随着人类的文明不断成长。《简明大不列颠百科全书》对城市的定义为："一个相对永久性的，高度组织化的人口集

① 奥斯瓦尔德·斯宾格勒：《西方的没落》，齐世荣等译，商务印书馆1991年版，第206页。

中的地方，比城镇和乡村规模大，也更重要。"① 《中国大百科全书》则将城市定义为："城市是规模大于乡村和集镇的以非农业活动为主的聚落，是一定地域范围内的政治、经济、文化中心。"②

"城市"在西方也是一个不断变动的复杂的历史概念，小自然村、村庄、镇、城市都是古已有之的聚落，古典的城市多是因政治和军事的功能而产生。不过，城市作为一种现代现象是得益于工业革命的推动。欧洲的工业革命造成了大规模工人人群的聚集，农业人口的流失和大量进入城市，从而导致了欧洲城市的迅速聚合，形成了以伦敦、巴黎等为代表的世界著名的大都市。到1900年时，全球人口超过百万的大都市就有11个，其中包括柏林、芝加哥、纽约、费城、莫斯科、圣彼得堡、维也纳、东京和加尔各答等。整体上看，西方的城市化是在工业革命的基础上，随着经济发展和生产方式的改变而形成的一种自发的社会演变进程。"工业化促发了都市的成型。它将松散的人口重新配置，使乡村人口在城市驻扎起来，并使各种各样的人在这里来来往往。只有这样，规模性的生产、分配、交换、消费和信贷才有可能。机器——无论是具体的生产机器还是整个城市机器——才会出现齿轮一样精密的分工。庞大的人口数量、中心性地域、交通、建筑、商业大街应运而生。"③

与西方不同，近代中国都市的发展则是在帝国主义的扩张侵略的外力作用下形成的。"在那些和外部世界市场有密切关系的城市的经济中产生了程度不同的'现代'部分，和这种经济发展有关的是，社会发生了变化，产生了诸如买办、工资劳动者和城市无产阶级这样一些新的集团。而且，由于各种西方制度的'示范影响'以及和外部世界交往的增长，社会变动过程必然在本地居民中发生，它逐渐破坏了他们传统的态度和信仰，同时提出新的价值观、新的

① 《简明大不列颠百科全书》第2卷，中国大百科全书出版社1985年版，第272页。
② 《中国大百科全书·地理卷》，中国大百科全书出版社1986年版，第32页。
③ 汪民安：《步入现代性》，摘自汪民安、陈永国、张云鹏主编：《现代性基本读本》（上），河南大学出版社2005年版，第10页。

希望和新的行动方式。"①帝国主义的经济扩张和侵略改变了中国传统城市的自然发展进程，传统的中国城市大多是依托某一农业发展区域聚集的某一中心城市，而近代城市则多分布在海岸线上，显示了经济、社会发展的外向性。

值得留意的是，1842年《南京条约》的签订，极大地改变了中国传统社会城市发展的自然进程。英国、法国、日本、德国等帝国主义列强以开辟贸易之名，逐步向中国的沿海城市渗透，首先通过各种手段获得领土与行政管理上的特权，接着在城市日常管理上引入、建立更具欧洲文明特质的制度，这些都在逐渐改变中国城市原有的社会空间及生活方式。在外来的文明、强权同步压力下成长的第一批城市有天津、汉口、重庆、青岛、厦门……而其中堪为殖民城市代表的就是被称为"东方飞地"的代表——上海，它从一个小渔村一跃成为全球瞩目的"东方巴黎"。晚清以降上海成为中国城市化发展最迅猛、公共领域最发达的城市之一，也成为各种经济、政治、社会、文化矛盾最为集中的地方。

除此以外，辛亥革命对中国早期都市形成的影响也不容忽视。学界对中国城市发展过程的研究较少从辛亥革命的政治影响入手，但事实上，辛亥革命推翻了两千多年的君主专制制度，为中国城市的现代化发展廓清了政治制度上的最大障碍。因为，中国古代规模较大的城市往往难逃一种厄运——"城市作为权力象征和行政中心，便成为连绵不断的王朝战乱和外地入侵的首要打击目标"②。辛亥革命肇始于武昌城，迅疾席卷其他城市最终终结了中国传统君主专制制度。自辛亥革命以后，中国的城市不再集中为某个超大的政治和经济文化中心。尤其北京作为传统帝制的政治中心，在八国联军的入侵和辛亥革命的风潮席卷之下，鄙夷天下的皇权气概日渐颓败，上海则裹挟着西洋的现代文明色彩迅速走红，成为20世纪上半叶中国社会最具活力的地方，催生了海派的商业奇迹和文化传奇。

近代中国都市的形成颇为复杂，既不再完全是古典意义的军事、行政功能

---

① 费正清、刘广京编：《剑桥中国晚清史》（下），中国社会科学院历史研究所编译室译，中国社会科学出版社2006年版，第272页。

② 杨东平：《城市季风：北京和上海的文化精神》，新星出版社2006年版，第25页。

的城市，也不完全如欧洲城市那样由现代工业革命催生而成，而是在适逢三千年未遇之大变局中，或慢或逼促被抛入了现代城市滋生的轨道里。可以说，20世纪中国的都市化进程具有独特的"古今之变"的特点，诚如一论者指出的："在现代性的历史大漩涡中，中国是在被沦为半殖民地半封建社会这么一个窘迫的历史尴尬下才卷入的。传统的中国封建城市，只有量的增减，没有质的变化，城市类型普遍属于韦伯意义的消费城市理想类型而非生产城市理想类型，城市往往是围绕统治阶级的服务而兴起，其兴衰大多取决于其行政中心地位的变化。"①鲁迅生活过的几个中国城市，其特征各有不同，空间上地域、文化多有歧异外，更重要的是古今之变中的老派与新锐，充分显示了近现代中国都市发展的复杂性与不平衡。特别是京沪两地，北京作为中国的政治、文化中心，又是一内陆城市，其皇城气味自然浓烈异常，皇朝旧都里新思想、新文化的裂变自然有着特别的压抑感，反抗的重负也更沉重些；而上海，这个1930年代的国际化大都市，其迅疾的国际化、城市化进程实质是"飞地"上的奇迹。上海由海边一个小渔村膨胀而来，西方殖民宗主国短期内无时差地输入大量的工商业文明与现代文化，呈现出别样的魔力。再加上浸润着江南文化的流风余韵，"老大中国"的人情事礼，芜杂的上海俨然成为中国现代都市最斑驳多彩的所在。

鲁迅可谓恰逢其时，无论是早期置身于正在沉滞与蜕变中的北京，还是生命后期笔耕于喧嚣与摩登中的上海，抑或其他短期停留的城市如厦门、广州、香港等，都为鲁迅观察变动中的中国提供了丰富的经验。鲁迅作品中的描摹和思考，也成为我们思索20世纪中国的都市化进程的重要精神文化资源。

① 吴聪萍：《南京1912：城市现代性的解读》，东南大学出版社2011年版，第2页。

第二节　"鲁迅与都市"研究述略

一、乡土气与都市气

从社会公众朴素的理解上看，鲁迅的个人生活、艺术创作中的乡土气看起来似乎是很显豁的，鲁迅研究界恐怕也多持这种理解。张定璜早在1925年的《鲁迅先生》一文中就称："他的作品满薰着中国的土气，他可以说是眼前我们唯一的乡土艺术家。"[①]日本学人原野昌一郎在1931年的《中国新兴文艺与鲁迅》里也称鲁迅为"乡土文艺家"——"菲力普专描写都市方面下层印贴利更追特及小资产阶级的苦闷，鲁迅的作品则多致力行农村农民的写实，很少写都市生活的东西。"[②]鲁迅在世时诸如此类的意见已不胜枚举。鲁迅身后相当长时间里我们也乐见鲁迅这种更贴近乡土气的启蒙知识分子形象的传播，且有意为之。许广平写于1959年的如下生动的描摹可作一生动的佐证："鲁迅是一个平凡的人，如果走到大街上，绝不会引起一个人的注意。论面貌、身段、外面的衣冠等，都不会吸引人的。至多被人扫射一下，留下了淡漠的印象：在旧时代的一位腐迁，或者是一个寒伧的人，一个行不惊人的朴素得连廿世纪的时代似乎也遗忘了的从乡下初出城的人士一般。这是在一九二七年以前北京旧社会一般的人所容易看到的，实则是一个被旧社会压得连气透不过来的，反抗这阶级并要带领着大家奔向前的战士。"[③]这里所谓"从乡下初出城的人士一般"的表述是传神的，而"朴素得连廿世纪的时代似乎也遗忘了"的说法应该是想凸显鲁迅与20世纪中国社会变迁的疏离。许广平还在《欣慰的纪念》一书中对鲁迅乡土化的日常生活习性有过生动的描写：

---

① 张定璜：《鲁迅先生》，中国社会科学院文学研究所鲁迅研究室编：《1913—1983鲁迅研究学术论著资料汇编》第1卷，中国文联出版公司1985年版，第87页。

② 原野昌一郎：《中国新兴文艺与鲁迅》，中国社会科学院文学研究所鲁迅研究室编：《1913—1983鲁迅研究学术论著资料汇编》第1卷，中国文联出版公司1985年版，第642、644页。"印贴利更追特"即intellectual的音译。

③ 许广平：《鲁迅回忆录》（手稿本），长江文艺出版社2010年版，第31页。

他爱那爽脆夹些泥土气味的农民食物。[1]

衣服他是绝对要穿布制的，破的补一块也一样的穿出来。

……

他欢喜吃硬的东西，饭炒起来也是要焦硬些，软绵绵的有些不大爱吃，好像丝绸的衣服不爱穿一样，他是彻头彻尾从内到外都是农民化的。[2]

　　请读者诸君留心的不仅是上述对鲁迅生活细节的描摹，还有许广平的笔端里对"农民化"的情感和道德态度，在这些言辞里它显得既清晰又浓烈。笔者以为，这其实是我们研究"鲁迅与20世纪中国都市化进程"这一命题时如影随形的情感记忆甚至道德本能，它源于现代中国本质是依然是乡土中国的历史事实，也源于长期以来主流意识形态的规训和强化。无可否认的是，它自有其相当的真实性和合理性，也客观地揭示了鲁迅复杂精神世界中亲近乡土的一面。这些都不由得提醒我们，务必清醒地认识到所谓"20世纪中国都市化进程"的限度。

　　如果说许广平在特定历史时期的记忆是有选择性的，那么以下几位的观察或许可以做些必要的补充。萧红在《回忆鲁迅先生》里也写有："鲁迅先生坐在那儿和一个乡下的安静老人一样。"[3]瞿秋白在著名的《〈鲁迅杂感选集〉序言》一文中同样提及鲁迅身上的农民气质，"他的士大夫家庭的败落，使他在儿童时代就混进了野孩子的群里，呼吸着小百姓的空气"，得到的是"老实的农民的实事求是的精神"。[4]日本著名的鲁迅研究者竹内好同样倾向于鲁迅在本质上是乡土性的，在他看来，"在革命文学走上正常的无产阶级文学的轨道之后，鲁迅被看作农民文学的开拓者，他描写农村的作品被当作现实主义的

　　① 许广平：《关于鲁迅的生活》，鲁迅博物馆鲁迅研究室《鲁迅研究月刊》选编：《鲁迅回忆录·专著》中册，北京出版社1999年版，第689页。

　　② 许广平：《欣慰的纪念》，人民文学出版社1981年版，第151、100、89、78页。

　　③ 萧红：《回忆鲁迅先生》，中国社会科学院文学研究所鲁迅研究室编：《1913—1983鲁迅研究学术论著资料汇编》第3卷，中国文联出版公司1987年版，第96页。

　　④ 瞿秋白：《〈鲁迅杂感选集〉序言》，中国社会科学院文学研究所鲁迅研究室编：《1913—1983鲁迅研究学术论著资料汇编》第1卷，中国文联出版公司1985年版，第820、827页。

典范。"①他甚至认为："与他的农村题材的作品相比，他的城市题材的作品较少，也都没有成功。他好像意在用讽刺的或者是揭露的笔调，描写小市民在自己的空间内的不平和自我满足的生活，可是这些都没能在作品中被再现出来，而是变成半透明的虚像，缺少现实的味道。"②

毋庸赘引辞费了，张定璜、许广平、萧红、瞿秋白、竹内好等诸家的以上观察自有其道理在。其实，就是鲁迅自己也曾自陈："我生长于都市的大家庭里，……但我母亲的母家是农村，使我能够间或和许多农村相亲近，逐渐知道他们是毕生受着压迫，很多苦痛，和花鸟并不一样了。……偶然得到一个可写文章的机会，我便将所谓上流社会的堕落和下层社会的不幸，陆续用短篇小说的形式发表出来了。"③这里的自述凸显的是鲁迅的生命经历、艺术创作的丰厚的乡村背景、浓郁的情感寄托，这一方面的种种史实及意义业已得到了高度的关注和阐发，可以说学术界在此一面相上已经有相当的积累。

不过，也并非没有对鲁迅的个人行止及创作与都市生活的内在联系加以勾连的人。曹聚仁就明确主张："鲁迅在乡村住得并不久，他的意识形态成熟于大都市。"④他对鲁迅的如下观察和上述张定璜、许广平、瞿秋白、竹内好的看法可以构成某种对话的关系：

> 说鲁迅能过刻苦朴素的生活，那是不错的；说他过的是刻苦朴素的生活，那就可以保留了。所谓小资产阶级知识分子者，是从田间来的，知道稼穑之艰难的，但也懂得都市的资产阶级的种种物质享受，在许多场合，我看见他肆应自如，和"洋人"一起，也显得从容自在，毫无拘谨之态。⑤

① 竹内好：《从"绝望"开始》，靳丛林译，生活·读书·新知三联书店2013年版，第101页。

② 竹内好：《从"绝望"开始》，靳丛林译，生活·读书·新知三联书店2013年版，第101页。

③ 鲁迅：《集外集拾遗·英译本〈短篇小说选集〉自序》，《鲁迅全集》第7卷，人民文学出版社2005年版，第411页。

④ 曹聚仁：《鲁迅评传》，东方出版中心1999年版，第179页。

⑤ 曹聚仁：《鲁迅评传》，东方出版中心1999年版，第164页。

曹聚仁的观察和理解与许广平笔下"从乡下初出城的人士一般"的鲁迅形象略有不同，他看到的是鲁迅作为"小资产阶级知识分子者"对"都市的资产阶级的种种物质享受"的熟稔和与都市社交生活中"肆应自如"的一面。曹聚仁的观察也颇有些细腻之处，譬如："鲁迅也爱吃糖果，吃的也是几角钱一磅的廉价品。他也爱洋点心，北京东城有一家法国点心铺，蛋糕做得很好，他偶尔也买来享受一番的。我们有一回谈起生活享受的下意识作用，如他《在酒楼上》所写的'油豆腐也煮得十分好'。'茴香豆、冻肉、油豆腐、青鱼干，对于他是永远的蛊惑，要骗了他一辈子的。同时，一个乡下人对于城市型生活的欣羡，一个贫穷中过来人对于阔老的享受方式的神往，也在我们心胸盘旋着。这便是小资产阶级知识分子的典型意识。'"①曹聚仁此处总结的所谓"小资产阶级知识分子的典型意识"的两个方面：城与乡——"一个乡下人对于城市型生活的欣羡"，贫穷与财富——"一个贫穷中过来人对于阔老的享受方式的神往"，不正是20世纪中国的都市化进程中两个异常触目的问题吗？如果把曹聚仁的以上眼光与许广平等人的观察综合起来看，大概才可以更全面看待鲁迅的行止和创作。

需要再次提醒的是，当人们讨论鲁迅身上的"乡土气"而有意回避"都市气"时，那种强烈的道德上的认同感，是否合宜？相应的，对"都市气"的揶揄、讥讽乃至诅咒往往成为一种不言而喻的理解，这是绝对合理的吗？众所周知，现代都市作为一种从器物、风景、风俗、法权制度等都高度择取西方文明的新的产物，在20世纪中国的存在形态的确有其复杂的面相，文明与野蛮齐生，摩登共颓败一色。然而，"但这个新世界正如一个刚刚诞生的婴儿那样还不具有一个完全的现实性；这一点从本质上是不能不考虑的……新精神的开端乃是各种各样教养形式的一个广泛变革的产物，乃是用尽各种办法并作出各种奋斗和努力而取得的报偿"②。现代都市正是这样一种"新精神的开端"，那

① 曹聚仁：《鲁迅评传》，东方出版中心1999年版，第169页。
② 黑格尔：《精神现象学》（上），贺麟、王玖兴译，商务印书馆1979年版，第7页。此处引文使用的是邓晓芒《黑格尔〈精神现象学〉句读》第一卷的译文，人民出版社2014年版，第116、118页。

种简单的指责和鄙夷是否恰恰显示了，对都市作为一种社会、文化、精神现象的隔膜？"对那具有坚实内容的东西最容易的事是作出评判，比较困难的是对它进行理解，而最困难的，则是结合两者，作出对它的陈述。"①这恐怕正是我们的研究应该反思的。

二、创作与都市生活

鲁迅一生自绍兴出走至南京，其后东渡日本求学，在东京短暂停留后独自逃离去仙台学医，又回返东京投身自己的文学事业，惨淡经营咀嚼失败的痛苦后回国在杭州、绍兴两地任教谋生，之后赴南京、北京工作，人到中年后选择南下，经过在厦门、广州的短暂学院生活，②最终卖文为生栖身于上海，可以说见证、感受了20世纪中国最重要的城市形态。如果再加上短暂游历的天津、西安、香港等地，就更可做如是判断。

目前对鲁迅的创作与都市生活关系的研究，可大致分为两种路径。一种是侧重生平史料的发掘和考证。③其中关于鲁迅创作中的诸种细节与所置身的都

---

① 黑格尔：《精神现象学》（上），贺麟、王玖兴译，商务印书馆1979年版，第3页。此处引文使用的是邓晓芒《黑格尔〈精神现象学〉句读》第一卷的译文，第69页。

② 鲁迅在厦门和广州停留时间虽不长，却是其思想转型的重要时期。在厦门鲁迅感到异常孤单。在广州，鲁迅在现实生活的刺激下深入思考了革命与文学的关系。对鲁迅在厦门、广州时期的研究，主要体现在以下著作中：房向东：《孤岛过客：鲁迅在厦门的135天》，崇文书局2009年版；朱水涌、王烨主编：《鲁迅：厦门与世界》，厦门大学出版社2008年版；山东师范学院聊城分院中文系图书馆编：《鲁迅在广州》，山东师范学院1977年版；等等。

③ 主要有薛绥之主编：《鲁迅生平资料丛抄》（包括《鲁迅在绍兴》《鲁迅在南京》《鲁迅在日本》《鲁迅在杭州》《鲁迅在北京》2卷，《鲁迅在西安》《鲁迅在厦门》《鲁迅在广州》《鲁迅在上海》3卷；陈漱渝：《鲁迅在北京》，天津人民出版社1978年版；孙瑛：《鲁迅在教育部》，天津人民出版社1977年版；张竞：《鲁迅在广州》，广东人民出版社1977年版；中山大学中文系编：《鲁迅在广州》（资料专辑），广东人民出版社1976年版；单演义：《鲁迅在西安》，西北大学出版社2009年版；李伟江：《鲁迅粤港时期史实考述》，岳麓书社2007年版；周国伟、柳尚彭：《寻访鲁迅在上海的足迹》，上海书店出版社2003年版；刘丽华、郑智：《鲁迅在北京》，北京工业大学出版社1996年版。

市日常生活的关联，虽有学者不乏此方面的努力，①但仍以鲁迅胞弟周作人的钩沉最为沉实。他在《鲁迅小说里的人物》②一书里就提供了难得的实证性的材料。笔者略做梳理整理如下表：

鲁迅作品及内容	周作人的解释	页码
《明天》里的"单四嫂子"	"这名称是北京式的。"	第37页
《狂人日记》里的"狂人"	"这人乃是鲁迅的表兄弟，我们姑且称他为刘四，向在西北游幕，忽然说同事要谋害他，逃到北京来躲避，可是没有用。他告诉鲁迅他们怎样的追迹他，住在西河沿客栈里，听见楼上的客深夜橐橐行走，知道是他们的埋伏，赶紧要求换房间，一进去就听到隔壁什么哺哺的声音，原来也是他们的人，在暗示给他知道，已经到处都布置好，他再也插翅难逃了。鲁迅留他住在会馆，清早就来敲窗门，问他为什么这么早，答说今天要去杀了，怎么不早起来，声音十分凄惨。"	第17—18页
《狂人日记》里的"以供医家研究"	附记中说："'以供医家研究'，也是一句幽默话，因为那时报纸上喜欢登载异闻，如三只脚的牛，两个头的胎儿等，末了必云'以供博物家之研究'，所以这里也来这一句。"	第20页
《药》里的"丁字街"	（绍兴的）"府横街"	第33页
《药》里的"灯笼"	"那是北京同行的白纸小灯笼"	第35页

① 例如王瑶在《鲁迅和北京》一文中曾指出鲁迅小说的取材背景主要有两个地方：一个是取材于他的故乡江南农村；另一个就是取材于北京。而取材于这两个地方的小说的一个共同点在于，北京作为创作地，有激发灵感的作用。如何采用文史互证的方式将类似王瑶先生的这些思考的触发点进一步做系统的、实证性的研究，应是"鲁迅与都市"研究的努力方向。

② 周作人：《鲁迅小说里的人物》，北京十月文艺出版社2013年版。

《孔乙己》里的咸亨酒店	"店堂的结构与北京的大酒缸不相同，但在上海一带那种格式大抵是常有的。"	第37页
《一件小事》里的"S门"	"S门当然是北京的宣武门，这介在会馆与教育部的中间，马路开阔，向北走去是相当的冷的。"	第42页
《头发的故事》里的"林多博士"	"本文中所说的本多博士即是林学博士本多静六，他到南洋和中国游历，有人问他：你不懂话，怎么走路呢？他拿起手杖来道：这便是他们的话，他们都懂。鲁迅在报上见到这话，时常提起来说，这里也拿来做材料。"	第49—50页
《端午节》里的"成老爹"	刘半农……也常到绍兴县馆里来。"他们就挖苦他说是像《儒林外史》里那成老爹，老是说那一天到方家去会到方老五，后来因此一转便把方老五当作鲁迅的别名，一个时期在那几位口头笔下（信札），这个名称是用得颇多的。"	第152页
《肥皂里》的"地点"	《肥皂》"地点也不明白，从四铭的儿子学程小名拴儿这一点来看，可能这是北京，因为这种小名是北方所独有，'拴'字解作'系缚'，取留住之意。"	第222页
《伤逝》里的"会馆"	"我们知道这是南半截胡同的绍兴会馆，著者在民国初年曾经住过一时的，最初在北头的藤花馆，后来移在南偏的独院补树书屋，这里所写的槐树与藤花，虽然在北京这两样东西很是普通，却显然是在指那会馆的旧居，但看上文'偏僻里'云云，又可知特别是说那补树书屋了。"	第242—243页
《弟兄》里的"同兴公寓"	绍兴县馆	第243—244页
东吉祥胡同	在北大称为"东吉祥系"	第252页

由于周作人与鲁迅曾长期生活在一起，加之毕竟曾经有过多年的兄弟怡怡，他提供的点滴记忆都值得留意，一些用意非经由他提醒简直无从措意和勾连，譬如上表他提及的鲁迅小说《明天》里的"单四嫂子""这名称是北京式的"就令我们颇感意外。

一个总体的研究趋势是，鉴于围绕着绍兴鲁迅、仙台鲁迅、北京鲁迅、上海鲁迅、厦门鲁迅、广州鲁迅等的命题，在史料的爬梳已无太大突破可能性的情况下，关注鲁迅的思想、创作与其置身的具体都市文化、社会环境的关系，做文化社会学性质的阐释就成为研究的重点。朱崇科的近著《广州鲁迅》、梁伟峰的《文化巨匠鲁迅与上海文化》可视为这一倾向的最新成果。[①]这一类研究的难点在于其阐释易流于文化决定论式的窠臼。体会、还原历史的语境与生发、阐释文化社会学的意义之间，略显因果论式的直接论述往往令人心生疑虑，从字里行间嗅出"为文造情"、敷衍成章的情况所在多有。笔者注意到，近来青年学人陈洁关于北京鲁迅的研究较好地处理了这一问题。陈洁对鲁迅在北京时期的创作与创作地北京的文化氛围的关系，北京对其创作所起到的作用有过一番细致的梳理，她以"起兴"来定位二者的关系。陈洁曾以鲁迅的杂文集《热风》为例，探讨了北京生活对于鲁迅杂文创作的"起兴"，还制作了如下细致的对照表：

篇名	起兴
随感录二十五	严复关于北京道上的孩子的议论。现在到了北京，这情形还未改变
三十三	引述蒋维乔在《北京大学日刊》上的连载
三十五	听人说"保存国粹"的话
三十六	现在许多人有大恐惧
三十七	现在民国教育家提倡打拳
三十九	《新青年》上的《再论戏剧改良》
四十二	听得朋友说教会医生称中国人为土人
四十三、四十六、五十三	1919年正月间，在朋友家看见的《泼克》

① 朱崇科：《广州鲁迅》，中国社会科学出版社2014年版；梁伟峰：《文化巨匠鲁迅与上海文化》，上海文化出版社2012年版。

五十六	近来时常听得人说，报纸上也时常写着"过激主意来了"
五十七	高雅的人说"白话鄙俗浅陋"
五十八	慷慨激昂的人说"世道浇漓"
事实胜于雄辩	青云阁买鞋
估《学衡》	《晨报副刊》上式芬先生的杂感
为"俄国歌剧团"	俄国歌剧团在北京演出
无题	和朋友走一回中央公园
"一是之学说"	看见《学灯》上《驳〈新文化运动之反应〉》一文
反对"含泪"的批评家	《时事新报》上胡梦华对《蕙的风》的批评、胡梦华答复章鸿熙的信
即小见大	北大的反对讲义收费风潮
望勿"纠正"	汪原放的标点、校正小说

陈洁意识到："鲁迅在北京描写绍兴风土，常以北京为起兴，再引出对乡土的追述。北京的时务刺激了他的思考，从而引发出对乡土的深思。鲁迅对城市建筑淡漠，关注的是人事。在北京考察历史，关注中国古代的等级制度。立足于北京观察，考虑的是中国问题。在北京发生的事件，激发鲁迅的思考，经过分析和总结，常上升为对中国的认识。"[1]"鲁迅的思想与在北京所观察的社会现象和经验形象地结合在一起，形成了经典的文本。鲁迅的思想是具体的历史情境中的思想，不同于哲学家的理论体系，这在鲁迅的杂文写作中很明显。"[2]更可贵的是，陈洁处理鲁迅"具体的历史情境中的思想"时，以"起兴"这一更具有弹性而非决定论、因果式的逻辑论证来努力尝试重绘都市文化环境与经典文本的关系。

当然不难察觉，诸如陈洁此类的研究旨趣已不同于周作人那样刻意拘囿于史料钩沉的层面，而是透过对鲁迅文章里各个细节的留心，努力捕捉北京等

---

[1] 陈洁：《思想如何表述：都市的"起兴"——论鲁迅的创作与北京文化氛围》，原载《鲁迅研究月刊》2011年第11期，录自张克、崔云伟主编：《70后鲁迅研究学人论文集》，上海三联书店2014年版，第271页。

[2] 陈洁：《思想如何表述：都市的"起兴"——论鲁迅的创作与北京文化氛围》，录自张克、崔云伟主编：《70后鲁迅研究学人论文集》，上海三联书店2014年版，第273页。

都市文化氛围、文化场域对鲁迅潜移默化的影响。此类研究看重的并非实体的地理学意义上的都市，而是文化空间意义上的都市，是都市生活中物质载体的文化意味。1990年代末彭晓丰、舒建华在研究鲁迅笔下北京城里的"S会馆"时，就明确提出过："S会馆是京城某处一幢操着绍兴口音的房子，它的位置和建置并不是我们的关注的焦点，我们所关心的不是地理方位而是它的文化容量，不是它的物质外壳而是它的精神空间。"[①]

有意思的是，一旦进入对都市的文化、精神空间的描述、理解和判断，在如何评价鲁迅的创作与都市文化气质的关系上，学人们必定出现较明显的价值分歧。不吝赞美之词的论者所在多有，尽管那论断的逻辑其实大可推敲——"鲁迅小说中存在一个由'S城'、'京城'及无名城市所构成的空间谱系。涵盖了市镇、城市、都市等不同类型和多元的书写方式。鲁迅惯于描绘远离现代文明的本土城市。不挟带地域文化色彩，拒绝根据现实原型进行城市写真。其文化内涵在于，祛除城市魅影，聚焦底层社会，揭示出欲望压抑、道德困境、看客心理等等城市精神状况，在20世纪中国文学形形色色的城市书写模式中独树一帜。"[②]这论断里褒扬的是鲁迅的"远离"，但其他论者的眼里鲁迅的笔致恰恰又是"近距离"的——"鲁迅放弃了一贯成功的回忆叙事，潜入到租借上海的日常生活，在殖民体验与民族意识的纠结中，更多地选择篇制短小、直观显示的杂文作为战斗的武器，放弃了高高在上的启蒙姿态，走向了与普通市民喜好更为合拍的日常叙事。弄堂视角的选择，不仅有利于鲁迅对上海镜像的具体书写，而且可以明显接近普通市民生活，展开对常态生活的近距离描写，避免对上海浮光掠影般的模糊性描述"[③]。检视诸如此类颇有自家体贴的论断，让我们不得不感慨鲁迅的精神资源经由阐释过程后的复杂变形。这也有其内在原因。20世纪下半叶以降，鲁迅作为独特的精神资源，其所言所语、

---

① 彭晓丰、舒建华：《"S会馆"与五四新文学的起源》，湖南教育出版社1995年版，第3页。

② 王传习：《前现代梦魇中的市民空间——论鲁迅小说的城市书写》，《贵州师范大学学报（社会科学版）》2009年第2期。

③ 丁颖：《殖民体验与都市书写——以鲁迅上海十年的创作为中心》，《中南大学学报（社会科学版）》2008年6月，第14卷第3期。

鲁迅与20世纪中国研究丛书

围绕他的诸种论定都在深刻介入、影响着几代中国人的好恶、趣味乃至价值观念，甚至当代社会政治文化体制的形成、大众日常生活中的文化倾向等都有阐释中的鲁迅的影子。

舒芜在《鲁迅：在城市中战斗》一文，注意到了鲁迅《且介亭杂文末编·这也是生活》一文里的如下描写："街灯的光穿窗而入，屋子里显出微明，我大略一看，熟识的墙壁，壁端的棱线，熟识的书堆，堆边的未订的画集，外边的进行着的夜，无穷的远方，无数的人们，都和我有关，我存在着，我在生活，我将生活下去，我开始觉得自己更切实了，我有动作的欲望。"[①] 在舒芜看来，"街灯的光穿窗而入"这一句话就抓住了现代大城市上海的弄堂房子的特征，这对于鲁迅的一生，也有总结的意义。舒芜认为，鲁迅对上海弄堂的直觉性的把握是异常精准的。舒芜高度肯定鲁迅生命后期选择的居住地上海的先进性和历史意义，这里的"所谓先进，不是伦理的道德的意义上的，而是历史的意义上的。"[②]他还提出："鲁迅选定上海和离不开上海，不仅是一个地点的问题，而且是一个社会身份的问题。"[③]舒芜的这些直觉、带有浓郁的个人感受性的论断都是可以深度开掘的命题。例如为何"街灯的光穿窗而入"这一场景可以隐喻鲁迅一生的生命价值？所谓"历史意义"是否意味着鲁迅的精神遗产的扬弃必将在更具都市化的文化空间内进行？笔者以为，舒芜本能地触及了鲁迅的写作与现代大都会的内在精神，鲁迅精神遗产与20世纪以降的中国的都市化进程等关键问题。而且能很明显地感觉到，舒芜是对这种关系持很正面的看法：鲁迅足够现代，非常都市。

但并非所有学者都会作如是观。李欧梵曾细致阅读过《申报·自由谈》上的游戏文章，对鲁迅在现代都市传媒——报纸中所操持的笔法不敢苟同。相反，他肯定的是当时报纸的"副刊"上的众多"游戏文章"的文体特点和社会

---

① 舒芜：《鲁迅：在城市中战斗》，《舒芜集》第四卷，河北人民出版社2001年版，第52页。

② 舒芜：《鲁迅：在城市中战斗》，《舒芜集》第四卷，河北人民出版社2001年版，第53页。

③ 舒芜：《鲁迅：在城市中战斗》，《舒芜集》第四卷，河北人民出版社2001年版，第54页。

功能：“游戏文章的长处正在于此，它既是一种过渡时期的文体，也和这个时期的媒体——报纸——关系密切。………报纸读者的阅读兴趣，是经由文体的游戏而带动，读者越多，报纸越流行。而流行的功用不仅是商业上的利益，也可以在文化层次上转移社会风气。”①“过渡时期”“文体的游戏”“流行的功用”“商业上的利益”“文化层次”“社会风气”，这些都是现代都市文化空间的紧要元素。当然，存在着不可回避的历史语境——鲁迅置身的彼时中国的都市生态，包括报纸也是畸形的，并非正常的商业发展的结果，而是受到政治权力的极大影响，李欧梵并不回避这些，但他的问题意识是——“问题是：这一个逐渐独立的报纸言论，并没有完全生根结果，国民党北伐成功统一中国后，在言论上采取检查制度，遂把这个言论空间又缩小了。”②“然而，言论的压制政策也造成另一种对抗的形式，这种压制和反抗的模式，反而成了中国知识分子最津津乐道的传统，而这个新传统开创者之一就是鲁迅。”③李欧梵对鲁迅开创的这一新传统并不以为然，他批评说：“事实上他（指鲁迅——引者）并不珍惜——也不注意——报纸本身的社会文化功用和价值，而且对言论自由这个问题，他认为根本不存在。”④“这种两极化的心态——把光明与黑暗划为两界作强烈的对比，把好人和坏人、左翼与右翼截然区分，把语言不作为‘中介’性的媒体而作为政治宣传或个人攻击的武器和工具——逐渐导致政治上的偏激化（radicalization），而偏激之后也只有革命一途。”⑤从李欧梵批评鲁迅“事实上他并不珍惜——也不注意——报纸本身的社会文化功用和价值”，可以明显感觉到在他看来，鲁迅与现代都市传媒——报纸的现代性在本

---

① 李欧梵：《批评空间的开创——从〈申报·自由谈〉谈起》，王晓明主编：《批评空间的开创：二十世纪中国文学研究》，东方出版中心1998年版，第105页。

② 李欧梵：《批评空间的开创——从〈申报·自由谈〉谈起》，王晓明主编：《批评空间的开创：二十世纪中国文学研究》，东方出版中心1998年版，第110页。

③ 李欧梵：《批评空间的开创——从〈申报·自由谈〉谈起》，王晓明主编：《批评空间的开创：二十世纪中国文学研究》，东方出版中心1998年版，第110页。

④ 李欧梵：《批评空间的开创——从〈申报·自由谈〉谈起》，王晓明主编：《批评空间的开创：二十世纪中国文学研究》，东方出版中心1998年版，第116页。

⑤ 李欧梵：《批评空间的开创——从〈申报·自由谈〉谈起》，王晓明主编：《批评空间的开创：二十世纪中国文学研究》，东方出版中心1998年版，第117页。

质上是有隔膜的，其结果是鲁迅对"言论自由"的悲观和苛刻，它的杂文笔法透露出的"两极化的心态"都是不足取的，并不适应现代都市的媒体生态，因而也失去了建设性的功能。李欧梵在其有着广泛影响的《上海摩登：一种新都市文化在中国（1930—1945）》一书中对鲁迅的着墨甚少，大概他以为鲁迅的"两极化"的左翼笔致并不能传达上海的都市摩登气息吧。

李欧梵的尖锐批评引人深思。如何在畸形的商业与政治铸造的都市媒体生态里发出知识分子的声音，迄今仍是个聚讼不已的话题，鲁迅的选择是否是唯一有智慧的选择当然是可以商榷的。同样直率地批评鲁迅对都市文化的某些事项的隔膜和过激抵制的还有资深的鲁迅研究学者张梦阳。他写道：

> 鲁迅对城市文化中的资产阶级和西方文明采取了抵制的态度，今天看来是不足效法的。这与他的东方文化背景和破落绅士阶级的出身以及与下层农民情感联系有关，也与他缺乏西方文明和民主思想的洗礼，不能从商品和市场促进社会发展的视角观察城市文化相连。因而他不可能看到资本主义对人类社会的积极的一面。在创造社的"革命文学"对都市文化中必然出现的角色——资本家发起攻击的时候，他不仅不会再对曾经诋毁自己的"创造"社的简单化倾向提出批评，而是倒向左翼一边，以自己特有的锋利刀笔，助"革命文学"阵营一臂之力，给并不是主要敌人的梁实秋等文人、学者戴上"资本家的乏走狗"的帽子。甚至于不让属于资产阶级的一些小作家、小文人有存身之地，批之为"第三种人"。……
>
> 正是这种个人和时代的种种原因，使得鲁迅上海十年杂文发生了这样的复杂情状——既对20世纪30年代中国海派都市"世相"，做出了极为精彩的刻画，称得上是从整体上反映中国近代社会世相的巨幅画卷；但又存在着历史局限性，对资本家或企业家的兴起和接受西方教育的知识分子，采取了一味批判和讽刺的偏执态度。①

---

① 张梦阳：《"世相"·局限·问题——鲁迅对中国海派都市"世相"的精彩刻画与历史局限以及由此推演的发生学与接受学问题》，《纪念鲁迅定居上海80周年学术研讨会论文集》，上海社会科学院出版社2009年版，第25页。

张梦阳提出的"鲁迅对城市文化中的资产阶级和西方文明采取了抵制的态度"的原因——"这与他的东方文化背景和破落绅士阶级的出身以及与下层农民情感联系有关,也与他缺乏西方文明和民主思想的洗礼,不能从商品和市场促进社会发展的视角观察城市文化相连",同样是大胆而亟须深入论辩的命题,正是"鲁迅与20世纪中国都市化进程"所要回答的。

事实上,已有学人以更加不屑和鄙夷的态度认定,所有的这一切不过是鲁迅的文人习性罢了。在一本激赏德国右翼法政思想家施米特的小书里,刘小枫就曾语带讥讽地把鲁迅类比作德国知识界不谙世事、徒操文人笔法搅乱人心而已的文人恽格尔。恽格尔何许人也?"文人界中的国魂代表"——"恽格尔是文人,以语言料峭、思想恢奇的小品、散文著称,迷倒好几代德国知识人,堪称文人界中的国魂代表,或者说是德国的鲁迅也可以。虽然施米特与恽格尔一直通信,却打心眼里看不起这位文人,日记中多次轻蔑有加。"[1]至于说到中国"市民社会"里的鲁迅,在刘小枫看来,他虽遭遇了中华民国的书报审查的麻烦但也并非死路一条,"1911年共和革命以后,中国进入了所谓军绅政权时期——据说,这也是中国近代最为自由的时代。国家政权疲弱不堪,国内政治力量四分五裂,却不乏市民社会的'自由'——鲁迅可以骂很难听的政治怪话,虽然遇到不少麻烦,还不至于没有地方发文章或干脆被押起来"[2]。总之,在刘小枫看来,享受着中国近代"市民社会自由"的鲁迅,只是会抖落出政治怪话的骂客罢了,"徒有文人笔法搅乱人心"而已,不足为虑。

我们更愿意过滤掉刘小枫言辞里同样浸润着文人笔法的讥讽,认真思考:如果我们愿意尝试从更丰富的譬如法政的知识背景——譬如他提及的"市民社会"的思想资源出发审视鲁迅的精神特质,或许可以更切实、深入地理解鲁迅与现代都市文化的关系,探究一下所谓中国的"市民社会的'自由'"究竟

---

① 刘小枫:《现代性政治思想争纷中的施米特》,《现代人及其敌人——公法学家施米特引论》,华夏出版社2005年版,第34页。

② 刘小枫:《民国宪政的一段往事》,《现代人及其敌人——公法学家施米特引论》,华夏出版社2005年版,第249—250页。

是何形态，鲁迅与中国的市民社会究竟是何关联。至于由此揭示鲁迅思想的短板、匮乏都是不必介意的。反倒是，靠仅仅给鲁迅贴上"文人"的标签一顿痛批了事，那恐怕也是思想懒惰、心怀怨恨的做派。

第三节　"鲁迅与都市"研究的反思

毋庸置疑，20世纪中国思想、社会的现代化进程，总体上是以城市辐射农村的方式进行的。鲁迅作为这一过程中的杰出知识分子，他对都市生活的感受、隔膜、记录和批判，对都市与乡村关系的情感记忆和理性思索，都成为重要的文化遗产。但如前所述，如何切实地理解、陈述、转化这份精神遗产，我们仍面临着艰巨的挑战。

鲁迅早年的名文《破恶声论》里在讨论社会思潮时曾有"崇智抑心"的说法，这是为鲁迅批评的当时诸种社会思潮——"恶声"之表现。[①]我们以为，纵览鲁迅研究的学术史，"心"与"智"的对峙实则是学人们在面对鲁迅这一精神资源的根本性分歧。略而言之，"崇心"一派的问题意识多是"文人式""美学式""感发式""生命体验式"的，也多视鲁迅的文学性体验（"心"）为鲁迅全部思想、精神世界的源发地，以此来统摄鲁迅的社会性表达；"崇智"一派则倾向于模糊鲁迅小说与杂文乃至与其他应用性、学术性文字的界限，常常选择从鲁迅的全部著述那里抽离出各种思想命题加以演绎，其问题意识是"学院式""意识形态式""社会学式"的。

此两种问题意识其实皆来自鲁迅本身的影响。前者长于鲁迅个体精神深渊的探幽，多"真诚的怜悯"；后者则长于公共领域内的思想论辩，多"庄重之姿态"。可以想见，讨论"鲁迅与都市"进而研究"鲁迅与20世纪中国都市化进程"这样的命题，"崇心"一派大多会着眼、延续鲁迅对都市之恶的愤慨之意，以鲁迅的诸种感受作为讨论的起点和归宿，可以说在中国现代文学研究界

---

① 鲁迅：《集外集拾遗补编·破恶声论》，《鲁迅全集》第8卷，人民文学出版社2005年版，第25—40页。

大多数涉及"鲁迅与都市"这一命题的著述大多可划归此类;"崇智"一派则较为复杂些,既有与"崇心"一派趋同的一路,更有援引其他思想资源审视鲁迅的一路,相信随着西方都市社会学等思想资源的引进,这一进路的研究会逐渐增加。①我们以为,思索"鲁迅与20世纪中国都市化进程"时,需要特别注意两点:

1. 现代都市本身即是精神命题,一如德国哲人西美尔(现多译为"齐美尔")在《大都会与精神生活》一文阐发的,②其特质既有鲁迅炯眼所及之处,也有着鲁迅隔膜的特质。一味地凸显前者难免有强烈的护教意味,且有重复之感,真诚地面对,疏解后者才是严峻的挑战。

2. 应尝试将鲁迅与现代都市、鲁迅与其他现代都市文化的感受者互为对照的论述方式。鲁迅的价值偏爱,有其自身的合理性,但需注意进入现代都市公共空间的鲁迅,有一个"主体性"向"主体间性"的转化问题,不可简单地以叹服代替审慎的思考。譬如,关于对民国时期鲁迅对上海的感受,鲁迅对海派文化的殖民性、消费性、压迫性等特征的犀利批判众所周知。其后的张爱玲的感受则温和得多,在她看来,"上海人是传统的中国人加上近代高压生活的磨练。新旧文化种种畸形产物的交流,结果也许是不甚健康的,但是这里有一种奇异的智慧"③。张爱玲的论断中"传统的中国人""近代高压生活的磨练""新旧文化种种畸形产物的交流"的观察角度其实在鲁迅那也并不缺乏,甚至会更深刻,区别在于张爱玲感受并褒扬到的"奇异的智慧"在鲁迅那里怕就成了"才子加流氓""二丑艺术"等伎俩了。价值判断的分歧是触目的,我们需做的工作是探究鲁迅如此判断的理据,其启用的情感记忆及思想资源究竟是什么?这才是研究的暗区,相反,那种刻意贬低他人如张爱玲等以烘托鲁迅之正确的做派看似思想正确,其实并无实质意义。

2007年在上海召开了以"纪念鲁迅定居上海80周年"为主题的学术研讨

① 当然,从思想资源上援引更多西方都市社会学的思想资源也有可能仍是"崇心"一派。

② 西美尔:《大都会与精神生活》,录自《时尚的哲学》,费勇等译,文化艺术出版社2001年版,第186—199页。

③ 张爱玲:《到底是上海人》,录自《流言》,北京十月文艺出版社2012年版,第5页。

会。上海当代作家王安忆就鲁迅对上海的尖锐批评仍显得真诚又小心翼翼："我不以为先生是爱上海的,在先生的小说里——作为一个小说写作者,我不由地要特别留意先生的小说——先生的小说,并没有关于上海的人和事,多是写绍兴和北京,那里似乎有着更为先生直面的思想和感情。"①可以看出,鲁迅对上海都市文化尤其其消费性、殖民性的激烈批判,已经成为一种体现"生活的严肃性"的重要文化遗产,大多数研究者面对这一文化资源时敬畏里包裹着内怯,难有更有力的思想资源与之对话乃至争辩。②不客气地说,鲁迅研究界面对鲁迅对于现代都市文化的点滴感受与批评性意见时,更多的是采取仰视、跟随的姿态将鲁迅的论断加以重复,还缺乏更丰沛的思想资源、更坦率的态度、更强悍的意志来直面鲁迅的精神遗产。

很长一段时期里,出于某种意识形态的规训和文化传统的惯性,我们简单地以凸现鲁迅身上的农民气质来批判现代都市文明、资本主义的精神文化。而在另外一段时间里,知识阶层又在单纯地附会、认同鲁迅对于乡村的批判,譬如李书磊在《都市的迁徙——现代小说与城市文化》一书中的论断即是:"鲁迅派的乡土文学与沈从文的乡野抒情在立场与取向上恰恰相反:前者是对城市的认同,站在城市的立场上批判乡村,因而获得的是黑暗、封闭、愚昧的乡村视野;后者是对城市的反抗,站在批判城市的立场上想象乡村,因而创造了充满美感的乡野画面。"③这恐怕仍是鲁迅研究界迄今为止较为主流的看法。

自然也有学者努力挖掘出了更为复杂的一面,彭晓丰、舒建华二人在《"S会馆"与五四新文学的起源》一书里提出,鲁迅在北京的创作,是"在市民文化走向成熟和扩张的时代,它却开始逃离城市走向乡土"④,他们的理

① 王安忆:《在纪念鲁迅定居上海80周年大会暨学术研讨会开幕式的致辞》,《纪念鲁迅定居上海80周年学术研讨会论文集》,上海社会科学院出版社2009年版,第10页。

② 我们注意到,本雅明、西美尔、列斐伏尔等西方对都市文化有深切理解的知识资源正在得到越来越恰当的援引和使用,但援引并不意味着面对鲁迅的精神遗产时更有力量。

③ 李书磊:《都市的迁徙——现代小说与城市文化》,时代文艺出版社1993年版,第120页。

④ 彭晓丰、舒建华:《"S会馆"与五四新文学的起源》,湖南教育出版社1995年版,第63页。

解不再简单地将都市与乡村二元对立，当然也不再唯现代都市文化马首是瞻，而是自觉在都市与乡村之间的互相映照、双向互动，乃至在都市、乡村各自的内在变异中寻找鲁迅的精神特质，这是值得称道的。陈方竞也从1930年代身处上海文化界纷争旋涡的鲁迅对来自边缘省份、出身底层的文学青年的接纳和鼓励，注意到了现代都市文化与新文学的进一步发展过程中的复杂关系：

"五四"文学革命发生在中心城市北京，发生在北京大学这座"囊括大典，网罗众家"之学府，新文学作者和读者更多来自学府和都市，这时候的都市文化和学院文化对于新文学的发生也更有意义，但同时这也带来新文学不可避免的局限，中国近现代社会发展的不平衡，迅速拉开都市与乡村的距离，加大了文化中心与文化边缘的差距，带有都市文化和学院文化特征的新文学更是适应中国社会这样一种状况发展起来的，即使是1923年出现的"被故乡所放逐"、"侨寓"北京的"乡土文学的作者"，表现的也不过是作者"侨寓之地"即都市文化体验中"隐现的乡愁"，是站在文化中心向故乡的边远之地的回望，他们并没有建立起立足于边缘之地社会人生形态的独立视角，反思更依附于都市文化发展的新文学。这就是说，当新文学视野中的都市与乡村、文化中心与文化边缘之地更趋于截然对立，由此所导致的，是新文学对社会文化关切难以从都市和内地向占有更高人口比例的农村和边缘之地延伸，是新文学难以从对都市知识分子自身境遇和命运的关怀，向对其他阶层、其他成员的生活命运和精神发展需要的关怀延伸，在这时候，拘囿于有限空间的新文学就潜伏着危机，更体现政治、经济中心意义的都市可以迅速蒸发新文学原本具有的社会文化意义，使之变化为一种职业或者生存温饱的需要，成为一种都市流行文化，成为都市文化人茶余饭后用以"消闲"的"故事"和"文字符号材料"……①

① 陈方竞：《1933年的左翼青年作家·周文·地缘小说》，《纪念鲁迅定居上海80周年学术研讨会论文集》，上海社会科学院出版社2009年版，第368—369页。

现代都市文化既是新文化的发源地，有其引领乡村的作用，但其自身的滋生也会带来对乡村的压迫。陈方竞的这段观察提醒我们，在中国的都市化进程中，都市文化自身其实也有一个自我否定、自我蜕变的过程。尤其如果我们从整个20世纪中国的都市化进程来看，都市与乡村之间的确存在着互为映照、冲撞、激发的关系，简单地以先进与落后的二元对立思路难以把握其复杂性。在这个过程中鲁迅的情感、道德和理性所呈现的复杂面相，何以如此的原因及其精神遗产的影响等的确需要深长思之。

需要特别注意的是鲁迅自己的思致也常常有着在"心"与"智"之间摆荡的特点，他既有着文学家敏锐的浸润着情感温度的感受力（"心"），又有着冷眼阅尽人间沧桑的冷静的判断力（"智"），且两者互为激发，这对我们的研究提出了极高的要求。在研究的方法论上，我们以为可以参照德国社会学家卡尔·曼海姆的"精神社会学"的思想资源。曼海姆所谓"精神社会学"，其精义在于对具体历史语境多因素交互作用的认知，"是对处于行动脉络内部的各种心理功能的研究"，如此着眼的原因之一在于他发现"发生各种矛盾的场所既不是心灵，也不是已经被预先决定的历史节奏，而是各种具体的社会情境——这些社会情境导致不断发生冲突的各种报负，并且因此而导致互相对立的对现实的解释……"，所以，"精神社会学并不是一种对各种理智过程的社会因果关系的探究，而是一种对那些其流行状况并没有揭示，或者说并没有恰当地揭示它们的行动脉络的表达之社会特征的研究"。[1]曼海姆宣称自己的"精神社会学"反对黑格尔《精神现象学》那样因果关系式的"历史哲学"，但又继承了《精神现象学》中对精神的社会、历史维度的强调，瞩目于特定的社会处境中某种观念的具体意义和社会职能，这是一种方法论的扬弃和更生。这些论断对于我们讨论"鲁迅与20世纪中国都市化进程"这一命题无疑有着特别的启发意义。

---

① 卡尔·曼海姆：《走向精神社会学》，录自《文化社会学论集》，艾彦、郑也夫、冯克利译，辽宁教育出版社2003年版，第23、44、51页。

第四节　本书的旨趣

本书可以说围绕一个核心问题意识与三个具体研究命题展开。一个核心问题意识是：

20世纪中国的都市化进程其实质是正在走向中国的市民社会，在这一过程中鲁迅精神产生、继承的意义与价值。

三个研究命题是：

一、梳理鲁迅的创作与20世纪中国都市社会生活的关系。（第一、五、六、七、八章）

二、审理鲁迅对20世纪中国都市社会生态、都市化进程的感兴和思考。（第二、三、四、九章）

三、整理鲁迅逝世后鲁迅文化遗地对鲁迅思想文化资源的继承与使用。（第十、十一、十二、十三章）

就研究旨趣上，我们在把"都市"作为一种社会、文化乃至精神现象的知识学的准备上自当努力，西方都市文学、都市社会学等研究领域的知识资源也多有借鉴与转化。毕竟，正如前文提及的，现代都市的器物、风景、风俗、法权制度等都是高度择取西方文明的新的产物，相应的思想、知识学的反应和累积虽不免有芜杂浅陋之作，总体上还是要丰富深入<u>些</u>。当然，对我们的研究而言，更重要的依然是对中国问题的思考，在20世纪中国的都市化进程中审理"走向中国市民社会的鲁迅精神"才是我们研究的出发点。

批判性的反思也是我们心向往之的。我们的研究对象，鲁迅本人的精神特质里就极具反省精神，他以"奴隶"意识烛照起全部的中国历史，以"吃人"的恐惧审判全部的中国文明，以"精神胜利法"统摄起全部的中国的国民性，以"近官""近商"论定京派、海派……需要指出的是，如何理解鲁迅这些批判性的反思，尤其如何理解鲁迅对都市市井生活的诸多犀利论断，尤其是那论断里存在着的明显的"片面性"。我们以为，一味地附和、崇拜鲁迅的具体论断其实大可不必。应该留意的倒在于，切实的承认、体味这些论断的"片面性"反而会让我们真切地看到这些真实的"片面性"的论断大多有着自我反

鲁迅与20世纪中国研究丛书

讽、出离自身的内在自否定动力，每每极富内在的生长性，深具黑格尔所说的"从其片面性中解放出来或保持其无片面性"的内在精神力量，不可视为凝固的乃至教条主义的结论。（见第四章）

鲁迅的观察和思考除了透辟之外，其实常常伴随着浓重的苦楚、疑惧和感伤。传统道德的颓败在鲁迅那里激起的并非尽是精神更生的欢悦，毋宁说更多是深情的缅怀和惆怅的挽歌。何以如此？他的点滴感兴，他看待中国都市化进程中的诸多社会、文化现象时或激动或隐微的情绪波动，也是我们应体味的。在鲁迅那里，他的论断常常不仅是思想的修辞，还是精神的、生命的叩问。我们感到，鲁迅感受、论断世界的方式有很强的整体性，可以说他把现代中国也看作了一整体的精神问题，他想挑明的是传统中国在最高道义合法性上的亏欠——只见"奴隶"不见"人"。他所致力的，则是现代中国在最高道义合法性上的证成——人何以为人的精神命题。所以，鲁迅的思想表达里有着内在的生命冲动，这和一般的文化人有着根本的不同。这对我们的研究方式产生了极大的挑战。我们以为，如果说以传统的文化社会学的研究方式可以就相关的思想文化命题做出恰当的阐释，那么在涉及更具深度和生命感的精神问题时，采用前文提到的"精神社会学"的研究思路或许更为理想。

20世纪中国的都市化进程充满坎坷。"五四"新文化运动从其本质上就是古老的中国走向市民社会的一个精神启蒙的环节！遗憾的是彼时内忧外患的历史处境使中国走向市民社会的历史进程被不停地扭曲或中断，只是在个别都市里催生了畸形的果实，迄今为止自由精神的定在——市民社会的制度性法权秩序依然未有应当的发育。在20世纪中国的都市化进程中，鲁迅已给予"人"的尊严、权利提供了强烈的道义及理性上的论证，构成了最具影响的现代精神传统；当然现代市民社会的构建，还需要更具制度性的法权秩序方能现实化——这一点或许是鲁迅措意不足的。甚至可以说，正是后者的滞后加剧了前者的焦虑与激愤。这是我们在研究过程中难以回避的苦涩感受。它让我们对鲁迅更加敬佩，也让我们深感我们祖国的都市化进程还"浮艳在肤，沉著不足"，"精神萧索"的问题远未解决。本书的用意措辞怕也大抵如此，即将展开正文之论述，不禁觉得羞愧之至！

第一章　鲁迅与20世纪中国都市新文化的生成

第一节　文学与城市

　　城市是人类生活的空间。正如农耕时代的文学往往是农业生活的反映，城市的兴起也会带来文学的内容和形式的变化。中国古代文学的主流是在农耕文明的基础上形成的，秉承自然主义、天人合一的价值观，含有大量花鸟山水、自然节气的农耕意象。随着城市的兴起，也有表现城市生活的文学作品出现。如《诗经》中除了早期农业社会的生活表现，也已经有了城市生活的零星写作。班固的《两都赋》、张衡的《二京赋》、左思的《三都赋》都极尽浮华地描写古代城市的繁华。唐、宋、元、明、清的传奇、话本、杂剧和小说中不仅展现了古代正在兴起的市民社会，更解释了市民社会中的道德转型。"城市不仅是故事发生的场地，对城市地理景观的描述同样表达了对社会和生活的认识……问题不是如实描述城市或城市生活，而是描写城市和城市景观的意义。"[1]唐宋之后的中国城市书写表现出新的城市价值观和精神面貌，也为20世纪中国文学的城市写作做好了铺垫。西方的城市书写历史更为丰富和久远。希腊文明本身就是城邦文明。工业革命之后，伴随着现代都市的迅速膨胀，文学家的都市经验也越来越丰富。波德莱尔和巴黎，陀思妥耶夫斯基和彼得堡，

----

　　① 迈克·克朗：《文化地理学》，杨淑华、宋慧敏译，南京大学出版社2003年版，第63页。

卡夫卡和布拉格，狄更斯和伦敦，惠特曼和纽约……这些文学史上闪闪发光的名字都和他们置身并书写的城市紧密结合在一起。城市和文学文本具有了不可分割的互文历史。

一、中国古代的"小市民文学"

鲁迅一生的大部分活动空间在城市，其写作对象和写作题材也有不少来自城市。正如迈克·克朗所言："长久以来，城市多是小说故事的发生地。"①有意思的是，鲁迅对自然山水是基本无感的，很少看到他吟咏山水、徜徉其间的雅致，实际上热衷这种写作的趣味却是中国传统文人的特质。中国主要的传统文学类型如田园诗、山水诗、边塞诗、游记等等在内的诸多创作具有浓厚自然主义趣味和天人合一的价值观。无论是源自儒家的原道、征圣的礼教观念，还是源自道法自然、"越名教而任自然"的道家观念，总体上中国古典文学还是推崇先天的自然秩序，在深厚的农业文明格局下形成了自然为本的文学趣味。沉溺于辞章的文人士大夫常常心怀浪漫主义的牧歌情调，以"出世"的情怀放浪形骸，寄情于山水之间，对世俗社会持一种居高临下的拒斥与不屑以显示其高迈和通脱。唐代开始随着商业贸易的繁荣，"市人阶层"②出现，产生市民文学的苗头，宋代已有相当的规模。元朝由于北方蒙古族入主中原，打击了儒家文化，科举的一度停办造成大批文人入仕无门转而进入元曲行当，无意间形成了中国文学史上传统士大夫文学以外的另一市民文学脉络，并在明清以降逐渐繁盛起来。

唐宋之后市民文化的产生主要有两大社会因素。一是随着部分农民脱离土

鲁迅与20世纪中国都市化进程

---

① 迈克·克朗：《文化地理学》，杨淑华、宋慧敏译，南京大学出版社2003年版，第63页。

② 这一群体多为建立在传统农业生产关系基础之上的手工业者、商人和小作坊主，他们不直接从事农业生产，部分从事商业贸易。他们并没有改变社会的经济和政治结构，只是寄居在这种传统的封建生产关系与政治结构中。他们在社会生活的局部的确已经有了交换性的生产关系，不再像传统农民一样以土地为生存命脉，日出而作，日落而息。他们从事的行业也具有了商业社会的一些特点，改变了传统小农经济的封闭、僵化和孤立，但依然严重依赖于整个社会的农业生产体制。

地，以商品贸易为业的市民群体崛起。传统诗文创作是一种贵族化的写作，以政治教化、求取功名、文人酬答等为目的，普通从事农业生产的民众是无缘这种文学内容的。随着市民群体的出现，他们的阅读和文化生活需求也有了新的变动。适应这一部分人的文化消费需求，小说、戏剧等俗文化形式出现，唐传奇、宋话本、元曲等应运而生。随着一些古典都市的兴起，市人阶层的扩大，文学消费市场开始发育，坊间、勾栏等娱乐空间大量出现，经济的回报吸引大批传统体制外的文人开始放弃传统仕途，成为直接为民众写作，依靠写作获得报酬的职业文人。为了适应广大市人阶层的审美趣味和心理需求，他们的作品有明显的世俗性特征。二是，科举制度的波动也会使得大批文人放弃仕途之路，走向文学消费市场。元朝蒙古铁骑入关，带来政治体制的巨大转变，大批文人无法依靠传统科举方式走仕途之路，"只好将才能向其他方面发展，写刻本即其中之一，从此元曲既包含着优雅的文句，又带着日常俗语，更添上戏台上技术名词，使中国文学另开别径"①。这一转型带来了中国文学的新质并在明清继续发展，成为不容忽视的世俗文学新脉络。宋话本《碾玉观音》《错斩崔宁》，冯梦龙辑录编定的白话短篇集"三言"，长篇小说《水浒传》《金瓶梅》等都是典型之作。在这些通俗文本中我们可以看到日常生活的呈现，人与人的复杂关系、社会价值观念的转型等，这些新质无疑具有现代商业关系的萌芽。

究其根本，中国古代的城市文学还是一种"小市民"的文学，有其历史的局限性。"一方面，它与典型的乡村社会相比，既不像后者那样封闭保守，又丧失了后者的质朴和单纯感；另一方面，它与资本主义化的近代城市相比，虽不像后者那样被物化现实所困扰，却表现出社会无序和缺乏内聚力、道德支撑力弱甚至逆于道德而盛行极端利己主义、公众生存哲学消极保守和人格卑伪化……等严重弊病——这一切，恰到好处地被囊括在'小市民'这一名称之中。"②19世纪以后的市民文学中就多有油滑利己、媚俗肤浅的气质，刻意逢

---

① 黄仁宇：《中国大历史》，生活·读书·新知三联书店1997年版，第175页。
② 李洁非：《城市文学之崛起：社会和文学背景》，《当代作家评论》1998年第3期，第43页。

鲁迅与20世纪中国研究丛书

迎小市民的审美情趣，格调不高，以"侠""妓""厚黑""江湖"为号召的通俗文学作品大量出现，一直延续到了20世纪初，新鸳鸯蝴蝶派和新武侠小说大量出现，可以说正是中国传统"小市民"文学的现代变种。

二、西方现代都市文学

西方城市化程度较高的国家为英国和法国，所以早期较为成熟的城市文学也是出现于英法两国。19世纪英国工业革命迅猛发展，工厂扩张、烟囱林立，出现了大批新兴职业者。英国的伦敦、曼彻斯特，法国的巴黎、马赛等都出现了新兴的工业化都市。在这些新兴的资本主义城市中，各方利益碰撞，生活也动荡不安，冒险换得未知的机遇成为一种社会风气，人的命运沉浮的传奇性为人津津乐道。《远大前程》（狄更斯）、《高老头》（巴尔扎克）、《悲惨世界》（雨果）和《金钱》（左拉）等大批文学名著，对这一时期的城市生活做了现实主义的描摹，深刻反映了人们在快速的都市化进程中心灵的迷失和人性的沉沦。"文学中的城市描写有写实性描摹和创造性建构两种类型。在第一种情况下，许多关心城市的作家纷纷为其所熟悉的城市临摹出不同的城市文本，力图客观地再现城市风貌，在表现方法上属于传统写实主义。"[①]在传统写实主义的城市文学传统中，金钱成为城市文学叙事的重要母题，巴尔扎克的《人间喜剧》中金钱成为一切的主导者，《高利贷者》中的高布赛克甚至喊出了"金钱代表了人间的一切力量"的口号。左拉也描写了现代社会的金钱和贪欲对人的奴役，《贪欲的角逐》中的地产投机商、《巴黎之腹》中的巴黎菜市场经营者们、《娜娜》中的高级妓女的肉体、《妇女乐园》中的被比喻成"巨人"的大百货公司，《金钱》中的金融交易所，这些作品中的人和物都被不可思议的金钱的魔力所席卷，城市充满了肮脏又靡丽的气息。进入20世纪，西方的城市文学对物质贪欲的表现超越了简单的社会写实层面，进入更加抽象的精神层次。大量作品深入人的潜意识，深刻揭示了隐藏在快速的都市生活中现代人的孤独感、疏离感、荒诞感和焦虑感，城市文学总体上也进入了现代主义的

① 吕超：《比较文学新视域：城市异托邦》，中国社会科学出版社2011年版，第53页。

阶段。影响比较大的，如卡夫卡的象征主义小说《变形记》，采用了在传统现实主义文学传统看来匪夷所思的变形手法。主人公格里高里一觉醒来，发现自己变成了甲虫，只好无奈地开始以甲虫的视角观察这个荒诞不堪的世界。作品看似构思荒诞，实际上却是对现代社会城市人生存的异化做了犀利的剖析。以卡夫卡为代表的现代主义性质的作家解构了传统城市文学的主题、情节和人物模式，以细节的高度真实和总体的象征意味相融合，建立起了崭新的都市文学的形态。当代都市文学正以更多元也更尖锐的探索姿态对现代都市经验进行着更具创造性的描摹和反思，乔纳森·雷班（Jonason Raban）说："我们想象中的城市，梦幻般的、神话般的、激动人心的、噩梦般的软性城市，和那种我们可以在城市社会学、人口统计学和建筑学专著的地图和统计数字中定位的硬性城市同样甚至更加真实。"①事实的确如此，文学中的都市已经成为全球都市文化的重要组成部分。

三、中国现代文学与都市的共生

20世纪以降中国的城市化发展进程也在逐步加快。一方面是都市建设带来的物的层面的改变，另一方面则是在伴随着新的生产方式的"新的意识形态，新的心理结构，新的价值观念，新的人际关系，新的人文系统"②等价值观念的生长和扩张。都市语境中物与精神层面的双重变化都吸引了大批研究者的关注。③中国现代文学的发生是革命与启蒙的产物，我们在注意现代文学与社会

①   Janason Raban, *Soft City*, London:Hamish Hamilton, 1974, p10.转引自丹尼·卡瓦拉罗：《文化理论关键词》，张卫东、张生、赵顺宏译，江苏人民出版社2006年版，第183页。

②   叶中强：《从想像到现场——都市文化的社会生态研究》，学林出版社2005年版，第4页。

③   不过就我们的理论资源来说，还未能真正实现"本土化"。这也有一定的合理性。毕竟，西方中世纪的城市已经具有了现代城市的雏形，尤其孕育了早期的公民意识和人文观念，这些随着工业革命后全球化的加速都对整个人类的社会变迁产生了重要的影响。与此同步的是，西方的城市文化发展与理论研究在20世纪也取得了长足的进展。德国哲学家、社会学家乔治·西美尔提出的"大都市与精神生活"的货币哲学理论，美国的芒福德的城市研究，"芝加哥学派"开启的城市社会学的研究，关注到了诸如城市物质环境变迁中的社会问题，城市本身的文化意味，现代都市生态里人的精神生活的特性等问题。这些思考都给我们观察中国现代文学的发生提供了不无裨益的参照。

思想变革的紧密关系的同时，也要注意到中国现代文学发生在中国近现代城市转型与形成的关键时期，它的"都市"背景不容忽视。

1. 商业社会与大众传媒勃兴

大众传媒的崛起是现代都市社会的特有现象。传播和沟通的需要，与资本的介入一起催生了现代出版业、报刊业的繁荣和发达。大众传媒的崛起又改变了传统文人的写作方式和传播手段。现代报刊、出版业为自己的生存需要遵循市场规律，文人走向市场在所难免，市场的美誉度、影响力、作品销量成为文人生活中的焦虑之所在。当然，市场本身也为现代文人提供了自由生存的空间，卖稿为生的职业作家出现成为可能。以"新文化运动"为例，参与者积极参与了正处于初创期的报纸、出版、期刊等文化传媒的运作中。新文化运动早期最重要的阵地《新青年》就是全面考察了现代图书市场的运营规律，在约稿、编辑、出版、了解读者兴趣、引导市场需求、迎合并掌握受众心理等方面都做得非常细致、有效。新文化运动后期鲁迅创办《莽原》杂志，同样对组稿、装帧设计、出版、运营都精心统筹，起到了非常好的传播效果。这些行动使新文化的启蒙思想更迅捷地影响民众心理，起到了良好的社会效果。同时，"新青年"一派的知识分子对于自身"经济人"的定位也并不排斥，很快接纳，甚至有意加强了自己在文化市场中的品牌效应，这也使得他们在经济上得到了较丰厚的回报。学衡派的中坚力量吴宓就曾在日记这样写道："中国近今新派学者，不特获盛名，且享巨金。如周树人《呐喊》一书，稿费得万元以上。而张资平、郁达夫等，亦月致不赀。所作小说，每千字二十馀元。"[①]

布尔迪厄的"文学场"理论提醒我们，文化资本、经济资本和权力资本之间存在着转化关系，拥有文化资本的人，可以通过一系列复杂的机制将自身所拥有的文化资本转化为经济的、政治的资本。19世纪二三十年代的中国，国家权力转弱，统治阶级意识形态、传统礼教道德的说服力降低，各种新思想的传播具有更为宽容、自由的接纳环境。书报、杂志的繁盛，现代大学的开办，知

---

① 吴宓：《吴宓日记（1928～1929）（第4册）》，生活·读书·新知三联书店1998年版，第17页。

识分子的聚集都推动着新的文化思潮的生成，形成了百家争鸣、充满活力的思想市场。

报纸杂志的勃兴可以说是20世纪早期中国城市社会的标志性进步。"中国近代报刊主要有宗教性报刊、政论性报刊、商业性报刊、专业性报刊、娱乐性报刊等几大类，约2000种。"[1]中国近代史上的第一份期刊是《察世俗每月统记传》，出现在19世纪初的南洋苏门答腊岛，最早主要是宣扬宗教内容。1833年，德国传教士郭士立的《东西洋考每月统记传》创办于广州，是中国境内的第一家中文杂志。中国传统士大夫参与的以营利为目的的报纸最早有天津的《直报》，《直报》也发表了大量关注时局、议论政务的评论性文章，为开启民智起到了重要的意义。严复的《国闻报》进一步宣传维新思想，提倡变革，引领一时风气之先。上海在19世纪末20世纪初出现了大量具有市民文化气息的通俗娱乐小报，"小报生逢近代社会文化转型时期，拥有得天独厚的时代机遇：现代都市的初步形成构制了小报生存的物质环境，近代市民社会和市民文化的衍变催生了小报文化形态的成熟，近代文化市场机制的建立提供了小报的传播渠道，现代报纸的发生和影响则成为引发小报出生的直接动因"[2]。这些小报和早期那些以政治导向和开启民智为主要诉求的严肃报刊不同，主要是为市民阶层服务，关注世俗社会的林林总总，提供娱乐与情感宣泄渠道，体现出的是平民的世俗价值观。在报刊发展的过程中，"传统文人意识的消解、新意识与平民意识的形成，为以启蒙为背景的五四新文化与新文学的产生奠定了思想的基础。西方近代文化的产生就是以城市市民文化，即平民文化为基础的"[3]。的确，作为近代文化西学东渐的产物，报刊对现代市民文化消费习惯的培养，社会公共话题的塑造都起着重要的作用，也是中国现代文学能得以产生、生存、发展的重要支持。

---

① 王凤超：《中国报刊史话》，商务印书馆1991年版，第12页。

② 李楠：《晚清民国时期上海小报》，人民文学出版社2006年版，第27—28页。

③ 郭长保：《新文化与新文学——基于晚明至五四时期的文学文化转型研究》，线装书局2012年版，第95页。

2. 白话文革命

时代的转型必然带来生活方式的转变和思维方式的更新，新的社会环境往往要求与之相匹配的语言形态。现代城市本质上是个"陌生人社会"[①]。城市生活对交流的需要更为迫切，传统艰深灰色的文言文和手工作坊式的个人刊刻的出版方式势必会给现代市民的生活带来不便。无论从思想启蒙、文化传播角度，还是从更广大民众的沟通需要来看，"白话文"比文言文都更有优势，白话文的普及实则是打破士大夫通过文言文建立的文化霸权，建设现代国语的需要。白话文的推行最终获得了官方的支持。1920年北洋政府教育部颁布法令，要求小学一二年级学生改学白话文，1930年2月教育部奉中央政府之命规定全国学校学习国语。同时，商务印书馆等出版机构也看到了白话文出版业所蕴藏着的巨大商业利益，新文化运动中涌现出的文化人也积极参与这一出版事业中。借助体现国家意志的政府政策和现代出版业的商业推动，新文化人在教育系统内全面推行白话文，逐渐使文学语言和大众语言趋向统一，这种文学平民化、世俗化的改革无疑是适应城市发展需要的。白话文的推广也最终使得中国现代文学从外在形式到内在本质上都真正脱胎换骨，开始具有了现代意义的新质。

3. 新的知识资源

20世纪早期中国都市的开放给中国现代文学带来了丰富的西方文化资源，使得中国的知识分子有机会对中西方文化进行全面而清醒的文化审视，吸收西方先进的思想文化知识。"五四"时期的四大副刊《晨报副刊》《京报副刊》《时事新报·学灯》《民国日报·觉悟》等都发表了大量的译著，介绍著名的外国作家作品，比如莎士比亚、歌德、泰戈尔、波特莱尔、雪莱、托尔斯泰、

[①] "陌生人社会"这一概念在西方社会学理论谱系中是逐步生成的。西美尔较早关注"陌生人"问题，他从社会生活和文化传统的相异层面来看待陌生人社会；英国的伦理学家、后现代社会学家鲍曼则从现代市民心理空间的隔绝和疏离角度分析陌生人的多元价值差异。简而言之，"陌生人社会"的特点是，在大工业生产背景下专业化分工更加精细，每个人都无法独立自给自足，必须不断地和陌生人打交道才能维持生活的正常运转。在"陌生人社会"，人与人之间的关系不再是传统的熟人型社会，一辈子生老病死都互见证和承担，血缘和地缘这两种传统农业社会中最强大的联系人与人之间关系的纽带也逐步断裂。西美尔的城市社会学理论指出城市规模的增长对人的个性、心理、自由等精神生活都会有影响。

普希金、高尔基、陀思妥耶夫斯基、王尔德等等，显示出了现代城市文化开放、包容的勃勃生机，也为中国文学带来了一股清新的西方现代风尚。现代作家鲁迅、冰心、叶圣陶、郭沫若、徐志摩、郁达夫等在现代小说创作中受到不少翻译文学作品的影响。

在中国文化转型的过程中，梁启超和鲁迅是极为重要的两位标志性人物。"梁启超为中国文化与文学从传统向现代过渡架设了一座畅通的桥梁，他在桥梁的那段观望而没有做出跨越，鲁迅则沿着业已架好的桥梁没有任何回顾地走了过来。"①梁启超提出小说革命，文学改良，在旧文化到新文学的过渡中起到了重要作用，但是作为一个近代文人，他依然不能摆脱强大的传统思想的负累，"文以载道"的思想依然根深蒂固，有把文学高度政治化的危险，再加之他的作品世界里不乏传统的才子佳人趣味，堆砌辞藻的游戏笔墨也沾染着酸腐的文人气。大多深受梁启超影响的新文化人必须有更进一步的追求。有人提出："今日底文学底功用是什么呢？是为人生的，为民众的，使人哭和怒的，支配社会的，革命的，绝不是供少数人赏玩的，娱乐的。"②可见，中国现代文学的受众是以亟需新的思想资源，求取新的人生意义的青年一代。鲁迅自己也指出，自己的文学"颇激动了一部分青年读者的心"——"从一九一八年五月起，《狂人日记》，《孔乙己》，《药》等，陆续的出现了，算是显示了'文学革命'的实绩，又因那时的认为'表现的深切和格式的特别'，颇激动了一部分青年读者的心。"③不难估计，这"一部分青年"的生活、精神状态，他们大都是在当时中国的城市里接受过或正在接受新式教育、对中国的变革满怀期望，努力寻找新的知识资源的一群人。

---

① 郭长保：《新文化与新文学——基于晚明至五四时期的文学文化转型研究》，线装书局2012年版，第155页。

② 之常：《支配社会底文学论》，见《文学研究会资料》，河南人民出版社1985年版，第82页。

③ 鲁迅：《且介亭杂文二集·〈中国新文学大系〉小说二集序》，《鲁迅全集》第6卷，人民文学出版社2005年版，第246页。

第二节　都市公共文化空间的生成

鲁迅在世的55载正是中国早期都市的形成时期。鲁迅出生、生长在小城镇绍兴，求学、居留在当时世界繁华程度名列前茅的东京，后来又在最具有代表性的中国两大都市——北京和上海度过了他一生中最黄金的二十年。鲁迅一生主要在六座中国的城市居住过：绍兴、南京、北京、厦门、广州、上海。与其说鲁迅是一个"流浪于城市的波西米亚人"，不如说他是一个"都市文化演变的体验者和践行者"。在辗转各个都市的过程中，他汲取着传统文化的营养却主动接受西方的先锋思想，他内心怀念故乡，对都市的摩登颇有微词，却又最终选择最摩登的都市存身，凭借都市的文化传媒环境成为最著名的现代职业文人，开展自己的文化批判。这些批判里有着鲁迅相当纠结的都市生活感受。

一、科举制度废除与职业文人的出现

19世纪末20世纪初是中国社会的急剧转型期，中国传统的读书人的生存环境与上升通道有了翻天覆地的变化。传统的科举制度造就了中国特色的文官选拔方式，千万读书人从得中秀才开始努力通过科举考试入仕，实现"齐家治国平天下"的儒家济世救民的理想。鲁迅的故乡更是如此，正如台湾著名史学家王尔敏所言："江浙文风鼎盛，为全国之冠。人人苦读经传，十年寒窗，以博科名。甲第首选，多为江浙猎获。入仕正途，通显捷径，士人争竞以赴，形成普遍风气，并亦构成一定体系。儒师砚耕，恃为衣食。举子莘莘，慕求扬名。入仕显达，财势俱已在握。"①

然而，1905年科举制度被废除，读书人原有的进身入仕渠道被阻塞，中国知识精英们的社会角色、作用随之产生了决定性的变化，著名学者余英时指出："最迟从上个世纪三四十年代以来，中国知识界已经逐渐取得了一个共识：'士'（或'士大夫'）已一去不复返，代之而起的是现代的知识人，

---

① 王尔敏：《近代文化生态及其变迁》，百花洲文艺出版社2002年版，第282页。

知识人代'士'而起，宣告了'士'的传统的结束。"①科举的废除一方面让千万读书人怅然若失，不知何去何从；另一方面也使得读书人被迫在时代的大潮中重新认识自己和认识社会，改变传统读书人的谋生技能，参与到新的社会竞争中去，这对于大部分读书人来说无疑是个巨大的挑战。"废除科举之后，中国读书人的生存面对的是三种选择：一是读书从教的正途——留学；二是参与推翻满清统治的险途——革命；三是进入大众报刊等公共空间——新途。"②科举之后，留学之风劲吹，一时间成为一股狂潮。但是留学欧美的成本是比较高的，需要有较高的学识，特别是留学需要的并非是传统的苦读诗书而是现代西方的科学文化知识，严格的外文要求与专业考试把很多饱学之士挡在门外。著名海归学者、北大校长蒋梦麟就回忆："初到美国时，就英文而论，我简直是半盲、半聋、半哑。如果我希望能在学校里跟得上功课，这些障碍必须先行克服。"③蒋梦麟在出国前已在南洋公学学过多年英语，他的功课尚且如此困难，可以想见一般外语积累较少之人障碍更难克服；留学欧美的经济成本也较高。英美留学花费昂贵，即使是官费留学也常有拮据的时候，留学者面对经济压力，多感窘迫。

留学门槛过高，一般读书人难以企及，倒是新兴的报纸、杂志工作方式比较自由，薪水也较高，为他们提供了生存的空间。从19世纪70年代《申报》创刊开始，很多读书人很是期待投身这一行当。特别是在辛亥革命和五四运动之后，"人民有著作刊行之自由"载入《临时约法》中，全国报纸一跃由原来的100家猛增为500家，创刊于1909年8月的《图画日报》这样描写："沪上自风行报纸后，以各报出版皆在清晨，故破晓后，卖报者麇集于报馆之门，恐后争先，拥挤特甚。甚有门未启而卖报人已在外守候者，足征各报畅销之广。"④

①　余英时：《士与中国文化》，上海人民出版社2002年版，第5页。

②　刘少文：《1872—2008中国的媒介嬗变与日常生活》，中国社会科学出版社2010年版，第23页。

③　蒋梦麟：《西潮·新潮》，岳麓书社2000年版，第73页。

④　《报馆晨起卖报之拥挤》，环球社编辑部编：《图画日报》（第4册），上海古籍出版社1999年版，第151页。

鲁迅与20世纪中国研究丛书

"一时报纸风起云涌、蔚为大观"，现代报业"可谓盛矣，销数也达4200万份，均创历史最高"。①五四运动后对白话文大力提倡，顺应了历史潮流，白话文迅速占领市场，报刊业更是迅速崛起。"在'五四事件'发生以后的半年内，中国约有四百种白话文的新刊物出现"，"我的估计在'五四时期'，即1917到1921年这5年间全国新出的报刊有1000种以上"。②随着报业的大举发展，出版业也获得了长足的进步。1897年，一个手工印刷作坊在上海江西路南侧的德昌里末弄3号开张，这就是后来的商务印书馆。它用现代印刷技术，采用铅活字排版、大机器印刷，特别是现代的经营管理手段开启了现代出版业的新纪元。随后大批出版社崛起，如"中华""世界""大东""开明"等相继出现，他们大量出版和传播教科书，并译介西方名著，输入西方文化，开阔读者眼界。随着报刊业的迅猛发展，出版小说的书局、书坊的数量也出现了快速的增长。

现代报刊、出版等公共文化空间的出现，给读书人带来了新的生存机遇。报刊等公共传媒出现后，读书人可以凭借写作在施展自己的才华的同时获得较为稳定的收入维持生计。真正意义的现代稿酬起源于商务印书馆1910年创刊的《小说月报》杂志，它正式提出了投稿选中者可以获得不同程度的酬谢，其后《申报》等大众报刊争相采用稿酬制度，大大刺激了投稿者的积极性和热情。③事实上，不少优秀的文人的确获得了较丰厚的报酬。可以举报人、小说家张恨水为例，他在报业当过记者、编辑、副刊总编、总编，还自己办过报，据考证，"仅在1926—1935年张恨水创作第一高峰期的10年间，张每月所得稿酬平均高达730银元，相当于当时著名大学教授收入的2.65倍之多"④。

---

① 戈公振：《中国报学史》，上海古籍出版社2004年版，第208、211页。

② 周策纵：《五四运动史》，岳麓书社1999年版，第261页。

③ 中国的稿酬起源有不同说法，有的认为起源于东晋王羲之，有的认为起源于隋朝郑译，有的认为起源于唐朝皇甫湜，还有说法更为更早起源于汉代司马相如。中国古代稿酬更加倾向于是以实物相赠的答谢，具有情谊和补偿之意。参见《稿费的由来与演变》，载白润生、龚文灏编著：《新闻界趣闻录》，复旦大学出版社1995年版，第303页。

④ 刘少文：《大众媒体打造的神话——论张恨水的报人生活与报纸化文本》，中国社会科学出版社2006年版。

二、大众媒介营造的新型文化空间

都市新的文化媒体的出现和蓬勃发展为新的知识精英提供了可以开展启蒙思想工作的文化空间。一批致力于现代文化建设的文化人凭借着自己对这一文化空间的深入了解，开展了卓有成效的工作。鲁迅无疑就是其中杰出的代表。

1. 报纸杂志营造的公共文化空间

东京是鲁迅迈出国门接触新鲜思想和事物的地方，然而年轻的鲁迅并没有沉醉于大都会的光怪陆离中，他深知自己身上的文化使命。鲁迅把在日本所接触的"进化论思想""摩罗思想""立人思想"和自然科学知识都转化成为严谨而又饱含着深情的文章，常发表于《浙江潮》和《河南》等刊物上。其中，《河南》是1907年12月由河南省的留日学生在东京出版的，鲁迅在该刊物上多次撰写稿件，成为这一现代传媒的积极参与者和支持者。《浙江潮》和《河南》一步步加深了鲁迅对现代传媒的认识，为了进一步推广文艺，鲁迅还曾经在1907自己筹集出版文学杂志《新生》——沿用但丁的名作《新生》之名。作为一本同人杂志，《新生》虽然由于种种原因而失败，但可以看到鲁迅试图通过现代传媒手段"转移性情、改造社会"的目的。此后，鲁迅亦多次亲自创办刊物，倾注了大量心血，还经常需要贴补费用，自己亲撰文章、设计版式、联系出版、发行，为青年投稿者审稿、改稿等更是不用赘述。

鲁迅对现代传媒和出版市场的态度是复杂的。一方面，现代传媒的发展给文学写作者带来了新的机遇。现代传媒和出版业以市场为导向，摆脱了政治权力的制约和同人之间内部传播的狭隘，现代出版社使得思想文化的传播更为迅捷，覆盖面也更为广阔，文人更有可能发出自己的独立声音，相应地也带来了现代稿酬制度的建立和现代文人的职业化，培育了全新的现代文学市场。但另外一方面，文学进入市场势必伴随着商业化的痼疾。鲁迅也是这样，他一方面需要来自现代文学出版市场的版权收入，另一方面他对出版市场各种鬼魅的伎俩多有不满，经常有一针见血的评论，尤其他对出版商因逐利而丧失道德的行为屡有动怒。这些都给他带来情绪、感受上不小的折磨，但他也无从摆脱。媒体自身影响力的竞争，虽然会出现知识分子鄙夷的丑陋的一面，但竞争本身

鲁迅与20世纪中国研究丛书

更多还是带来了活力。鲁迅在上海时期后期多将自己的文章放到发行量较大的报刊上，据统计，鲁迅自1933年至1934年的20个月内共在《申报·自由谈》发表143篇杂文，他分明也是希望能在一个更为广阔的平台上发出自己的声音。也正是由于《申报》等报纸是当时发行量极广的现代纸媒，具有非常广阔的读者基础，才有可能形成以瞿秋白、唐弢等知识分子为主的自觉学习鲁迅杂文的"鲁迅风"杂文的局面和风潮。当然，现代传媒的要求和读者的反响等也对鲁迅自己后期杂文的写作方式、论战技巧、文体选择产生了重要的影响，对现代传媒力量的自觉运用已是鲁迅的拿手好戏。

鲁迅将报纸和杂志当作讨论论证公共问题的平台，在与其他各色人等的笔战中碰撞出了思想上的火花。鲁迅供稿颇多的《语丝》杂志就是对20世纪20年代中国社会不合理现象展开讨论、批判的重要出版物。鲁迅在新文化运动高潮结束后深感压抑，"寂寞新文苑，平安旧战场"的感慨透露出他理想中的文苑本来就应是敢爱、敢恨，勇于表达自己批判性的公共文化空间。鲁迅一生论敌无数，因杂志经营等问题引发的也并非鲜见，高长虹挑起的对鲁迅的攻击即是一例。他与新月派的论战，与创造社、太阳社关于"革命文学"的论战……虽迄今为止仍聚讼不已，饱受非议和批评，但诸如《"醉眼"中的朦胧》《文艺与革命》《我的态度气量和年纪》等发表在各个报纸、杂志上元气淋漓的文章，无疑已成为20世纪中国的都市文化空间里最生动的风景。

2. 绘画、电影

现代都市文化中，绘画和电影，尤其后者作为现代都市文化艺术的时尚体现受到广大市民的追捧。鲁迅毕生对绘画艺术有着由衷的热爱，对正在成长期的现代电影的消费、评介也多有意趣，而这些又不知不觉地影响着鲁迅的文学感知与创作。譬如鲁迅小说、散文中强烈的色彩感、线条感，一些特定的意象、叙事中的"蒙太奇"手法，如碎片叙事、空间转换等的运用，都可以看到现代绘画、电影艺术熏陶的痕迹。

鲁迅对绘画的研究和收藏是除了文学创作、翻译外留给世人的又一大精神财富。鲁迅收藏、编辑、研究的绘画种类繁多，如下表：

鲁迅研究的绘画种类[1]

中国绘画	古代汉画像、现代木刻作品
外国绘画	写实派、印象派、未来派
画种	写意画、山水画、风俗画、儿童画、漫画、连环画、素描、木刻、金石、印章

在东京生活的日子鲁迅就经常参观浮世绘的展览会。他曾陆续购藏《浮世绘版画名作集》《浮世绘大成》等作品。在1935年2月4日鲁迅给李桦的信中曾说："日本的浮世绘，何尝有什么大题目，但它的艺术价值却是在的。"[2]浮世绘是日本平民阶级的产物，描绘的是江户市民阶层物质、精神生活开始富裕起来的景象。"绘画制作不再仅仅是贵族、僧侣和御用画家的神圣工作，也不仅仅是贵族阶层的高雅消遣，众多平民画家涌现。浮世绘画家开设街头作坊，收徒传艺，交易作品。生机勃勃的艺术商业活动发展形成了一个活跃的市场。"[3]浮世绘从日本的都市平民文化里汲取了素材和情趣，这自然也是鲁迅接受、了解日本都市生活的重要渠道。

除了浮世绘等现代绘画艺术带给鲁迅很多都市文化的信息外，现代电影也为鲁迅打开了又一扇艺术之门。瓦尔特·本雅明在《机械复制时代的艺术作品》中谈道："没有哪个地方比得上在电影院中那样，个人的反映从一开始就以他置身其中的群体化反映为前提。"[4]和绘画、读书等传统文艺活动不同，电影院是一种群体的"聚餐"，在电影院中存在着别样的"场"的效应。"观看的行为是群体的、开放的、协调的、共享的、相互依存的。有时，你的

① 许祖华：《构筑精神世界的另一半——鲁迅绘画活动的精神意义》，《山西大学学报（哲学社会科学版）》2011年3月，第34卷第2期，第47—52页。

② 鲁迅：《书信·350204致李桦》，《鲁迅全集》第13卷，人民文学出版社2005年版，第372页。

③ 陈兵：《浮世绘：日本绘画艺术大众化的开端》，《文艺争鸣》2010年第8期，第105页。

④ 瓦尔特·本雅明：《机械复制时代的艺术作品》，王才勇译，江苏人民出版社2006年版，第86页。

意识专注于影片上，有时你的感觉却在'场'的空间中飘荡，周围人的笑声、哭声、叹息声，甚至屏住呼吸的紧张状态对你都构成传染与暗示。"①这种群体性的观赏行为是在聚体式的大都市中独有的一种娱乐活动，"每个观众都在自我与他人的共享与互动中感受到一种氛围，体会到一种共鸣，从而涌动出一种个人对群体的强烈的依赖感与归属感"②。电影是现代都市人的一种娱乐文化需求。20世纪20年代，郁达夫就指出："20世纪文化的结晶，可以在冰淇淋和电影上求之。"他认定与其他媒介相比，电影有五大优势："第一，电影是合成各种艺术长处的集大成者。第二，电影是艺术的立体化而且有动的性质的。第三，电影是合乎近代经济原则的。第四，电影的现实性和超现实性，都比旁的艺术使观众满足他们的好奇心。第五，电影是合乎近世的社会主义理想的。"③电影院装修时尚、设施完备，是现代与时尚的结合。"在这样的公共空间中，光顾者除了看好莱坞等西方影片之外，还可以收到诸多的'现代'洗礼：不仅可以领略到现代技术和艺术支撑下的人文环境，还能顿悟到人与环境的奇妙关系，更会强烈地感受到这一新的公共空间正弥漫着一种全新的人文精神、价值尺度、文明标准。它对每一个个体之'我'从精神到行为都构成一种'润物细无声'的浸染与重塑。"④电影进入中国，对中国的文学艺术各个层面都产生了微妙而持久的影响。"电影本是外国的一种玩意。自从流入中国以后，因电影非但是娱乐品，并且有艺术上的真义，辅助社会教育的利器，所以智识阶级中人首先欢迎……但电影院合着大众的需要，先后成立的不下二十余所。其势蒸蒸，大有傲视舞台，打倒游艺场的气概。"⑤电影院可以说是早期中国城市社会里的造梦空间。根据相关研究，中国最早出现电影院的是哈尔

---

① 刘少文：《1872—2008中国的媒介嬗变与日常生活》，中国社会科学出版社2010年版，第247页。

② 刘少文：《1872—2008中国的媒介嬗变与日常生活》，中国社会科学出版社2010年版，第247页。

③ 郁达夫：《电影与文艺》，《艺文私见》，复旦大学出版社2004年版，第155页。

④ 刘少文：《1827—2008中国的媒介嬗变与日常生活》，中国社会科学出版社2010年版，第243页。

⑤ 王定九：《上海门径》，上海中央书店1932年版，第14页。

滨，位于当年老中国大街和商市街的街角处，较早的还有上海美租界兴建的虹口大戏院，而到了20世纪30年代初，电影院在中国的大城市已经星罗棋布。美国商业部1927年的一个报告指出："中国目前有106家电影院，共68000个座位，它们分布于18个大城市。"这些大城市大多是通商口岸，其中上海就有26家。① 这个统计不一定准确，但至少可以说明到20世纪30年代左右，电影院已经成为都市人常见的公共空间，对现代人的娱乐生活、价值观念的影响不可小觑，而拥有电影院最多的就是中国最大的城市上海。《电通画报》就在上海地图上把所有的电影院都贴了上去，并且夸张声称，电影院是"每日百万人消纳之所！"。从电影院的税收可见其发展强劲之态，电影院上缴给租界当局的娱乐税款1938年为276097元，1939年升为368528元。② 当时的知识分子，如施蛰存、徐迟、包天笑、张爱玲等都毫不讳言自己对电影的热爱。

鲁迅对电影更是情有独钟，在广州的时候就常常去看电影。"一到广州，我觉得比我所从来的厦门丰富得多的，是电影，而且大半是'国片'，有古装的，有时装的。因为电影是'艺术'，所以电影艺术家便将这两种多余加上去了。"③ 1930年代他居住上海期间时更是喜欢看电影，有人根据《鲁迅日记》统计，自1927年10月定居上海至1936年10月逝世，十年间鲁迅共看电影134次。④ 具体次数可统计如下：

1927	1928	1929	1930	1931	1932	1933	1934	1935	1936
6	9	7	1	17	2	6	32	35	19

不完全等同于普通的影迷，鲁迅对电影的观赏遵循的是"拿来主义"的理念。作为当时中国最杰出的文人，他对电影的趣味、点滴评论，其实还是围

---

① 参见李欧梵：《上海摩登：一种新都市文化在中国（1930—1945）》，毛尖译，北京大学出版社2001年版，第98页。

② 《申报》1940年12月10日。

③ 鲁迅：《而已集·略论中国人的脸》，《鲁迅全集》第3卷，人民文学出版社2005年版，第433页。

④ 方明光编著：《海上旧梦影》，上海人民出版社2003年版，第101页。

鲁迅与20世纪中国研究丛书

绕着念兹在兹的文明、文化批评与革新。鲁迅对当时正萌发期的电影曾做过批评，他在《上海文艺之一瞥》中指出："现在的中国电影，还在很受着这'才子+流氓'式的影响。"①这分明是提醒旧的习气也会复活在最先锋的电影艺术中。西方电影中的部分题材也同样逃不出鲁迅的犀利批判："近五六年来的外国电影，是先给我们看了一通洋侠客的勇敢，于是而野蛮人的陋劣，又于是而洋小姐的曲线美。"②鲁迅意识到了现代电影通过暴力、情色等元素迎合市井人群的文化消费趣味的做法，言辞之间可以感受到他的不以为然。鲁迅还翻译了日本的岩崎昶的论文《现代电影与有产阶级》，并作了《译者附记》集中阐释了自己的电影观。鲁迅对西方电影迅速流于消费主义的现象表达了不满，并警示这一倾向会腐蚀中国正起步的电影。现代电影当然是为了迎合都市人的品味，顺应都市文化的发展而出现的，但这也并不意味着知识分子要全盘接纳它的趣味，鲁迅的不满和批判意识自有其意义和价值。

3. 图书馆和书店

欧洲早在17世纪就有了比较完备的、规模较大的公共图书馆。中国的藏书传统虽源远流长，历史悠久，近代图书馆学家刘国钧就明确指出——"藏书之事渊源至古。其在吾国则周有柱下史，汉有天禄阁。唐之四部，清之四库，皆其最著者。而私家收罗之宏富亦所在多有"③，但不可否认的是中国近代的公共图书馆的建设还是大大晚于欧美。"此前，中国社会上只有官阁藏书，书院藏书，私家藏书，寺院藏书，它们都是不对外开放借阅的。……并没有形成一个真正的图书传播的公共领域。"④这也充分说明了，近代以来中国引入现代图书馆制度本身就是都市公共文化空间意识觉醒的产物，对此有论者指出：

---

① 鲁迅：《二心集·上海文艺之一瞥》，《鲁迅全集》第4卷，人民文学出版社2005年版，第300页。

② 鲁迅：《花边文学·"小童挡驾"》，《鲁迅全集》第5卷，人民文学出版社2005年版，第469页。

③ 刘国钧：《近代图书馆之性质及功用》，《刘国钧图书馆学论文选集》，书目文献出版社1983年版，第1页。

④ 刘少文：《1872—2008中国的媒介嬗变与日常生活》，中国社会科学出版社2010年版，第63页。

"一是清末民初引入和接受西方公共图书馆观念，创建和改建各级公共图书馆，远效欧洲，近发日本，注重图书利用之有限公开及共有共享；二是五四以后，引入和接受欧美新的教育观念，发起新图书馆运动，以效法美国图书馆制度为主，注重发挥图书馆之社会效能。"①可见，现代意义的图书馆的建立，实则是构建市民公共的文化空间，让它成为服务社会的文化阅读、交流平台，为现代知识、思想的传播提供机会。在国民党文化专制还未严密的民国初期，各种文化思潮奔涌而来，在北京、上海这样的大都市里往往比其他地方更方便接触到这些资源，书店可以说是新知识分子在都市里接受新思想洗礼不可或缺的地点。

书店是鲁迅经常光顾的地方，北京时期的北新书局、上海时期的内山书店可以说都是研究鲁迅的生平、创作时重要的文化地标。"如果说公共图书馆具有某种公益性，它是通过个人、社会或国家资助的方式传播图书文化的话，那么书店则是通过经济杠杆和个体选择的方式把图书传播给不同的个体，其功能更是不可或缺的。"②"中国近现代书店的最初形态是在书坊、出版社的母体中孵化出来的，其传播的目的性极强。"③鲁迅生命后期，上海丰富的文化资源和书刊资源给了他很大的便利，他到上海的第三天就来到内山书店寻书，因缘际会这里成为其后鲁迅最重要的活动场所。在内山书店里，鲁迅先后购买了经典社会理论丛书作为翻译的原始素材。内山书店里书籍的不断更新和引进，才使鲁迅可以更便捷地选择他的翻译资源。下表是鲁迅在内山书店所购书籍的大致情况：

① 左玉河：《中国近代图书馆制度之建立》，载郑师渠、史革新、刘勇主编：《文化视野下的近代中国》，中国传媒大学出版社2009年版，第568页。

② 刘少文：《1872—2008中国的媒介嬗变与日常生活》，中国社会科学出版社2010年版，第68页。

③ 刘少文：《1872—2008中国的媒介嬗变与日常生活》，中国社会科学出版社2010年版，第70页。

鲁迅与20世纪中国研究丛书

鲁迅在内山书店购买的图书种类

经典社会理论丛书	《论中国革命题》《共产党宣言》《婚姻及家庭的发展过程》《俄国工人党史》《阶级斗争理论》《唯物论与辩证法的基本概念》《唯物史观解说》《文学与革命》《无产阶级文学理论》《苏俄的文艺政策》《新俄国文化的研究》
西方文艺理论丛书	《苏俄的文艺政策》《马克思主义艺术论》
绘画类丛书	《世界美术全集》《苏俄美术大观》《蕗谷虹儿画谱》《弥耳敦失乐园画集》《但丁神曲画集》《世界文艺名作画谱》《日本原始绘画》《手艺图案集》《当代漫画》《浮士德》《伊索寓言》《创作版画》
中国古典小说、词曲、杂影片	《三国志平话》、杂剧《西游记》

由上表可以看出鲁迅读书的"博"与"专",他阅读的书籍种类繁多,本时期内主要集中于经典社会理论和绘画类丛书。经典社会理论正迎合了鲁迅当时因文艺理论论争产生的阅读需要,绘画则一直是鲁迅的阅读兴趣。内山完造不同于一般商人,他非常重视书店作为文化人交流平台的重要性,因此他在内山书店中开设了茶座方便读者交流。鲁迅经常在这里和青年座谈,接待友好。内山书店其实已构筑了一个小小的公共文化空间(Public Sphere)。结识内山书店,可谓鲁迅作为一个职业文人的幸福。当然,有鲁迅的内山书店也成为上海书店的传奇风景。

三、社团

1918年开始,鲁迅参加了《新青年》杂志社的编务工作。在近三年的时间后,发表了小说、新诗、杂感、论文、翻译、通讯等作品大约50篇,其中《狂人日记》被誉为现代白话小说的奠基之作。在《新青年》上他还开辟了"随感录"专栏。同时,鲁迅也很关心支持青年社团的创作活动,比如他认为浅草社"其实也是'为艺术而艺术'的作家团体,但他们的季刊,每一期都显示着努力:向外,在摄取异域的营养,向内,在挖掘自己的灵魂,要发见心灵的眼睛和喉舌，来凝视这世界，将真和美歌唱给寂寞的人们。"①冯至早年曾参与过浅草社和沉钟社，鲁迅1935年在《〈中国新文学大系〉小说二集序》中赞誉冯至为"中国最为杰出的抒情诗人"，给青年诗人极大的精神鼓励。

"浏览鲁迅的生活经历和文学史的叙述可以清楚地了解到，南社、新青年社、语丝社、莽原社、未名社、奔流社、朝花社，乃至'左联'等多个团体与鲁迅有过直接联系。而且20世纪的20至30年代许多重要的文学社团流派的生成也与鲁迅发生过这样或那样人与事的纠葛。"②1935年鲁迅在编选《中国新文学大系》时，对文学社团做出形象的比喻："文学社团不是豆荚，包含在里面的，始终都是豆。"③"鲁迅与中国现代文学社团的关系，有一个非常特殊的现象。鲁迅没有像郭沫若与创造社、茅盾与'文研会'、胡风与七月派等作家一样拥有某一社团的中坚身份，或者较长时段坚持到底参与一个文学社团组织的活动；也不像胡适、郁达夫、王独清等作家参加某一个文学社团完全凭着意趣同即聚合，热情尽即离散去。"④

清末民初以降，中国社会逐步由传统的乡村社会向现代都市社会过渡。由乡村到都市，从"熟人社会"到"陌生人社会"，每个普通人都不由自主被裹挟进时代的浪潮，人们的生活和心理都受到巨大的冲击。这种冲击未必尽是美好之事。福柯在《规训与惩罚》中指出，在现代性的社会权力机制运作中，具备了自由意识的现代人们只能感觉比以往更加不自由。他们的努力看似主动，实质上仍是被动的，仅仅是社会控制机制、体系中的一种自我适应而已。同时，尽管社会的各种体制是为了控制我们而存在的，但在客观上也的确为我们寻求自由开辟了一条道路，现代社会制造出一个又一个的规训体系，如学校、

---

① 鲁迅：《且介亭杂文二集·〈中国新文学大系〉小说二集序》，《鲁迅全集》第6卷，人民文学出版社2005年版，第250—251页。

② 杨洪承：《"人与事"中的文学社群——现代中国文学社团和作家群体文化生态研究》，人民出版社2014年版，第147页。

③ 鲁迅：《且介亭杂文二集·〈中国新文学大系〉小说二集序》，《鲁迅全集》第6卷，人民文学出版社2005年版，第264页。

④ 杨洪承：《"人与事"中的文学社群——现代中国文学社团和作家群体文化生态研究》，人民出版社2014年版，第148页。

机关、精神病院……让人们可以结成不同的社会团体。这些社会团体一方面管制着民众，但另一方面也使得公众形成一个又一个小圈子，在这个特定的圈子里每个人又可以走到一起，交流思想，互通有无，实现身份的认同和精神上的抱团取暖。总体上，鲁迅一生的不同时期与不少社团保持有密切的关系，但同时也一直保持着城市知识分子的独立性。

第三节　文化市场与经济理性

18世纪英国的经济学家亚当·斯密在《国富论》中第一次系统提出了"经济人"的思想，"货币既具有交易的媒介职能，又具有价值的尺度职能"[①]。他主张现代市民具有谋求个人利益动机的合理性，这是现代商品社会里市民阶层的物质理性。不同于农业文明背景下的"宗法人"，也不同于国家意志全面控制下的"政治人"，现代市民有理由追求个人的付出与报酬相等，这是肯定个人利益与独立人格所必需的。西美尔也认为大都市的本质就是货币经济。"社会生活越是受金钱经济关系的支配，存在的相对主义特征在有自觉意识的生活中就越是起作用、越是明确，因为货币不是什么别的，只不过是体现了经济对象的相对性的一种特殊构形物，它意味着这些对象的价值。正如绝对论的世界观表现的是和人类事物相应的实践、经济、情感状态相关联的一个特定的理智发展阶段"[②]。货币经济是一种物质理性，金钱不能再被视为洪水猛兽，罪恶源泉，它是现代都市的运转基础。

20世纪以降中国的都市化进程也有相类的问题。以新文化运动中新的知识人的表现为例，他们实则是在中国市民社会萌发时期的先行者。新文化运动早期最重要的阵营地《新青年》就多方考察、学习了现代化出版市场的运营规律，在约稿、编辑、出版、了解读者兴趣、引导市场需求、迎合并掌握受众心

① 亚当·斯密：《国富论（精华本）》，陈建平编译，中国商业出版社2009年版，第75页。

② 西美尔：《货币哲学》，陈戎女等译，华夏出版社2002年版，第420—421页。

理等方面做得颇为到位。新文化运动后期鲁迅创办《莽原》，同样对书籍的装帧设计、出版运营都精心统筹，带来了非常好的传播效果，也使得启蒙思想更迅捷地影响民众心理，使得新文化运动更加深入人心。同时，"新青年"派的知识分子对于自身"经济人"的定位也有清醒认识，很快接受了自己在市场传播中的经济角色，这也使得他们在经济上得到了丰厚回报，从而在拥有独立经济权的同时也巩固了自己的话语权。

鲁迅自己的收入构成主要有三部分：公务员收入、教学收入和写作翻译编辑收入。中华民国一成立，鲁迅就由民国政府教育总长蔡元培录用，在教育部担任公务员（1912—1926），时间长达14年，这是鲁迅在北京时期的正式职业。从1920年起公务员收入所占比重开始逐渐减少，1924年出现了尤其明显的下滑。公职收入下降原因有两个：一是北洋军阀政府由于政治腐败、增加军费、挪用公款而经常拖欠部员薪水和教育经费，1920年以后尤甚，如1921年拖欠半年，1923年12月31日才发给本年3月份的薪水，1925年1月才发给前年7月份的薪水等等，不一而足。最后鲁迅离开北京时，北洋军阀政府还欠他两年半的薪水。二是鲁迅为了增加经济收入，又寻找了大学讲师等兼职，有了可观的收入。"五四"以后鲁迅除了主要在教育部供职以外，曾在北京的八所学校——北京大学、北京高等师范学校（后改为北京师范大学）、北京女子高等师范学校、北京世界语专门学校、集成国际语学校、中国大学、黎明中学、大中公学兼课，时间长达6年（1920—1926）之久。在鲁迅一生中，只有1926年夏至1927年夏这整整一年间的主要经济来源是专任大学教授之所得。1932年"教育部编辑费"撤销以后，版税和稿酬、编辑费成为鲁迅唯一的经济来源。鲁迅后期平均月收入相当于今人民币2万多元。作为自由职业者，这就是他坚持"韧性战斗"的经济基础。

可以对鲁迅的年收入做一统计：

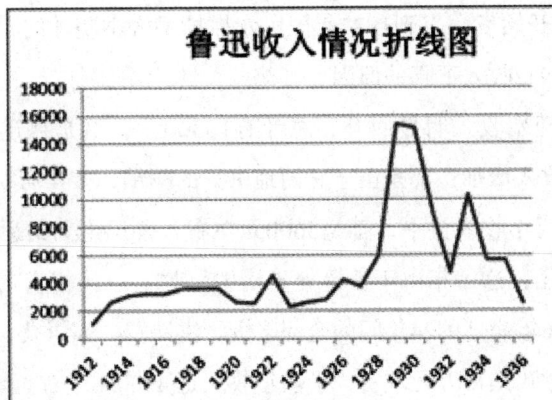

鲁迅收入情况折线图

从折线图中可以看出，1912年到1919年鲁迅的收入是呈缓慢上升的趋势的。鲁迅每月的工资虽然有较大增长，但每年的总数都并没有较大的增长，这主要是因为当时北洋政府的财政状况很差，对公务员的薪水往往采取能拖就拖、能欠就欠的方针，往往少发或者用各种各样的名义要求大家捐献所致。

1920年至1922年收入出现了明显的下降。1920年虽然鲁迅接受了北京大学和高等师范（后改名北京师范大学）两校的聘书兼任讲师，但开始讲课时鲁迅是不计报酬的。1921年平均月收入应增为320元，但是教育部拖欠了半年多的薪俸，所以实际收入更为减少。从1923年起鲁迅的收入开始逐年增加。1925年不仅继续在北大、北师大兼任讲师，而且从9月开始又在中国大学本科兼任小说学科讲师，在黎明中学和大中公学兼任高中文科教员。1926年鲁迅到厦门大学任教，1927年到中山大学任教。无论是厦门大学还是中山大学的工资都远高于他在教育部任科长时的工资，这些都使鲁迅的收入变得颇为可观。

从1928年开始鲁迅的收入开始激增，直到1931年一直都维持着一个较高的水平。真正使鲁迅收入突飞猛进的是他的稿费、版税。鲁迅的版税主要来自北新书局的李小峰处。李小峰原是北大学生，他所创办的北新书局之所以能生存下去，主要是依靠鲁迅的著作，鲁迅的大部分作品都是由北新书局出版发行的。正因为鲁迅与北新书局的这种特殊的关系，北新书局对鲁迅也是另眼相待，给鲁迅的版税是25%，这在当时的作者中是比较特殊的。当时鲁迅还有一份特殊的编辑费，这是任中华民国大学院院长的蔡元培先生发的，每月300元，这也是一笔不小的收入，而且蔡元培先生并不要鲁迅到南京去办公。这笔钱从 1927年开始发一直到1932年国民党撤掉了大学院才终止，这也正是折线图中1930—1932收入下降的原因。

1933年开始收入明显回升，总计有10300元，这是鲁迅收入的一个小高峰。这一年收入增加主要是由于《两地书》的畅销，多得版税1000多元。1934年和1935年两年收入持平，都是5600元左右，鲁迅生前最后一年（1936）收入有2700多元，这一年由于鲁迅处于病中，收入也就相应减少很多。鲁迅从1912年至1936年病逝的24年间的全部工资、讲课费、编辑费、稿费、版税加起来，其总数大致是11万元左右，平均年收入是4560元左右。

比较一下鲁迅同时期的一些文人的稿费收入。梁启超的稿费标准是每千字20元（约合人民币700元），超过鲁迅8倍，是当时稿费之最。林纾前后翻译过181部小说，每部平均20万字，稿费是每千字6元（约合人民币200元左右），林纾仅靠翻译小说获得的收入就达22万多元（约合人民币770万元），比鲁迅一生的收入高出三分之一，这也是当时非常高的数字。商务印书馆的稿费标准如下：郭沫若每千字4元，胡适每千字3元，鲁迅给《晨报》投稿是每千字2元，商务印书馆给鲁迅的稿费是每千字3到5元不等，鲁迅得到的最高稿费是他的《二心集》，每千字6元。由此可见每千字6元差不多是当时最高的标准。鲁迅的收入平均下来每个月大约是420元左右（大致相当于现在人民币15000元），比鲁迅稍早一些或同时期的一些文化人收入并不比鲁迅少。北京大学文科学长陈独秀的薪俸为每月400元，主编《新青年》另有每月200元的编辑费，这样算下来，陈独秀每月收入为600元（约合人民币21000元），蔡元培除了北京大学校长的薪水收入（约每月600元）外，翻译作品的稿费达到了每千字7元，此外他还与商务印书馆有合作协议，从出版物中获取版税20%。

版税是30年代文人们的另一收入，一般作家们都和出版社签有版税合同，按照发行量由作家抽取一定数目的版税，具体的比例由作家与出版商商定。以商务印书馆为例，郭沫若的是10%，胡适的是15%，鲁迅的是20%。鲁迅的著作大多数是由北京的北新书局出版发行，北新书局总共付给鲁迅版税2万多元，约合现在人民币70万元，这差不多是鲁迅一生中获得的主要版税收入。北新书局的印数一般是1000册，最多不超过2000，鲁迅的作品一次印刷超过2000

册的只有《两地书》，相比起商务印书馆差距较大。林纾在20至40年代总共从商务印书馆获得相当于人民币700多万元的收入，是鲁迅从北新书局获得的十倍。张恨水，张爱玲等人的作品一次印数可达上万册，胡适的也有5000册，相比之下，鲁迅的要少得多，只有《两地书》的印数接近胡适。相应地，他得到的版税收入也少得多，鲁迅的版税收入只有他全部收入的七分之一，不仅大大低于薪水，也低于他的稿费。

由此可见，虽然鲁迅的收入非常可观，但与同时期的文人相比只能算中上水平。鲁迅对待经济的态度是格外重视且相当认真的。他除拿着教育部公务员的薪水外，还先后在北京八所学校兼课长达6年，如果再加上写作、翻译以及编辑所得的各种版税和稿酬，收入不可谓不高。但是即便如此，鲁迅对金钱还是精打细算，精细到每笔收入支出几乎都有记载，这从他的《日记》收入、家用账以及书账都能看出。鲁迅对金钱的重视有时甚至到了"斤斤计较"的程度。为了捍卫自己的经济权，鲁迅一再向北洋政府索取欠薪，并且以小科长职务告倒了部长章士钊。1928年鲁迅发觉北新书局克扣他的版税，他不惜与老友翻脸，请来律师为自己追回被扣压的版税旧债。

20世纪二三十年代的上海是中国资本主义经济最发达的地区。经济的繁荣带来了文化的发展，上海开始取代北京成为中国现代文学的中心。出版公司、报馆、书店、印刷厂遍布其间，报纸、杂志的数量惊人。30年代，各种杂志层出不穷，仅1933年的上海而言，就出版了至少200种杂志。现代出版业、报刊业等大众传媒的崛起，改变了传统文人的写作方式和传播手段。现代报刊业和出版业主要遵循的就是市场规律，把文人推向市场，由市场决定销量。文人也可以借助市场的力量更加自由地表达意见。鲁迅等一大批现代文人正是敏锐地在早期中国的市民社会中正确定位了自己的"经济人"角色，习得了现代都市社会知识分子新的生存方式，以理性的态度面对自己的职业生涯，从而使自己能够在意识形态、政府部门、社团流派各方夹缝间保持自己的精神独立和写作自由。可以说没有现代都市的兴起，就不会有获得经济的独立，更不会有体现现代公共知识分子特质的鲁迅。上海出版业的兴盛一方面为职业作家的生存提供了物质基础，另一方面也使得文化市场的竞争日益激烈，各家报刊为争夺读者、占领市场而使出浑身解数。因此，是否有名家给刊物撰稿就成为各家报刊招揽读者、扩大订数的关键。对鲁迅这样一位新文化的领军人物，他对读者的号召力和市场价值，各家杂志、报纸的老板自然是心知肚明。为了能使鲁迅给自家刊物撰稿，他们一方面开出优厚稿酬，另一方面对鲁迅鲜明的左翼政治倾向采取容忍策略，对国民党的书报检查阳奉阴违，正是因为这样，像鲁迅这样左翼倾向鲜明的作家才能在上海得以安身。

鲁迅有这样的收入和生活水准完全是凭他一己之力——写作与编辑刊物获得的。鲁迅在上海的9年间，不担任公职也没有职业，没有依附任何团体与组织。他对国民政府的反感与敌视众所周知，与左联也是矛盾冲突不断，直至"两个口号之争"将他与左联的龃龉公之于众。鲁迅使自己成为一个"边缘人物"——不依附任何集团，不成为任何组织团体的附庸，保持着个人的独立判断。只有这样，他才能对强权说真话，才能反抗一切不公不义。而要做到这一切，经济的独立自主是先决条件。鲁迅用自己的一支笔，过上了体面的生活。他既没拿国民党的津贴，也没有得到共产党的资助，更没有成为某个集团的"走狗"。经济的独立使他能畅所欲言、无所顾忌，不用看人家的脸色。自己所得到的一切是靠个人奋斗得来，非拜某集团或某位大人所赐，因此才能"唱着所是，颂着所爱，而不管所非和所憎；他得像热烈地主张着所是一样，热烈地攻击着所非"①。

第四节　都市体验与鲁迅精神

在工业革命的推动下，欧洲近代都市崛起，由传统农业生产方式决定的自然的"人情社会"逐渐向现代商业交换模式为主的现代理性社会推进，由此形成的现代都市的生存方式迅速扩散开来。在人们的市场活动和社会交往中，以法律形式出现的契约制度代替了传统伦理的道德承诺，理性的社会交往代替了

---

① 鲁迅：《且介亭杂文二集·再论"文人相轻"》，《鲁迅全集》第6卷，人民文学出版社2005年版，第348页。

过往基于血缘、宗族等的情感维系。现代都市的社团、群体往往是由陌生人构成的，人群的基本特征是流动和陌生。要在一个陌生人组成的群体中维持社会的有序运转就必须采用规范的法律规章制度，依靠超越情感的理性来管理和约束而不是依靠传统的道德义务和情感关系。

西美尔认为现代分工的作用最显著的表现就是在大都市中个人同社会总体结构的关系呈现出的疏离状态。如果是在一个小规模和简单分工的社会，成员和社会的联系往往是紧密的，个人有序融入蛛网式的严密的社会网络中。但是在都市生活中，个人除了特定的社会圈子外和其他社会圈子的关联大都是暂时和浅层的。即使在特定的社会圈子内，也存在必要的疏离感。鲁迅在与20世纪二三十年代的各种文学社团的交往中，就看重契约精神，体现出很强的理性。社团中出现人事纠葛他会选择退出，在社团活动中他又遵循独立自主的原则保持自己的人格与精神独立，不会因为地缘、人情等因素让自己作茧自缚。他重视实干，讲究效率，对人公正平等，遵守契约，鲁迅身上体现出了一个现代城市知识分子的完善人格。

一、都市体验与鲁迅都市精神的建构

马克思曾经说过："这些个人使自己和动物区别开来的第一个历史行动并不是在于他们有思想，而是在于他们开始生产自己所必需的生活资料。"[1]伴随着都市化进程的不断拓展，个人可拓展的社会空间范围也日益增大，鲁迅就随着早期中国都市的成长辗转于不同的城市。在几个城市中，鲁迅作为一个个体，也需要学习以"都市生产工具"开辟自己新的生路，用"都市语言"进行交流和沟通，在都市的生产和分配方式中去生存和体验，都市环境的改变使得他也在逐渐寻找到一种能把握都市社会万象的力量。

---

① 中共中央马克思、恩格斯、列宁、斯大林著作编译局编：《马克思恩格斯选集》第1卷，人民出版社1972年版，第24页。

1. 绍兴的务实

鲁迅的故乡绍兴及其所涵盖的文化生态孕育了青少年鲁迅的传统思想，也是鲁迅在日后都市漂泊中难以忘怀的那个"根"。不同于北京、上海等大城市的开放繁荣，更不同于"未庄""鲁镇"的闭塞落后，作为一个小城镇它介于乡村与都市的中间地带，以手工作坊为主。绍兴人独具的务实、刚烈、反抗的精神性格成为鲁迅勇于"反传统"的思想资源。但是和北京、上海等大城市对待革命的彻底性相比，绍兴人还有着保守的一面，要冲出这个儒家封建思想根深蒂固的传统，必定有踌躇、矛盾的过程，早期小商业生产滋生出的开放思想促使绍兴人去冲破这个桎梏。鲁迅的性格受到这一地域文化的影响，从传统中反传统经过种种失败后又增加了他的怀疑性，他并没有突出支持哪一个党派而是更重实际结果。所以他在回忆辛亥革命的时候说："我的剪辫，却并非因为我是越人，越在古昔，'断发文身'，今特效之，以见先民仪矩，也毫不含有革命性，归根结蒂，只为了不便……"[①]怀着绍兴越地文化的务实、刚烈、坚毅的精神，鲁迅在一生的漂泊中不断挑战传统、保守的思想壁垒，这对他今后感悟形形色色的都市文化现象，批判看似摩登内里却依然陈旧的做派是不无影响的。

2. 东京的思潮

东京是鲁迅接触到的第一个世界性大都市，这期间他所接触到的科学理性思潮、文学艺术思潮、社会改良思潮对他的思想建构起到了至关重要的作用。

首先，科学理性思潮构建了鲁迅"立人""立国"的基础。鲁迅接受进化论的思想，对达尔文的"物竞天择"有着较全面的了解。鲁迅在《文化偏至论》中提出："是故将生存两间，角逐列国是务，其首在立人，人立而后凡事举；若其道术，乃必尊个性而张精神。"[②]在鲁迅的个人主义中，"立人"思想是基于"立国"的，"立人"并非利己主义的个人至上，而是改造国民性的根本，是自我意识的重审和形成民族国家意识的第一步。鲁迅没有悬设的价值

① 鲁迅：《且介亭杂文末编·因太炎先生而想起的二三事》，《鲁迅全集》第6卷，人民文学出版社2005年版，第579页。

② 鲁迅：《坟·文化偏至论》，《鲁迅全集》第1卷，人民文学出版社2005年版，第58页。

和空洞的口号，而是在尊个性而张精神的基础上一步步实现国民性的变革。鲁迅在日本留学期间用行动来实践着这一思想，他在1904年加入光复会，宣誓："光复汉族，还我山河，以身许国，功成身退。"从光复会的誓词中可以看出个人和国家的关系是个人的进退服从于国家的利益，这是他心目中"立人"和"立国"的理想状态。

其次，文艺思潮铸就了鲁迅的"为人生"。在科学理性基础上，鲁迅通过西方近代诗歌来阐述"理性和情感兼重"的特质，并体现了"为人生"的文艺理想。摩罗诗人徘徊于浪漫主义和古典主义，崇尚理性且有着强烈的个性反抗精神。"罗曼暨尚古一派"既是浪漫主义先驱的启蒙主义作家，又是继承了古典主义传统的浪漫主义诗人。鲁迅推崇摩罗诗人也将自己的文学最高理想定为"为人生的艺术"。

除此之外，东京的社会改良思潮影响了鲁迅的"国民性"思考。他在留日期间感受到日本社会改良的经验，提出了预言：中国国民性所缺乏的是"诚和爱"，期待着社会成员的个性解放和情感进化。鲁迅在留日期间"中国'第二维新'"必将再举。这是一个不以"治饼饵守囹圄之术"为能事，而以改造国民精神为宗旨的运动。在鲁迅漂泊的一生中，这种"国民批判性"和"改造国民性"的构想一直存在于鲁迅的文本和社会活动中。他根据不同的都市文化现象进行了毫不懈怠的文化批判，以剖析国民劣根性。

3. 厦门、广州时的转变

鲁迅在厦门和广州这两个城市生活的时间虽然不长，但思想却有了明显的转变。

1926年8月，鲁迅离京赴厦门大学任教。在厦门的一年却是鲁迅所说的孤独、无聊、失望的一年。这是因为鲁迅对自己过去的思想进行了深刻的反思。他在这里完成了《朝花夕拾》中的后五篇文章《从百草园到三味书屋》《父亲的病》《琐记》《藤野先生》和《范爱农》，鲁迅重新审视了青年时的自己。1927年，鲁迅来到广州，与许广平团聚和感受革命的形势都使他开始对这里有些许好感。大革命开始时期，广州成为先进思想和行动的策源地。在这里，鲁迅也感受到了革命带来的政治形势和市民精神状况的巨大改变，更激动的情绪在他此时完成的《而已集》中有着明显的体现。在革命时期的广州他的批判性也有了新的变化。他将文艺、文学与革命人的风骨进行完美的结合。在《文艺与革命》中他将这两者关系做了辩证而诙谐的解释，他提到"革命军""人民代表""文学家"是革命的第一、第二、第三先驱。提到"革命文学"，鲁迅在黄埔军官学校演讲时说："革命，倒是与文章有关系的。革命时代的文学和平时的文学不同，革命来了，文学就变换色彩。但大革命可以变换文学的色彩，小革命却不，因为不算什么革命，所以不能变换文学的色彩。"①

　　然而在广州这座热闹的革命之城里，鲁迅并没有失去自己的冷峻。他也看到青年们虽多具有革命的热情和意志，但并非拥有革命更需要的独立思考的精神。不少青年可以振臂高呼，揭竿起义，却常常无力做出审慎、独立的思考，以至于盲动、轻敌葬送了自己的生命。他在审视革命的状况时，指出："以上所谓的'革命成功'，是指暂时的事而言；其实是'革命尚未成功'的。革命无止境，倘使世上真有什么'止于至善'，这人间世便同时变了凝固的东西了。"②鲁迅正视了文艺与革命之间的关系，提出真正的革命文学的书写应该是由投身于革命的人来发出革命的呼吁。他从革命发展进程中，认识到了广州这座城市可以是革命的策源地，但很有可能造就反革命的巢穴。"四·一二"反革命政变正是最好的说明。

4. 北京的"旁观者"与上海的"亲历者"

　　北京和上海是鲁迅生活、工作时间最长的两个城市，他在两地也取得了文学创作上的丰收，但鲁迅对于北京和上海两地的感受有着明显的不同。在北京，鲁迅更多的是以"旁观者"的心态生活的，他与城市的情感联系是疏远的。在上海，鲁迅对上海各种社会、文化主题的参与是积极主动的，他是上海文化场域的"亲历者"。

　　在北京院落里封闭的生活使得鲁迅看待都市时，抱有一种"旁观者"的心

---

① 鲁迅：《而已集·革命时代的文学——四月八日在黄埔军官学校讲》，《鲁迅全集》第3卷，人民文学出版社2005年版，第437页。

② 鲁迅：《而已集·黄花节的杂感》，《鲁迅全集》第3卷，人民文学出版社2005年版，第428页。

鲁迅与20世纪中国研究丛书

58

态。此时鲁迅对都市的观察是冷眼的，他身在都市，内心萦回的却是乡村故地的记忆，这一时期，鲁迅写出了《狂人日记》《孔乙己》《药》《明天》等一系列的经典小说。其中的人物生动真实地呈现了鲁迅对世事的"冷眼旁观"，其背景大都是记忆中的故乡。在回望乡村时，被人们视为异类、疯子的"狂人"虽多荒唐之言，却能激烈反抗压迫，揭露出中国几千年"吃人"的本质，鲁迅与"狂人"一样，在异样的目光中冷静地环视历史和现实，展现出旁观者的清醒与深刻。被现实拖到了社会的边缘，被人们耻笑冷落的"边缘人"孔乙己，让我们看到的不只是鲁迅对落魄文人的同情，更多的是让人感受到人际关系上的冷漠感。这一阶段鲁迅小说的创作中的冷意是与他在北京生活中的"旁观者"的心态分不开的。

鲁迅真正融入都市生活应该是他在上海时期。他作为一名都市文化的"亲历者"，对上海文化进行了犀利而有热度的批判。上海作为一个半殖民地魔都，都市里一小部分人享受着奢靡的生活，但城市的底层民众却是背负着更多的苦难和黑暗。鲁迅在上海生活期间，深度介入了上海的文化生活，也有机会更详细理解到上海的城市生态。和不少年轻的作家情不自禁地赞美或沉醉在上海作为东方大都会的畸形繁荣中不同，鲁迅对上海还是持批判的立场，尤其对"近商"而不择手段的批判更是令人印象深刻。不过鲁迅虽然对上海的某些方面深恶痛绝，但是至去世前都没有离开上海。上海媒体上的种种社会生态都成为他写作的触媒，在他的勤奋写作里，对当时上海都市生活的批判已经成为观察中国现代都市社会的强大参照。

鲁迅与20世纪中国都市化进程

第二章　鲁迅的"都市"观与20世纪中国的都市文明之路

　　1920年1月《新青年》杂志第七卷的第二号,有鲁迅翻译的日本著名作家武者小路实笃的反战剧本《一个青年的梦》,剧本充盈着浪漫主义的纯真情怀。同期有留美的政治学博士张慰慈的《美国城市自治的约章制度》一文,《新青年》第七卷的第三号还有张慰慈的《美国委员式的和经理式样的城市政府》一文,两文可称得上用功深索,切问近思。根据笔者现在掌握的文献,还无从推断鲁迅对同为《新青年》撰稿人的张慰慈介绍的"城市自治""城市政府"这类话题及其美国经验可有措意。1928年曾宣称对法学、政治、自由主义"都不了然"[①]也无兴趣的鲁迅对"城市自治""城市政府"这类恰恰涉及法学、政治、自由主义的话题怕是并无系统、精湛的知识上的积累。鲁迅的情况并非个案,大体上,关于中西对比之下对都市、城邦等的理解,因缘际会之下这一时期的知识阶层大都尚处于零散、感性的直觉阶段,像德国哲人西美尔早在1923年就写成的《大都会与精神生活》一文里体现出的理论自觉和精深思考更是闻所未闻。现代中国的知识界在"如何理解都市"这一问题上,的确还有很长的路要走。

---

　　① 鲁迅:《译文序跋集·〈思想·山水·人物〉题记》,《鲁迅全集》第10卷,人民文学出版社2005年版,第299页。

第一节　合题：“都邑者，政治与文化之标征也”

所谓家屋都国，皆有渊源。我们自然可以引经据典，追索中国的历史文化典籍里关于城市、都会的知识资源，譬如以下略加列举的表述就是当下关涉都市文化、文学的各类学术著述常乐于引述的①：

今大道既隐，天下为家，各亲其亲，各子其子，货力为己，大人世及以为礼，城郭沟池以为固，……谋用是作而兵由此起。（《礼记·礼运》）

命汝嗣训，临君周邦；率循大卞，燮和天下。（《尚书·顾命》）

中为市，致天下之民，聚天下之货，交易而退，各得其所。（《周易·系辞下》）

大臣之禄虽大，不得籍威城市。（《韩非子·爱臣》）

乃经土地，而井牧其田野。九夫为井，四井为邑，四邑为丘，四丘为甸，四甸为县，四县为都。（《周礼·地官·小司徒》）

匠人营国，方九里，旁三门，国中九经九纬，经涂九轨，左祖右社，面朝后市。（《周礼·冬官·考工记》）

王宫门阿之制五雉，宫隅之制七雉，城隅之制九雉。经涂九轨，环涂七轨，野涂五轨。门阿之制，以为都城之制。宫隅之制，以为诸侯之城制。环涂以为诸侯经涂，野涂以为都经涂。（《周礼·冬官·考工记》）

国都曰都。都者，国君所居，人所都会也。（《释名》）

城者，所以自守也。（《墨子·七患》）

城，盛也，盛受国都也。（《释名》）

古之为市也，以其所有，易其所无者，有司者治之耳。（《孟子·公孙丑下》）

---

① 这是我们对不下于三十本关于中国都市文化、文学的著述阅读后得到的印象。苛刻地说，大多数时候这些刻意的引述及知识的铺陈和解释看似煞有其事地渊博，实则陈陈相因，并无自家的体会。

城，以盛民也；市，买卖所之也。（《说文解字》）

……

文献的追溯和钩沉自然对我们理解都市增加了历史的纬度。事实上，中国的历史文化典籍里的确也不乏对"都邑"的礼赞，《昭明文选》里班固的《西都赋》《东都赋》，张衡《西京赋》《东京赋》《南都赋》，左思的《蜀都赋》《吴都赋》和《魏都赋》即是以铺张扬厉的赋体对各个王朝的都城竭力描摹、夸饰。经史子集，各路野史、杂著，诸如《西京杂记》《洛阳伽蓝记》《东京梦华录》等笔记体著述对彼时的城市景观也多有生动、细致的记录，至于明清以降的章回小说，更是将通都大邑、里坊草市的人烟浩穰、各色世态、风景肆意描绘，东京的金明池、樊楼、相国寺，苏州的虎丘，扬州的平山堂，长安的曲江等都邑名胜常常成为社会诸类人物各擅胜场的出没之地。不过，这些对"都邑"、城市的景观性的描绘和记录还停留在较感性的欣赏层次上，尚不能就城市在社会、经济、政治、文化等方面的功能做出理性的透视。①

晚近王国维在考察殷商向周王朝的制度变迁时，曾提出"都邑者，政治与文化之标征也"②的论断。在王国维那里，对"都邑"、城市的理解，至少已经自觉意识到需要有政治制度与文化精神的双重视野。同一时期德国的社会学家马克斯·韦伯则根据城市的功能建立起了一套系统的"城市的类型学"，对城市研究的理论水平做出了重要提升，可资借鉴。马克斯·韦伯也认识到传统的城市作为"政治的范畴"时的功能，特别是那些体现传统政治、军事功能的要塞与镇。③不过和王国维不同的是，马克斯·韦伯更愿意从经济功能、商业属性着眼来理解城市，在他看来，"如果我们采取一个纯粹经济观点的定义，那么城市就是一个其居民主要是依赖工业及商业——而非农业——

---

① 对城市的系统的、理性研究是伴随着近代资本主义的兴起、都市的扩张才出现的。在这个意义上，关于都市的知识学也是个现代现象。

② 王国维：《殷周制度论》，《王国维全集》第八卷，浙江教育出版社2010年版，第302页。

③ 马克斯·韦伯：《非正当性的支配——城市的类型学》，康乐、简惠美译，广西师范大学出版社2005年版，第13页。

鲁迅与20世纪中国研究丛书

为生的聚落"①。所以，韦伯以为，最重要的是，"城市永远是个'市场聚落'"②。市场而非政治才是构成城市之为城市的核心要素，因此，"当我们提到一个'城市'时，还必须加上另一个特质：在聚落内有一常规的——非临时性的——财务交易存在，此种交易构成当地居民生计（营利与满足需求）中不可或缺的一个要素。换言之，即一个市场的存在"③。在这个意义上，他将城市大致分为三类："消费城市、生产城市和商人城市。"④

在首要看重城市的经济功能、商业属性的基础上，韦伯关于城市的理想类型是：

> 要发展成一个城市共同体，聚落至少得具有较强的工商业性格，而且还得有下列的特征：（1）防御设施，（2）市场，（3）自己的法庭以及——至少部分的——自己的法律，（4）团体的性格及与此相关的（5）至少得有部分的自律性与自主性，这点包括官方的行政，在其任命下，市民得以某种形式参与市政。⑤

不难看出，韦伯关于城市的理想类型，强调城市的市场、商业属性，但也融合了政治、文化方面的要素。特别是，他在对城市经济功能的分析本身就渗透着政治、文化方面的思考，或者说在他的"城市类型学"里，不同城市呈现出的经济功能上的不同样态本身就是某种政治制度与文化精神的具体显征。尤其是，在韦伯对东西方的城市进行比较分析时，这一特点非常显豁：

---

① 马克斯·韦伯：《非正当性的支配——城市的类型学》，康乐、简惠美译，广西师范大学出版社2005年版，第2页。

② 马克斯·韦伯：《非正当性的支配——城市的类型学》，康乐、简惠美译，广西师范大学出版社2005年版，第3页。

③ 马克斯·韦伯：《非正当性的支配——城市的类型学》，康乐、简惠美译，广西师范大学出版社2005年版，第3页。

④ 马克斯·韦伯：《非正当性的支配——城市的类型学》，康乐、简惠美译，广西师范大学出版社2005年版，第4页。

⑤ 马克斯·韦伯：《非正当性的支配——城市的类型学》，康乐、简惠美译，广西师范大学出版社2005年版，第23页。

在西洋上古时期（俄国也一样），西方城市就已经是个可以透过货币经济的营利手段、从隶属身份上升到自由身份的场所。中古的城市就更是如此，尤其是内陆城市。与我们所知的其他地区的城市发展形成强烈对比的是，西方城市的市民基本上是完全意识清楚的、以身份政策为其追求标的。①

韦伯在这里点明的是，西方的"市民"这一政治性的"自由身份"的获得恰恰是来自经济领域内的"货币经济"可以作为"营利手段"的自由所导致的结果。不幸的是，"与西方中古及古代形成强烈对比的是，在东方我们从未发现城市——以工商业为主，且相对而言较大的聚落——的居民对当地行政事务的自律权力及参与的程度，会超过乡村"②。韦伯发现，东方尽管可能也存在着工商业很发达、规模也算可观的城市，但城市居民和乡村一样，并没有因为在经济领域的活动获得自由的社会身份，同样的也没有获得参与公共事务的权利。史学家朱维铮曾精要地总结出了中国城市的特点，和韦伯的上述思考相参照多有契合：

（1）城市的原居民，始终以当地土著为主体，由于动乱或政治因素迁入的居民，虽累经世代，也很难被当地土著所认同，总被看作客籍寄寓者。（2）城市的非原居民，一般来自官僚、客商和游民诸层次，到此居留的理由和时间虽不相同，但无不自居为寄食者，也常被原居民视作外来的掠食者。（3）城市发展的规模与速度，首先取决于政治因素。如前述那样，中世纪中国以城市作为统治乡村的据点。因而依照据点的重要性，由政府控制城市的布局，首先考虑的是统治者的安全、供给、通讯、宗

---

① 马克斯·韦伯：《非正当性的支配——城市的类型学》，康乐、简惠美译，广西师范大学出版社2005年版，第40页。

② 马克斯·韦伯：《非正当性的支配——城市的类型学》，康乐、简惠美译，广西师范大学出版社2005年版，第26页。

鲁迅与20世纪中国研究丛书

教、教育等需求。（4）于是，城市的经济结构，便不能不以大小据点的政治需求为轴心，受到统治者鼓励纵容而优先发展的商工行业，也就取决于它们能否给统治者带来便利或好处，因此城市经济取向必定是政治——消费型的。（5）于是，城市的文化设施，布局和重点也首先要满足统治者的宗教、教育和享乐的需求。（6）在贸易、交通和军事上占有重要位置的城市，如不被统治者所特别注目，很难较自然地发展。[①]

中国的"城市的经济结构，便不能不以大小据点的政治需求为轴心"的特点，决定了"城市经济取向必定是政治——消费型的"，这和韦伯指出的欧洲城市首要的市场、商业属性形成鲜明的对照。其结论只能是："西方城市的'共同体'性格与'市民'身份资格，东方城市此两概念之阙如。"[②]"在中国，同样也没有'城市共同体'与'市民'的概念。"[③]相应的，"亚洲的城市并没有像西方那样有一套特殊的、适用于市民的实体法或诉讼法，也没有由市民自律性任命的法庭"[④]。

如果我们略去具体而微的历史片段，从宏观的历史哲学上看，韦伯关于东方城市的居民困于传统的"隶属身份"，无法经由经济行为获得"自由身份"，城市本身也难以经由经济行为催生起"共同体"意识，进而建立起相应的法权制度，的确是东方尤其中国的都市化进程中面临的难题。这一难题，借鉴历史学家斯宾格勒的眼光观察，就是"在晚期的情况下——中国印度及工业化的欧洲和美洲——我们发现有许多很大的居住区，可是不能叫城市。它们是

---

① 朱维铮：《晚清上海文化：一组短论》，《音调未定的传统》（修订版），浙江大学出版社2011年版，第360—361页

② 马克斯·韦伯：《非正当性的支配——城市的类型学》，康乐、简惠美译，广西师范大学出版社2005年版，第22页。

③ 马克斯·韦伯：《非正当性的支配——城市的类型学》，康乐、简惠美译，广西师范大学出版社2005年版，第27页。

④ 马克斯·韦伯：《非正当性的支配——城市的类型学》，康乐、简惠美译，广西师范大学出版社2005年版，第24页。

景色的中心；它们本身却没有内在地形成一个世界。它们没有心灵。"①或者使用马克思的话说，就是"亚细亚的历史是城市乡村无差别的统一……，现代的历史是乡村城市化，而不是像古代那样，是城市乡村化"②。

"都邑者，政治与文化之标征也。"韦伯、斯宾格勒、马克思等西方学人的观察也是基于欧洲城邦文明演变的历史视野，自然不必将其具体结论简单定于一尊。事实上，正如经济学家卡尔·波兰尼以"嵌含的概念"（Embeddedness Concept）指出的那样，人类的经济活动总是"嵌含"于社会政治、文化之中的，欧洲文明从前工业时代向现代工业化时代的历史巨变中，传统的政治制度、文化精神也都经历了重大的转变，自由经济制度与传统政治、文化的内在冲突既是西方现代资本主义市场社会建立、发展的原因，也是其衰败、亟须调整的根由。③同样的，现代中国的都市化进程，也离不开中国特定的政治制度、文化精神的深刻规训。20世纪中国的都市化进程中，就面临着不同于欧洲都市文明演进过程中"嵌含"其中的政治制度、文化精神的赋形，正是在这个意义上，以鲁迅为代表的一大批现代知识分子对中国政治制度、文化精神的现代化的诉求，他们的感受、思考的侧重点、激烈的批判乃至偏至之处均有其内在的缘由。

第二节　正题："走都市文明的路而未成"

现代中国需经由都市文明的滋长、发育从而实现政治、经济、文化的全面现代化，这一判断自有其强大的合理性。毕竟，诚如美国当代政治学学者亨廷顿指出的："现代化改变了城市的性质，打破了城乡之间的平衡。经济活动在

---

① 奥斯瓦尔德·斯宾格勒：《西方的没落》，齐世荣等译，商务印书馆1963年版，第200页。

② 马克思、恩格斯：《马克思恩格斯全集》（第46卷上），人民出版社1979年版，第480页。

③ 参见卡尔·波兰尼：《巨变：当代政治与经济的起源》，黄树民译，社会科学文献出版社2013年版。

鲁迅与20世纪中国研究丛书

城市里骤增起来，导致了新兴社会集团的出现并使旧的社会集团滋长出新的社会意识。城市里出现了进口的新观念和新技术。在大多数情况下，特别是在传统官僚体制得到相当充分发展的传统社会里，首先接触现代事物的是军队和文职官员。接着，很快登上舞台的便是学生、知识分子、商人、医生、银行家、手工业工人、企业家、教师、律师和工程师。这些集团逐渐感到他们在政治上也有能耐并要求以某种形式参与政治体系。要而言之，城市里这种中产阶级在政治上的崭露头角，使城市成为不安定的发源地，并使城市变为仍被乡村所把持的政治和社会体系的对立面。"①亨廷顿的这一论断——城市培养的新的知识精英势必对传统权力把持者（如中国的乡绅、士绅）产生强劲的挤压从而引发对抗，在20世纪中国现代文学史上有着丰富的表现。②鲁迅小说中拥有新文化运动所倡导的新思想的知识分子或惨烈（《孤独者》里的魏连殳、《药》里的夏瑜），或恐惧（《狂人日记》里的"狂人"），或退缩（《在酒楼上》的吕纬甫、《祝福》里的"我"），或伤感（《故乡》里的"我"、《伤逝》里的涓生）的行止均与这种内在的激烈的对抗有关。鲁迅在自己的小说中并未直接表现亨廷顿所说的拥有新思想的知识分子很强的政治性要求，但绝不代表鲁迅小说缺少严肃的政治性。长期以来基于意识形态的需要，刻意以僵化的政治性的标准对鲁迅作品做生硬解读固然令人生厌，但以政治的纬度观察鲁迅笔下新知识阶层的走向及命运并非没有意义，因为城市培育起的各类新兴知识分子在思想的自觉后势必要有政治上、组织上的要求（结社、政党化、组织化）。

在这个意义上，鲁迅自从在北京参与《新青年》的撰稿，之后卷入"女师大事件"与"现代评论派"论战，再到之后在广州因"四一五大屠杀"事件愤然辞职，最后在沪上与左翼的纠葛、参与政治性强烈的"革命文学论争"，与京沪两地乃至全国各色人物林林总总的文字之争，本身就是"城市成为不安

---

① 塞缪尔·P.亨廷顿：《变化社会中的政治秩序》，王冠华等译，生活·读书·新知三联书店1989年版，第68页。

② 譬如以巴金的《家》《春》《秋》为代表的传统家庭内部的父子冲突，以叶圣陶的《倪焕之》、柔石的《早春二月》等为代表的大量作品都反映了在城市里接受了新文化思想的社会底层知识分子（中小学教员是其典型代表）回返传统乡村后与传统乡村的习俗及其维护这一习俗的权力把持者（乡绅）的尖锐冲突。

定的发源地"的文化表征与应有之义，是现代都市思想、政治、文化生态的常态。迄今为止，囿于传统乡村伦理的息事宁人、熟人社会"必也使无诉"的生活习惯、动辄指责常参与文化论战的鲁迅一类的现代知识分子的私德不堪、修养不够的论者所在多有，究其社会原因莫过于现代中国的都市化进程仍处于更广泛的乡土中国的包围之中，而这些论者对现代都市文明的理解和接纳还较为匮乏。

城乡之间的冲突难以避免，因为城市对农村有着现代的要求和冲击。"现代化带来的一个至关重要的政治后果便是城乡差距。这一差距确实是正经历着迅速的社会和经济变革的国家所具有的一个极为突出的政治特点，是这些国家不安定的主要根源，是阻碍民族融合的一个主要因素。在很大程度上，城市的发展是衡量现代化的尺度。城市成为新型经济活动、新兴社会阶级、新式文化和教育的场所，这一切使城市和锁在传统桎梏里的乡村有着本质的区别。与此同时，现代化还会向乡村提出新的要求，这加剧了乡村对城市的敌意。城市居民在才智上的优越感和对落户农民的蔑视感与乡村老百姓在道德上的优越感和对城市骗子的忌妒感，是半斤对八两。城乡变为不同的民族，彼此有着格格不入的生活方式。"①亨廷顿此处指出的"现代化还会向乡村提出新的要求"和"乡村对城市的敌意"可以说同时都是鲁迅小说的内在动力，二者之间互相的否定之否定构成了鲁迅小说内在的结构性和变奏感。当鲁迅突显"现代化还会向乡村提出新的要求"时，他的小说呈现出革新社会的高度严肃性和迫切性，此时他对新型知识分子本身也有着极其严格的理性要求和诘问。《狂人日记》里的觉醒者——"狂人"借由新的知识从打量日常的传统乡村、家庭伦理进而审视传统社会历史文化时，都是极其理性而严肃的，他劝勉大哥不要再继续吃人的行动也是急迫焦虑的。这种高度的理性与迫切变革的情感与"狂人"原本生活的沉滞的世界显得格格不入，只能被看作疯子。同样的情况还出现在《祝福》《故乡》《在酒楼上》《白光》《一件小事》《药》等作品里。在这些作

① 塞缪尔·P.亨廷顿：《变化社会中的政治秩序》，王冠华等译，生活·读书·新知三联书店1989年版，第66—67页。

品中，新的底层知识分子返回乡村之时，审视原来生活的眼光很明显有着更高的要求的。

当然他们也都遭遇了"乡村对城市的敌意"。他们回乡前后的心情多是黯然的，看到的景象也是"风景凄清"的，再加上如《故乡》里精明的"豆腐西施"杨二嫂那样的对"我"看似恭维实则热辣的忌妒、嘲讽，《祝福》里乡村秩序中权力的占有者"鲁四老爷"那样的对"我"不加掩饰的冷淡和鄙夷……这些往返于城乡之间的底层知识分子的苦楚和无奈真是难以言表。

值得细致分辨的是，鲁迅笔下触及"乡村对城市的敌意"时，他和他笔下的同类——新的底层知识分子一样，情感要复杂得多。一方面，他们的深挚的乡村生活的情感记忆使他们无法简单地拒绝这种敌意；尤其是，这种敌意实实在在地提醒出了，新的底层知识分子自身在现实的生存世界（无论城市与乡村）里其实也是虚弱无力的，当他们所拥有的新的思想和价值观念并没有带来多少生存的力量时，就更是如此。[1]他们的伤感、挫败，似乎常常是无从逃脱的，自我的内省和贬抑每每令人心痛。他们或许在自嘲和伤感中逐渐放手自己新的信仰，以求得与现实的和解换取卑微的生存机会；或许会极力的挣扎，甚至在现实的权力结构中谋求生存的体面和尊严，但这又常常以背叛自己新的价值观念为代价，《在酒楼上》《孤独者》中的吕纬甫、魏连殳就是这两类人物的代表。但另一方面，也应看到，对"向乡村提出新的要求"的内在坚持又限制了这种伤感的泛滥，鲁迅常常会在小说的某一时刻（经常是最后）重新激活、赋予这些艰难的底层知识分子挣扎着继续前行的勇气、意志和希望。可以说，正是"现代化还会向乡村提出新的要求"和"乡村对城市的敌意"二者的复杂纠葛，才成就了鲁迅小说独异的精神深度和容纳生活的广度。

在中国现代思想、文化史上，偏爱"现代化还会向乡村提出新的要求"抑或揄扬"乡村对城市的敌意"这两大主旨者，都不乏学者、文人可做代表。笔者这里更愿意援引主张中国的现代化应着重于"乡村建设"的梁漱溟的思考

鲁迅与20世纪中国都市化进程

---

① 当然，这也预示了，新型知识分子一定会从仅有知识、思想的力量向争取社会、政治权利的路上演化。

以作参照。在梁漱溟看来："所谓中国近百年史即一部乡村破坏史，可以分为两期来看：一、前半期——自清同光年间起，至欧洲大战；二、后半期——自欧洲大战，直到现在。何谓前半期？在这一期间内是一个方向，是跟着近代都市文明的路学西洋而破坏了中国乡村。何谓后半期？在这一期间内是一个方向，是跟着反近代都市文明的路学西洋而破坏了中国乡村。"[①]在这里，梁漱溟为中国近百年史划定前后两期的标准——"跟着近代都市文明的路学西洋"和"跟着反近代都市文明的路学西洋"是颇值得留意的。在梁漱溟看来，无论知识分子鼓吹两种路径的哪一个，总而言之，带给20世纪中国的结果就是——"中国近百年史里面，乡村是一直破坏下去不回头的，其关键全在走都市文明的路而未成之一点。"[②]笔者置身中国的都市化进程急剧加速、乡村生态日渐塌陷的21世纪初期的当下思索"鲁迅与20世纪中国都市化进程"，不能不对梁漱溟的这个判断大起感慨。

梁漱溟并非天然的反对现代都市文明，虽然他在思考"往都市去还是到乡村来？——中国工业化问题"时是坚定的乡村建设派。他以为自己和"跟着近代都市文明的路学西洋"的胡适等西化派知识分子的分歧在于，他们的"主观的梦想"并不符合中国的现实需求。在他看来，"他们几位的思想是感受西洋近代潮流，今日的美国是他们认为很好的世界；个人主义，自由主义，近代工商业文明，是他们满意憧憬的东西。……不过他们希望中国社会仍走个人主义、自由竞争、发达工商业、繁荣都市的路，则为主观的梦想"[③]。这里列举的"个人主义，自由主义，近代工商业文明""自由竞争、发达工商业、繁荣都市的路"都是中国都市化进程中的重要关目。不过它们并没有入梁漱溟的法眼，根据他的判断，基于国际关税的壁垒森严，国际经济秩序的严重不合理，所以被扭曲的市场本身也并非解决20世纪中国问题的灵丹妙药。相反，它

---

① 梁漱溟：《乡村建设理论》，《梁漱溟全集》第2卷，山东人民出版社2005年版，第151页。

② 梁漱溟：《乡村建设理论》，《梁漱溟全集》第2卷，山东人民出版社2005年版，第152页。

③ 梁漱溟：《往都市去还是到乡村来？——中国工业化问题》，《梁漱溟全集》第5卷，山东人民出版社2005年版，第637页。

还可能会成为加速中国社会溃败的利器，"现在是中国整个社会向下沉沦，逐渐往崩溃里去。——农村崩溃是第一步，都市破坏是第二步。先前中国奢侈品的工业还比较好，现在亦不行了；天津上海各大都会都很萧条，没有买卖可作"①。

如何评断梁漱溟的上述思想，关涉到其发言的历史语境，更关涉到对20世纪中国"三农问题"的整体把握，这需要相当实证的、历史的、理论的知识储备，我们自然无法置喙。我们感兴趣的倒是"跟着近代都市文明的路"和"跟着反近代都市文明的路"的提法以及两种路径都为梁漱溟所不取这一思考问题的方法。这一提法和思考问题的方法，对我们审视"鲁迅与20世纪中国都市化进程"不失为有益的参照。鲁迅的小说世界里，"现代化还会向乡村提出新的要求"和"乡村对城市的敌意"二者的复杂纠葛，不正是"跟着近代都市文明的路""而未成"的文学图景吗？

第三节　反题："跟着反近代都市文明的路"

鲁迅早年在东京写就的《文化偏至论》这一重要思想文献要处理的问题可以说就是如何抉择梁漱溟所说的两条路——"跟着近代都市文明的路"还是"跟着反近代都市文明的路"？《文化偏至论》一文里，鲁迅对"跟着近代都市文明的路"——"个人主义、自由竞争、发达工商业、繁荣都市的路"的批评是显见的。现择其要点略做评述如下：

> 近世人士，稍稍耳新学之语，则亦引以为愧，翻然思变，言非同西方之理弗道，事非合西方之术弗行，掊击旧物，惟恐不力，日将以革前缪而图富强也。②

① 梁漱溟：《往都市去还是到乡村来？——中国工业化问题》，《梁漱溟全集》第5卷，山东人民出版社2005年版，第639—640页。

② 鲁迅：《坟·文化偏至论》，《鲁迅全集》第1卷，人民文学出版社2005年版，第45页。

这是在批评"近世之人"自身缺乏深厚的文明的根底，才会对"西方之理""西方之术"未有深究而盲目信奉，进而有变革传统的冲动。

> 计其次者，乃复有制造商估立宪国会之说……①

这是在批评仿效西方的"制造商估立宪国会之说"，所谓"制造商估"自然就是梁漱溟所说的"跟着近代都市文明的路"里要求的"发达工商业"。所谓"立宪国会"，则是适应近代都市文明的法权、政治方面的权力运行机制。

> 至尤下而居多数者，乃无过假是空名，遂其私欲，不顾见诸实事，将事权言议，悉归奔走干进之徒，或至愚屯之富人，否亦善垄断之市侩，特以自长营撸，当列其班，况复掩自利之恶名，以福群之令誉，捷径在目，斯不惮竭蹶以求之耳。②

这是批评出于"遂其私欲"的自利之心参与公共事务的"市侩"行径，充盈着道德义愤和正义感。笔者的阅读体会，"市侩"一词可谓20世纪中国现代思想文化界的批评用语，苛责对手自私的动机往往是首选的论辩策略，尤其是在思想的谱系中偏向中左一方的更是如此，何以如此颇耐人寻味？我们以为，切切不可以浅薄的崇拜之心不假思索就接受了包括鲁迅在内的众多知识人尤其文人的此类看法。如何看待社会共同体里个人的"自利之心"，以及个人的"自利之心"与公共福祉的关系，并不能止于道德的义愤和情感的直觉，因为这着实是现代工商社会最核心的道德、伦理乃至法权问题。甚至可以说，欧洲现代工商社会的兴起、现代都市文明的发育莫不与此有关。建立起适应现代工商社会的人性论和道德观念，革新传统中国社会的泛道德化倾向，的

① 鲁迅：《坟·文化偏至论》，《鲁迅全集》第1卷，人民文学出版社2005年版，第46页。
② 鲁迅：《坟·文化偏至论》，《鲁迅全集》第1卷，人民文学出版社2005年版，第47页。

确是现代中国的都市化进程中的核心精神命题。[1]

> 扫荡门第，平一尊卑，政治之权，主以百姓，平等自由之念，社会民
> 主之思，弥漫于人心。流风至今，则凡社会政治经济上一切权利，义必悉
> 公诸众人，而风俗习惯道德宗教趣味好尚言语暨其他为作，俱欲去上下贤
> 不肖之闲，以大归乎无差别。[2]

鲁迅这里指出的"扫荡门第，平一尊卑，政治之权，主以百姓，平等自
由之念，社会民主之思，弥漫于人心"，正是打破传统社会的等级身份制、走
"个人主义、自由竞争、发达工商业、繁荣都市的路"——"近代都市文明
的路"。鲁迅对这条路的指责是，这条道路已经走到了它自己的对立面，它
对"经济""平等"价值的过分推崇已经对个人的精神创造力产生了新的压
制——"曰物质也，众数也，其道偏至。根史实而见于西方者不得已，横取而
施之中国则非也。"[3]

有鉴于此，鲁迅转而择取的西方精神资源——是以施蒂纳、克尔恺郭尔、
易卜生、尼采等为代表的"新神思宗之至新者"，从他们身上"曰非物质，曰
重个人"[4]的特点得到的关于中国如何现代的启发是："然欧美之强，莫不以
是炫天下者，则根柢在人，而此特现象之末，本原深而难见，荣华昭而易识
也。是故将生存两间，角逐列国是务，其首在立人，人立而后凡事举；若其
道术，乃必尊个性而张精神。假不如是，槁丧且不俟夫一世。"[5]笔者阅读所

---

① 我们拟在以后的研究中借鉴苏格兰启蒙思想家亚当·斯密、休谟的思考来研究这些问
题。苏格兰启蒙思想同样面临着传统苏格兰社会自传统农业社会向现代工商社会转型的压力，
他们对"自利之心"对于社会发展的思考、对于工商社会应有怎样的人性论的设定，有着温和
却不失智慧的思考。这些思想资源可以作为研究的参照。本书几位著者在如何理解鲁迅对于都
市之恶的批判这一点上多有交锋，在一些作品的细微理解上也并不尽一致，有心的读者在阅读
时还需稍作留意。

② 鲁迅：《坟·文化偏至论》，《鲁迅全集》第1卷，人民文学出版社2005年版，第49页。

③ 鲁迅：《坟·文化偏至论》，《鲁迅全集》第1卷，人民文学出版社2005年版，第47页。

④ 鲁迅：《坟·文化偏至论》，《鲁迅全集》第1卷，人民文学出版社2005年版，第51页。

⑤ 鲁迅：《坟·文化偏至论》，《鲁迅全集》第1卷，人民文学出版社2005年版，第58页。

见，学人们关于鲁迅如此择取、推崇"新神思宗之至新者"如何高明的论证不胜枚举，尤其前文提及的"崇心"一派的研究怕更是如此。但若依据梁漱溟的眼光，这也无非是"跟着反近代都市文明的路学西洋"而已。以鲁迅思想资源的重要汲取对象——"新神思宗之至新者"尼采为例，他身上就有着对市场、都市生活的极度反感。尼采在鲁迅熟稔的《查拉斯图拉如是说》一书里就多处抨击城市生活，文字情绪真可谓异常猛烈，譬如：

> 我爱森林。在城市里生活是不妙的：在那里有太多发情的人们。[①]
>
> 寂寞结束处，市场开始了；而市场开始处，也就开始了大戏子的喧嚣和毒蝇们的嘤嘤。[②]
>
> 市场上充斥着郑重其事的丑角——而民众炫耀自己的大人物！
>
> 离开市场和荣誉，才有一切伟大的东西：新价值的发明者向来居住在远离市场和荣誉的地方。[③]

如果我们不拘泥于细节的考订，大略可以得出结论：鲁迅表达他对自己所走过、居留的城市景观、市井生活的总体印象时恐怕大多也是近乎尼采的如上情绪和语态的。人们习惯于将这种激烈的态度直接等同于知识分子的可贵的批判性并加以褒扬。[④]但这种褒扬实在应接受理性、审慎的思考。瞿秋白在《〈鲁迅杂感选集〉序言》里对鲁迅身上的尼采主义倾向曾做过以下的分析：

---

① 尼采：《查拉斯图拉如是说》，孙周兴译，商务印书馆2012年版，第75页。

② 尼采：《查拉斯图拉如是说》，孙周兴译，商务印书馆2012年版，第74页。

③ 尼采：《查拉斯图拉如是说》，孙周兴译，商务印书馆2012年版，第75页。

④ 鲁迅援引的"新神思宗"在西方思想的脉络里恰恰是激烈反抗庸俗的"市民社会"的，因为标榜平等（财权是其重要内容）的市民社会已经出现了高贵的人文精神的失落。而现代中国都市的发育，市民社会的萌芽，却孕育着普通中国人在生存空间上摆脱宗法、政治专制的机会。不要说普通劳动者，即使在都市"智识阶级"这里，物质与精神都是较为困乏的，鲁迅提出的"立人"的两大关目——"非物质"和"重个人"无疑是矛盾的。时至今日，不乏学人遵循鲁迅的"非物质"思致对现代都市生活的世俗化原则、对市民社会持激烈的反对态度（譬如《价值的中间物——论鲁迅生存叙事的政治修辞》一书）。他们高扬尼采主义的"重个人"精神，"崇心抑智"，充满了审美主义的激动，却忘却了鲁迅思想中平衡"重个人"的"人道主义"的沉重现实感。

鲁迅与20世纪中国研究丛书

"鲁迅在当时的倾向是尼采主义,却反映着一种社会关系。固然,这种个性主义,是一般的知识分子的资产阶级性的幻想。然而在当时的中国,城市的工人阶级还没有成为巨大的自觉的政治力量,而农村的农民群众只有自发的不自觉的反抗斗争。"① 这是一份难得的清醒的判断,"一般的知识分子的资产阶级性的幻想"的提法也许会令人不舒服,但事实怕是的确如此。瞿秋白把鲁迅身上的尼采主义倾向归因于两个不同的层次:表面是鲁迅作为"一般的知识分子的资产阶级性的幻想",而深层的社会原因则在于"一种社会关系",这种社会关系的核心就是城乡之间现实社会阶级力量的结构性矛盾。瞿秋白的分析是贴近中国社会现实的,细细思量并不难理解。还可以再进一步,从笔者的研究旨趣出发,如果我们把瞿秋白分析问题时所使用的"阶级性"因素暂时搁置,就不难得出一个结论:鲁迅的尼采主义倾向的原因其实就是中国的城乡之间、它们各自的内部都存在着"偏至"、不成熟的地方。

这是个令人惊讶的结论:借由瞿秋白的思考,我们可以看到,鲁迅对尼采那样的"新神思宗之至新者"的价值偏爱究其社会原因,源于中国城乡之间结构的失衡,或者说就是20世纪中国都市文明发育的亏欠与畸形。如此,倘若读者诸君愿意接受这一判断,那么接着更极具吊诡的合理推论就应当是:如果说,尼采那样的"新神思宗之至新者"是在西方都市文明以及相配套的自由经济制度、社会政治、法权制度等已经有相当程度的积累后出现了自我否定式的溃败迹象时应运产生的"跟着反近代都市文明"的哲人的话——这倒是符合鲁迅的"文化偏至论"——"以改革而胎,反抗为本,则偏于一极"的逻辑——"欧洲十九世纪之文明,其度越前古,凌驾亚东,诚不俟明察而见矣。然既以

---

① 瞿秋白:《〈鲁迅杂感选集〉序言》,中国社会科学院文学研究所鲁迅研究室编:《1913—1983鲁迅研究学术论著资料汇编》第1卷,中国文联出版公司1985年版,第821页。冯雪峰也有相似的意见,他的回忆录里记录了鲁迅以下的自我分析:"比较起来,我还是关于农民,知道得一点多。""要写,我也只能写农民,我回绍兴去。""……其实,现在回绍兴去,同农民接近也不容易了,他们要以不同的眼光看我,将我看成他们之外的一种人,这样,就不是什么真情都肯吐露的。""现在的产业工人里,我没有一个朋友。我不熟悉他们的生活,不熟悉他们的脾气。单从街头上看见的去写,是不行的。"(冯雪峰:《回忆鲁迅》,鲁迅博物馆鲁迅研究室《鲁迅研究月刊》选编:《鲁迅回忆录·专著》中册,北京出版社1999年版,第611页。)

鲁迅与20世纪中国都市化进程

改革而胎，反抗为本，则偏于一极，固理势所必然。洎夫末流，弊乃自显。于是新宗蹶起，特反其初，复以热烈之情，勇猛之行，起大波而加之涤荡"；①那么，鲁迅却是因为20世纪中国都市文明未有应达至的水平才选择了尼采那样的"新神思宗之至新者"。这真是个历史的讽刺。

社会发展的结构性因素已然确定，又该如何理解鲁迅这种经由"新神思宗之至新者"走上的"跟着反近代都市文明的路学西洋"的道路呢？做何价值判断？

鲁迅的"文化偏至论"的思维方式，尽管从字面的表述上也有圆融的一面——"文明无不根旧迹而演来，亦以矫往事而生偏至"②，——既强调"根旧迹而演来"的历史延续性，又肯定"矫往事而生偏至"的革新。但综观鲁迅对"新神思宗之至新者"的偏爱和推崇，他还是更看重"矫往事"的否定性力量。问题是，"新神思宗之至新者"所"矫"的"往事"是业已发育成熟的西方都市文明以及相配套的自由经济市场、社会政治、法权制度，他们的"矫"有其作为否定之否定环节的"偏至"的合理性；那么，对鲁迅来说，他所置身的中国现代都市文明及其相匹配的自由经济制度、社会政治、法权制度都还处于极度匮乏的情况下，他对"新神思宗之至新者"的偏爱便不免显得有些超前了。或者说，他对走"个人主义、自由竞争、发达工商业、繁荣都市的路"——"近代都市文明的路"的否定性情绪是我们应该审慎对待的。

这里或许有学人可以为鲁迅辩护的是，他作为敏感的文学家而非有着系统知识积累的法政、经济类的学者，我们是不应该有此苛求的。的确，如果从文学艺术的自足性、个人的私德、对中国的沉滞性的敏感与痛切等等方面看，鲁迅已经为我们这个苦难深重的民族背负了太多的东西，他并非通晓一切知识、智慧的圣人，当然是不必苛求的。但如果从理性思索鲁迅和我们共同深爱、追求的中国的现代化角度来说，我们就必须把对鲁迅的崇高敬意转化为以严峻的态度审查他的精神遗产的理性精神，这样庶几不伤害一生都决绝地反抗"瞒"和"骗"的他的尊严。

① 鲁迅：《坟·文化偏至论》，《鲁迅全集》第1卷，人民文学出版社2005年版，第56页。
② 鲁迅：《坟·文化偏至论》，《鲁迅全集》第1卷，人民文学出版社2005年版，第50页。

第三章　鲁迅与20世纪中国"都市精神生活的世故"

　　不少论者津津乐道于都市的景观、习俗等面相，我们称之为"文化社会学"的研究。其实，最吃紧的是如西美尔提出的都会作为精神命题，笔者称之为曼海姆所说的"精神社会学"的研究。理解鲁迅与理解都市，借径此类研究方法往幽深里走，是本章的尝试。

第一节　方位："站在十字路口"

　　1926年鲁迅称赞"现代都会诗人第一人"勃洛克——"他之为都会诗人的特色，是在用空想，即诗之幻想的眼，照见都会中的日常生活，将那朦胧的印象，加以象征化。将精气吹入所描写的事象里，使它苏生；也就是在庸俗的生活，尘嚣的市街中，发现诗歌的要素。"鲁迅随后发了以下的议论："中国没有这样的都会诗人。我们有馆阁诗人，山林诗人，花月诗人……；没有都会诗人。"[①]鲁迅此处的论断——1920年代中国缺乏勃洛克那样的"都会诗人"未必有丰富的考证支撑，他真正要表达的应是——对当时正在成长中的中国现代

---

　　① 鲁迅：《集外集拾遗·〈十二个〉后记》，《鲁迅全集》第7卷，人民文学出版社2005年版，第311页。其实和鲁迅那样感慨中国没有都会诗人的相类意见也并不鲜见。譬如"海派"作家杜衡就曾说过，"我们是有都市而无都市的文学"。（杜衡：《关于穆时英的创作》，《现代出版界》1933年第9期。）鲁迅关于中国"没有都会诗人"的论断有两个参照：一是现代的勃洛克，二是传统中国的"馆阁诗人，山林诗人，花月诗人……"。思索后者的列举事项，可以清楚地看到鲁迅思维的是各种诗歌内在的精神（"心"）与权力的远近关系。这其实是鲁迅在都市文化批判上的重要特点。

文学对都会这一现代人类文明现象在理解和表达上的未臻深入的不满，当然这里面还有他对中国传统文化中缺乏某种思想资源的反省。中国的现代都会诗歌，的确至1930年代才有较大的提升，1933年在《现代》杂志第4卷第1期上，施蛰存的《又关于本刊的诗》一文指出《现代》中的诗"纯然是现代的诗。它们是现代人在现代生活中所感受到的现代的情绪用现代的词藻排列成的现代的诗形"，而"所谓现代生活，这里包括着各式各样的独特的形态：汇集着大船舶的港湾，奏响着噪音的工场，深入地下的矿坑，奏着jazz乐的舞场，摩天楼的百货店，飞机的空中战……甚至连自然景物也和前代的不同了"①。很明显，这样的现代诗歌认知里，都会感的呈现已经相当丰盈了。不过，我们依然得承认，直至今日中国现代都会的诸多创意、景观、运作、管理、物件，乃至对都会的观察、表达、思考等的确仍多是舶来品。②

　　鲁迅对"现代都会诗人第一人"勃洛克诗艺的阐释里蕴含着对他对文学与现代都会的内在精神的直觉理解，他强调的是对日常生活的"象征化"处理，这也是很自然的来自文人的眼光（"诗之幻想的眼"）。事实上，关于自己的创作，鲁迅也曾用过一个很有意味的现代都市的典型街景予以自我画像："我只在深夜的街头摆着一个地摊，所有的无非几个小钉，几个瓦碟，但也希望，并且相信有些人会从中寻出合于他的用处的东西。"③文坛一"地摊"主而已，鲁迅如此谦抑的自我定位，也并非刻意自贬。现代都市本就像人类自造的丛林一般，伟大作家的精神的幽光自是坚韧地闪烁不已，但无可否认的是它生存的境遇已大大地逼促了，一介文人对时代的真切的感受和观察往往就粘着在平凡的乃至庸俗的日常生活中。这并不有损鲁迅的伟大，这是真切的时代生存状况——现代都会的精神生活。

---

　　① 施蛰存：《又关于本刊的诗》，《现代》第4卷第1期，1933年1月1日。关于1930年代中国现代诗歌与都市文化的研究，可参见张林杰：《都市环境中的20世纪30年代诗歌》，中国社会科学出版社2007年版。

　　② 这一点无须烦琐引述大量都市社会学、史学方面的文献佐证，仅依靠我们的日常生活经验即可知晓。

　　③ 鲁迅：《〈且介亭杂文〉序言》，《鲁迅全集》第6卷，人民文学出版社2005年版，第4页。

当下都市文学的研究中常为人所引述的本雅明对巴黎文人波特莱尔的观察，同样敏感地揭示了文人波特莱尔的目光与都市的日常生活之间的奇特关系："在波德莱尔笔下，巴黎第一次成为抒情诗的题材。这种诗歌不是家园赞歌。当这位寓言家的目光落到这座城市时，这是一种疏离者的目光。这是闲逛者的目光。他的生活方式揭示了在那种抚慰人心的光环后面大城市居民日益迫近的窘境。闲逛者依然站在门槛——大都会的门槛，中产阶级的门槛。二者都还没有压倒他。而且他在这二者之中也不自在。"① 所谓把巴黎变为"抒情诗的题材"的"闲逛者的目光"很类似鲁迅所说的"诗之幻想的眼"。都市正因此种眼光才呈现出它别样的神采，可以说，"城市是都市生活加之于文学形式和文学形式加之于都市生活的持续不断的双重建构"②。善哉此言。

不过也得承认"照见都会中的日常生活"的"诗之幻想的眼"也林林总总，"诗之幻想"的眼光毕竟有歧出，沈从文1935年发表的《北平的市民》一文里说："似乎是鲁迅先生，写了一篇文章，就北平羊肉铺杀羊时许多人围看情形，说北平市民极残忍，这批评不公平。"在沈从文看来，那只不过是说明了北平城市的"优游闲适"。自然它的确反映了北平的沉滞，也需要"社会的变动"，甚至"不止需要近代国家的公民常识，还充分需要国难中国民意识，而且也相当能够承受一点学术知识"③。但不管怎样，同样的"照见""北平羊肉铺杀羊"这一"都会中的日常生活"，沈从文无法接受鲁迅那样严厉的眼光。"残忍"与"优游闲适"的感受相差之大不可以道里计，他们究竟谁更接近北平这一古城的精神脉动呢？抑或，都是文人的"疏离者的目光"，他们的感受也都只是本雅明所说的"闲逛者依然站在门槛"时的自作多情？

"闲逛者依然站在门槛"提出了现代都会知识分子的身份问题。他们站在"大都会的门槛"，表明他们的文化身份并非完全为大都会所塑造；他们

---

① 本雅明：《巴黎，19世纪的首都》，刘北成译，上海人民出版社2006年版，第20页。

② 理查德·利罕：《文学中的城市——知识与文化的历史》，吴子枫译，上海人民出版社2009年版，第3页。

③ 沈从文：《北平的市民》，原载1935年6月2日北平《实报》，《沈从文全集》第14卷，北岳文艺出版社2002年版，第85页。

鲁迅与20世纪中国都市化进程

站在"中产阶级的门槛"则表明他们在文化上的批判性将超越自己的阶级属性。鲁迅不也常常感慨自己是为啖饭谋生故才流落于都会的一介游民吗？他的"站在十字路口"的感慨："但不幸我竟力不从心，因为我自己也正站在歧路上，——或者，说得较有希望些：站在十字路口。"[①]正是一个中国都会知识分子类似于本雅明的"闲逛者依然站在门槛"的表达。

第二节　底色："都市精神生活的世故"

但无可否认的是，现代都会尤其它的权力结构及巨大的市场力量也在深刻地影响着现代文人的精神世界。与鲁迅大致同时期的德国哲学家西美尔在其名文《大都会与精神生活》中已经指出："街道纵横，经济、职业和社会生活发展的速度与多样性，表明了城市在精神生活的感性基础上与小镇、乡村生活有着深刻的对比。城市要求人们作为敏锐的生物应当具有多种多样的不同意识，而乡村生活并没有如此的要求。在乡村，生活的节奏与感性的精神形象更缓慢地、更惯常地、更平坦地流溢而出。正是在这种关系中，都市精神生活的世故特点变得可以理解——这正好与更深地立足于感觉与情感关系的城镇生活形成对比。"[②]鲁迅的小说及杂文世界里对20世纪中国的都市化进程中"城市在精神生活的感性基础上与小镇、乡村生活有着深刻的对比"有着深刻动人的描摹。正如一位论者所说："鲁迅自农村中来，所以凡写农村生活处，都鲜活、真实，仿佛作者的心血和呼吸，与作品中的人物和景色，凝混在一起。但鲁迅是走入了都市的知识者，他在这方面也同样的熟悉，因此也有刻划，传达了知识青年的生活的精神的名篇，如《伤逝》和《孤独者》，当辛亥与五四之间，中国开始出现了一些新的知识分子，便是瞿秋白在他论鲁迅的论文中称为'现代式小资产阶级知识阶层'的；这一群青年男女，他们大都是破落了的书香门

---

① 鲁迅：《华盖集·北京通信》，《鲁迅全集》第3卷，人民文学出版社2005年版，第54页。

② 西美尔：《大都会与精神生活》，《时尚的哲学》，费勇等译，文化艺术出版社2001年版，第187页。

鲁迅与20世纪中国研究丛书

第出身，却又是在农村之中呼吸过来的，革命的新潮一起，这群人便被召唤到了城市中，求学、恋爱，伸展个性，要求人格，追寻着各种各样的个人理想。但是这些人，多少还跟旧的家庭有着经济的或道德上的联系，而当时的城市（特别是北京），基本上也还是封建统治者的牢笼，因此，为了上述的理想，这些人们曾必须跟旧势力进行各种各样的斗争。"①鲁迅的小说《幸福的家庭》就是对这类"现代式小资产阶级知识阶层"的辛酸生活所作的速写。小说中的主人公——都会的小文人高迈的创作构想在现实的生存压力面前可谓章法全乱。他为自己小说里的主人公设置个简单的生活背景都无法确定，鲁迅戏谑的笔法传达的正是都市底层知识阶层心灵的空间难以安宁的焦躁感：

> 他想："北京？不行，死气沉沉，连空气也是死的。假如在这家庭的周围筑一道高墙，难道空气也就隔断了么？简直不行！江苏浙江天天防要开仗；福建更无须说。四川，广东？都正在打。山东河南之类？——阿阿，要绑票的，倘使绑去一个，那就成为不幸的家庭了。上海天津的租界上房租贵；……假如在外国，笑话。云南贵州不知道怎样，但交通也太不便……。"他想来想去，想不出好地方，便要假定为A了。②

值得注意的是，鲁迅笔下的都市知识青年在生存的挣扎中也的确不乏深谙精神世故的一面，上引论者提及的《伤逝》《孤独者》的主人公可做典型代表。他们心灵的触角高度敏感又极易波动，像一个倾斜着难以归正的指针一般不停地摆动着。其结果却是，对现实残酷性、人情世故认识的深切其实并不能使他们获得更多的生存"智慧"，因为那"智慧"常常是以放弃生命的尊严为代价的，这反倒加剧了他们原本艰难生存时的心理压力，最终极有可能导致他们内心的龟裂。

从读者接受的角度看，民国时期都市底层知识阶层对鲁迅作品的这种内

---

① 许大远：《鲁迅的小说》，中国社会科学院文学研究所鲁迅研究室编：《1913—1983鲁迅研究学术论著资料汇编》第3卷，中国文联出版公司1987年版，第688页。

② 鲁迅：《彷徨·幸福的家庭》，《鲁迅全集》第2卷，人民文学出版社2005年版，第35页。

在的精神的波动性是非常有亲近感的，尤其是对那些主人公本身就是和自己同类的新的底层知识分子的作品。向培良就说过："在鲁迅先生的第二本小说集《彷徨》里，我最喜欢《孤独者》这一篇，这大概是因为他离开了鲁镇，离开了乡下人，而起来写现代的青年，觉得更加亲切点的原故。"① 聂绀弩也曾记录了他在广东的小城汕尾读完《在酒楼上》以后的心灵感受：

> 我看看这屋里，这是一栋洋房的客厅，当中放着一张方桌，是我们吃饭的地方，靠里面的板壁那边，放着一张狭长的条桌，放着茶壶茶杯和牙刷口杯之类，此外四面靠墙的地方，除了门和过道之外，都是我们临时搭的铺，这一切都和原来一样，可是我觉得好像有什么不同了，望望窗外的天，天空似乎也不同；望望大门外的街道，街道也似乎有些不同，刚才不是觉得世界光明得很，什么都用不着诅咒的吗？现在又觉得世界并不那么好了！②

读完《在酒楼上》的聂绀弩，分明是习得了鲁迅那种"诗之幻想的眼"，他开始以不同于之前的眼光打量起原本熟悉，乃至已经麻木的日常生活来。鲁迅作品中深度的"精神世故"已经浸染到他的思想深处：

> 我和吕纬甫不同，有鬼不，却觉得这篇文章处处都讲的是我，我就是吕纬甫似的，于是我又把它拿起来看了第二遍。
>
> ……
>
> 一到碰了什么钉子，受了什么委屈，眼看着一些希奇古怪的现象猖狂着，无法可施的时候，就无理地想起《在酒楼上》，而且自以为就是吕纬甫。③

① 向培良：《论〈孤独者〉》，中国社会科学院文学研究所鲁迅研究室编：《1913—1983 鲁迅研究学术论著资料汇编》第1卷，中国文联出版公司1985年版，第196页。

② 聂绀弩：《读〈在酒楼上〉的时候》，《聂绀弩全集》第4卷，武汉出版社2004年版，第156页。

③ 聂绀弩：《读〈在酒楼上〉的时候》，《聂绀弩全集》第4卷，武汉出版社2004年版，第157页。

鲁迅与20世纪中国研究丛书

第三节 时尚："我的所爱在闹市"

鲁迅大概是中国少部分赤裸裸地从"钱"的角度直接审视生活本质的文人。新文化运动的热潮中，他冷冷地在《娜拉走后怎样》的名文里追问"娜拉走后怎样"的"事理"："不是堕落，就是回来。"那原因无非是没有钱，"自由固不是钱所能买到的，但能够为钱而卖掉"，"在目下的社会里，经济权就见得最要紧了"。[①]他还以《我的失恋》为题拟写了小市民的男女之情中夹杂的经济的因素：

> 我的所爱在闹市；
> 想去寻她人拥挤，
> 仰头无法泪沾耳。
> 爱人赠我双燕图；
> 回她什么：冰糖壶卢。
> 从此翻脸不理我，
> 不知何故兮使我胡涂。[②]

至于他在定居上海之后对上海文场、上海都市生态里的"商业"性更是多有言及。他在1930年代指出所谓京派、海派不过一个近官一个近商的论断可谓一针见血："北京是明清的帝都，上海乃各国之租界，帝都多官，租界多商，所以文人之在京者近官，没海者近商，近官者在使官得名，近商者在使商获利，而自己亦赖以糊口。要而言之：不过'京派'是官的帮闲，'海派'则是商的帮忙而已。"[③]其他关于上海都市生活中的各色事项，他更是常以

---

① 鲁迅：《坟·娜拉走后怎样》，《鲁迅全集》第1卷，人民文学出版社2005年版，第168页。

② 鲁迅：《野草·我的失恋》，《鲁迅全集》第2卷，人民文学出版社2005年版，第173页。

③ 鲁迅：《花边文学·京派与海派》，《鲁迅全集》第5卷，人民文学出版社2005年版，第453页。

"钱"衡之，剥出冠冕堂皇的把戏掩饰的本真。譬如："就大体而言，根子是在卖钱，所以上海的各式各样的文豪，由于'商定'，是'久已夫，已非一日矣'的了。"①"肩出'隐士'的招牌来，挂在'城市山林'里，这就正是所谓'隐'，也就是噉饭之道。"②这些老辣的、人情练达的点题里，"世故"味道不可谓不浓烈。谈到文坛的"倚老卖老"时，鲁迅的直接、毒辣有时会令人咋舌——"其实呢，罪是不在'老'，而在于'卖'的"③。《上海的少女》一文同样如此，上海少女们摩登的穿衣时尚的秘密竟然是：

> 在上海生活，穿时髦衣服的比土气的便宜。如果一身旧衣服，公共电车的车掌会不照你的话停车，公园看守会格外认真的检查入门券，大宅子或大客寓的门丁会不许你走正门。所以，有些人宁可居斗室，喂臭虫，一条洋服裤子却每晚必须压在枕头下，使两面裤腿上的折痕天天有棱角。
>
> 然而更便宜的是时髦的女人。这在商店里最看得出：挑选不完，决断不下，店员也还是很能忍耐的。不过时间太长，就须有一种必要的条件，是带着一点风骚，能受几句调笑。否则，也会终于引出普通的白眼来。
>
> 惯在上海生活了的女性，早已分明地自觉着这种自己所具的光荣，同时也明白着这种光荣中所含的危险。④

鲁迅点出的时髦、虚荣（"光荣"）、"危险"之间内在的关联发人深省。本雅明在观察巴黎的都市时尚时，也曾说过："时尚是与有机的生命相对立的。它让生命屈从于无生命世界。面对生命，它捍卫尸体的权利。这种屈服

---

① 鲁迅：《准风月谈·商定文豪》，《鲁迅全集》第5卷，人民文学出版社2005年版，第397页。

② 鲁迅：《且介亭杂文二集·隐士》，《鲁迅全集》第6卷，人民文学出版社2005年版，第232页。

③ 鲁迅：《且介亭杂文二集·六论"文人相轻"——二卖》，《鲁迅全集》第6卷，人民文学出版社2005年版，第413页。

④ 鲁迅：《南腔北调集·上海的少女》，《鲁迅全集》第4卷，人民文学出版社2005年版，第578页。

于无生命世界的色诱的恋物癖是时尚的生命神经。商品崇拜调动起这种恋物癖。"①和本雅明异曲同工，鲁迅以自己独特的解读方式揭示了，上海少女们表面上的荣光，对时尚的趋之若鹜甚至搔首弄姿、忍受调笑的实质不过是生存的卑微和匮乏，其实质正如康德所言"还在卑下的状态中背负着这些形式蹒跚而行"，"这种模仿仅仅是为了显得不比别人更卑微，进一步则还要取得别人的毫无用处的青睐"。②这自然是"险境"，鲁迅还以一个文人的敏感注意到不同的文人对这一现象的书写：

> 这险境，更使她们早熟起来，精神已是成人，肢体却还是孩子。俄国的作家梭罗古勃曾经写过这一种类型的少女，说是还是小孩子，而眼睛却已经长大了。然而我们中国的作家是另有一种称赞的写法的：所谓"娇小玲珑"者就是。③

和俄国作家梭罗古勃还把这些少女看成在艰难的世界里求生存、精神上畸形生长的孩子不同，中国作家那种以"娇小玲珑"投以赞许的眼光，不过是一种居高临下、视对方为一件商品一般的猥亵的把玩罢了。鲁迅指出"惯在上海生活了的女性，早已分明地自觉着这种自己所具的光荣，同时也明白着这种光荣中所含的危险"，可见都市生活对人精神的塑造何其深入骨髓。

第四节　写作："对于同类市民的愤懑"

怎样理解鲁迅诸如上引的关于都市文化现象犀利的言辞？他的见识、言辞的特殊性在哪里？其实也不乏学人和鲁迅有类似的观察，譬如朱光潜在《谈十字街头》一文里也曾认为："十字街头上握有最大权威的是习俗。习俗有两

---

① 本雅明：《巴黎，19世纪的首都》，刘北成译，上海人民出版社2006年版，第15页。

② 康德：《实用人类学》，邓晓芒译，上海世纪出版集团2005年版，第157、156页。

③ 鲁迅：《南腔北调集·上海的少女》，《鲁迅全集》第4卷，人民文学出版社2005年版，第579页。

种，一为传说（Tradition），一为时尚（Fashion）。""十字街头的空气中究竟含有许多腐败剂，学术思想出了象牙之塔到了十字街头以后，一般化的结果常不免流为俗化（vulgarized）。昨日的殉道者，今日或成为市场偶像，而真纯面目便不免因之污损了。到了市场而不成为偶像，成偶像而不至于破落，都是很难的事。"①这里谈及的同样是时尚、市场的流俗化。中国现代文人们对城市、市场的恐惧文字不胜枚举。像斯宾格勒那样对城市基于理性给予赞誉的毕竟是少数："最重要的一点是：如果我们不能理解到，逐渐自乡村的最终破产之中脱颖而出的城市，实在是高级历史所普遍遵行的历程和意义，我们便根本不可能了解人类的政治史和经济史。故而，世界历史，即是城市的历史。"②即使1930年代的沪上的新感觉派、现代派，他们对都市文明的感受、描摹、接纳也多是不自然、不从容的，在看似活色生香的文字里，对都市文明的敌意始终头角峥嵘地顽强挺立着。

长期以来我们对包括鲁迅自己在内的现代文人关于城市生活的批判采取了想当然的认可态度，譬如有论者不无夸张地写道："上海是鲁迅先生生涯最后十年的奋战之地，在忧郁的内战时期，这个一面充满着荒淫与无耻，一面潜着严肃的工作的中国最大都市，鲁迅先生就像一颗晶莹的长庚星，把光芒照澈仔黄昏的暗霭。"③此种声音可说是构成了某种浩大的传统。胡风即持相类的看法："鲁迅生于封建势力支配着一切的中国社会，但却抓住了由市民社会发生期到没落期所到达的正确的思想结论，坚决地用这来取得祖国底进步和解放。"④这种刻意把鲁迅树立为某种道德的、思想的标杆，以此对照出中国现代都市文化种种不堪的做法是否妥帖？当然，像曹聚仁那样以为置身于都市中的鲁迅简直如鱼得水、自在之极的看法也让人心生疑窦，他说："鲁迅可以说

---

① 朱光潜：《谈十字街头》，《给青年的十二封信》，《朱光潜全集》第1卷，安徽教育出版社1987年版，第22—23页。

② 斯宾格勒：《西方的没落》，陈晓林译，黑龙江教育出版社1988年版，第353页。

③ 吴沫：《鲁迅诞辰在上海》，中国社会科学院文学研究所鲁迅研究室编：《1913—1983鲁迅研究学术论著资料汇编》第3卷，中国文联出版公司1987年版，第169页。

④ 胡风：《关于鲁迅精神的二三基点》，中国社会科学院文学研究所鲁迅研究室编：《1913—1983鲁迅研究学术论著资料汇编》第4卷，中国文联出版公司1987年版，第336页。

是道地的现代文人，他并不是追寻隐逸生活，他住在都市之中，天天和世俗相接，而能相忘于江湖，看起来真是恬淡的心怀。"①果真是如此吗？

鲁迅对都市生活无所不在的商业性的敌意是无从掩饰的，尤其是对不良文人的商业伎俩多有鄙夷。本雅明也曾通过对波特莱尔的审视异常睿智地提出了包括文人在内的知识分子在都市生活中生存问题，他称他们为"闲逛者"——"知识分子以闲逛者的身份走进市场，表面上是随便看看，其实是寻找买主。在这个过渡阶段，知识分子依然有赞助人，但他们已经开始熟悉市场。他们以波希米亚人的形象出现"②。本雅明的笔端里没有鲁迅那样酷烈的批评和隐隐的道德感上的激烈和义愤，毋宁说他对知识分子"寻找买主""开始熟悉市场"有着更多的感同身受、理解和宽容，他甚至发掘出他们因混迹于市场所锻炼出的特殊眼力且不乏欣赏之意："闲逛者扮演着市场守望者的角色。因此他也是人群的探索者。这个投身人群的人被人群所陶醉，同时产生一种非常特殊的幻觉：这个人自鸣得意的是，看着被人群裹挟着的过路人，他能准确地将其归类，看穿其灵魂的隐蔽之处——而这一切仅仅凭借其外表。"③对比之下，在鲁迅这里，无论如何不会有"闲逛者扮演着市场守望者"的意识。他更多看到的是他们"开始熟悉市场"后的投机和变质，他对都市里的知识分子总的态度是较为峻急的。1935年鲁迅在给增田涉的信中说："我不赞成'幽默是城市的'的说法，中国农民之间使用幽默的时候比城市的小市民还要多。"④他在都市的小市民那里看到的是急切的滑稽而非优游的幽默。他在给果戈理的《死魂灵》所作的序言里说："这作品给它的创造者运来大苦痛和许多的失望，因为这引起了对于他的极猛烈，极矫激的不平。他用旅行，来疗救他精神的忧愁和对于同类市民的愤懑。"⑤

① 曹聚仁：《鲁迅评传》，东方出版中心1999年版，第161页。

② 本雅明：《巴黎，19世纪的首都》，刘北成译，上海人民出版社2006年版，第21页。

③ 本雅明：《巴黎，19世纪的首都》，刘北成译，上海人民出版社2006年版，第49页。

④ 鲁迅：《书信·350206致增田涉》，《鲁迅全集》第14卷，人民文学出版社2005年版，第344—345页。

⑤ 鲁迅：《死魂灵·序言》，《鲁迅译文全集》第7卷，福建教育出版社2008年版，第12页。

鲁迅与20世纪中国都市化进程

套用这句话，我们可以说，鲁迅与都市的关系正是：这都市生活给它的观察者带来大苦痛和许多的失望，因为这引起了对于他的极猛烈，极矫激的不平。他用写作，来疗救他精神的忧愁和对于同类市民的愤懑。

第四章　鲁迅与20世纪中国的"市民社会"

本章旨在援引黑格尔的精神哲学，特别是其"主奴辩证法"及"市民社会"的思想审思"鲁迅与20世纪中国都市化进程"这一命题。应当承认，黑格尔并非鲁迅自觉的重要精神资源。在早年的《文化偏至论》一文里，鲁迅把黑格尔视为以尼采、克尔恺郭尔等为代表的"新神思宗"要反驳的"主智一派"的集大成者，而黑格尔才是鲁迅心仪的。[①]武断地说，鲁迅研究的传统中直接证成鲁迅此类"文化偏至论"别具合理性的做法代不乏人，且判教意味浓烈。其思维方式，恰如黑格尔批判的那样，把真理与错误的矛盾视为固定的，"通常也不知道把这种矛盾从其片面性中解放出来或保持其无片面性，并且不知道在看起来冲突矛盾着的形态里去认识其中相辅相成的环节"[②]。有鉴于此，笔者提出：能否以黑格尔"否定的辩证法"的方式来理解鲁迅，直面鲁迅精神世界里内在的矛盾，并视鲁迅的矛盾为"20世纪中国都市化进程"中现代精神萌生过程的某一环节，鼓足勇气加以扬弃。如此庶几真正敬认鲁迅精神遗产的特质，并由此得以研究鲁迅与现代中国畸形发育的市民社会的精神联系——这当是思考"鲁迅与20世纪中国都市化进程"这一命题的核心任务。

[①]　鲁迅在描写"新神思宗"的人格追求时，提及新神思宗之前的主智一派，且以黑格尔为极致："往所理想，在知见情操，两皆调整，若主智一派，则在聪明睿智，能移客观之大世界于主观之中者。如是思惟，追黑该尔（F.Hegel）出而达其极。"（鲁迅：《坟·文化偏至论》，《鲁迅全集》第1卷，人民文学出版社2005年版，第55页。）本章在黑格尔的意义上使用"市民社会"这一概念，并认为"20世纪中国都市化进程"的本质是走向中国的"市民社会"。

[②]　黑格尔：《精神现象学》（上），贺麟、王玖兴译，商务印书馆1979年版，第2页。

第一节　"精神"：从"家庭"走向"市民社会"

对鲁迅的理解实则根植于对何谓"现代中国"的论定，可以说"现代中国"在何种意义上具有其道义上的合法性才是人们在鲁迅精神的价值判断上出现分歧的根由。因此，理解鲁迅的前提是亟须对何谓"现代中国"做出明确的思想建构。我们是否可以尝试以一种拟黑格尔的方式把"现代中国"视为一个整体上具有内在运动逻辑的精神问题？进而思索，在此精神的运动过程中"现代中国"的家庭、市民社会与国家的建构中究竟应贯通着怎样的自由精神与意志？最后，在精神自我运动的不同环节，鲁迅的精神特质究竟如何论定？①这一设想其实源于对黑格尔认定中国无"精神"这一论断的审思。众所周知，黑格尔在《历史哲学》中分析中国人的民族性时提出过著名的论断，即"中国人民族性的各方面……的显著的特色就是，凡是属于'精神'的一切——在实际上和理论上，绝对没有束缚的伦常、道德、情绪、内在的'宗教'、'科学'和真正的'艺术'——一概都离他们很远"②。自然，黑格尔所说的中国所无的"精神"，是指黑格尔意义上的那种能以"否定的辩证法"自我否定、内在生长的精神。黑格尔的如此论断可谓尖刻的挑战！但熟谙鲁迅作品的，其实并不难触碰到极为相类的情绪与语式，这是偶然的吗？

黑格尔的"精神"哲学由主观精神、客观精神和绝对精神三个阶段构成，呈现出次第扬弃的运动逻辑，企图实现所谓历史与逻辑的高度统一。其中，上文所述的家庭、市民社会与国家属于客观精神阶段。客观精神又分为"抽象法""道德""伦理"三个阶段。在"抽象法"阶段，自由意志已经开始客观化，但还停留于抽象的法权人格阶段，易于受到现实偶然性的侵袭，所以需经由自否定进至"道德"阶段；在"道德"阶段里自由意志驻停于个人的内心，主体自我设"法"遵循良心行事，从而否定了外部现实的侵袭，但自由意志仍

鲁迅与20世纪中国研究丛书

---

①　黑格尔认为"家庭""市民社会"得以成立，恰恰是以"国家"这一最高的伦理精神为前提的。"市民社会"里看似矛盾的个体与外在法权制度的对立需要在更高的"国家"这一伦理精神中实现统一。本章不拟从该角度就鲁迅与黑格尔的国家意识展开对照性的讨论，但此问题意识的重要性是不言而喻的。

②　黑格尔：《历史哲学》，王造时译，上海书店出版社2001年版，第137页。

没有进入现实因而难免存在着主体的片面性；而到了"伦理阶段"，自由意志切实进入充满了偶然性的现实世界，完成了内在与外在的统一，实现了对"抽象法"及"道德"阶段的扬弃。只有在伦理阶段里，自由意志才得以以现实的法的形式展现，获得了客观的制度性秩序，个体的法权人格也才得以现实性地实现。伦理阶段又依据其精神形态的不同区分为三个层次和环节：家庭、市民社会与国家。该三分法最集中的论述是在黑格尔思想后期的《法哲学原理》一书。不同于黑格尔思想前期《精神现象学》一书中更强调自由精神自我运动过程中的否定性，黑格尔在《法哲学原理》中更关注的是自由精神的"定在"形态——特定的现实性的自由秩序。这三个阶段既有适当之区际，又能逐级进展，其内在逻辑仍是自由精神的自我否定和扬弃。其精义可概述如下：

家庭：私人的血亲情感领域，以爱为原则。"作为精神的直接实体性的家庭，以爱为其规定，……自己在其中不是一个独立的人，而成为一个成员。"①

市民社会：个体之间自由交换的经济社会领域，以理性为原则。"在市民社会中，每个人都以自身为目的，其他一切在他看来都是虚无。……其他人便成为特殊的人达到目的的手段。"②

国家：公共的政治生活领域，以正义为原则。不同于实存的有各种缺陷的国家制度，黑格尔的国家是作为伦理的最高理念而提出的，"由于国家是客观精神，所以个人本身只有成为国家成员才具有客观性、真理性和伦理性"。③

略加领会黑格尔精神哲学之大概，我们对其中国无"精神"的论断无法不认真对待。黑格尔如此论断的理由是：中国历史本身"没表现出有何进展"，停滞于"家庭的精神"，"在发展的这个阶段上，我们无从发现'主观性'的

① 黑格尔：《法哲学原理》，范扬、张企泰译，商务印书馆1961年版，第175页。
② 黑格尔：《法哲学原理》，范扬、张企泰译，商务印书馆1961年版，第197页。
③ 黑格尔：《法哲学原理》，范扬、张企泰译，商务印书馆1961年版，第254页。

因素；这种主观性就是个人意志的自己反省和'实体'（就是消灭个人意志的权力）成为对峙"。①更准确地说，黑格尔所说的中国无"精神"，应是中国缺乏从"家庭的精神"经由否定的辩证法进至"市民社会"的精神，遑论伦理阶段的国家乃至更高层次的绝对精神。由此可见，在黑格尔的意义上，"现代中国"作为"精神"问题，就是要寻找能自"家庭"走向"市民社会"的"精神"。扪心自问，黑格尔的尖刻并非全是傲慢，我们甚至绝少把"中国"及"现代中国"视为一个在整体上具有自己运动逻辑的精神问题加以思考，这才是令人汗颜的。而令笔者时常感慨的是，恰恰是鲁迅，才是异常执拗地要做如此致思的。甚至可以论定，他在"现代中国"的意义恰恰就是提供了黑格尔在中国历史上无从发现的走向市民社会的精神——那种"主观性的因素"。不过，在他身上"个人意志的自我反省和'实体'（就是消灭个人意志的权力）成为对峙"的确存在，但二者并未达成对立统一的理想状态，这一理想状态用黑格尔的话表述即是"那种权力是和它自己的主要存在为一体，并且知道它自己在那权力里面是自由的"②。这种个体意志与社会性权力既对立又统一只有在黑格尔所说的市民社会的法权秩序里才有实现的可能。由此，我们不难觉察鲁迅精神世界中的种种矛盾——"人道主义与个人主义这两种思想的消长起伏"③，既认为"最要紧的是改革国民性"又感喟"无从措手"④，与中国尚未进入健全的市民社会有着莫大的关系。

第二节　改造"国民性"："主奴辩证法"中的"精神"

最能表征鲁迅祈望的"现代中国"究竟如何的文字，以《灯下漫笔》一文的如下表述最为触目惊心："中国人向来就没有争到过'人'的价格，至多不过是奴隶，到现在还如此"，所谓中国的历史，无非是两个时代的循环："一，想做

---

① 黑格尔：《历史哲学》，王造时译，上海书店出版社2001年版，第119、121页。

② 黑格尔：《历史哲学》，王造时译，上海书店出版社2001年版，第121页。

③ 鲁迅：《两地书》，《鲁迅全集》第11卷，人民文学出版社2005年版，第81页。

④ 鲁迅：《两地书》，《鲁迅全集》第11卷，人民文学出版社2005年版，第32页。

奴隶而不得的时代；二，暂时做稳了奴隶的时代。"而时代的使命是："创造这中国历史上未曾有过的第三样时代，则是现在的青年的使命！"①对鲁迅的如上论断，不加反思地认信实不可取，同样仅因其否定的激切遂贬斥为片面的所谓通达亦未必高明。以"奴隶"意识烛照全部的中国历史，抑或相类的做法——《狂人日记》里以"吃人"的恐惧审判全部的中国文明，《阿Q正传》里以阿Q的"精神胜利法"统摄起全部的中国的国民性，这些当然存在着"片面性"，甚至可以说鲁迅杂文的引墨行文中同样处处都有着"片面性"。但难以磨灭的事实是，这些真实的"片面性"论断极富内在的生长性，深具黑格尔所说的"从其片面性中解放出来或保持其无片面性"的内在精神力量。这恰恰是因为，鲁迅视中国为一整体的精神问题，他的具体的"片面性"论断每每有着自我反讽、出离自身的内在自否定动力，不可视为凝固的乃至教条主义的结论。相反，把它们看作鲁迅眼中整体的精神问题中的一个个环节方能理解其真切的意义。

视中国为一整体的精神问题，鲁迅要挑明的是传统中国在最高道义合法性上的亏欠——只见"奴隶"不见"人"。他所致力的，则是现代中国在最高道义合法性上的证成——人何以为人的精神命题。鲁迅提出的"内在循环的奴隶时代"与"第三样时代"的命题可谓"现代中国"作为一整体的精神命题的对局结构。前者与黑格尔的"主奴辩证法"的思想多有可参之处，而后者与黑格尔"市民社会"思想的对照亦引人深思。

学界对于鲁迅"奴隶"意识的研究已有相当的积累。近代以降中国士人的奴隶意识渊源驳杂，既有传统华夷之辨思想支撑的家国为外族所窃的文化民族主义式的耻辱，又有从社会进化论思潮宣扬的优胜劣汰的原则可抽绎出的亡国灭种的恐惧，更有来自尼采等激进一脉的思想者颠倒基督教精神，视其为奴隶造反、窒息自然生命力的生命哲学、意志哲学。可以说，这三种文化思潮在鲁迅身上均有鲜明的印记，研析之高论已汗牛充栋。笔者以为犹可凝神切问的是，这三种文化资源均无法解决一个根本问题，即奴隶究竟怎样内在地获得对主人否定的力量，从而突破鲁迅指出的历史仅仅在主奴之间的位置转化中做停滞性循环的怪

---

① 鲁迅：《坟·灯下漫笔》，《鲁迅全集》第1卷，人民文学出版社2005年版，第224、225页。

圈，即如何自"内在循环的奴隶时代"进入鲁迅所谓的"第三样时代"？笔者以为，鲁迅精神的矛盾，根源皆在此——犹疑但不否定该问题得以解决的希望，又从骨子里疑惧自己的希望不过是心造的幻影，他一生心力交瘁之轨迹，虚妄与希望之间的摆荡曲线而已。他为后人所礼赞的改造国民性的思想其实是一种无可奈何的激愤遁词，早已失却了早期启蒙思想家那样漫溢的信心。笔者提醒偏爱鲁迅的学人留心的是，自"内在循环的奴隶时代"进入"第三样时代"，鲁迅明确自觉的国民性改造也许并非唯一的选择路径，甚至可以说它以其终极解决的深刻反而遮蔽了更具现实性的问题意识。我们在面对鲁迅充盈着创伤感的真切语式时依然要警惕可能的迷思，"于浩歌狂热之际中寒"，"于天上看见深渊"，[1]这才是鲁迅的箴言和劝诫。如何进入"第三样时代"，黑格尔"主奴辩证法"及"市民社会"的思想或可提供一些不无裨益的参照。

　　"主奴辩证法"是黑格尔《精神现象学》里提出的命题，是讨论自由意识的独立与依赖时所做的人格类比——"其一是独立的意识，它的本质是自为存在，另一为依赖的意识，它的本质是为对方而生活或为对方而存在。前者是主人，后者是奴隶"[2]。笔者以为，黑格尔"主奴辩证法"思想最为可贵之处，在于其以自我意识既对立又统一的自否定的思想真正揭示了主奴之间自我意识自为实现的秘密。它所揭示的"主奴辩证法"——主奴之间相互对峙又统一的逻辑更具有本原性的生存论性质——即是说，"主奴辩证法"就是人自我意识的动态结构本身。由此可见，"主奴辩证法"本身是无法根除的，只能在不同的处境、环节加以外在的规训而已。如此说来，即使进入鲁迅所谓的"第三样时代"，"主奴辩证法"也只是在更文明的规训下，展示出更人道的景象罢了。在此意义上，现代社会永远无法终极解决的自由与平等之间的矛盾其实就是"主奴辩证法"的现代版本。将鲁迅的奴隶意识与黑格尔"主奴辩证法"相对照，如若毫不瞩目其自我意识自我分裂又对立统一的自否定思想，只能隔靴搔痒。而认识到这一点，我们对鲁迅的改造国民性思想就没那么盲目乐观了。

①　鲁迅：《野草·墓碣文》，《鲁迅全集》第2卷，人民文学出版社2005年版，第207页。

②　黑格尔：《精神现象学》（上），贺麟、王玖兴译，商务印书馆1979年版，第127页。

黑格尔视自我意识为一个动态的自否定的结构，他提出，对于自我意识结构中的各个环节，"必须从相反的意义去了解它们"①。自我意识要想实现自身，就必须首先分裂出另一个自我意识与自己对立，通过对它的扬弃才能再次回到自身。两个自我意识的关系即是："它们自己和彼此间都通过生死的斗争来证明它们的存在。"②黑格尔在论证自我意识的自否定结构时，情不自禁地以生命的斗争为喻，提出了生命的真意："只有通过冒生命的危险才可以获得自由；……一个不曾把生命拿去拼了一场的个人，诚然也可以被承认为一个人，但是他没有达到他之所以被承认的真理性作为一个独立的自我意识。"③无行动的生命只是自然的而非自觉的生命，所谓自然的是指，作为"意识之自然的肯定"的生命，"有独立性而没有绝对的否定性，同样死亡就是意识之自然的否定，有否定性而无独立性"。④这其实就是鲁迅批判崇尚自然的中国道家思想"不撄人心"⑤的理由。鲁迅的《野草》可谓对黑格尔揭示的自我意识的自否性思想最生动的生命哲学诠释，《野草》集中诸如以死亡反证自己曾顽强生存的"野草"，"死掉的雨"的"精魂"化作的"朔方的雪"，诅咒自己且永不停息的"过客"，"永不冻结，永得燃烧"的"死火"，"自啮其身"的"游魂"，"抉心自食"的"死尸"，等等，莫不在自否定中不断重生。

　　黑格尔的"主奴辩证法"的说法其实就是对自我意识的自否性的历史性借喻。历史上真实的奴隶的自我独立意识的形成并非是自洽的，其内在逻辑是：主人的统治是奴隶的既定生存现实，主人对物的享受通过奴隶这一中介完成，这一中介作用使奴隶获取了对物改造（否定物的独立性）的机会，对物的否定为奴隶自我意识的萌发提供了可能性。不过可能性并不等于现实性，奴隶虽然在对物的否定中开始"经验到"自身也得面临主人对自己的纯粹的"否定性"力量，但他本身未必能自觉地用自己的否定性力量转而对抗主人。不过，

①　黑格尔：《精神现象学》（上），贺麟、王玖兴译，商务印书馆1979年版，第123页。
②　黑格尔：《精神现象学》（上），贺麟、王玖兴译，商务印书馆1979年版，第126页。
③　黑格尔：《精神现象学》（上），贺麟、王玖兴译，商务印书馆1979年版，第126页。
④　黑格尔：《精神现象学》（上），贺麟、王玖兴译，商务印书馆1979年版，第126页。
⑤　鲁迅：《坟·摩罗诗力说》，《鲁迅全集》第1卷，人民文学出版社2005年版，第69页。

伏笔已经埋下，奴隶既然已意识到了主人对自己的否定性，对这种否定的"恐惧"必将滋生起来。奴隶对主人施与自己的纯粹否定性力量，"并不是在这一或那一瞬间害怕这个或那个灾难，而是对于他的整个存在怀着恐惧，因为他曾经感受过死的恐惧、对绝对主人的恐惧。死的恐惧在他的经验中曾经渗透进他的内在灵魂，曾经震撼过他整个躯体，并且一切固定规章制度命令都使得他发抖"①。可以说，鲁迅的文学世界里，浮现在读者眼前的就是社会生活中的"这一或那一瞬间害怕这个或那个灾难"，但真正令人揪心、给人以刻骨铭心的震撼，乃至对读者的精神世界给予笼罩性影响的却是对各个卑微的小人物（"奴隶"）难以挣脱"对他的整个存在怀着恐惧"这一根本生存处境的揭示。鲁迅在《阿Q正传》里对阿Q行止的描写，尤其是对临刑时刻阿Q头脑里幻化出的饿狼吞噬撕裂自己灵魂的象征主义的描写可谓对这一恐惧感的天才表现。

　　不过，阿Q的命运以这一极端的死亡恐惧为结，在未庄与城里的舆论里丝毫留不下任何精神的印痕，人们似乎也从不想面对如何克服和阿Q一样的"对他的整个存在怀着恐惧"的问题。鲁迅身后的有心人亦未深究"未庄与城里的舆论"何以如此的原委，或转而附会鲁迅的国民性改造思想，认为这才是解决阿Q愚昧的唯一方法，或把阿Q的心理特点人类学化，把阿Q的"精神胜利法"说成人性的普遍形式，以通达人情世故的表象掩盖如何克服阿Q"对他的整个存在怀着恐惧"的问题。前者其实正是鲁迅在《阿Q正传》里反讽的那个斥责阿Q"奴隶性"的"长衫人物"的做派，后者则取消了鲁迅关于阿Q"精神胜利法"思考的严肃性，当然也窒息了进一步思考的可能。二者虽或跟随或反驳鲁迅，但其根本相通之处在于，其思致已难以突破鲁迅的命意。阿Q那样的奴隶自我意识被鲁迅以"对他的整个存在怀着恐惧"的描写终结了。我们必须还得从这个奴隶自我意识的"恐惧"环节继续追问，探究怎样克服阿Q"对他的整个存在怀着恐惧"，从而不再是奴隶而成为具有独立人格的问题！

　　黑格尔的"主奴辩证法"并没有将奴隶的自我意识停留在恐惧这一环节，他认为："虽说对于主人的恐惧是智慧的开始，但在这种恐惧中意识自身还没

① 黑格尔：《精神现象学》（上），贺麟、王玖兴译，商务印书馆1979年版，第129—130页。

有意识到它的自为存在。"①克服恐惧进而通过何种途径完成奴隶独立意识的实现——"自为存在",才是"主奴辩证法"最为吃紧的地方!黑格尔给出的答案是"劳动":"通过劳动奴隶的意识却回到了它自身。"②依黑格尔之见,只有通过"陶冶事物"的劳动,奴隶才能在否定物的独立性的过程中建立起持久的、客观的自我,这当然对奴隶克服对主人的恐惧有着重要的意义。但问题是,奴隶对物的否定并不真正等同于对主人的否定,毋宁说奴隶"陶冶事物"的劳动体现的依然是主人的意志,奴隶依然是奴隶!试图以人与物的关系——奴隶对自然的自由来掩盖奴隶与主人之间的奴役关系,这是黑格尔的"主奴辩证法"最为晦暗之处,如果依鲁迅的眼光,这不过是"暂时做稳了奴隶"且不愿直面自己真实命运的奴才哲学罢了。黑格尔的"主奴辩证法"至此已丧失了其自否定的力量,这表明:作为精神在主观阶段的一个环节,通过自我意识本身的内部调整是无法完成现实的奴隶向人的转变的。同样的,解决阿Q如何不再是自欺的奴隶而能成为具有独立人格的人的问题,也不应该在自我意识的封闭圆圈里做痛苦的精神空转与挣扎了——这怕是鲁迅的国民性改造这一精神试验的真实写照。鲁迅在《野草·墓碣文》一文中写道:"抉心自食,欲知本味。创痛酷烈,本味何能知?……"③笔者以为这是对"在自我意识的封闭圆圈里做痛苦的精神空转与挣扎"最为酷烈的反思了。自"内在循环的奴隶时代"进入"第三样时代",依黑格尔的精神哲学逻辑,"精神"必须咬破自我意识这一主观精神自织的蚕茧,进入更具现实性的客观精神阶段,才有自我更生的机会。而这一切,必须在"市民社会"里才有实现的可能。

第三节　"第三样时代":"人的分立"与"市民社会"

综观黑格尔的精神哲学,摆脱主奴结构实现个体的独立只有在客观伦理

①　黑格尔:《精神现象学》(上),贺麟、王玖兴译,商务印书馆1979年版,第130页。此处引文中的"主人"原译文为"主"(或主人),笔者根据文意选定"主人"一词。

②　黑格尔:《精神现象学》(上),贺麟、王玖兴译,商务印书馆1979年版,第130页。

③　鲁迅:《野草·墓碣文》,《鲁迅全集》第2卷,人民文学出版社2005年版,第207页。

的"市民社会"这一阶段才能实现。这是因为，在市民社会里"个人只有成为定在，成为特定的特殊性，从而把自己完全限制于需要的某一特殊领域，才能达到他的现实性"[1]。换言之，"在市民社会中，人的分立乃是起规定作用的东西"[2]。鲁迅小说《伤逝》里觉醒的新青年子君在爱情中的宣称——"我是我自己的，他们谁也没有干涉我的权利"，可谓市民社会得以实现的前提——"人的分立"这一个体精神原则的最好写照。我们由此可以论定，"五四"新文化运动要追求的正是市民社会的精神原则。这也可以从许多经验性的研究里得到佐证，譬如曹聚仁在《鲁迅评传》里就认为："鲁迅在乡村住得并不久，他的意识形态成熟于大都市。"[3]再譬如余英时明确指出："从社会史的观点看，'五四'新文化运动的基础无疑是城市中的新兴知识分子和工商业阶层。1919年5月4日的爱国运动立即引起了全国各大城市的学生罢课、商人罢业和工人罢工，这一事实充分说明了新文化运动是靠什么社会力量支持的。"[4]可以说，"五四"新文化运动从其本质上就是古老的中国走向市民社会的一个精神启蒙的环节！遗憾的是彼时内忧外患的历史处境使中国走向市民社会的历史进程被不停地扭曲或中断，只是在个别都市里催生了畸形的果实，迄今为止自由精神的定在——市民社会的制度性法权秩序依然未有应当的发育。回望"五四"新文化运动，其意义在于，它毕竟开始给现代中国注入黑格尔在中国历史上无从发现的那种"主观性的因素"——"个人意志的自我反省"，这不正是市民社会里"人的分立"这一个体的精神原则吗？鲁迅精神的诸多命题，诸如"国人之自觉至，个性张，沙聚之邦，转为人国"的推论、"尊个性而张精神"的立人主张，对摩罗诗力的推崇，对"朕归于我"的生命哲学、意志哲学的偏爱，对礼教吃人的抨击，……均可视为他对"现代中国"的"市民社会"要想实现亟须的"人的分立"——个体自我权利意识的觉醒所做的精神助产。因为唯有如此，才有可能自"内在循环的奴隶时代"进入"第三样时

① 黑格尔：《法哲学原理》，范扬、张企泰译，商务印书馆1961年版，第216页。
② 黑格尔：《法哲学原理》，范扬、张企泰译，商务印书馆1961年版，第265页。
③ 曹聚仁：《鲁迅评传》，东方出版中心1999年版，第179页。
④ 余英时：《现代危机与思想人物》，生活·读书·新知三联书店2005年版，第146页。

代"。①这应是鲁迅与"五四"新文化运动的其他思想者共通的志业。

　　然而，鲁迅的特殊之处在于，他竟然在呐喊中自我怀疑、彷徨乃至自我反讽起来，他的思维方式极为契合黑格尔"否定的辩证法"的精髓——自否定。他在"娜拉走后怎样"的设问里，发出了"人生最苦痛的是梦醒了无路可以走"的感慨，提出了"自由固不是钱所能买到的，但能够为钱而卖掉"的基础问题，但又对"经济制度"未实现根本变革之前，个体即使在经济上有了自由也是否真能摆脱"傀儡"状态，是否真能实现个体的独立也产出了疑问。②鲁迅的小说《伤逝》可谓是对"娜拉走后怎样"命题的变奏。其他如《在酒楼上》《孤独者》《幸福的家庭》均写透了出走的现代知识分子在生存的困厄中的难堪和悲剧性，同样可视为"娜拉走后怎样"命题的知识分子版本。走向现代中国的市民社会的道路为何如此艰难？鲁迅的疑惧为何如此浓重？

　　黑格尔说："城市是市民工商业的所在地，在那里，反思沉入在自身中并进行细分。乡村是以自然为基础的伦理的所在地。"③在市民社会里，传统"家庭的精神"解散了，对"家庭的精神"的否定正是个体通过"反思沉入在自身中并进行细分"才得到的。鲁迅在《我们现在怎样做父亲》里对传统"家庭的精神"的否定不正是如此吗？其结果是，"建立在原始的、自然的直观之上"的传统道德，"抵抗不住这种精神状态的分解，抵抗不住自我意识在自身中的无限反思"，"伤风败俗"势在必然。④我们可以发现，传统道德的颓败在鲁迅那里激起的并非尽是精神更生的欢悦，毋宁说更多是深情的缅怀和惆怅的挽歌。他的《朝花夕拾》可作明证。市民社会的建立既然以"个人的分立"及其"自我意识在自身中的无限反思"为前提，势必导致个体愈发的原子化，隔膜日现，尤其个体心灵世界的无限区分势必使人的内在心灵世界有自耗殆尽

　　① 鲁迅的"第三样时代"的思想并无明确的内涵。对照黑格尔的"市民社会"思想，我们需要思索的是这是否反映了鲁迅的精神气质的特别与知识结构的欠缺，前者无可指责，后者则需要扬弃。

　　② 鲁迅：《坟·娜拉走后怎样》，《鲁迅全集》第1卷，人民文学出版社2005年版，第165—171页。

　　③ 黑格尔：《法哲学原理》，范扬、张企泰译，商务印书馆1961年版，第252页。

　　④ 黑格尔：《法哲学原理》，范扬、张企泰译，商务印书馆1961年版，第199页。

之虞。鲁迅的《墓碣文》中的文字——"有一游魂，化为长蛇，口有毒牙。不以啮人，自啮其身，终以殒颠"①，可谓对市民社会个体自我意识的内噬趋势的恐怖书写。鲁迅自身的精神重负委实太多了，且引发了不祥的惊惧感。相形之下，黑格尔的市民社会是怎样扬弃"个人的分立"及其"自我意识在自身中的无限反思"的呢？这给我们思索现代中国的市民社会的发育、理解鲁迅精神又有何启示呢？

黑格尔提出："在市民社会的发展中，伦理性的实体达到了它的无限形式，这个形式在自身中包含着两个环节：（1）无限区分，一直到自我意识独立的自身内心的存在，（2）教养中所含有的普遍性的形式，即思想形式，通过这种形式，精神在法律和制度中，即在它的被思考的意志中，作为有机的整体而对自身成为客观的和现实的。"②这段晦涩的话无非是说，市民社会不仅得有"人的分立"——它源于自我无限区分的自由意识，还得有必要的自由的"定在"——现实客观的制度性的法权秩序。更通俗地讲，在市民社会的构架里，个体心灵与法权制度就像汹涌回旋的河水与坚硬的堤岸一样，在看似冲突矛盾着的形态里构成了相辅相成的整体。这就不难理解了，黑格尔在谈论市民社会时，在个体的自由需求的体系外，他同样重视并大量论述的是通过司法对所有权的保护来达成自由的现实化和制度化，以及通过警察与同业工会来处理前两者可能难以周全解决的问题。

黑格尔关于市民社会的系统思考给笔者的启示是：鲁迅精神之于现代中国的市民社会，的确已给予"人的分立"的权利和必要性提供了强烈的合法性论证，构成了最具影响的现代精神传统；但现代市民社会的构建，还需要更具制度性的法权秩序方能现实化——这一点或许是鲁迅措意不足的。甚至可以说，正是后者的滞后加剧了前者的焦虑与激愤。这是文学的幸运，却是中国的不幸！

① 鲁迅：《野草·墓碣文》，《鲁迅全集》第2卷，人民文学出版社2005年版，第207页。
② 黑格尔：《法哲学原理》，范扬、张企泰译，商务印书馆1961年版，第252页。

第五章　鲁迅创作与20世纪中国都市的日常生活

——以《野草》为中心

　　《野草》是鲁迅的散文诗集，1927年北京北新书局初版，收入鲁迅1924—1926年所作23篇散文诗，书前有题辞一篇。自问世以来，这一瑰丽而又神秘的散文诗集就引起了研究者极大的兴趣，《野草》研究至今仍是鲁迅研究中的重中之重。其研究路径简单归纳为现实的、哲学的和情感的三种，成果斐然。不过迄今为止少有人从都市与精神生活的角度认识这本散文诗集。《野草》写作的1924年到1926年，鲁迅身在北京。"有了小感触，就写些短文，夸大点说，就是散文诗，以后印成一本，谓之《野草》。"①北京这个城市对鲁迅来说有着特别重要的意义。1912 年鲁迅作为教育部成员随部北迁，一住14年。他在这里发出自己的第一声"呐喊"，随后又陷入了精神上的"彷徨"，他在这里介入青年学生运动，并结识人生的爱侣许广平，也累积了不少人事上的矛盾，尤其与不少推崇某种"英美范"的学人多有龃龉。《野草》写作之时已是他在北京居住的最后几年，在散文诗中我们是可以看到鲁迅对北京城市生活的观感与体验的。②在这些观感和体验中，我们以为《野草》的其中精神内核之一是

---

　　①　鲁迅：《南腔北调集·〈自选集〉自序》，《鲁迅全集》第4卷，人民文学出版社2005年版，第469页。

　　②　相对应的是1926—1927年间，鲁迅写作了《朝花夕拾》，躲到故乡的回忆里去表达对都市的不满。作为对应，作于《朝花夕拾》前的《野草》实质是鲁迅借用散文诗这种手段描述自己在北京的城市生活感受。

反抗常人的沉沦。[1]

第一节　漫游与求乞：都市的悲哀

在论述波特莱尔的诗作时，本雅明认为波特莱尔充当了巴黎这座城市的游荡者：他漫步在巴黎的拱廊街上，"张望"和"震惊"是他的表情，他收集都市里人群在城市迷宫中转瞬即逝的意象加以诗化。可以说是本雅明把游荡者的概念引入到了城市文学的研究中。其实，《野草》中同样有一个都市漫游者的形象，只不过和波特莱尔笔下漫游者所怀的"巴黎的忧郁"不同，鲁迅笔下的是漫游者的"北京的苦闷"。

在本雅明看来，文人、乞丐和妓女是街道上的三个经典形象。鲁迅的《野草》中也不乏这三类人群，最突出的则是文人和乞丐。《野草》中的文人分明有着行走着的鲁迅的面影，他观察着、思考着。在他的感受里，北京是个异常灰暗的城市。鲁迅的情绪十分低沉，除了上班就是终日抄古碑、读佛经、整理古籍，灰暗、寂寞、阴沉是《野草》里的北京色调。《风筝》开头写道："北京的冬季，地上还有积雪，灰黑色的秃树枝丫叉于晴朗的天空中，而远处有一二风筝浮动，在我是一种惊异和悲哀。"[2]看上去古城的冬季了无生机，有的只是无边的悲哀。在《求乞者》中，首先逼入眼帘的就是无处不在的"灰土"。"灰土"在这篇小短文中出现了八次且非简单的重复，它由弱渐强几成节奏和韵律，成为笼罩求乞者的可怕之物。鲁迅笔下的灰土、风沙，已成为干燥寒冷的北京城芜晦、寂寞、悲凉的象征。这样的"灰土"笼罩下，"剥落的

---

[1]　在海德格尔看来，"此在"的日常生活以"常人"为主体，他们以闲谈、好奇和模棱两可为主要存在方式，这种特征被海德格尔界定为"沉沦"着的非本真状态。海德格尔认为"常人"就是日常生活中的大众或众人，在日常生活中，每一个个体都既是常人又被常人所左右："常人怎样享乐，我们就怎样享乐；常人对文学艺术怎样阅读怎样判断，我们就怎样阅读怎样判断；竟至常人怎样从'大众'中抽身，我们就怎样抽身；常人对什么东西愤怒，我们就对什么东西'愤怒'。这个常人不是任何确定的人，而一切人（却不是作为总和）都是这个常人，就是这个常人指定着日常生活的存在方式。"海氏的思考可以成为我们理解《野草》反抗常人的沉沦的思想参照。

[2]　鲁迅：《野草·风筝》，《鲁迅全集》第2卷，人民文学出版社2005年版，第187页。

鲁迅与20世纪中国研究丛书

高墙"和街上"各自走路"的行人也多冷漠无生命的热量，社会现实的寒冷与人际关系的冷漠互相叠加，不禁令人心寒。这种灰土中的沙城可以说是鲁迅对于北京的生命感受的隐喻式表达。

乞丐是现代都市的寄生品，是本雅明"都市漫游者"中被讨论的重要人群。乞丐也是在《野草》里经常出现的形象。《求乞者》中写道："我顺着剥落的高墙走路，踏着松的灰土。另外有几个人，各自走路。微风起来，露在墙头的高树的枝条带着还未干枯的叶子在我头上摇动。"①《狗的驳诘》中有"我梦见自己在隘巷中行走，衣履破碎，象乞食者"。乞丐的行走是一个颇有象征意义的举动。在求乞者身上，为生存的挣扎、无从得知的人生背景、未知的收获、游荡可能带来的危险等等，都使这一群体内在契合着城市的生存状态。甚至可以说，每个在城市里奔波、谋生的人本质上都是求乞者。

现代城市人口流动性大，密度高，"城市生活的一个极大特征就是，各种各样的人互相见面又互相混杂在一起，但却从未互相充分了解"。②在陌生人组成的城市里，人与人之间的诚信、情感联系客观上更难维持，"瞒和骗"也更容易得逞，而这正是鲁迅所深恶痛绝的。《求乞者》的故事发生在秋天，"微风起来，露在墙头的高树的枝条带着还未干枯的叶子在我头上摇动"③。可见天气并不十分寒冷，我穿着夹衣，"一个孩子向我求乞，也穿着夹衣，也不见得悲戚，近于儿戏；我厌烦他这追着哀呼"④，"一个孩子向我求乞，也穿着夹衣，也不见得悲戚但是哑的，摊开手，装着手势"⑤，从求乞者的穿着"夹衣"和表情"不见得悲戚"，"我"直觉出求乞者的身份是可疑的，他们其实并不需要我的任何施舍，因为我也穿着"夹衣"。"我"厌恶他们装腔作势，厌恶他们使用"求乞的法子"。人虽是难免有穷困无助之时，但一个

① 鲁迅：《野草·求乞者》，《鲁迅全集》第2卷，人民文学出版社2005年版，第171页。

② R.E.帕克、E.N.伯吉斯、R.D.麦肯齐：《城市社会学——芝加哥学派城市研究》，宋俊岭等译，华夏出版社1987年版，第26页。

③ 鲁迅：《野草·求乞者》，《鲁迅全集》第2卷，人民文学出版社2005年版，第171页。

④ 鲁迅：《野草·求乞者》，《鲁迅全集》第2卷，人民文学出版社2005年版，第171页。

⑤ 鲁迅：《野草·求乞者》，《鲁迅全集》第2卷，人民文学出版社2005年版，第171页。

有尊严的人哪怕做无奈的行乞之举时也会有难堪和悲哀之色。孩子"不见得悲哀"，还用欺骗的手段装哑作伪，更是虚伪至极。鲁迅表面写的是对作为"求乞者"的孩子的憎恶，但往深里想，这其实也反映了，在残酷的城市生存的压力下，原本单纯的孩子也会变得世故和虚伪。

经过细读文本，还会发现有个细节反复出现了四次，那就是"另外几个人各自走路"，这一细节和自然环境"微风起来，四面都是灰土"构成了妥帖的构图。无论是小孩子在追着哀呼求乞，还是我在沉思中将要求乞，几个行路人对此都毫无反应，依然在赶路，赶路，这正是现代都市行色匆匆的陌生人的真实写照。在这个互不关心的社会里，人们没有真正的关心和同情，他设想的求乞也只能这样"我将得到自居于布施之上者的烦腻、疑心、憎恶"。在这个意义上，《求乞者》可谓以隐喻的形式表达了城市人的真实生存处境。

城市化进程中也会不断出现求乞者那样的城市流民，他们离开土地，不务生产，或者不愿或者无力以自己的劳动养活自己，有时不免以油滑的乞讨与欺骗来谋食求财，传统中国人礼义廉耻的道德教化也在他们身上消失殆尽，他们是城市化进程中出现的怪胎，所以"我不布施，我无布施心，我但居布施者之上，给予烦腻，疑心，憎恶"。

第二节　看客与闲谈：市井的颓败

鲁迅在绍兴居住16年，在东京居住5年，在北京居住了14年，城市的居住体验使他对普通市民的日常生活方式、生存状态与精神面貌有着细致入微的体察。《野草》里多篇都可从此角度讨论。《聪明人和傻子和奴才》中的聪明人和奴才，《这样的战士》里的"慈善家，学者，文士，长者，青年，雅人，君子"，《狗的驳诘》里的主与奴，《立论》里的圆滑之人，等等，分明构成了充满世俗味道和功利气息的市井社会。

一、看客的"异化"

列斐伏尔提出:"马克思那里,异化的'多面性和无所不在性',表现在生产力上,生产关系上,也在意识形态上,而且还更深刻地,在于人和自然以及人和他自己本性的关系上。"①现代人征服自然的力量越来越强大,可是人类却比以往任何时候都更成为自己所创造的崇拜偶像的牺牲者,人越来越被物所控制,逐渐丧失了对自身创造性活动的兴趣和认识,人的主体个性和独立思想被消磨掉。在城市社会中最可怕的也最难以避免的就是人的需求的异化:现代人把追求金钱作为人生的目的,从而使人的需求严重异化了。在现代人那里,金钱的需要成了唯一的真正需要,以致金钱的数量日益成为人的唯一主要的品质。

《野草·颓败线的颤动》一文里,母亲为了养育自己年幼的女儿而出卖身体,但是多年以后女儿长大成人,面对这个耗尽了自己身体的母亲却是用鄙夷的目光显示她们道德的优越感。②当爱的需要、安全的需要、自尊的需要全部要用金钱来衡量时,人自身也就被异化了。③如《野草》中的《我的失恋》,爱情只能通过百蝶巾、双燕图、金表索、玫瑰花等这些世俗的物质的东西来表达,而真正的自我和需求却被忽视了。鲁迅用"猫头鹰""冰糖壶卢""发汗药""赤练蛇"来回赠,看似是价值根本无法比拟之物,但实际上却是鲁迅本人的深爱之物,这也就是"我"实际上是以灵魂相赠别人却弃之不顾。

《聪明人和傻子和奴才》揭示了几种不同类型的市民生存哲学。聪明人体现的是典型的市侩哲学。他善于用一副伪善的面孔取得旁人的信任,知道如何用最恰当的方式去安抚受苦受难的奴才,防止奴才有任何反抗念头和行为,他是一个圆滑世故的具有犬儒主义和市侩气息的人物;奴才代表的是一种奴才

---

① 陈学民等编:《让日常生活成为艺术品——列菲伏尔、赫勒论日常生活》,云南人民出版社1998年版,第6页。

② 陈学民等编:《让日常生活成为艺术品——列菲伏尔、赫勒论日常生活》,云南人民出版社1998年版,第7页。

③ 陈学民等编:《让日常生活成为艺术品——列菲伏尔、赫勒论日常生活》,云南人民出版社1998年版,第9页。

哲学或诉苦哲学。他从诉苦中求得片刻的慰藉并将这种空洞的"同情和慰安"视为未灭绝的天理。他最大的特点在于自觉地接受压迫并极力维护统治者的统治。他终究只是个奴才，也只能是个奴才，不同的只在于有高等奴才还是可怜的低等奴才的区别而已。高等奴才正是文中奴才的生活目标，他的言行从未脱离过奴才的既定规范，尤其是赶走傻子一事更是表现出万劫不复的奴才特性；傻子则是市民社会中的清醒者、反抗者，也是有社会良知的知识分子的象征，他象征着冲破原有秩序的行动哲学、反抗哲学。他不惧怕任何强权统治，只是遵照内心的真实需求来办事，从人本位出发想到即做，即使失败也不后悔。在与奴才和聪明人的鲜明对比中特别能彰显出这种反抗哲学的宝贵，傻子的身上更能本真地体现出人之所以为人的尊严和价值。但这种反抗的精神在整个充满市侩气息的市民社会中却显得无助和荒诞，充满了悲剧气息。

《这样的战士》同样把不屈的战士放在一个鱼龙混杂的市民社会背景之中。他们由"学者、文士、长者"构成，戴着"学问、道德、国粹"的画皮，分别是充满市侩气的所谓文化圈，是油滑的所谓都市"上流社会"。他们一律张着学者、公理等等的大旗，板起君子、导师的面孔，外表十分冠冕堂皇。不但如此，他们还对战士谦恭有礼，"一式点头"，试图掩饰自己使觉悟低的战士上当受骗。他们千方百计地企图向人们表明自己是"正人君子"，"他的心都在胸膛的中央，和别的偏心的人类两样"。他们不但这样说，而且还有"证据"。妄图用胸前放着的护心镜来证明他们的心在胸膛的中央。可是，富有斗争经验的战士不理睬他们的这一套嚷嚷，"举起了投枪！"。"一切都颓然倒地"，似乎战士得胜了，但事实却正相反，倒地的"只有一件外套，其中无物"，敌人耍了"金蝉脱壳"计。于是，战士又"再见一式的点头，各种的旗帜，各样的外套"，他在战略上貌视敌人，把他们视为"无物"，"他在无物之阵中大踏步走"，但又高度警惕他们，随时"举起了投枪！"。这些在社会上有一定地位的"慈善家，学者，文士，长者，青年，雅人，君子"，看上去代表了"学问，道德，国粹，民意，逻辑，公义，东方文明"，其实真相却是鱼龙混杂、实利主义盛行、充满伪善的市井社会。城市社会从本质上说来就是市民社会。令人感慨的是，城市是工业发展和商业文明的产物，一方面它提

鲁迅与20世纪中国研究丛书

供了我们物质生活的需要，创造了更为舒适的环境与更丰富的文明；但另一方面，它也催生了很多丑陋的副产品，比如物欲横流、道德沦丧、人性扭曲等。

二、"立论"与"闲谈"

在海德格尔看来，所谓"闲谈"是指日常生活中的"常人"的言谈方式，这种言谈方式看重的是言谈行为本身而非言谈的实质内容，"只要是说过了、只要是名言警句，现在都可以为言谈的真实性和合乎事理担保，都可以为对真实性和合乎事理的领悟担保。因为言谈丧失了或从未获得对所谈及的存在者的首要的存在联系，所以它不是以源始地把这种存在者的据为己有的方式传达自身，而是以人云亦云、鹦鹉学舌的方式传达自身"[1]。"常人"在闲谈中获得的不是对惊奇的赞叹，而是对好奇的满足。惊奇是对事物内涵的把握和欣赏，好奇却仅仅针对事物的外表，是单纯的"看"而非领会因而止步于对新奇现象的认知，缺乏对事物灵魂的认知和把握。"闲谈"和"好奇"把"常人"带入了两可的境地。"一起看上去都似乎被真实地领会到了、把捉到了、说出来了；而其实却不是如此，或者一切看上去都不是如此而其实却是如此。"[2]所以，"常人"只有不甚了了，没有创新也没有洞见。常人只能停留在"非本真状态"也就是"沉沦状态"之中。

这里的"闲谈""沉沦""两可"等描述，"并不应用于位卑一等的含义之下"，反而"意味着一种正面的现象，这种现象组建着日常此在进行领会和解释的存在样式"[3]，海德格尔在存在的本真状态／非本真状态中，给予了本真状态正面的意义。他认为杂然共在的日常生活是"存在"的源始性领域，与本真状态相比作为非本真状态的"日常生活"是此在最切近的存在方式，万事万物都不能脱离"此在"这个根源，从这个角度来看"日常生活"具有建构性的

---

① 海德格尔：《存在与时间》，陈嘉映、王庆节译，生活·读书·新知三联书店1987年版，第204—205页。

② 海德格尔：《存在与时间》，陈嘉映、王庆节译，生活·读书·新知三联书店1987年版，第210页。

③ 海德格尔：《存在与时间》，陈嘉映、王庆节译，生活·读书·新知三联书店1987年版，第203页。

鲁迅与20世纪中国都市化进程

肯定意义。[1]

《立论》中鲁迅写了自己的一个梦境。一户人家生了一个男孩，全家都很高兴，很多宾客前来贺喜：

一个说："这孩子将来要发财的。"他于是得到一番感谢。

一个说："这孩子将来是要死的。"他于是得到一顿大家合力的痛打。

说要死的必然，说富贵的许谎。但说谎的得好报，说必然的遭打。你……

我愿意既不说谎，也不遭打。那么，老师，我得怎么说呢？

那么，你得说："啊呀！这孩子呵！您瞧！那么……。阿唷！哈哈！Hehe！he，hehehehe！"[2]

这些宾客的贺词就是一种无意义的"闲谈"。"闲谈"的建构意义就在

---

① "日常生活"在西方哲学中占有非常重要的地位，科西克、许茨、赫勒、维特根斯坦、哈贝马斯等都把"日常生活"纳入了自己的研究视野。从马克思开始，"日常生活"就脱离了对政治、经济等宏大叙事的衣服，在本体意义上成为哲学研究的对象。"日常生活"作为一个研究范畴，在马克思、恩格斯的理论中就已经获得了重视。马克思认为："物质生活的生产方式制约着整个社会生活、政治生活和精神生活的过程。不是人们的意识决定人们的存在，相反，是人们的社会存在决定人们的意识……"（中共中央马克思、恩格斯、列宁、斯大林著作编译局编：《马克思恩格斯选集》第2卷，人民出版社1972年版，第82—83页。）由吃喝、生殖、居住、修饰等组成的日常生活，在马克思理论中是支撑和实现其他社会活动的基础，使得"现实日常生活"在哲学领域获得了自己的主体性地位。现象学家胡塞尔和海德格尔又提出了日常生活的原初性问题，胡塞尔并没有直接从价值判断上论证"日常生活"的本体性地位，但他强调生活世界就是充满了个体差异却又和谐统一的日常生活世界，"这个世界是前科学地在日常的感性经验中相对于主体被给予的"（胡塞尔：《欧洲科学危机和超验现象学》，张庆熊译，上海译文出版社1988年版，第28页），海德格尔的日常生活理论也来自生活世界理论的影响。海德格尔认为"此在"的生活是被传统存在论忽略的，但是应该被高度重视的领域——"正是在这种最不足轻重、最无关宏旨的日常状态中，此在的存在才能够作为赤裸裸的'它存在着，且不得不存在'绽露出来"。（海德格尔：《存在与时间》，陈嘉映、王庆节译，生活·读书·新知三联书店1987年版，第165页。）

② 鲁迅：《野草·立论》，《鲁迅全集》第2卷，人民文学出版社2005年版，第212页。

于"在说出自身之际所说出的语言已经包含有一种平均的可领会性"①。这种只限于皮毛的"常人"之间的闲谈，"保护人们不致遭受在据事情为己有的活动中失败的危险。谁都可以振振闲谈。它不仅使人免于真实领会的任务，而且还培养了一种漠无差别的理解力；对这种理解力来说，再没有任何东西是深深锁闭的"②。通过闲谈，"我"与"他人"得以成为常人，并寄寓在这个世界中，这就是"此在日常借以在'此'，借以开展出在世的方式的特性"③。只有通过这些常人，我们才能更有效、更直接地认识"此在"的实质——原初性的"日常生活"揭示了常人在日常生活中的行为逻辑与言语逻辑。正如西美尔在研究"人际交往"的时尚哲学时指出的，现代社会中有效的人际交往有一些约定俗成的规则，比如说不将性格、情绪、命运、幽默、激动、沮丧等个人情绪带入社会场合等。④

　　在20世纪40年代予且的《如意珠》等市民小说里曾描写过很多具有虚荣心、只重外表不重内心、对富人下跪、对穷人蔑视的小市民习性。鲁迅《狗的驳诘》《立论》写于之前的20年代，对现代市民社会世态人心的揭露却有异曲同工之妙。在普通人的眼里，狗总是根据人们穿着衣服的好坏、豪华与破旧来辨别人的地位，然后决定它的吠与不吠。所以，中国的老百姓大都习惯地说狗是最势利眼的。鲁迅利用这个习惯思维却将其反过来揭示市民社会中的"势利眼"病，鲁迅讥讽地认为这种见着富人就摇尾、见着穷人就狂吠的家伙，真的是"愧不如狗"！《立论》中同样有相类的逻辑运思，"说要死的必然，说富贵的许谎。但说谎的得好报，说必然的遭打"，现实的市井社会需要在自欺欺人中维持虚假的繁荣，人人都得有圆滑的生存智慧，忽视内心的真实才是生存

　　① 海德格尔：《存在与时间》，陈嘉映、王庆节译，生活·读书·新知三联书店1987年版，第204页。

　　② 海德格尔：《存在与时间》，陈嘉映、王庆节译，生活·读书·新知三联书店1987年版，第205页。

　　③ 海德格尔：《存在与时间》，陈嘉映、王庆节译，生活·读书·新知三联书店1987年版，第213页。

　　④ 张贞：《"日常生活"与中国大众文化研究》，华中师范大学出版社2008年版，第186页。

之道。苏联作家高尔基曾经非常严厉地批评泛滥于当时俄国社会中一些小市民阶层身上的市侩主义的人生哲学。在当时的初步城市化的20年代社会中，这种人生哲学像毒菌一样，支配着、侵蚀着人们的思想。鲁迅在自身生活的经历中深深感受到了这一点，他以梦境的形式将之熔铸在散文诗中，坚持了"社会批判和文明批评"的立场。

早在20世纪初，鲁迅在《文化偏至论》中就对西方物质至上的文化偏至，做出了深刻的总结："诸凡事物，无不质化，灵明日以亏蚀，旨趣流于平庸，人惟客观之物质世界是趋，而主观之内面精神，乃舍置不之一省。重其外，放其内，取其质，遗其神，林林众生，物欲来蔽，社会憔悴，进步以停，于是一切诈伪罪恶，蔑弗乘之而萌，使性灵之光，愈益就于黯淡：十九世纪文明一面之通弊，盖如此矣。"①商业化导致的小市民习气，城市进程中的金钱至上，物质时代的道德沦丧，都成为《野草》中批判讽刺的对象。

《我的失恋》是一篇非常典型的城市书写，无厘头的"戏仿"写法颇似当下的后现代写作，而其主题又直指城市婚姻爱情中的实利主义与物质至上。"我"的所爱"在山腰""在闹市""在河滨"，中间有"山太高""人拥挤""河水深"，这重重的障碍阻隔着"我"和所爱的人。"我"只有"低头泪沾袍"，"仰头泪沾耳"，"歪头泪沾襟"，这是怎样无比的沮丧。失恋使"我"颓唐、绝望，可最后才发现，这重重的天然屏障都是微不足道的。根本原因在于"她在豪家"，是养尊处优的权贵小姐，而我没有汽车，只是个贫苦没有地位的青年，那山腰、闹市、河滨正是这些富豪家小姐的居所，双方地位悬殊，障碍也必然出现。而当"我"的所爱面对"我"赠予的心爱之物时当然也是不屑的，因为无论"我"的"爱"怎样诚心实意，在"她"的眼里只能是丑陋、不祥、可怕的贱物，全然不如"我"这般珍惜。而"她"的"白蝶巾""双燕图""金表索""玫瑰花"是那样的富丽堂皇，相形之下"我"的礼物就更加寒酸而不合时宜了，这一切注定了"我的失恋"。这

---

① 鲁迅：《坟·文化偏至论》，《鲁迅全集》第1卷，人民文学出版社2005年版，第54页。

鲁迅与20世纪中国研究丛书

步步升级的难堪导致"我"失恋后，"我"是近乎崩溃了，只好貌似豁达地指出——"由她去罢"。但事实上我们在《伤逝》《上海的少女》《关于女人》等作品中都可以看到，鲁迅对于现代城市物质性的思考一直没有停止。鲁迅笔下田园牧歌式的爱情在现代都市已经绝迹，婚姻爱情往往与商品经济、消费主义相联系，情感的物化与爱情的商品化正成为现代都市人生存的难堪问题。在商业化的都市环境中，实用主义与金钱至上的观念成为最显著的城市病。《死后》中这个死者已是"运动神经的废灭，而知觉还在"——正如僵尸一样的老中国。他已经连蚂蚁、苍蝇的骚扰都毫无办法，而勃古斋旧书铺的跑外的小伙计非要送他"明版《公羊传》，嘉靖黑口本"。孙玉石认为这是鲁迅为了批判商人在死人身上赚钱："他讥讽了书店老板在死人身上也不忘记赚钱的剥削本性"[1]，"散文诗里的种种批判，都还是对'戏剧的看客'、'正人君子'和市侩奸商的形象揭露"[2]，"要紧的是怎样在已经死了的顾客身上赚钱"[3]；以及为了表达没有安静的生活环境的悲哀："'我'的'厌烦'里，流露了鲁迅真实生活中的种种感觉。人活着，寻求个安宁不易；人死了，寻求个安宁也很难。鲁迅为自身处在这样的生存环境深深感到悲哀。"[4] "只有在人格等同于富有和购买力的社会语境中，缺乏金钱才会对人格造成如此之大的威胁。"[5]

鲁迅对女性命运一直怀有同情之心，在《娜拉走后怎样》的公开演讲中他提出没有获得真正独立的经济地位之前女性的自由和独立是无从谈起的；在《颓败线的颤动》中他进一步指出了女性以身体换取生存的不堪。对于没有经济权的女性而言，除了自己的身体她们没有其他的谋生手段，《颓败线的颤

---

① 孙玉石：《〈野草〉研究》，中国社会科学出版社1982年版，第121页。

② 孙玉石：《〈野草〉研究》，中国社会科学出版社1982年版，第122页。

③ 孙玉石：《现实的与哲学的——鲁迅〈野草〉重释》，上海书店出版社2001年版，第237页。

④ 孙玉石：《现实的与哲学的——鲁迅〈野草〉重释》，上海书店出版社2001年版，第237页。

⑤ 史书美：《现代的诱惑：书写半殖民地中国的现代主义（1917—1937）》，何恬译，江苏人民出版社2007年版，第400页。

动》里瘦弱渺小的妇人为了小女孩的饥饿也为了自己的饥饿在做着每一个有羞耻心的人都不愿意做的事情。她充满了羞辱和痛苦，这痛苦来自精神也来自肉身。这种赤裸裸的交易是都市社会里常见的悲剧，而真正的悲剧在于她为了女儿出卖自己的肉体与尊严，但长大后的女儿女婿外孙却无一人感念她的付出，反而以此为耻。现代社会的人情淡漠、利己主义被深刻地揭示出来。传统道德中舍己为人、知恩图报等一切美好的品德在冷漠的城市现实中的溃不成军，无处遁形。

第三节　"即时审美"：都市的隐微

　　《野草》中还有相当重要的一部分作品，如《过客》《影的告别》《希望》《墓碣文》《死火》等，它们的时间背景和人物生活处所的描写并没有十分明确和可靠的现实根据和现实指涉，很难看出其写作背景与意义指涉是都市还是乡村。但如果我们对这些作品的主题、写作技巧和运思仔细辨认，就会发现这些抽象的作品背后多有一个城市的背影。可以说正是身处现代都市文明的语境中，鲁迅才能写出这种和传统散文截然不同的、极具现代品质的作品。

　　在《野草》中鲁迅以梦境为写作的入口，具有鲜明的"即时审美"特征。所谓"即时审美"，既沉浸到被凝神审视的对象中获得审美愉悦。从审美犀利来说，"即时审美"摆脱了等级森严的艺术强制、强调全民参与性的精神狂欢。"狂欢"最早由巴赫金提出，是指人们在狂欢节上，"摆脱一切宗教和教会的教条主义、神秘主义和虔诚"、摆脱官方文化的控制，"按照狂欢节自由的规律生活"并"暂时进入全民共享、自由、平等和富足的乌托邦王国"和"取消一切等级关系"之后的一种精神状态。[①]在狂欢中，"官方文化被完全推翻颠灭"，"在这些活动中，高雅与低俗、官方与民间老百姓、荒诞不经

　　① 巴赫金：《拉伯雷研究》，李兆林、夏忠宪等译，河北教育出版社1998年版，第6—12页。

与规范经典之间的分野，处于交互地建构和解构的过程中"①，狂欢的主要功能是"提供了情感激动、新的感觉范围、一般性的情感控制的解除，以及自文明进程中对一般情感控制的相对而短暂的放松"②。《野草》中的很多篇散文诗中都有"看客"的群体，这些代表着"常人们"的"看客"无形中已经成为真正的主角。在《复仇》中，"路人们从四面奔来，密密层层地，如槐蚕爬上墙壁，如马蚁要扛鲞头。衣服都漂亮，手倒空的。然而从四面奔来，而且拼命地伸长颈子，要赏鉴这拥抱或杀戮。他们已经豫觉着事后的自己的舌上的汗或血的鲜味"③。《复仇（其二）》中，"路人都辱骂他，祭司长和文士也戏弄他，和他同钉的两个强盗也讥诮他"④。这些看客的状态就类似于一种狂欢，这种狂欢其实未必是针对所观赏的对象，而是一种情绪的宣泄与日常的空虚。

《野草》的现代性思想与现代城市环境带给市民的孤独、怀疑、混杂、狂欢等现代性体验息息相关。现代主义作品往往带有某种不确定性，有些神秘、朦胧，甚至艰深晦涩，具有复杂的内涵。《野草》时期鲁迅受到西方现代派创作的影响，文本中多次出现无边的"旷野"和"荒原"，看似非城市意象但其精神内核恰恰是现代的、都市的。散文诗《雪》中写道："在无边的旷野上，在凛冽的天宇下，闪闪的旋转升腾着是雨的精魂"，在《颓败线的颤动》中，再次出现了"旷野"的意象——"她于是抬起眼睛向着天空"，此时旷野和荒原成为承载和释放心灵痛苦最合适的场所。在传统的乡土写作中旷野和荒原其实并非一个常见的意象，反而是在都市逼仄的精神世界、在被挤压的心灵场域中，荒原和旷野却成为纾解压力的最佳意象。鲁迅在这里充分展示了现代人内在生命中难以想象的困惑和痛苦：强健与颓圮、广阔与荒凉、群体与个体、绝望与希望、毁灭与拒绝、理想与现实，这些不同方向的事物力量相互

---

① 迈克·费瑟斯通：《消费文化与后现代主义》，刘精明译，译林出版社2000年版，第115页。

② 迈克·费瑟斯通：《消费文化与后现代主义》，刘精明译，译林出版社2000年版，第113页。

③ 鲁迅：《野草·复仇》，《鲁迅全集》第2卷，人民文学出版社2005年版，第176页。

④ 鲁迅：《野草·复仇（其二）》，《鲁迅全集》第2卷，人民文学出版社2005年版，第178页。

纠结、对撞以至撕扯、分裂，矛盾重重、面临大破碎的自我几乎无法包容这一切。在《过客》中我们几乎无法确认，"多么荒诞无意义、即使走向的仍是死亡、生命总得走去"[①]的过客的确切的未来目标和未来世界是什么，所谓"有声音常在前面催促我，叫唤我，使我息不下"的表述，正是鲁迅对乡土世界里关于努力追求与最终获得圆满结果这一和谐局面的质疑。《影的告别》里更有："有我所不乐意的在天堂里，我不愿去；有我所不乐意的在地狱里，我不愿去；有我所不乐意的在你们将来的黄金世界里，我不愿去。然而你就是我所不乐意的。朋友，我不想跟随你了，我不愿住。我不愿意！"[②]质疑传统的未来与光明、爱与同情、追求与结果等看似神圣的事物价值，他打破了古典的秩序感和传统的圆满观，体现出现代人生命体验中常有的悲剧感。鲁迅之所以对未来光明持有深刻的质疑，这和"神本位"的传统农业文明影响下的价值观截然不同，而他对自我生存价值的最终质疑也是我们在传统乡土社会里很少见到的，这种现代的心灵体验是属于现代都市的。

　　《野草》的表现手法是非中国的，非传统的，具有强烈的现代性色彩。《野草》写作受到波特莱尔等人的影响，而他们都是西方城市兴起后表现城市最出色的文学家、思想家。众所周知波特莱尔的文学成就与巴黎密不可分，本雅明正是从波特莱尔在巴黎的游荡与创作中得到启发，把他称为"发达资本主义时代的抒情诗人"。波特莱尔的《恶之花》在"忧郁与理想"中耐心而无情地描写和剖析自己的双重灵魂，表现出自己为摆脱精神与肉体的双重痛苦所作的努力，在"巴黎即景"部分更是勾勒了一幅赤裸裸的工业社会大都市的写真画。《野草》也非常类似，一方面关注自己的心灵磨难和精神搏斗，一方面又关注城市的外部物质世界。在波特莱尔的《恶之花》和《巴黎的忧郁》等作品中，到处可见"充满恐怖的阴暗"，遍布死尸、血污、灵框、石棺、墓地、坟场、魔鬼、幽灵、冷风、阴雨、愁雾、蜘蛛、蛙蛇、猫头鹰以及疾病、死亡、腐败、畸形和罪恶等等。翻开这些作品，一股阴冷之气扑面而来，让人"感到

----

① 李欧梵：《铁屋中的呐喊》，岳麓书社1999年版，第117页。

② 鲁迅：《野草·影的告别》，《鲁迅全集》第2卷，人民文学出版社2005年版，第169页。

冷气袭人，打起寒颤"。这种"波特莱尔式的阴冷"在鲁迅的《野草》中也同样能看得见。在《野草》里的一些散文诗作品中，也曾出现过恶鸟怪兽、魔鬼游魂、荒坟古墓、阴间地狱、裸体死尸、屠戮钉杀、死火血痕，以及死火发言、鬼魂叫喊、影的告别、狗的驳诘、死尸起坐等恐怖怪诞的景象。这个人造的天堂和现实的地狱，盛开着鲜花又充满着罪恶的地方正是波特莱尔的巴黎和鲁迅的北京。同时，《野草》与加缪《误会》、萨特《禁闭》、索尔·贝娄《挂起来的人》在存在主义思考上有很多异曲同工之妙，如《过客》就非常类似《等待戈多》。

随着工业文明的进步，城市的发展，虽然人们拥有了前所未有的科技、文明，但也同时发现了自己在生存价值上的无家可归。与西方现代主义文学中的萨特《禁闭》、瑞典作家斯特林堡《鬼魂奏鸣曲》、法国荒诞派作家尤奈斯库《秃头歌女》等的人物塑造一样，《野草》也注重揭示现代人共有的隔膜与孤独主题，这一主题在《墓碣文》《颓败线的颤动》中体现得最为强烈，鲁迅借此关注与思考了西方哲学家同样关切的人的存在方式与存在价值、生存环境、内心分裂等抽象而深邃的问题。正像波特莱尔等作家一样，社会风气、城市生态等等都在他们的作品中得到了反映，但他们并非客观、机械地反映现实，而是用象征、隐喻的手法，通过自己的主观想象和幻化把它们折射出来，而这种表现方式本身就具有强烈的城市文化特点。当然，西方现代主义文学只求表述普通人的孤独状况，许多人物几乎都是精神流浪者和寻梦者，并不同于鲁迅《野草》的形象描述更多侧重于开掘作者内心深处自我的交战，并且常常在这些悲凉的孤独意识中表现出一种对于人生的使命感和先觉者的启蒙意识。

"现代人在社会、知识和艺术上的困境，有种种历史条件的多重决定，但现代人又渴望超越困境，现代人的生存境遇就在这一语境下展开。"① 《野草》的部分篇章是对都市境遇的直接描写，还有部分篇章是鲁迅对都市境遇中人的物化的困惑和体验。随着现代城市的膨胀，现代人的日常生活与性格形成

① 张旭东：《上海的意象：城市偶像批判与现代神话的消解》，《文学评论》2002年第5期，第91页。

日益异化，现代人的境遇问题也成为鲁迅思考的命题。写作《野草》期间，鲁迅一方面写出了市民社会的世态人心、物化境遇下的都市疾患，另一方面也以抽象化的情感、隐喻和象征表达了隐微的都市生活体验。一般研究者认为鲁迅与城市的关系到了30年代的上海生涯才出现胶着的状态，但通过对《野草》的分析，我们有理由认为鲁迅早在20年代就已经对都市生活的光与影有了许多复杂的感受。

第六章　鲁迅创作与20世纪中国都市化进程中的女性

　　"从特定意义上说，女性就是城市的象征"①，城市与女性具有天然的关联，女性与城市具有天然的亲和力。重体力的农业社会造就了男性的中心地位，到了更重视智力、交际、流通的现代城市社会，女性的优势开始凸显，考察城市的转型与流变，女性意识是一个独特的角度。同样，"无论是西方还是中国妇女研究的历史经验告诉我们，城市空间是考察妇女'性别空间'状态的重要窗口。因为无论是西方还是中国社会，作为历史存在（同样也是现实存在）的父权统治常将妇女行为规范于一定空间范围内（这种规范往往是理论上的）。而充当政治、经济、文化和社交中心的城镇，历来被视为妇女活动'真空地带'。相应的，一旦属于妇女的'性别空间'出现扩张趋势，其征兆往往首先出现在城市空间中"②。

　　中国的早期城市化进程，也伴随着女性命运的改变与转型。女性的性别解放从晚清就已经开始，熊月之曾指出："晚清上海社会的妇女具备了五个特征：就业人数较多，出入社交场所较早较普遍，婚姻自由的酝酿，不缠足运动

---

　　① 朱德发：《城市意识觉醒与城市文学新生——五四文学研究另一视角》，《东岳论丛》1994年第5期，第65页。

　　② 姚霏：《空间、角色与权力——女性与上海城市空间研究（1843—1911）》，上海人民出版社2010年版，第6页。

中心，女学普及与女报众多。"①晚清女权启蒙对"五四"女权运动具有领航作用，特别是传统妇女解放运动往往忽略的一些底层群体，比如女工、女佣、女伶等，他们较早出入公众场所（茶馆、戏园、烟馆、妓院等），可以说是早期的女权实践。②李长莉则指出晚清上海妇女对公共娱乐空间的踏足，女子职业和女子教育的出现都是晚清妇女"性别空间"拓展的重要标志。③罗苏文则提出了晚清"女性活动空间"概念，指出早期英租界核心区域不断西拓，形成了娱乐性功能区，当时出入戏园、茶馆等娱乐场的女性，便以自身活动构筑起一个与"公共娱乐区"重叠的"女性活动空间"。④夏晓虹在《晚清女性与近代中国》中以女性报刊为研究对象，论述了坐落于上海的中国第一个华人自办女子学堂——中国女学堂和在上海出版的著名女性报刊《女子世界》。⑤在晚清上海史研究中，也有学人挖掘了知识女性、上层妇女的状况，钱南秀在《重崇"贤媛"传统：1898年变法中的女性们》一文中指出，1898年的妇女运动就有自身的机构和组织，女性可以获得教育权，这些女性立足于魏晋以来的贤媛传统，近世的女性文学传统和长江三角洲地区17、18世纪以来的结社传统，早在维新变法前就开始思考"性别"和"国家"的关系，是"活跃的组织者"和"智慧的思想者"。⑥19世纪末，作为中国首批通商口岸之一，上海已经成为中国最大的外贸、商业、金融和制造业中心，女性的生存空间也随之发生了变化，女艺人、妓女、女工、女佣、女服务员等成为最早步入城市公共空间的一个群体。1892年，韩邦庆在通俗刊物《海上奇书》上连载了小说《花国春秋》，后改名为《海上花列传》，小说具有明显的空间性特征，以空间的改变带动叙事的推进，以妓院为背景，将一连串打茶围、吃花酒、碰和、烧路头、

① 熊月之：《晚清上海：女权主义实践与理论》，《学术月刊》2003年第11期，第45页。

② 熊月之主编：《上海通史》第2卷、第5卷，上海人民出版社1999年版。

③ 李长莉：《晚清上海社会的变迁：生活与伦理的近代化》，天津人民出版社2002年版，第313—481页。

④ 罗苏文：《近代上海：都市社会与生活》，中华书局2006年版，第146页。

⑤ 夏晓虹：《晚清女性与近代中国》，北京大学出版社2004年版。

⑥ 参见Qian nanxiu,"Revitalizing the Xianyuan（Worthy Ladies）Tradition:Women in the 1898 Reforms",Moderm China,vol,29,no.4,2003,pp399–454.

斗嘴、调情等日常生活场景连缀起来，形成了一个晚清上海女性生活空间的画卷。在《海上花列传》中涉及的城市公共空间有妓院、茶楼、酒馆、赌场、戏园、客栈、医院、洋行等，形成了一个广阔的近代都市背景。

第一节　"娜拉走后怎样"：从启蒙到生存

一、娜拉的中国化传播与早期中国的城市语境

"娜拉"形象出自易卜生的《玩偶之家》。易卜生作为一个著名挪威剧作家，一生共创作过25部话剧，在中国影响比较大的如《玩偶之家》《群鬼》《人民公敌》《社会支柱》等都是典型的社会问题剧。其中《玩偶之家》因塑造了娜拉这样一个深具社会典型意义的女性形象而名声大噪。娜拉这个中产阶级女性形象也以其出走家庭的象征性意义成为中国女性解放的代名词。"五四"时期的中国，娜拉出于对父权、夫权的反叛而出走成为新女性的精神偶像，当然，在鲁迅的犀利眼神里，牵涉出的是城市语境中女性的生存命运问题。

易卜生作为一个异域作家，他的作品却在中国引起了如此深远的影响，其中有一个原因必然是易卜生触及的社会问题正好契合当时社会的环境和情绪。"一般的说起来，为得要某一国家的艺术家或者文学家能够对于别国的人民的思想发生影响，就必须要这个文学家或者艺术家的情绪是适合于读他的作品的外国人的情绪的。因此，如果易卜生的影响传布到了离他的祖国很远的地方，那么可见得他的作品里面一定有一些特点，的确是适合于现代文明世界读者群众的情绪的。"[①]丹纳在《艺术哲学》中指出，任何一个文学现象的发生与它所处的环境密切相关，文学发展的三要素为种族、时代、环境。对于娜拉来说，她在中国的深度传播和当时的时代有密切关系。"殊不知我们所熟悉的易

---

① 普列汉诺夫：《亨利克·易卜生》，《外国文学评论选》（下），湖南人民出版社1982年版，第18页。

卜生早已不是那个原汁原味的挪威戏剧家了，而是被中国的文化逻辑和中国语境重新锻造出的易卜生。"①1907年，鲁迅在《文化偏至论》中以"伊孛生"的译名，将著名的挪威话剧家易卜生及其话剧作品介绍到中国，1918年《新青年》以"易卜生专号"对《玩偶之家》进行了专门介绍，当时名为《娜拉》，由胡适和罗家伦合译，后来《娜拉》一剧又由欧阳予倩、沈邱等多人改译，各地剧社纷纷演出此剧。

简略做一统计：

时间	剧社	标志性事件
1914	春柳社	参与本年上海"新剧中兴"
1923	北京人艺剧校	首次实习公演；男女合演
1935	上海业余剧人协会	左翼戏剧运动
1935	南京磨风剧社	公演《娜拉》

在茅盾的解读下，娜拉就被赋予了革命的启蒙意义。茅盾说："易卜生的剧本《娜拉》对于中国妇女运动很有关系。《娜拉》被介绍过来以前，《新青年》已经探到妇女运动，但是《娜拉》译本随'易卜生专号'风行以后，中国社会上这才出现新的女性。妇女运动从此不再是纸面上一个名词。如果我们说，五四时代的妇女运动不外是'娜拉主义'，也不算是怎样夸张的。"②茅盾在1942年7月写作的《〈娜拉〉的答案》中则把娜拉和中国的女革命家秋瑾并列，挖掘出了娜拉的革命性意义，从革命的角度认为中国女性应该像秋瑾一样从家庭生活中出走、参加革命。在创作界，也有大量的作品以"娜拉式出走"为题，安排自己作品中的主人公以出走的方式表征对这个世界的反抗。如欧阳予倩创作的《泼妇》，主人公于素心就在对婚姻生活失望后选择出走。类似题材有郭沫若的《卓文君》、田汉的《咖啡店之一夜》、白薇的《打出幽灵塔》、李健吾的《翠子的将来》等等，这些作品中都有一个出走的女性。

城市与女性息息相关，城市化的进程往往在女性问题上表现最为突出。

① 万同新：《论"五四"对易卜生戏剧的误读》，《剧作家》2011年第4期，第91页。

② 茅盾：《从〈娜拉〉说起》，《珠江日报》1938年4月29日，茅盾《文艺论文集》1942年版，第71页。

鲁迅与20世纪中国研究丛书

古希腊时代，柏拉图在《理想国》中就指出了女性往往是非理性的，他认为："最具多样性的欲望、快乐和痛苦通常属于孩子、女人和奴隶，也属于大多数声望不高的自由人。"[①]同时，他指出："女人习惯于匍匐在阴暗之地，当她们被迫走向光明时，她们会竭尽全力地抵制并远离立法机构。"[②]亚里士多德也认为："女性总是提供物质材料，而男性总是塑造它。"[③]男性往往被认为是理性的，代表着家国观念和公共秩序，女性则是琐碎的、非理性的、情感性的、物质的。女性的性别本质与城市的走向有某种契合之处。城市是适合女性居住之所，城市也呼唤女性的重新发现。20世纪早期的中国，既是一个在物质文化语境中重组社会结构的时代，也是一个呼唤和发现"人"的时代，在城市化进程中，对"人"的发现，在某些层面上就突出表现为对"女人"的发现。女性，作为在传统封建文化体系中被长期压抑的"第二性"的存在，其被重新认识和重新发现的价值是革命性的。当时出现不少妇女问题刊物参与讨论，如《妇女声》《新妇女》《女界钟》等，不少革命家、学者也加入了妇女问题的讨论，如陈独秀的《孔子之道与现代生活》，胡适的《贞操问题》，周作人的《贞操论》，鲁迅的《我之节烈观》。在女性问题的讨论中，两性关系之矛盾也是重中之重。"17世纪和18世纪家庭的许多特点都已经慢慢消失，丈夫和妻子站到了舞台的中心，婚姻契约成为家庭关系的基础。"[④]而这种婚姻形态与20世纪早期中国的婚姻结构是非常类似的，中国传统的婚姻契约中男性一直占据统治地位，女性面对这种不平等的婚姻契约关系，到底是维护这种不平等，还是勇敢地撕毁这种不平等，成为当时最值得探讨的问题。

　　《玩偶之家》最著名的结尾处理方式是女主人公愤然出走——门"砰"一声关上，故事戛然而止，由于结尾的未完成，留下了无尽的思考与话题。易卜生在他的剧作中总是留下悬而未决的问题，却很少给出答案，正如有的研究者所说："易卜生这个挪威文学中最革命的作家，缺少一把打开最深刻的现代化

① 巴巴拉·阿内尔：《政治学与女性主义》，郭夏娟译，东方出版社2005年版，第17页。
② 巴巴拉·阿内尔：《政治学与女性主义》，郭夏娟译，东方出版社2005年版，第13页。
③ 巴巴拉·阿内尔：《政治学与女性主义》，郭夏娟译，东方出版社2005年版，第22页。
④ 罗尔·帕特曼：《性契约》，李朝晖译，社会科学文献出版社2004年版，第122页。

问题的金钥匙，他只能说：'发问是我的事，答案我却没有。'"①正是这种开放式的问题使得鲁迅沿着这一问题继续思考，借助女性的生存问题发现了中国早期城市社会中潜伏的身体与精神的矛盾、传统与启蒙的矛盾、个人追求与社会体制的矛盾、男性霸权与女性话语的矛盾等，这成为鲁迅思考早期中国市民社会的一个重要收获。

二、从涓生的启蒙话语到子君的城市日常话语

"娜拉"出走怎样，并非一个简单的女性出走问题。娜拉的出走不仅仅是反叛一场婚姻，而是反叛以男性为主体的婚姻契约，反叛传统男尊女卑的文化秩序，背叛"男性与文化相关，女性与自然相关"的传统法则。在20世纪早期的中国，"娜拉出走"更成为革命、启蒙等思潮中最著名的女性记忆。

1923年鲁迅做了一次著名的演讲《娜拉走后怎么样》，对易卜生在《玩偶之家》的结尾留下的问题作出了自己的解答。他的解答颇富有现代市民意识——基于经济基础的考量娜拉出走以后只有两条路，要么回去要么堕落，因为她没有赖以独立和生存的资本。在演讲中，鲁迅肯定了娜拉出走的启蒙意义，认为她已经认识到了个人的价值，但是有一件事比启蒙更加重要那就是如何活下去。妇女自身的觉醒当然重要，但是如果没有经济基础的支持，没有整个社会的进步，妇女自身的自由终将落空。他认为："一个娜拉的出走，或者也许不至于感到困难的，因为这人物很特别，举动也新鲜，能得到若干人们的同情，帮助着生活。生活在人们的同情之下，已经是不自由的了，然而倘有一百个娜拉出走，便连同情也减少，有一千一万个出走，就得厌恶了，断不如自己握着经济权之为可靠。"②在鲁迅的演讲中，他不去演绎娜拉的革命意义和自由精神，而是把娜拉放置在了一个残酷的现实的城市语境里，把娜拉从崇高的闪耀着精神光辉的抽象意义那里拉回到柴米油盐的生存现实中。鲁迅的物

---

① 弗朗茨·梅林·亨利克：《易卜生评论集》，高中甫编选，外语教学与研究出版社1982年版，第108页。

② 鲁迅：《坟·娜拉走后怎样》，《鲁迅全集》第1卷，人民文学出版社2005年版，第169页。

鲁迅与20世纪中国研究丛书

质主义立场和胡适形成了鲜明的对比。胡适的《易卜生主义》中不遗余力地赞扬娜拉思想的觉醒，认为她摆脱了海尔茂的束缚勇敢地从玩偶之家出走，是一条自我解放之路。他不但没有批判娜拉抛夫弃子，反而赞扬这是一种个人主义的胜利，认为娜拉的出走是她向内寻求自我的解放，为社会的变革准备了一个新社会的分子。[1]胡适对娜拉的认可与激赏是"五四"时代启蒙的呼声："由晚清最推崇女性的文人学者所构想的'女子世界'，其根基明显与西方女权运动不同。欧美妇女的要求平等权，是根据天赋人权理论，为自身利益而抗争；诞生于中华大地的'女子世界'理想，昭示着中国妇女的自由与独立，却只能从属于救国事业。"[2]娜拉在启蒙思潮的语境下，被胡适、茅盾等启蒙主义者塑造成为勇敢独立的反叛者，彰显其挑战原有社会秩序的革命意义，但没有人从更切实的日常生活层面为娜拉的出路担忧，也没有人从日常的层面为娜拉的生计操心。鲁迅的《伤逝》就这种革命语境中操持着截然不同的城市日常话语，写出了在城市化进程刚刚开始、城市社会还没有发育成熟的情况下，一位被革命的热潮裹挟着冲出封建的家庭的女性会面对怎样的命运。

首先，城市发育的不成熟导致生存空间艰难而又狭窄。逼仄的家庭生活空间和陌生人之间日益复杂的人际关系正是城市生活出现的新问题，而涓生和子君都缺乏面对这些问题的经验、智慧和坚韧。涓生和子君遇到的最直接的困难就是居住空间的得之不易，他们寻住所时看了二十多处才得到一个"暂且敷衍的处所"[3]，由于是寄居在官太太的住所时时引起子君和官太太的暗斗，涓生不由得感慨："人总该有一个独立的家庭。这样的处所，是不能居住的。"涓生和子君所处的社会空间充满了无聊的看客与无声的社会传统势力的监管。涓生和子君在路上同行时，"那鲇鱼须的老东西的脸"和"加厚的雪花膏"也"在路上时时遇到探索，讥笑，猥亵和轻蔑的眼光"；为了和子君同居，涓生"也陆续和几个自以为忠告，其实是替我胆怯，或者竟是嫉妒的朋友绝了

---

① 胡适：《易卜生主义》，《新青年》1918年第4卷第6号。

② 夏晓虹：《晚清女性与近代中国》，北京大学出版社第2004年版，第83页。

③ 鲁迅：《彷徨·伤逝》，《鲁迅全集》第2卷，人民文学出版社2005年版，第113—134页。（本章下文对《伤逝》的引文恕不赘注。）

交"，这些围观者的目光其实是无声的道德监督与审判，而这正是现代城市正常发展的可怕阻力。

经济、生计问题也是现代城市生活对新市民提出的严峻挑战。传统的农业社会尚可靠天吃饭、依赖耕作实现自给自足，涓生和子君作为城市的新移民，只能靠自己的知识、劳动获得生活资料。但是早期的城市社会并没有给他们提供合适的充足的工作岗位。子君毕业后没有工作，只能在家做家庭妇女；涓生算是脱离了农耕生活的早期知识分子，不再能依靠传统的科举考试赢取功名，只好利用自己的学识写稿件和抄文书。但是在局里抄文书的生活百无聊赖而且朝不保夕，译书与写作也无法形成固定的收入，连温饱问题都不能解决，这些都是新移民遇到的第一个大问题，这里已不是高迈的启蒙知识分子的使命云云了，如何填饱肚子、有尊严地活下去才是最棘手的问题。

子君这边，还没有真正的爱的能力。对于子君而言，她身受着父权文化的压迫，寄居在城里的叔叔家，"我便要取了帽子去看她，然而她的胞叔就曾经当面骂过我"。"她在她叔子家里大约并未受气"实则是提醒我们，子君在家中的所受精神压迫是深重的。对于涓生的爱的投靠很大意义上是对父权秩序的反抗和逃离。《伤逝》中写到子君爱的表白发生的情境："这是我们交际了半年，又谈起她在这里的胞叔和在家的父亲时，她默想了一会之后，分明地，坚决地，沉静地说了出来的话。"子君能说出这么坚决的爱的告白并不是受到了涓生的爱的感召，相反涓生是欲迎还拒的，他甚至"说尽了我的意见，我的身世，我的缺点"，所以对于子君而言，她只是两害相权取其轻，她认为涓生可以带给自己新生活的希望。问题是涓生就有真正的爱的能力吗？爱的表白是由子君率先做出的，此时的涓生能做的只是向子君倾诉自己所有的缺点；求婚的时候，涓生模拟的是电影里见过的方法且屡屡想来便觉得愧恧，他实在是缺乏力量。

小说中我们屡屡可以看到子君的日常生活话语与涓生的启蒙话语的错位。子君对涓生的爱产生的根源是复杂的。一方面子君为了逃避胞叔和父亲的封建压迫在情感上选择了涓生；一方面子君充满了对青年知识分子涓生的崇拜感，以至于谈话时"她总是微笑点头，两眼里弥漫着稚气的好奇的光泽"。对于子君而言，这种崇拜也仅仅是一种仰视的膜拜，并非从内心里接受了启蒙思想的洗礼。当涓生把墙上挂着的雪莱的半身像指给她时，"她却只草草一看，便低了头，似乎不好意思了。这些地方，子君就大概还未脱尽旧思想的束缚。"所以子君虽然永远喊出了"我是我自己的，他们谁也没有干涉我的权利！"，但子君更多是在日常生活的角度选择了涓生，期待涓生可以把她带离父权的压迫、开启未知的新生活。然而此时涓生对此事的认知却是："这几句话很震动了我的灵魂，此后许多天还在耳中发响，而且说不出的狂喜，知道中国女性，并不如厌世家所说的那样的无法可施，在不远的将来，便要看见辉煌的曙色的。"涓生的眼光是精英化的、启蒙的、革命的、抽象的，子君的视角则是日常的、世俗的、不乏实用主义的盘算的。

"现代性的根本焦虑，一方面来自无法摆脱的社会结构和权力关系的制约，另一方面来自面对风险社会不确定性的恐惧和建构自我生存空间的困惑。"[1]今天的女性名义上拥有机遇去追寻全部生活的可能性，然而在男性主义的文化中许多可能的路径实际上仍是关闭着的。并且，为了赢得这些可能存在着的机会，女性不得不通过一种比男人更为彻底的方式。换言之，她们需要以一种更激烈的然而也更为矛盾的方式追求自己认定的自由。从涓生的启蒙话语中我们可以看到背后隐藏的依然是男权的力量。作为一个被启蒙思想唤醒的女性，子君表面上拥有可以选择未来的权利。但是当他们的生活被真正地抛入日常话语中时，就会发觉，传统的社会结构、固化的权力关系、沉淀在集体无意识中的性别定式……都会成为女性日常命运的圈套，娜拉出走以后的路还很漫长。

第二节　"爱情必须时时生长"：从生存到生动

1923年鲁迅在北京女子高等师范学校做《娜拉走后怎样》的演讲，这次演讲可看作鲁迅对于"娜拉出走"这一命题的质疑与反思。1925年9月鲁迅创作

---

① 吴小英：《回归日常生活：女性主义方法论与本土议题》，内蒙古大学出版社2011年版，第286页。

的《伤逝》可看作这一思考的延续。在小说《伤逝》中，鲁迅不但探讨了知识分子的身体与灵魂、理想与物质、生与死等多重问题，同时也指出了"娜拉出走"这一命题在当时中国社会形态中的虚妄性和乌托邦性。

一、失语的子君与分裂的意识（bifurcated consciousness）

有论者指出："不论是易卜生时代的欧洲还是鲁迅时代的中国，都还没有一种观念，一种学说解释过'女性'这个群体，女性的真相从未形成过概念——语言。这里无意中出现一个有趣的逻辑：一方面女人不是玩偶，女人不是社会规定的性别角色，但女人也不是她自己。因为所谓'我自己'，所指的不过是'同男人一样'的男人的复制品。另一方面，女儿若是否认同男人一样，承认自己是女人，则又落回到历史的旧辙，成为妻子或女人味儿的女人。"[1]的确如此，在整篇小说里子君是失语的。涓生和子君相恋的时候，"她总是微笑点头，两眼里弥漫着稚气的好奇的光泽"。约会的时候，滔滔不绝的永远是涓生，他像传教者一样向子君灌输着男女平等、打破旧习惯等各种新潮思想，子君只是被动地接受；同居之后，在短暂的宁静与幸福中，涓生告诉子君："爱情必须时时更新，生长，创造。"子君也只是"领会地点点头"，依然是一个追随者的角色，按照涓生的理想呵护着他们的爱情；当爱情逐渐褪色、生活逐渐揭露出它惨淡的真相时，涓生忠告她不要这样操劳，"她只看了我一眼，不开口，神色却似乎有点凄然"，这时她已经是百般哀怨与辛苦了，但子君似乎连诉苦的权利也放弃了。

子君的失语并不仅仅是子君自我情愿的选择，涓生爱的正是幽静的子君。生活困窘的时候，涓生抱怨"可惜的是我没有一间静室，子君又没有先前那么幽静，善于体贴了"。这个抱怨的言外之意正是，之前幽静的失语的子君才是涓生所爱的。只不过当爱的热度消退之后，这种幽静和失语也成为涓生抱怨的对象，当他做文章的构思被催促吃饭的声音打断后，涓生毫不掩饰自己的怒

[1] 孟悦、戴锦华：《浮出历史地表——现代妇女文学研究》，中国人民大学出版社2004年版，第32页。

鲁迅与20世纪中国研究丛书

色，而他眼中的子君就像一个无知的农妇一样，"总是不改变，仍然毫无感触地大嚼起来"。

更令人痛心的是子君在交流上的无效。在涓生和子君之间有限的交流中，我们看到子君所参与的交流基本上都是无效的。当宠物阿随被推到土坑里之后，子君生活中的唯一寄托也消失了，心情自是非常低落，回到家中以后有这样一段交流：

> 到夜间，在她的凄惨的神色中，加上冰冷的分子了。
> "奇怪。——子君，你怎么今天这样儿了？"我忍不住问。
> "什么？"她连看也不看我。
> "你的脸色……。"
> "没有什么，——什么也没有。"

子君的闪躲和无从表达说明她在交流上的内心障碍是严重的。马乔里·德沃尔特在她的《解放方法》一书里认为，对语言的新关注应该成为女性主义研究计划的核心，尤其应反对那种把女性的谈话当作"闲话"或琐事排斥在外的做法。[1]她认为："在男女混合的群体中，女人比男人更少被倾听，她们所说的东西也更少被相信或被别人采纳。她们比男人更多被打断，想要继续谈话也必须花费更大的努力。这些发现可视为男人和女人之间权力关系的结果，也证明了女人充分而自信地表达自己所面对的特殊障碍。"[2]在男权社会中，女性是一个"沉默的群体"。在涓生和子君的相处中，我们看到子君大部分时间都是沉默的，她的意见并不被重视，她也没有表达意见的空间。其结果是，到涓生的确愿意倾听、希望和子君深入交流的时候，子君已经进入了一种自我封闭

---

① De Vault,Majorie L.*Liberating Methed:Feminism and Social Reseach*,1999,pp56-57.转引自吴小英：《回归日常生活：女性主义方法论与本土议题》，内蒙古大学出版社2011年版，第59页。

② De Vault,Majorie L.*Liberating Methed:Feminism and Social Reseach*,1999,p61.转引自吴小英：《回归日常生活：女性主义方法论与本土议题》，内蒙古大学出版社2011年版，第60页。

的状态，不愿意把自己的痛苦与紧张、悲哀与焦虑表达出来。子君之所以在交流中自我掩饰，答非所问，并不是子君没有表达的能力，而是"哀莫大于心死"，她认为和涓生交流已经没有意义，这其实是内心绝望的表征。

女性主义者将女性在日常生活中时时体验到的性别认同的内在紧张表述为"分裂的意识"（bifurcated consciousness）。[1]也就是一方面女性要向男性的标准看齐；另一方面要回归女性角色、履行传统女性性别角色规范的要求。《伤逝》里涓生潜意识里要求子君能够一直做一个进步的知识女性、和他保持同步的精神追求，他无法接受子君逐渐变成一个和普通农妇毫无二致的黄脸婆；另一方面，子君又不得不回到传统女性的角色中操劳家务，为涓生、阿随和小油鸡们做饭喂食，和小官太太进行或明或暗的争斗，这就是一个女性的日常生活空间，没有子君操持日常生活，涓生的精神追求也只能是无本之木。这种失语的爱发生在中国20世纪早期的市民社会里，和当时传统性别模式依然强大、女性缺乏现实的生存基础有极大的关系。"五四"新文化运动中，人格自由、个性独立等民主思想首先在性别问题上找到了突破口，"与封建礼教抗争、走出家门接受西式教育、投身社会寻求新生活的独立'新女性'成为当时的时尚标杆，恋爱自由、两性平等和女性解放成为当时追求文明、进步和现代化目标的中国知识分子的一面旗帜"[2]。但是女性走出家门却发现，社会根本没有给她们准备好独立生存的空间。从社会分工上讲，当时适合女性工作的机会非常少，女性无法通过自己的社会劳动换取独立生活的资本，没有工作权就没有经济权，没有经济权在婚姻关系中就依然要受制于男性；同时，整个社会对于走出家门的女性是嘲笑的，反对的，不认可的。在《伤逝》中，无所不在的看客们就扮演了这个社会的旁观者的角色，谈恋爱时的"擦雪花膏的小东西"和"鲇鱼须的老东西"代表了窥视的反动的眼光。同居时涓生的旧日好友都与他疏远，而子君更是和父亲、叔叔都断绝了联系，他们的爱情成为社会的

---

[1] 参见杨宜音、王甘、陈午晴、王俊秀：《性别认同与建构的心理空间：性别社会心理学视角下的互联网》，录自《转型社会中的中国妇女》，中国社会科学出版社2004年版。

[2] 吴小英：《回归日常生活：女性主义方法论与本土议题》，内蒙古大学出版社2011年版，第283页。

鲁迅与20世纪中国研究丛书

众矢之的，无法获得祝福只好在对抗社会的消耗中自我枯竭，所以涓生一旦离开，子君只能赴死，因为在真实的社会中并没有给子君留下一条生路。

从性别的角度来看，子君的悲剧不仅仅是早期中国市民社会发育不成熟造成的悲剧，同时也是男女两性的一种根本意义的悲剧。"女性主义知识批判的首要主题既是社会正统知识与女性经验的分离。这种分离不仅表现为女性作为研究主体和研究对象未被充分代表，而且表现为女性经验在社会研究的前提和结论中都遭到了扭曲和排斥。这种判断包含了一个基本假设，就是认为男人和女人其实并非生活在同一个社会世界中，或者说在社会生活中男性经验与女性经验是完全不可等同、不可替代的。现有的社会研究将男性的经验和立场作为普遍知识的天然代表，女人被系统地排斥在整个知识体系之外而被迫保持沉默，反映了我们的文化和知识结构中存在着男性霸权主义的意识形态机制（ideological apparatus）。"①女性一方面生活在男人的经验世界和统治世界中，另一方面又必须回归到自己由家务、打扫、照看孩子等行为构成的日常生活世界中，子君在男性具有霸权的经验世界中没有话语权力，在自己的日常生活中又承受着涓生的不理解与鄙薄，这造就了子君失语的悲剧。

二、性别话语的断裂与转型

《伤逝》是20世纪早期中国市民社会知识分子精神追求的彷徨史，也是女性解放的失败史，但在这部失败史中鲁迅也同时提出了一些新的话语模式。虽然在《伤逝》中子君并没有能力实践，但鲁迅实际在小说里提出了这种新的话语模式的潜在可行性与社会必然性，这就是女性的经济话语、知识分子话语与身体话语的关系问题。更有意味的是，在《伤逝》中前半部分子君充分的高昂的知识分子话语和后半部分日常生活中的经济话语形成了显著的断裂和鲜明的对比。"话语"一词在福柯的意义上是指用来建构知识领域和社会实践领域的不同方式，它本身隐含着权力关系，规定了某种社会秩序，塑造着人们

_____

① 吴小英：《回归日常生活：女性主义方法论与本土议题》，内蒙古大学出版社2011年版，第70页。

的身份和地位，“正是话语的这些社会作用才是话语分析关注的焦点”①。性别话语的考察实质上就是研究社会性别结构是如何被社会和历史建构起来的。“五四”时期的中国，城市转型和日常生活语境下的性别话语与国家、经济发展和传统文化影响息息相关，它们从不同的角度、以不同的力量共同规定了男女两性之间的权力关系。

女性的知识分子话语。在《伤逝》的前半部分，子君是活跃的、时尚的，也是具有话语主导权的，完全是一个早期市民社会朝气蓬勃的女性知识分子形象。这种形象不仅在外表上有显现，在子君的言行中也有流露。小说里子君出场时是以“皮鞋的高低尖触着砖路的清响”亮相的。高跟鞋对于中国的女性而言具有革命的意义。正如鲁迅的前妻朱安就是裹小脚的女人一样，广大中国传统女性的受压迫最鲜明的表征就是裹脚，裹脚象征着女性无法走出家门，同时也象征着女性的“被物化”，只能被关在家中成为男人的赏玩之物。《伤逝》中描写到子君的出现都是未见其人先闻其声。皮鞋的脆响说明子君的着装时尚，同时她放天足、穿着从西方传入的皮鞋证明其个性的解放，具有全新的思想观念。“五四”时期的中国正处于性别话语的转型期，古老的中国由于社会的变迁而呈现出一些新的姿态，女性的生存境况开始发生了变化。

在“五四”新文化运动之前，中国传统性别文化的核心是父权制，“它从文化观念、制度安排、身份认同各个层面维护男性的中心地位和对女性的支配关系。其基本前提是强调两性生理上的差异，以及由此带来的性别角色分工上的合理性。比如在家庭中，它主张‘男主外女主内’‘夫唱妇随’的关系模式，在社会分工上主张男人以事业为主、女人以家庭为主的公司划分模式，在两性关系上主张男尊女卑、男强女弱、男主女从的等级模式”②。“这套性别话语不仅规定了传统家族社会的社会秩序、权力关系的运行机制，而且规定了男人和女人的主体位置和身份认同……因此就形成了好男人以成功和坚

---

① 诺曼·费尔克拉夫：《话语与社会变迁》，殷晓蓉译，华夏出版社2003年版，第3页。

② 吴小英：《回归日常生活：女性主义方法论与本土议题》，内蒙古大学出版社2011年版，第187页。

强为标志、好女人以温柔和贤淑为特征的评价体系。"①"五四"革命带来的新改变，在男女平等、个性解放的旗帜下，妇女开始有机会得到教育、走出家门，生存能力和文化水平都有了一定程度的提高，这种革命性的性别话语在一定程度上是冲击了传统的父权、夫权制观念。小说中的子君已经冲破了父权的专制，她在城市上学、接受现代文化知识，勇敢地结交男朋友，虽然她的胞叔（代表父权）骂过她和涓生，但她反而更加坚定了。这是一种典型的现代知识女性的形象。小说中写到子君和涓生出门的时候，总是勇敢地走在前面，走路目不斜视，非常骄傲，甚至就连他们爱的宣言都是子君发出的："我是我自己的，他们谁也没有干涉我的权力！"子君接受了学校和涓生的启蒙思想，表现出一个知识女性的勇敢和无畏。

子君的知识分子话语如此坚决，可见启蒙思想的影响之深。但是小说的后半部分却通过经济话语的介入，质疑了单纯的知识分子话语是否能够真正带给妇女解放的希望。城市的发展带来的最大改变在于经济话语加入到了性别关系的影响因素中，并深刻冲击了原先传统夫权话语一统天下的局面。它将性别关系改造为争夺经济权的物质关系，一旦女性获得经济权，就有机会在两性关系中获得主导地位。小说后半部分涓生和子君遭遇到了种种经济危机，在两个人的经济关系上，子君是以现代知识分子的平等精神，卖掉自己唯一的金戒指和耳环加入到新建立的小家庭的，表现出新女性的自尊。但是现实是残酷的。两人生活在一起，房租要钱、衣食起居都要钱，只靠涓生在局里公务赚得的一点微薄的薪水已是捉襟见肘，雪上加霜的是就连这么点微薄的薪水都不保，涓生又被辞退了。作为在家里没有一点经济权的子君，她的道路只能和传统女性一样，川流不息地做饭、饲养油鸡和阿随，支持涓生的工作。恋爱时勇敢无畏的子君不见了，现在的子君经常包藏着不快活的颜色，"她似乎将先前所知道的全都忘掉了，也不想到我的构思就常常为了这催促吃饭而打断"。凄惨而冰冷的子君，现代女性的决断与见识已经全部被日常生活消磨殆尽。

---

① 吴小英：《回归日常生活：女性主义方法论与本土议题》，内蒙古大学出版社2011年版，第187页。

女性走出家庭，依靠自己的力量在社会立足，可以有两种方式。一种是依靠自己的知识和男性一起在社会打拼，知识话语强调的是一种性别平等的独立意识，它试图把女性的性别特征遮蔽掉，要求女性作为现代个体在现代的城市生活中应具备和男性无差别的知识素养和竞争能力；另一种是强调女性作为身体和性别的特殊价值，而且这种价值从传统家庭的私人领域被推向了社会公共空间，强调女性要以传统性别角色规范、呈现自己，女性不再是作为一个独立的人，而是作为两性关系中的"第二性"存在。波伏娃指出，"女人不是天生的，而是生成的"，强调性别的社会文化建构性。"我们的社会性别身份也不是固定不变的，我们在自己履行的话语实践中占据了这些位置，如此我们作为个人的身份逐渐被建构出来。从这个观点来看，我们的自我感知也不是固定的，这是一个过程，一种'话语效果'，因此也是可变的。"①对于子君来说，当时的社会连涓生谋生都困难，更不要说自己了，她根本没有出去和男性一起在社会上打拼的可能性，她只能依靠女性作为身体和性别的特殊价值存在。子君毕竟不是"茶花女"式的交际花，也没有用身体征服天下的野心，她只好退回到女性作为"第二性"的从属地位中，在家庭的私人领域中发挥自己作为贤妻良母的作用。她不可谓不努力，"做菜虽不是子君的特长，然而她于此却倾注着全力"，"况且她又这样地终日汗流满面，短发都粘在脑额上；两只手又只是这样地粗糙起来"。一直到离开时，子君都扮演着家庭牺牲者的角色，并没有经济权的子君临走时还将两人生活材料的全部——几十枚铜圆留给了涓生，让他可以维持较久的生活。

　　西美尔认为："对于婚姻来说，经济动机才是根本性的，这在任何时代、任何文明阶段都如此。""出于其他原因而不是纯粹个人的内心偏爱来决定婚姻的选择，绝对是自然的、合乎目的的。"②子君已经接受了一定程度的思想启蒙，拥有女性知识话语，如果再能获得经济权，子君的命运就有改写的可能。鲁迅在《伤逝》里推演了只得到思想启蒙，却没有经济独立的出走的娜拉

　　① 塔尔博特：《语言与社会性别导论》，华中师范大学出版社2004年版，第156页。
　　② 西美尔：《金钱、性别、现代生活风格》，学林出版社2000年版，第88页。

的命运逻辑，其实也是提出了一种可能性，彰显了经济话语在城市女性命运中的重要性。

第三节　"极平常的惨苦"：从生动到生计

一、都市化进程中迁移的女性

"女性主义地理学家通常认为，人们的日常生活是在一定区域（有地域界限的）内展开的，如家庭、社区、城市和工作场所。这些区域由一系列复杂的、相互交错的社会关系构建并形成'共同体'。有的共同体是真实的，如家庭、邻里、工作场所，人们与住在同一地区的人面对面交往；而有的共同体是虚构的，如班尼迪克特–安德森在《想象的共同体》一书中描绘的民族国家一样。"①对于早期中国都市的女性而言，她们的解放之路也是和地域紧密关联的。首先她们要艰难地从农村来到都市。城市化进程对于女性命运的改变有两条道路：一条是知识女性有机会获得更好的教育，借助自己的学识、思想在城市中谋生谋爱，如子君；另一条则是没受过现代知识教育的女性，凭借出卖自己的劳动力从农村来到城市谋生，她们构成了城市底层生活的庞大群体。鲁迅笔下的阿金就是典型代表。

中国传统社会不乏乡下农妇来到某地域中心城市谋生的记载："农村经济的凋敝、生活状况的困苦，促使一些农妇流向城市谋生。除了从事手工业和进入大工厂做工，这些妇女最普遍的职业便是女佣。"②"光绪中叶以后，梭布低落，风俗日奢，乡女沾染城镇习气，类好修饰，于是生计日促。一夫之耕

---

①　姚霏：《空间、角色与权力——女性与上海城市空间研究（1843—1911）》，上海人民出版社2010年版，第348页。此段话亦见于程为坤：《妇女与城市空间：女性主义研究的新视角》，录自李小兵、田宪生：《西方史学前沿研究评析（1987—2007）》，上海辞书出版社2008年版，第52—53页。不过本书引者并非全文引用，有部分删减。

②　姚霏：《空间、角色与权力——女性与上海城市空间研究（1843—1911）》，上海人民出版社2010年版，第178页。

不能兼养，散而受雇于他乡者比比矣，尤以上海为独多，利其工值昂也，谓之做阿婆。"①上海"合城内外，洋场南北，岁有百金，家有三四口者，无不雇用佣妇，大抵皆自乡间来"②。天灾人祸、外国资本主义入侵加剧了农村经济的衰败；外国资本主义入侵导致民族企业倒闭、工人失业；上海等地报酬丰厚刺激农村妇女选择另谋职业，从事女佣行业。广州、上海、香港等社会经济繁荣、租界林立的地方就存在大量女佣。上海的女佣，时称娘姨。娘姨不同于传统的丫头或婢女，其主要职责是打扫房间、做饭洗衣、料理家务，因门槛较低所以是农妇到都市谋生的第一选择。她们与东家不存在人身依附关系，而是自由的雇佣关系。她们自食其力，有的甚至有余力赡养家人。

进城当女佣的妇女有机会摆脱夫权社会里相夫教子名义下沉重不堪的农活和家务活，甚至有自己的独立空间；较为丰厚的经济报酬有可能带来经济上的独立，还有人身关系上的独立自主；独立自主、自食其力的妇女在繁华都市宽松包容的环境之下，因其对雇主家庭的运转有独特作用，自身受到的尊重也会有所提升。当然，从社会结构上讲，进城的底层妇女依然是都市里的底层群体。农村的传统风气、习俗在现代都市的灯红酒绿的冲击之下还往往产生畸变。城市新环境对她们的影响，不仅有好的一面，如新思想与新知识的汲取、更现代的生活方式的效仿等，也不可避免会有"恶"的一面，如市侩风气的沾染、道德上的放纵等。鲁迅笔下的阿金实为上海娘姨群体某种生活面相的缩影。与鲁迅作品中同为"奴仆"的传统妇女阿长和祥林嫂不同，阿金在特定的时空背景下有其独特的形象特征。

"城市是成长过程的结果，而不是瞬间的产物"，"城市与生活模式的影响不可能完全消除以前人类交往的主要模式"。③这种从乡村涌入都市的女仆们还保留着熟人社会的人际交往模式，她们的圈子文化尤为严重。她们到都

① 民国张仁静修，钱崇威纂，金咏榴续纂：《青浦县续志》卷二《疆域下·风俗》，成文出版社民国二十三年刊本，第120页。

② 《书朱陈氏愿归原夫事》，《申报》1883年8月7日。

③ 孙逊、杨剑龙：《阅读城市：作为一种生活方式的都市生活》，上海三联书店2007年版，第4页。

市做工，往往是由荐头介绍、呼朋引伴，由熟识的人介绍入行。"上海之介绍佣仆者，曰荐头，有店，设于通衢，以苏州、常熟、扬州为最多，且有松江、镇江、通海、绍兴、杭州、宁波人所设者。男女佣仆，均可介绍。"①女佣进雇主家后大多有明确分工。上海地方女佣就有奶妈、小大姐、梳头娘姨和粗做娘姨、细做娘姨等多种细致的分类。但是传统地缘模式的交往圈子还会依然存在，在鲁迅的杂文《阿金》中可看到这种社交圈子的存在，乡村的人际关系与圈子文化仍然是她们在都市中谋生存的支持资源。

女佣进入都市生活，改变可谓巨大。脱离了乡土社会的传统道德行为规范，又有了独立的工资收入，同时受到城市社会的消费主义奢靡风气沾染。"一至上海，则往往忘其本来。犹是赤黑面色、六寸圆肤之体，一经装束，遂有许多妖冶气，而邪僻之缘亦随人而易入……头之饰也金若银，身之衣也绸若绫。"②物质生活的刺激，城市交游的开放，使得某些女佣的两性生活变得开放、大胆。19世纪末很多竹枝词里都描写了女佣"轧姘头"，如："苏州大姊眼如波，山上娘姨情更多。觅得姘头无处所，暂时相会野猫窠。"③"大脚吴娘细柳腰，逢人调笑任讥嘲。无端识得姘头婿，又抱衾裯伴寂寥。"④《申报》一篇《论男女无耻》的文章中也提到："乡间妇女至沪佣工，当其初至时，或在城内帮佣，尚不失本来面目。略过数月，或迁出城外，则无不心思骤变矣。妆风雅，爱打扮，渐而时出吃茶，因而寻姘头，租房子，上台基，无所不为，回思昔日在乡之情事，竟有判若两人者。"⑤乡村/城市的二元对立，对应了善/恶之二元对立，对至沪佣工伤风败俗的指责背后也蕴含着传统封建道德和城市新兴性伦理的交锋。在两性自由交往的背后，是女性对于商业社会物质生活的快速适应与社交空间的扩大。

和阿金不同，作为知识女性的子君走的是另外一条道路，她的经济地位和

① 徐珂：《清稗类钞》第11册，中华书局1984年版，第5265—5266页。

② 《书朱陈氏愿归原夫事》，《申报》1883年8月7日。

③ 《后竹枝词》，《申报》1872年6月12日。

④ 《沪游竹枝词》，《申报》1879年6月11日。

⑤ 《论男女无耻》，《申报》1879年9月21日。

社会地位比阿金略高，寄住在城里的叔父家中，有机会享受高等教育、自由恋爱。但是她走出传统父权社会的方法却没有阿金那么彻底，她必须依赖另一个男性的力量，这个男性在她的乡村与城市的迁徙之路上，不仅扮演着导师的角色，同时也形成了另一种夫权的桎梏。性别同样是社会建构的产物。城市中许多地方的意义"在于它们都帮助构成性别，性别化的行为以及各种形象……不同的地方对不同的人们有着不同的含义，同时也意味着不同的权力关系。"[1]在子君的解放之路上，来自男性的权力从来没有消失过。父亲、叔叔代表的传统父权统治，无处不在的那些旁观者，房东太太的讥笑等等，都形成了不同的权力关系，成为子君性别观念进化中的影响力量。正如白馥兰在《技术与性别：晚期帝制中国的权力经纬》中认为的那样："要理解中国的性别关系是如何被构想的，我们所必须考虑的不仅仅是限制妇女身体活动的物理的界限，也要考虑妇女制造的穿过这些物质的、社会的、道德的界限的通道。"[2]在鲁迅笔下，女性勇敢地给自己的身体以自由似乎并没有那么困难，但是如何穿过那些物质的、社会的、道德的界限的通道，却是亟待解决的第一难题。

二、仁慈的地母：民间的阿长

鲁迅描写过两个重要的女佣形象，一个是幼年时看护鲁迅的长妈妈，一个是成年后鲁迅在上海的邻居，一个洋人家里的女佣；一个是传统的农村女性，一个是随着城市化进程从农村来到城市的都市流民；鲁迅对她们都有一种特殊的情感，长妈妈让他感怀，阿金则让他吃惊甚至于不安。

首先，她们都是无名的，或者说具有某种群像的特征。长妈妈，是小时候

① 程为坤：《妇女与城市空间：女性主义研究的新视角》，录自李小兵、田宪生：《西方史学前沿研究评析（1987—2007）》，上海辞书出版社2008年版，第53页。此处引文并非对书中原文的直接引用，是增减后的转述。原文："关于地方、疆界及成员的思想，就和性别概念一样，也是有社会构建的。许多地方的意义在于它们都帮助构成性别，性别化的行为以及各种形象。年轻的或年老的男人或女人，单身或者同性恋者，不同的地方对他（她）们有着不同的含义，同时也意味着不同的权力关系。"

② 白馥兰：《技术与性别：晚期帝制中国的权力经纬》，江湄、邓京力译，江苏人民出版社2006年版，第43页。

带领"我"的一个女工，关于她的名字，鲁迅有一大段解释：

> 我们那里没有姓长的；她生得黄胖而矮，"长"也不是形容词。又不是她的名字，记得她自己说过，她的名字是叫作什么姑娘的。什么姑娘，我现在已经忘却了，总之不是长姑娘；也终于不知道她姓什么。记得她也曾告诉过我这个名称的来历：先前的先前，我家有一个女工，身材生得很高大，这就是真阿长。后来她回去了，我那什么姑娘才来补她的缺，然而大家因为叫惯了，没有再改口，于是她从此也就成为长妈妈了。

阿长并不是长妈妈的真名，而是前一个女工的名字，这正说明了阿长所具有的典型性。阿长这个形象是一切乡间保姆的典型。阿长有很多劣根性，喜欢在背后闲言碎语。"喜欢切切察察，向人民低声絮说些什么事，还竖起第二个手指，在空中上下摇动，或者点着对手或自己的鼻尖。"论人短长，正是传统熟人社会最常见的一种国民特性。阿长还信从传统社会的迷信与规则，恪守封建礼教。正月初一早上一睁开眼睛，就要对阿长说："阿妈，恭喜恭喜！"说这话关系着一年的运气，并且说过以后还要吃一点福橘；人死了，不能说死掉，要说"老掉"；不能走进死人和生孩子的房屋；要把掉在地上的饭粒子捡起来吃掉；不能钻晒裤子用的竹竿等；阿长又不乏愚昧。她把洪秀全等叫作长毛，城外有兵攻打，她们可有神力，脱掉裤子一排排站在城墙上，外面的大炮就放不出来；当时人们认为大炮是邪术，只要一碰到污秽的东西就失灵了。第一次鸦片战争时清朝有一个大臣看到英国人的坚船利炮，认为这是邪术便下令收集妇女使用的马桶载在木筏上，战斗的时候把马桶一字排开口朝向敌人，这就是传为笑谈的"马桶战术"。正像人血馒头的愚昧一样，鲁迅揭示出来的是农业社会闭关锁国、沉浸在自己的臆想和迷思中蒙昧的国民性。阿长的迷信还具有传统农业文明社会女性的巫灵性质。"与艺术品和灵魂一样，女性本质的这种完整性形式（Geschlossenheitsform）总是给女人涂上了一层宇宙的象征意义，仿佛女人超越了一切可把握的具体事物，同事物的根据和整体有一种关系。""在人们眼中，女人作为女预言家和女巫会同隐蔽的力量发生关联，她们的存在能从事物本来不可触摸的怀抱中发出祝福或者诅咒，人们神秘地崇拜她们，不得不小心地避开她们，或者像对待恶魔一样诅咒她们。"①阿长坚定地认为女人是不洁的，但也正是因为不洁，在农业文明的原始想象中女人是可以作为巫术击退坚枪利炮的。

阿长又颇富有母性的爱心。鲁迅着迷《山海经》的时候，阿长想办法给他买来了"有画儿的'三哼经'"。西美尔认为母性是"一种绝对女性的现象或者象征"，"女性从包含在自身之中的母性这种原初女性意义出发，才成为这种承担了关系感觉（Relationssinne）中的男性和女性的绝对女性。人沉入自己的存在越深，就越能让这种存在以明确的方式体现在自己身上，离生命、离世界统一体也就越近。就越能将其完整地表现在自身身上"。②"女人在自己的存在中比男人更坚定、更完整、更协调；事物的产生、活动和彼此对立造成的不安以及生活本身的不安，较少触及女性存在的实质性基础，较少波及女人自身。女人更沉稳、更深入地驻留在自己特别本质的最终环节中。"③在阿长的身上，就有一种沉稳的连接大地的地母气质，她用感受的方式了解世界，宽厚而博大。

地母是传说中的民间神，民间流传着《地母传》《地母经》等韵语故事和经文，《地母传》描述了地母生育天地万物的情景和功绩。《地母经》主要颂扬地母的功绩，在一些民间传说中地母的地位大于天公，她掌管天地、阴阳、生死、生育，并容纳万物。鲁迅在《写在深夜里》一文中写道："这时街道文明了，民众安静了，但我们试一推测死者的新，却一定比明明白白而死的更加惨苦。我先前读但丁的《神曲》，到《地狱》篇，就惊异于这作者设想的残酷，但到现在，阅历加多，才知道他还是仁厚的了：他还没有想出一个现在已

① 西美尔：《金钱、性别、现代生活风格》，刘小枫选编，顾仁明译，学林出版社2000年版，第195页。

② 西美尔：《金钱、性别、现代生活风格》，刘小枫选编，顾仁明译，华东师范大学出版社2010年版，第191页。

③ 西美尔：《金钱、性别、现代生活风格》，刘小枫选编，顾仁明译，华东师范大学出版社2010年版，第191页。

鲁迅与20世纪中国研究丛书

极平常的惨苦到谁也看不见的地狱来。"①现实是如此悲哀与黑暗，也许正是如此，鲁迅才认为安眠也是一种解脱，在他的创作中我们不难看出鲁迅对于死亡、黑暗、鬼魂、长蛇、坟墓等黑暗世界的迷恋，所以他才希望阿长在黑暗中安放自己的灵魂。

三、都市流民阿金

女性与现代都市有着某种天然的联系。都市为女人提供了施展自己的空间，在传统农业社会妇女解放这个艰难的任务到了现代都市却成为一个必然趋势，现代市民社会的生存空间使得女性独立成为可能。鲁迅讨厌阿金这样粗鄙的娘姨，但她却活得生机勃勃、独立自由。阿金是一个底层的女性，但她生活于20世纪30年代都市化程度比较高的上海。她作为农村来到现代化都市上海"讨生活"的一个女性，工作相对自由、经济独立、性观念泼辣，在阿金身上表现出一个新兴都市流民的特质。

首先，和经济上依附男性的子君不同，阿金依靠自己的劳动自食其力，具有经济和身份上的独立性。阿金作为一名上海娘姨，以雇佣关系参与到上海的都市社会生活之中。女佣不需要操心吃住，不必恪守"忙时吃干，闲时吃稀"的生活古训，有固定的收入，逢年过节以及婚丧寿庆还能有红包和赏钱。每年八月半、冬至和阴历年都是上海人的大节。女佣的生活因此还能够得到极大提高，甚至有机会享受城里人才有的娱乐。"罗裙高系衽低拖，盈尺莲船稳步过。清脆语音苏大娘，惯将秋水送微波。"此句描绘的正是乡下进城女佣融入城市生活的场景。阿金走后，"补了她的缺的是一个胖胖的，脸上很有些福相和雅气的娘姨，已经二十多天，还很安静，只叫了卖唱的两个穷人唱过一回'奇葛个隆冬强'的《十八摸》之类，那是她用'自食其力'的余闲，享点清福，谁也没有话说的"。（《阿金》）这句话描绘了接手阿金的娘姨的日常生活，还有余闲点唱、享清福，说明该户人家的娘姨收入水平尚可。

---

① 鲁迅：《且介亭杂文末编·写于深夜里》，《鲁迅全集》第6卷，人民文学出版社2005年版，第520—521页。

《祝福》里的祥林嫂最初是由中人卫老婆子领进四婶家的。祥林嫂的工钱被婆婆拿走为小叔子娶媳妇去了，自己也被贡献出去换了彩礼钱。祥林嫂就如包身工一般，毫无人身自由和经济地位，这也是中国传统宗法礼教制度之下万千妇女的命运，只是祥林嫂时乖运蹇变得更加凄惨罢了。而通过劳动获得经济上的独立，阿金某种程度上已获得一定的独立性。轧姘头、夜间集会、与老女人"奋斗"等行为虽然有败坏风俗之嫌，却是传统夫权之下的女性所不敢想的。阿金之后的娘姨，同样也是能够在自己的意愿下听一些艳俗小曲儿。这正是由于在都市商业高度发展的情况下，上海这座国际化大都市相对自由的结果；里弄里的城市文化遭遇着东西方文化的巨大冲击，加之租界林立、城市规模扩大，各种人群混居，带来迷宫般的隐匿性。阿金在这座巨大的迷宫中，在时代的洪流之中，因大而成其小，能够在包容和混杂的氛围下谋一野性生存的空间。

其次，在性道德观念上阿金更泼辣和野性。一般来讲，女性更具有道德感，在性的问题上也更谨慎。西美尔认为："道德不过是社会圈子的生活形式（die Lebensform des sozialen Kreises），社会圈子使道德带有法律的形式，从而确保其自我保存。"①"对于女人来说，道德好像是从自己天性最独特的本能中冒出来的。女性'追求道德'，道德却经常阻止男人的活动。道德像一层皮紧贴在女人的本质上，对男人来说离这种道德千百倍远的自由，女人却发现（不考虑这种类型的、历史的现象所有的独特例外）就在道德之内，因为自由不过是人的行为中表达自己独特天性的法则。"②但是，阿金却似乎是个例外。在文中，"她好像颇有几个姘头；她曾在后门口宣布她的主张：弗轧姘头，到上海来做啥呢？……"。阿金毫不避讳地宣扬她的情欲主张，而后也真是和一个"西崽"在一起了。虽然后来阿金出于自保背叛了"西崽"。"你这老×没有人要！我可有人要呀！"在与老女人的"奋斗"中，阿金更是口不饶人，潜意识里以"轧姘头"为常事，将老女人骂得狗血喷头。从这两件事来

---

① 西美尔：《金钱、性别、现代生活风格》，刘小枫选编，顾仁明译，华东师范大学出版社2010年版，第188页。

② 西美尔：《金钱、性别、现代生活风格》，刘小枫选编，顾仁明译，华东师范大学出版社2010年版，第188页。

鲁迅与20世纪中国研究丛书

看，首先，在公开场合谈论情欲之事就是性道德张扬、观念发生巨大变化的具体表现。由羞于启齿到公开谈论，中间横跨了诸多道德、语言、心理上的障碍。其次，"轧姘头"在一定程度上体现了比较泼辣的两性交往原则。当然，在文中阿金身上体现的是一种"开放"的极端，也就是所谓的"放纵"，有论者认为这是"农村压抑的性伦理在都市强力反弹、放纵的结果"①。

综观鲁迅笔下的另外两位女性——祥林嫂和阿长，则体现了另一种极端——千百年来在沉重的道德束缚下的传统女性。柳妈是个吃斋念佛的"善女人"，受礼教思想毒害很深，在同情祥林嫂的同时又奚落祥林嫂的不贞，并给她出主意——"捐门槛"，结果反而使祥林嫂陷入了更深重的绝望之中。祥林嫂害怕真如柳妈所说，被两个"死鬼的男人""锯开来分给他们"，去土地庙捐门槛，给千人踩，万人跨，所以四婶的一句"你放着罢"就将祥林嫂彻底打进了无底深渊。祥林嫂和柳妈都是活在传统道德之下的冤魂，只不过祥林嫂这个孤苦人遭到了更不堪的荼毒。

阿金来自传统的中国农村。一方面社会对女性实行严厉的性压制，"万恶淫为首"，要求女子贞洁守操；另一方面又放任男子的性欲，三妻四妾屡见不鲜。阿金们来到都市，传统的熟人社会不再存在，生活在流动性很强的陌生人中传统的家族模式和婚姻模式也不复存在，宗法社会的各种律令教条也失去了约束力。如果是接受过传统教育的女性可能还会有意识形态的束缚，但是对于没经受过教育、自然生长的阿金而言，这些宗法道德的观点也不存在，一下子进入了道德真空。其婚姻观念和性道德也完成听从自然和身体的召唤，表现出粗鄙野性的性解放的观念。

再次，阿金还是一个典型的都市流民。作为一个保姆她的东家是不固定的，一旦做得不好就会被回复、被补缺。所以阿金只为金钱服务，职业道德薄弱。"在货币流通的顶峰，这些所谓的无特色就变成了职业活动的特色。在现代大都市中，有许多这样的职业，既无客观形式，亦乏行动的果断性……他们

---

① 阮兰芳：《向都市迁徙的女性部落——有关上海女佣的三个文本考察》，《文艺理论与批评》2012年第2期，第67页。

都是大城市中不确定的人，依靠千差万别、充满机遇色彩的赚钱机会生存。对他们而言，经济生活，他们的目的系列编织起来的网，除了赚钱，根本没有可以确切说明的内容。"①阿金在洋人家做工，但并没有真正把雇主看在眼里，也没有职业忠诚感，还经常夜间集会、大声扰民。虽然被踢了几脚，但半夜的集会似乎是一种常态，没过几天便又开始了，甚而至于展开与老女人的战斗。"此后是照常的嚷嚷；而且扰动又廓张了开去，阿金和马路对面一家烟纸店里的老女人开始奋斗了，还有男人相帮。""现在，显然以这种方式生存的人是在不同寻常的理智性方面取得了成功。的确，可以把它称作'机灵'的形式，它意味着使机智脱离了任何一种事物的或观念的规范，无条件地听命于各种个人利益。"②

　　阿金的自利和自保与无私奉献的子君形成鲜明的对比。西美尔认为："女人是更献身的生物。献身本身是同紧密的统一性连接在一起的一种生物因素，另一方面，人们处处可以感觉到：一个女人最完整的献身也不会勾销自己灵魂隐蔽的自我归属（Sichselbstgehoren）和自体自根（Insichgeschlossensein）。"③在和涓生的关系中，子君表现出强烈的自我牺牲和献身倾向，她可以为了自己认为的真理和理想奉献一切。而阿金却截然不同。"但我看阿金似乎比不上瑙威女子，她无情，也没有魄力。独有感觉是灵的，那男人刚要跑到的时候，她已经赶紧把后门关上了。"④"西崽"因而无路可逃，饱受一顿老拳。虽然阿金在骂战中丝毫不饶人，但真正遇到了危险却只能自保，置姘头于不顾了。在与老女人奋斗的过程中，阿金实际上也是出于一种得理不饶人、逞一时口舌之快的小市民心态。在城市生活环境的浸淫下，阿金身上的市侩气息益发浓厚。

　　①　西美尔：《金钱、性别、现代生活风格》，刘小枫选编，顾仁明译，华东师范大学出版社2010年版，第23页。

　　②　西美尔：《金钱、性别、现代生活风格》，刘小枫选编，顾仁明译，华东师范大学出版社2010年版，第24页。

　　③　西美尔：《金钱、性别、现代生活风格》，刘小枫选编，顾仁明译，华东师范大学出版社2010年版，第194页。

　　④　鲁迅：《且介亭杂文·阿金》，《鲁迅全集》第6卷，人民文学出版社2005年版，第207页。

"一切无私的动机不是被看作同样自然和原生的动机，而是看作事后纹饰的动机，或人为培植的动机。结果，出于自私利益的行动被看做真正和完全'符合逻辑的'。一切奉献和牺牲却好像是从情感和意志的非理性力量中流淌出来的，以至于纯粹的理性人常常将它们大加讽刺为不够聪明的证明，或者揭露为隐藏着的利己主义的伪装。"①这种利己主义的形成一方面是市侩习气，另一方面也和货币制度下的金钱导向有关。西美尔认为："现代风格的理性主义特征显然受到了货币制度的影响。现代用以应对世界、调整自身的内在（个人的和社会的）关系的精神，其功能大部分可以称为计算功能。"②正是这种计算的本质促进了功利主义思想的形成。货币经济使得每个人都以计算的方式衡量生活中的每一种价值，造就了社会中比比皆是的利己主义者。

在20世纪早期的中国市民社会，上海这个鱼龙混杂、新旧交替的舞台时时上演着各种东西碰撞、新旧交替的畸变与分裂。长久以来的农耕生活传统在仓促地接触到资本主义的商业文明时，在巨大的冲击下城乡转变中的人群还来不及辨清精华糟粕。以阿金为代表的从乡下进城的女性以一种"来上海弗轧姘头做啥呢"的城里万事皆好的心态，不免迷失在这座庞大的迷宫之中："现代工业技术的进步，将以前由妇女完成的特别多的家务活移到家庭之外，在那儿，可以以更便宜和更便利的方式生产这些活动。由此，中产阶级的许多妇女失去了原来的生活内容，而其他活动和目标也没有迅速地填补到这个真空。现代妇女反复出现的'不满足'，她们的力量的无端浪费（这些力量的反作用可以导致各种可能的紊乱和破坏），她们部分健康地部分病态地在家庭外寻找自己价值的证明，都是这种情形的结果。"③

20世纪30年代上海的城市空间建构出了一种陌生的社会文化语境。在这些女性故事里不再有传统杜十娘式的对爱情的执着与贞烈，也不再有秦淮八艳的

---

① 西美尔：《金钱、性别、现代生活风格》，刘小枫选编，顾仁明译，华东师范大学出版社2010年版，第31页。

② 西美尔：《金钱、性别、现代生活风格》，刘小枫选编，顾仁明译，华东师范大学出版社2010年版，第38页。

③ 西美尔：《金钱、性别、现代生活风格》，刘小枫选编，顾仁明译，华东师范大学出版社2010年版，第65页。

艳冠群芳，这里只有真实的身体的需求和物质的痛苦，这是对父权、夫权的双重讽刺，也是对两性关系的重新改写。鲁迅笔下的阿金在某种程度上是20世纪初乡下女性进城，成为上海都市底层群体，仓促融入都市生活的缩影。以阿金为代表的乡下进城女性在自觉与不自觉的驱使下，试图拥抱新的拥有更多希望与机会的"新世界"，她们不够光鲜却留下了历史的痕迹。传统农业社会的生产方式造就了女性的从属地位，随着城市的兴起，女性在获得前所未有的机遇，在现实城市社会女性开始拥有自食其力的能力，相伴而生的就是女性对传统道德观的鄙弃。鲁迅笔下女性都具有道德伦理的复杂性，如祥林嫂满脑子礼教的教条，虽然也曾激烈地反抗但终逃不过被奴役的命运；爱姑虽为传统女子却不受儒家理教的羁绊，身体里涌动着抗争的血液；子君在思想上认同启蒙思想却没有真正独立生活的能力；阿金具有野性的生命力和彻底的市井精神却缺乏文明的教化。可以说，鲁迅塑造了一个个正走向市民社会的女性形象，正是昭示着灵魂改造的长久性与现代市民意识形成的曲折性。

第七章　鲁迅作品与20世纪中国的都市文化空间

第一节　鲁迅小说中的城镇空间

鲁迅生前，中国最摩登的都市莫过于上海。1843年上海从传统商埠转为首批通商口岸城市，上海的近代城市生活逐渐成形。1845年英国人在黄浦江以西、苏州河以南地区划出了一片居留地，这块区域后来成为南京路外滩一带的上海租界核心区域，拥有住宅、店铺、饭店、旅馆、俱乐部、图书馆、教堂、报馆、跑马场等完备的城市设施。1853年9月小刀会攻陷上海县城，大批华人进入英租界避难，形成了"华洋杂居"的格局，使得上海城市空间发生了巨大的变化。翻开早期上海地图，我们会看到民国上海的摩登风光。作为城市公共空间的外滩建筑、百货大楼、咖啡馆、歌舞厅、公园、跑马场、美女月份牌、旗袍……有着和本雅明笔下巴黎"拱廊街"相似的现代物质外观。"那些标志着西方霸权的建筑有：银行和办公大楼、饭店、教堂、俱乐部、电影院、咖啡馆、餐馆、豪华公寓及跑马场，它们不仅在地理上是一种标记，而且也是西方物质文明的具体象征。"[①]生活其中的市民群体新旧驳杂，出现在茅盾的笔下是被城市的光怪陆离刺激到猝死的吴老太爷，是具有小资产阶级情调的女性

---

① 李欧梵：《上海摩登：一种新都市文化在中国（1930—1945）》，毛尖译，北京大学出版社2001年版，第6页。本章的撰写得到执笔人的学生、东南大学本科生叶菁的大力协助，特此致谢。

和诗人们；出现在穆时英和刘呐鸥笔下的则是和1930年代最时髦的跑车站在一起的摩登女郎；出现在施蛰存笔下的则是在春日暖阳下内心骚动的寡妇们；出现在张爱玲笔下的又是一群一出生就琢磨着要做个成功"女结婚员"的市井女子……这些携带着现代时髦气息的文学图已成为20世纪中国都市化进程中最迷人的文化记忆。但这是否就是全部的真实呢？摩登的上海面相之外，小烟馆、简陋的茶馆、低级妓院、拥挤的弄堂、石库门、零食的叫卖声和小孩子的乞讨……这也同样是真实的殖民地上海。不同于跑马场、舞厅等迅速激荡又释放情感的公共空间，鲁迅关注的城市空间更贴近于日常生活。鲁迅的作品里对这些教堂、豪华公寓、跑马场等标有西方霸权和强烈的物质标签的象征性空间并没有热烈的拥抱，他所关注的、有意无意呈现出的城市的某种空间、意象总体上来说还是那么"老派"，这是偶然的吗？

一、鲁镇及未庄

鲁镇是鲁迅在《社戏》《风波》《明天》《祝福》等作品中着意塑造的一个城镇空间。其实绍兴并无此一地名，它分明是鲁迅以绍兴附近几个水乡小镇为原型虚构出的生活空间。生活在鲁镇的阿Q、祥林嫂和孔乙己，作为城镇的流民、帮工的女佣、失败的底层读书人都是中小城镇里富有典型意味的几类群体。人们熟悉却不大会细思的是，鲁迅对中小城镇生活空间的塑造往往联系着乡村，二者往往还城、乡属性模糊，且共同构成了高度的隐喻性。未庄就是这样一个既像城镇实则又是乡村的生活空间。《阿Q正传》中描写道："未庄本不是大城镇，不多时便走尽了。村外多是水田，满眼是新秧的嫩绿，夹着几个圆形的活动的黑点，便是耕田的农夫。"[1]可以说，未庄是鲁迅小说中一个典型的生活空间，作为一个虚构的生活空间，它强烈的隐喻性引人思考。请看下表：

① 鲁迅：《呐喊·阿Q正传》，《鲁迅全集》第1卷，人民文学出版社2005年版，第531页。

鲁镇	1. 鲁镇的酒店的格局，是和别处不同的：都是当街一个曲尺形的大柜台，柜里面预备着热水，可以随时温酒。——《呐喊·孔乙己》，《鲁迅全集》第1卷，人民文学出版社2005年版，第457页。 2. 我从十二岁起，便在镇口的咸亨酒店里当伙计，掌柜说，样子太傻，怕侍候不了长衫主顾，就在外面做点事罢。——《孔乙己》第457页，同上。 3. 原来鲁镇是僻静地方，还有些古风：不上一更，大家便都关门睡觉。深更半夜没有睡的只有两家：一家是咸亨酒店，几个酒肉朋友围着柜台，吃喝得正高兴；一家便是间壁的单四嫂子，他自从前年守了寡，便须专靠着自己的一双手纺出棉纱来，养活他自己和他三岁的儿子，所以睡的也迟。——《明天》第473页，同上。 4. 单四嫂子知道不妙，暗暗叫一声"阿呀！"心里计算：怎么好？只有去诊何小仙这一条路了。他虽然是粗笨女人，心里却有决断，便站起身，从木柜子里掏出每天节省下来的十三个小银元和一百八十铜钱，都装在衣袋里，锁上门，抱着宝儿直向何家奔过去。——《明天》第474页，同上。 5. "这第一味保婴活命丸，须是贾家济世老店才有！"——《明天》第475页，同上。 6. 旧历的年底毕竟最像年底，村镇上不必说，就在天空中也显出将到新年的气象来。灰白色的沉重的晚云中间时时发出闪光，接着一声钝响，是送灶的爆竹；近处燃放的可就更强烈了，震耳的大音还没有息，空气里已经散满了幽微的火药香。——《彷徨·祝福》，《鲁迅全集》第2卷，人民文学出版社2005年版，第5页。

未庄	1. 阿Q没有家，住在未庄的土谷祠里；也没有固定的职业，只给人家做短工，割麦便割麦，舂米便舂米，撑船便撑船。——《呐喊·阿Q正传》，《鲁迅全集》第1卷，人民文学出版社2005年版，第515页。 2. 阿Q以如是等等妙法克服怨敌之后，便愉快的跑到酒店里喝几碗酒，又和别人调笑一通，口角一通，又得了胜，愉快的回到土谷祠，放倒头睡着了。——《阿Q正传》第517页，同上。 3. 有一年的春天，他醉醺醺的在街上走，在墙根的日光下，看见王胡在那里赤着膊捉虱子，他忽然觉得身上也痒起来了。——《阿Q正传》第520页，同上。 4. 几天之后，他竟在钱府的照壁前遇见了小D。"仇人相见分外眼明"，阿Q便迎上去，小D也站住了。——《阿Q正传》第530页，同上。 5. 未庄本不是大村镇，不多时便走尽了。村外多是水田，满眼是新秧的嫩绿，夹着几个圆形的活动的黑点，便是耕田的农夫。——《阿Q正传》第531页，同上。

从上表可见，在鲁镇、未庄这一城镇生活空间中，鲁迅重点关注的空间形态有两类：一类是土谷祠、钱府等代表着宗法、礼教秩序、尊严的空间，一类则是酒店、药店等生活消费类的公共空间。它们自然是鲁镇人生活的两个主要公共空间，不过它们对鲁镇人真实的生活影响并不相同。土谷祠出现在《阿Q正传》里，本应该是未庄人最重要的公共文化空间，因为土谷祠原本是祭拜土地、祈求丰收的地方，理应是城镇及周边农村最重要的场所。但小说里它只是由一个老头子管着，一派荒凉衰败的景象，无家可归的阿Q就借住在里面，祭拜的土地神也未能保佑阿Q，他连温饱都混不上，这反讽里显示出的是土谷祠象征的城镇宗法礼教秩序的衰落。阿Q的各种思想碎片又发生在这个空间，要女人、要革命、以精神胜利法自我安慰等等，这里俨然又属于阿Q的私人空间了，阿Q的所思所虑的原始性与土谷祠作为信仰崇拜遗留的原始性互为对照，透露出他精神世界的源奥。阿Q在走投无路时离开土谷祠，但"阔"了之后又

回到了土谷祠，画成了人生的圆圈，土谷祠正是这个圆圈闭合的所在，这一空间的隐喻色彩不言自明。

　　小酒馆则是鲁迅喜欢描摹的另一个城镇公共空间。以"S城"绍兴的咸亨酒店为人所熟知。咸亨酒店正是小城镇普通小酒馆的代表。所卖的"盐煮笋""茴香豆""烧酒"是绍兴城里小酌一杯、拉拉家常、交交朋友等社会交往的必备之物，小酒店的消费、言语和气味都是每个绍兴人所熟悉的。不同于一般有着旖旎风光的江南水乡，浙东特有的地域生存环境所蕴含的山地、乡土气息使绍兴的礼俗生活有着特有的气息。"民以食为天"，看似漫不经心的交代，简陋、寒酸但又实惠的下酒小菜，鲁迅异常敏感的是咸亨酒店的食物中所蕴含的人生苦味。虚无和妄想伴随着鲁迅的人生，那原因自然芜杂得很，年轻时他也曾经发出过"重物质轻灵明"的呐喊。但绍兴城的生活记忆对他内在的影响是规定性的，他在小说的细节里透露出的才是更真实的体验，自然这类描写里"个体作为物化的牺牲品。精神的消解，人的生存情状等等"①。咸亨酒店的确是鲁迅小说中的重要空间意象。作为小城镇少有的聚集场所和公共空间，咸亨酒店当然是消息灵通的所在。《风波》中皇帝坐了龙庭的消息传来，七斤就是从咸亨酒店得知皇帝要辫子的，而七斤嫂这个粗笨女人立刻就觉得事情不妙了，因为"咸亨酒店是消息灵通的所在"，它的权威性是毋庸置疑的。不过，咸亨酒店显现出的日常状态并不是交流、对话、激活、互动、创造等方面的公共性，却常常是无聊、麻木，那是属于看客性质的空间。《孔乙己》中，店内的看客们和掌柜店伙一起奚落羞辱孔乙己；《明天》里，单四嫂子就住在咸亨的间壁，店内的蓝皮阿五、老拱、掌柜都是她苦痛悲惨命运的看客。在咸亨能看尽各色人等，短衣帮，长衫党，还有二者间的异类——悲苦迂腐的读书人孔乙己，他们的行状在店内同一片屋檐下有明显的差异，但他们又共享着同一个身份——看客，或许某一时刻有倒霉蛋暂时担当了被看的角色，但其实所有的人都是看客。咸亨酒店这一公共空间，可以说为充分展示鲁迅对于中国城镇公

　　① 寿永明、邹贤尧：《经济叙事与鲁迅小说的文本建构》，《文学评论》2010年第4期，第116页。

共空间、底层民众的生存、精神状态提供了绝佳的场景。

贾家济世老店是小说《明天》里的空间意象。单四嫂子带着宝儿去何小仙家看病，开出的保婴活命丸指定说这家才有。何小仙是杀人不见血的骗子庸医，他指定的药店必定是与其有经济或其他勾连的黑店。果不其然，药吃下去宝儿挨不到一天就去了。单从店名分析，贾家济世老店就是个讽刺。"贾"者，"假"也，谐音的借用，鲁迅的一点小讽刺；"济世"，儒家文化气质的用词，"兼济天下""修齐治平"一类，是鲁迅惯用的，讽刺一切金玉其外败絮其中的假道学与伪君子的。"老店"，则是传统、保守与落后的象征，鲁迅一贯认为无良的中医都是杀人不见血的骗子，而他笔下所谓的老店，也不过是其帮凶罢了。毁了单四嫂子明天的，这一"济世老店"就是一帮凶。最可怖的是，做的事是十足的杀人勾当，它还挂着迷惑人心的道德招牌——"济世"救人。

二、《呐喊》《彷徨》中的城市公共空间

鲁镇及未庄那样的小城镇毕竟略显单调，《呐喊》《彷徨》中还出现了更丰富的城市空间意象。见下表：

《呐喊》

作品名	意象	出处
《孔乙己》	酒店	鲁镇的酒店的格局
《一件小事》	巡警分驻所	我有些诧异，忙看前面，是一处巡警分驻所
《端午节》	讲堂	北京首善学校的讲堂上
	银行	可是银行今天已经关了门，休息三天
	报馆	给报馆里？便在这里很大的报馆里……
《兔和猫》	会馆	先前我住在会馆里

《彷徨》

作品名	意象	出处
《在酒楼上》	旅馆	我竟暂寓在S城的洛思旅馆里了
	酒楼	便很自然地想到先前有一家很熟识的小酒楼

鲁迅与20世纪中国研究丛书

《幸福的家庭》	虚拟的地点A	他又想来想去，又想不出好地方，于是终于决心，假定这"幸福的家庭"所在的地方叫作A
《肥皂》	书房	你快点灯照何老伯到书房去
	报馆	就得连夜送到报馆去
	女学堂	高老夫子在女学堂任历史教员
《伤逝——涓生的手记》	会馆	会馆里的被遗忘在偏僻里的破屋是这样的寂静和空虚
	局里、办公桌	在局里便坐在办公桌前钞、钞、钞些公文和信件
	通俗图书馆	我终于在通俗图书馆里觅得了我的天堂
《弟兄》	公益局、办事员、办公室	公益局一向无工可办，几个办事员在办公室里照例的谈家务
	阅报室	沛君迈开步就奔向阅报室去

　　从表中可见，鲁迅在20年代小说所虚拟的人物活动空间和他在现实中熟悉的公共空间是一致的，大体上可分为三类——生活空间、工作空间和公共空间。

　　生活空间主要是会馆和书房。1912年，鲁迅初到北京住在绍兴会馆。这是绍兴人寄托在北京城的一个公共空间，是一个越地游宦士人、商人等的临时栖息地和聚会场所。在会馆里，身处异地他乡的绍兴人可以找到乡音乡情，获取拓展社会交际的机会。同乡之间的互助成为会馆最重要的功能，鲁迅在会馆时也曾帮助绍兴会馆中的同乡人，给他们几元钱买棉衣等都是常事。鲁迅小说中经常出现的生活空间就是会馆和书房。巴什拉认为"家"是私密空间的一种代表性隐喻。"家"并非一种单纯的物理场所，而是反映了亲密、孤独、热情的隐喻性意象，是很感性的场所。"'回家'应当意味着：回归到我们所了解、我们所习惯的，我们在那里感到安全，我们的情感关系在那里最为强烈的坚实位置"[1]，"家宅庇佑着梦想，家宅保护着梦想者，家宅让我们能够在安

――――――――――

① 阿格妮丝·赫勒：《日常生活》，衣俊卿译，重庆出版社1990年版，第258页。

详中做梦。并非只有思想和经验才能证明人的价值。有些代表人的内心深处的价值是属于梦想的"①。在人类的空间意识中，"家"是最重要的一种空间。《庄子·盗跖》中说："古者禽兽多而人少，于是民皆巢居以避之，昼拾橡栗，暮栖木上，故命之曰有巢氏之民。"②从早期巢居式的山洞到现在的形态各异、功能齐备的住宅，"家"成为我们生活中最重要的空间所在，不仅遮风挡雨，更重要的是一份情感的寄托，庇佑梦想、抚慰心灵、天伦之乐都是人们常期待的。即使是对社会的反叛者也常需要一个温暖的家。《伤逝》中，涓生和子君栖居在北京吉兆胡同虽寒酸但却充满希望的小屋里，家具很简单，书桌上堆满了香油瓶子和碗碟，家里喂养了阿随和小油鸡，但因为有爱和对未来生活的憧憬，还是充满了幸福感。

书房则是读书人追求的密闭的空间，对于知识分子来说，只要进入自己这块的私密空间，"生活便开始，在封闭中、受保护中开始，在家宅的温暖怀抱中开始"③。这种温暖的呵护是接近于母性的。但20世纪中国早期的城市生活中，一个普通工薪阶层，尤其底层知识分子的家庭里是否能安得下一张平静的书桌，却是个引人希冀又常令人沮丧的梦想。《幸福的家庭》中的作家想要描写一个幸福的中产之家，他需要一份幸福的现代市民生活的想象图景，但是这一幸福生活究竟何处安置却成为难题：

> 他的笔立刻停滞了；他仰了头，两眼瞪着房顶，正在安排那安置这"幸福的家庭"的地方。他想："北京？不行，死气沉沉，连空气也是死的。假如在这家庭的周围筑一道高墙，难道空气也就隔断了么？简直不行！江苏浙江天天防要开仗；福建更无须说。四川，广东？都正在打。山东河南之类？——阿阿，要绑票的，倘使绑去一个，那就成为不幸的家庭了。上海天津的租界上房租贵；……假如在外国，笑话。云南贵州不知道怎样，但交通也太不便……"他想来想去，想不出好地方，便要假定为

---

① 巴什拉：《空间的诗学》，张逸婧译，上海译文出版社2009年版，第4—5页。

① 巴什拉：《空间的诗学》，张逸婧译，上海译文出版社2009年版，第4—5页。
② 郭庆藩：《庄子集释》，中华书局1961年版，第994—995页。
③ 巴什拉：《空间的诗学》，张逸婧译，上海译文出版社2009年版，第5页。

鲁迅与20世纪中国研究丛书

A了，但又想，"现有不少的人是反对用西洋字母来代人地名的，说是要减少读者的兴味。我这回的投稿，似乎也不如不用，安全些。那么，在那里好呢？——湖南也打仗；大连仍然房租贵；察哈尔，吉林，黑龙江罢，——听说有马贼，也不行！……"他又想来想去，又想不出好地方，于是终于决心，假定这"幸福的家庭"所在的地方叫作A。[①]

　　小说里偌大中国没有一处是安稳、安全的，"幸福的家庭"无从安置，戏谑的笔调传达的确是20世纪中国社会在动荡、灾难、战争的境遇里现代市民社会难以正常发育的悲哀和尴尬。小说里作家自己居住的生活空间也很逼促，书架旁边堆放着一堆白菜，床下面慵懒地躺着死蛇一般的稻草绳，耳边响着的是妻子劈柴的声音。在这样的日常生活场景里，作家对"幸福的家庭"的想象难免捉襟见肘。赫勒曾把"日常生活"定义为"使社会再生产成为可能的个体再生产要素的集合"。[②]或者说，"日常生活"首要的目的就是个体能获得必需的"生产要素"。现在，空有一支笔的作家由于"生产要素"的极度匮乏，在生存的艰难面前想象力显得那么虚伪和空乏，除了心酸得到自嘲之外岂有他哉！所以在鲁迅小说中我们更多看到的是青年知识分子的挣扎，他们的希望、爱情和操守在日常生活烦琐、沉滞又艰辛的重复中耗散，这是一个灰暗的悲哀的世界。弗洛姆说，"幸福是生活艺术达到完美化的标志"[③]，对于鲁迅小说的主人公来说，这未免有些奢侈。

　　鲁迅小说中经常出现的工作空间就是办公室。鲁迅在北京谋生主要是在教育部做佥事，之后到北大等几个高校代课，为杂志、报社写稿，这些在他的小说中都有真切的表现。现代都市社会中各类组织的科层化管理以及滋生的官僚主义、工作的机械重复、人际关系复杂、人浮于事、职场里厚黑学繁多，这对为生存要保住工作的底层职业人士来说无疑是个沉重的负担。这些在现代城市

鲁迅与20世纪中国都市化进程

---

① 鲁迅：《彷徨·幸福的家庭》，《鲁迅全集》第2卷，人民文学出版社2005年版，第35—36页。

② 阿格妮丝·赫勒：《日常生活》，衣俊卿译，重庆出版社1990年版，第3页。

③ 陈学明：《"西方马克思主义"命题辞典》，东方出版社2004年版，第365页。

社会常见的问题在鲁迅小说中都有涉及。《伤逝》中涓生本来的职业也是在局里做一个小公务员，生活是单调乏味的，"在局里便坐在办公桌前钞，钞，钞些公文和信件"①，即使这样的工作也难保住，他的工作就是由于局长儿子的赌友造谣生事而丢掉的；《弟兄》中"公益局里一向无公可办，几个办事员在办公室里照例的谈家务"②。办公室行事散漫，局长长期不到岗，办公桌上的墨盒盖也都已经绿绣斑斑。《高老夫子》中高老夫子到"贤良女学校"任教，这个学校依旧充斥着腐朽压抑的气息，教务长留着花白的胡子一派道学家的习气，津津乐道于《仙坛酬唱集》一类和女仙酬答的酸诗；校役也是似死非死地得过且过，没有一点活力；学校聘请高尔础的原因只是因为他宣扬的"国粹义务论"：一切都显得那么腐朽不堪。在这样的环境中小说敏锐地对准高尔础这样的假道学面对新式学堂的女学生时的心理波动，真是有别样的意味：

> 他不禁向讲台下一看，情形和原先已经很不同：半屋子都是眼睛，还有许多小巧的等边三角形，三角形中都生着两个鼻孔，这些连成一气，宛然是流动而深邃的海，闪烁地汪洋地正冲着他的眼光。但当他瞥见时，却又骤然一闪，变了半屋子蓬蓬松松的头发了。③

女学生的出现说明了现代城市日渐开放的大潮势不可当，女性获得了教育权，但她们要面对的少不了教务长、高尔础这样的道学家的事实本身也说明，从本质上来说这依然是个艰难的现代意识挣扎着生长的时代，她们生存的空间也远远未洽人意。

完善的社会公共空间需要提供市民在都市生活所需的各种职能，警署维持社会安全秩序，银行提供金融服务，各种商业、文化设施、机构满足市民的经济、文化需求。20世纪初，北京、上海、天津、广州等城市已经大体具备这样

① 鲁迅：《彷徨·伤逝》，《鲁迅全集》第2卷，人民文学出版社2005年版，第119页。
② 鲁迅：《彷徨·弟兄》，《鲁迅全集》第2卷，人民文学出版社2005年版，第135页。
③ 鲁迅：《彷徨·高老夫子》，《鲁迅全集》第2卷，人民文学出版社2005年版，第82页。

的现代都市的样态，《端午节》中的普通知识分子方玄绰既在北京首善学校的讲堂上讲课，又到政府门口去索欠薪，还得和银行打交道，同时给上海的书铺子做文章，给报馆写稿，显然他已经有丰富的活动空间。《弟兄》中的沛君也同样，在公益局做事的同时还能译一些书到文化书馆。这些小说中人物的生活原型其实就是鲁迅本人在北京的大致生活。不过，鲁迅对这些正在生长着的新的公共空间并非那么热心，相反他是以冷冷的审慎的理性在打量着。在他的笔下新的文化空间的色彩并非那么鲜亮。《伤逝》里的涓生在家庭生活显现出破裂的迹象的时候，逃向了通俗图书馆。"天气的冷和神情的冷，逼迫我不能在家庭中安身。但是，往那里去呢？大道上，公园里，虽然没有冰冷的神情，冷风究竟也刺得人皮肤欲裂。我终于在通俗图书馆里觅得了我的天堂。"①这个公共文化空间虽然比较简陋，涓生却视为天堂，不仅仅是在冷烈的季节里可以取暖的，更重要的是这里没有熟人。城市社会最大的特点莫过于这是个由大量的陌生人组成的社会，在各种公共空间里，陌生人不停地聚集和流散反倒给孤独的个体提供了不为他人打扰的机会，涓生待的公共图书馆里，"另外时常还有几个人，多则十余人，都是单薄衣裳，正如我，各人看各人的书，作为取暖的口实。"②

　　鲁迅的冷眼并不令人感到意外，这是现代都市知识分子的批判意识的真切反映。这种批判意识有着复杂的面相，除了对现实的犀利冷眼外，还有怀念过往时光、不能忘情于故乡等等的另一面。城市里的故乡情结几乎是现代都市知识分子的通病，鲁迅在北京期间的生活创作里有很大的比重是对绍兴生活的记忆、书写。小说《在酒楼上》里鲁迅表达了漂泊在外地求生存的知识分子回到故乡遇到故人的复杂情绪。小说里主人公回乡时所住的酒店和旅馆名字颇有些思量。酒楼名为"一石居"，谐音"一世居所"，"一石居是在的，狭小阴湿的店面和破旧的招牌都依旧；但从掌柜以至堂倌却已没有一个熟人，我在这一石居中也完全成了生客。然后我终于跨上那走熟的屋角的扶梯去了，由此径到

---

① 鲁迅：《彷徨·伤逝》，《鲁迅全集》第2卷，人民文学出版社2005年版，第124页。
② 鲁迅：《彷徨·伤逝》，《鲁迅全集》第2卷，人民文学出版社2005年版，第124页。

小楼上。上面也依然是五张小板桌；独有原是木棂的后窗却换嵌了玻璃。"①
"一石居"自然是散发着中国传统文人气的名字。不过虽然这店面的招牌依旧
古色古香，但那木棂的后窗毕竟已换上了原本不熟悉的玻璃。在这个故乡的小
小酒楼里，物是人非，过往生命的印痕已逐渐寥落，孤独才是真实的空间体
验。和酒楼的古色古香不同，主人公栖身的旅馆名为"洛思"，谐音可以为
"落思"，也不尽让人联想起思虑委顿不胜唏嘘之类的情绪。②

第二节　鲁迅小说中的"空间政治"

一、从会馆的空间压迫到弄堂的空间干扰

法国社会学家亨利·勒菲弗在谈到空间的定义时指出，空间并非形式的、
中立的、均质的，相反，它是有差别的、政治性的、被生产出来的，是一种社
会产品。现代都市就是在这种空间的生产过程中形成的。它是高度集中物质、
权力、文化的中心，都市的膨胀势必挤压乡村，由此造成了都市和乡村的对
立；而在都市内部，资源配置的分布不均则造成了中心和边缘地区的对立。这
空间上的对立和矛盾其根结在于社会权力分配上无法实现真正的公平公正。这
种空间关系的不平等，构成了所谓的"空间政治"。可以说，只有把握了不同
空间之间的权力关系，才能真正透视现代都市的本质。对文学作品来说，如果
只是平面化地描写城市的高楼、马路、汽车、霓虹等意象，那么，"它们仅仅
是空间中所存在的事物的清单而已"③。

鲁迅笔下出现的某种城市生活空间，往往有着"空间政治"上的思想触
发点，也包含着浓郁的情感。譬如，《伤逝》和《阿金》中生活空间对于主人

①　鲁迅：《彷徨·在酒楼上》，《鲁迅全集》第2卷，人民文学出版社2005年版，第24页。

②　"洛思"一词更像中式的表示，例如"洛神之思"，还是西式的"lose"一类的谐音借
用，抑或两者均有，我们讨论之后并未取得共识，立此存照。

③　亨利·勒菲弗：《空间》，录自亨利·列斐伏尔：《空间与政治》，上海人民出版社
2008年版，第21—42页。

公情感的压迫、情绪的干扰就是鲁迅反复提到的。《伤逝》里，涓生和子君甚至无法拥有一个稳定的住所，只能和官太太挤在一起，忍受着旁人的冷眼和窥视。涓生也无法拥有自己的书桌，只能在残羹冷炙的边缘进行写作。这种空间上的压迫感造成了巨大的生活困扰，直到腐蚀了他们的情感。《伤逝》一开头提到涓生的住所是"会馆里被遗忘在偏僻里的破屋"[①]。汤锦程在《北京的会馆》一书中指出，在"五四"前后大量涌入北京的青年知识分子比如陈独秀、李大钊、毛泽东、鲁迅、沈从文、丁玲等都有寄居会馆的经历。[②]北京的会馆最初本来就是供那些会试落榜而又无资返乡的举子们寄居并准备下次考试的，后来又发展为同乡人居住、聚会的场所。会馆是乡村士子走向都市时记忆深刻的一个典型文化空间，它常提醒着这群人与乡土的联系以及在城市里作为寄居者的流离与不定。从乡村初到城市，这些"北漂"首先感受到的就是城市里居住空间的压迫性。涓生所居住的就是这样一个处于衰败中的会馆。

在乡村最不缺的就是土地，然而城市人口的急剧增加使得住宅空间缺乏成为一个异常明显的社会现象。在都市生活中，对空间不同等级的占有空间，标示的是人的社会地位。《伤逝》里涓生和子君之间的感情悲剧往往被研究者从性别、阶级的角度进行解读，但事实上这种空间的压迫感也是不容忽视的。从涓生的厌倦、迁怒以及他对子君的不耐烦、逃避责任乃至冷漠的整个心路历程，我们都可以看到，他内心的变化都反映在了他的空间感受上。文中出现的一点点情绪的变化，也都与空间的压迫感有着密切的关系，"只能怨我自己无力置一间书斋"就是涓生的自我辩解。最后，涓生"终于在通俗图书馆里觅得了我的天堂"，那里无须买票又有火炉。他辗转于吉兆胡同的住所和图书馆之间，对这两个空间感受的刻意区分、比较其实也加剧了他精神世界的分裂。最终，他向子君宣告"我已经不爱你了"之后的动作竟然又是"冒着寒风径奔通俗图书馆"，空间感受的天平如此倾斜实则是人生道义责任的全面放弃。

《阿金》里，主人公基本的生活空间需求得到了满足，"我"至少拥有

---

① 鲁迅：《彷徨·伤逝》，《鲁迅全集》第2卷，人民文学出版社2005年版，第113页。

② 汤锦程：《北京的会馆》，中国轻工业出版社1994年版，第40—49页。

了自己独立的房屋和书斋，但是都市生活的另一种空间困扰又出现了，这种困扰出自弄堂中其他居民对自己的干扰。这种干扰带来的困扰甚至一点都不亚于《伤逝》里空间逼促带来的压抑和无助，激发起了"我"的厌恶与愤怒。阿金是一个娘姨，这也是都市社会的产物。随着专业化分工越来越细，很多市民需要全力以赴从事自己的专业生产，不得不请专业的保姆来料理家务。一个陌生的、具有流动性与潜在危险性的群体以雇佣关系进入普通市民家庭，必然带来很多人际关系的困扰。在文中，阿金还并非作家家里的娘姨，但已经足够对他的生活和工作造成困扰了。阿金主人家的后门斜对着"我"的前门，白天"我"写稿经常被叫阿金的声音干扰，出入行走也常常被晒台上乱扔东西的阿金所窥见。白天没办法正常地工作，深夜译稿又往往被正偷情的阿金所扰乱。其实阿金的"嘻嘻哈哈""大声会议"在上海的弄堂是一种生活的常态，鲁迅在景云里时，对此就有切身感受。上海的弄堂都很拥挤，"甚至有一幢里弄房子里住着15户人家的情况。但基本上一幢房子住4户人家，或者24口人的情况较为常见，算下来人均居住面积为30平方英尺或者居住空间为337立方英尺"①。弄堂居住环境的嘈杂可见一斑。鲁迅所住是较为高等的里弄，洋人居住的也是较为上等的房屋，但他们的女佣一般住在亭子间里，她们和上等人无法沟通，总是在空闲时间和同乡及邻里的其他仆役聚在一起聊天打牌，颇为热闹。许广平也回忆过他们在景云里的情景："住在景云里二弄末尾二十三号时，隔邻大兴坊，北面直通宝山路，竟夜行人，有唱京戏的，有吵架的，声喧嘈闹，颇以为苦。加之隔邻住户，平时搓麻将的声音，每每于兴发时，把牌重重敲在红木桌面上。静夜深思，被这意外的惊堂木式的敲击声和高声狂笑所纷扰，辄使鲁迅掷笔长叹，无可奈何。"②鲁迅这种生活体验并非个例，这其实是底层市民都在承受以至于习焉不察的生活常态。

从《伤逝》到《阿金》，鲁迅感受中来自空间上的压迫感一直非常强烈。

① 卢汉超：《霓虹灯外——20世纪初日常生活中的上海》，段炼、吴敏、子羽译，上海古籍出版社2004年版，第148页。

② 许广平：《景云深处是吾家》，《十年携手共艰危——许广平忆鲁迅》，河北教育出版社2002年版，第228页。

1920年代《伤逝》里的涓生无奈生活在涂雪花膏的小东西、鲇鱼须的老东西、官太太们的窥视中，心怀着在对一个独立书斋的向往；到了30年代，"我"获得了相对独立的个人空间，但依然逃脱不了里弄里的邻居对自己私密空间的侵扰。对于现代都市高密度的居住生活方式，鲁迅反复表达了自己的不适和烦恼。

二、从私人空间到公共政治空间

阿伦特严格区分过公共领域和私人领域："在日常生活世界中，我们个人的感受、情愫，甚至是道德的情感（譬如悲悯），人际之间的、特别是男女之间的亲昵的爱欲、家庭的人伦关系，以及构成我们认同意识的元素（如种族性、地域或者是性别意识）都不是可以赤裸裸地被彰显于公共领域的。"[①]总体上看，鲁迅的空间感受与空间意识有一个从私人空间到公共政治空间的转变过程。略而言之，在早期的《呐喊》《彷徨》及《野草》中鲁迅更侧重探究私人空间领域内的情感，而在后期杂文中，鲁迅对都市公共空间的发言要着墨更多些。

我们尝试对鲁迅小说《呐喊》《彷徨》中常出现的都市内各种空间作一分类统计简表：

空间性质	空间类型	出现次数	出现作品	具体内容
生活空间	客厅	3	《长明灯》《孤独者》	四爷的客厅、族长大厅、和魏连殳初见和将别的客厅
	会馆	2	《伤逝》《呐喊·自序》	绍兴会馆、S会馆
	书房	8	《祝福》《幸福的家庭》《高老夫子》《弟兄》《狂人日记》《端午节》	鲁四老爷书房、旁边堆着白菜的书房、高老夫子书房、狂人被关在书房
	公寓	2	《弟兄》《头发的故事》	公寓、寓所

---

① 蔡英文：《政治实践与公共空间：阿伦特的政治思想》，新星出版社2006年版，第11页。

工作空间	讲堂	2	《端午节》《高老夫子》	北京首善学校的讲堂、贤良女学校
	报馆	1	《端午节》	报馆
	办公室、阅报室	3	《伤逝》《弟兄》	局里、公益局办公室、阅报室
公共空间	警署	1	《一件小事》	警署
	银行	1	《端午节》	银行
	图书馆	1	《伤逝》	通俗图书馆
	酒店、旅馆、茶馆	6	《祝福》《在酒楼上》《长明灯》《孔乙己》《药》	福兴楼、洛思旅馆、一石居、茶馆、咸亨酒店、茶馆
	书铺	2	《孤独者》《端午节》	S城书铺、上海书铺子
	药店	3	《呐喊·自序》《明天》	药店、何小仙家、贾家济世老店
	大街	6	《在酒楼上》《示众》《伤逝》《药》《一件小事》《阿Q正传》	街道、首都西城的马路上、吉兆胡同的路上、丁字街、S门大街、栅栏门

　　简表显示，鲁迅在创作《呐喊》《彷徨》时期主要关注的空间多是以个人为中心的私密空间，会馆、书房、酒店等日常生活空间频繁出现，工作空间和社会公共空间也都是以个体活动为中心的。这一阶段鲁迅更注重从个人所处的社会位置出发，认识和探寻个体在正处于变动中的城市社会中的生存真相。在《呐喊》《彷徨》的写作中，个人在书房和客厅的交谈、恋爱、会客等日常生活往往成为言说的中心，以书房为中心的生活空间昭示了写作者的知识分子身份，以讲堂、报馆为中心的工作空间正是知识分子的日常生活行为的延展，酒店、茶馆、图书馆、银行、药店看似进入了公共空间，但这一公共空间也常常是以私人生活为前提的，在这些空间中活动的往往是孤独的现代市民。可以说，在这些空间里鲁迅绘制出一个普通市民在20世纪早期城市中的生活轨迹，

记录了其日常生活的行走路向。

散文诗《野草》里的空间意识也值得留意：

空间性质	篇目	涉及内容
写于书房	《秋夜》《好的故事》《腊叶》《淡淡的血痕中》《一觉》	后园、山阴道、岸边、小河、小船、病叶、废墟
床上的梦境书写	《好的故事》《狗的驳诘》《失掉的好地狱》《墓碣文》《颓败线的颤动》《立论》《死后》	山阴道、街道、深夜中紧闭的小屋、讲堂、道路
写外部空间	《求乞者》《我的失恋》《雪》《风筝》《这样的战士》《聪明人和傻子和奴才》《复仇》《过客》《死火》《失掉的好地狱》	剥落的高墙、闹市、豪家、院子里、堆积杂物的小屋、无物之阵、屋里、荒漠、或一处、冰山、地狱

《野草》一共24篇，回到个体私密的心灵空间，向心灵深处挖掘、诘问的就有12篇，而剩下的主要写作空间也是以封闭的室内空间为主。《野草》的后几篇，接纳凡俗市民生活的公共空间逐渐增多，他对城市生活中的人的生活方式、生存状态与精神面貌有了更多表现。《聪明人和傻子和奴才》中关注聪明人和奴才所在的生活空间，《这样的战士》里"慈善家，学者，文士，长者，青年，雅人，君子"构成了驳杂的市民空间，《狗的驳诘》里的主与奴之间辩证性的生存空间，《立论》里的祝贺满月的言语空间等等，这些已经是一个充满世俗味道和功利气息的市井景象了。应该看到，正是由于有创作《呐喊》《彷徨》时期鲁迅在较为私密的空间结构里对自己心灵的拷问与审视，所以当后来鲁迅来到上海，一下子面对更加开放也更加芜杂的市场空间时，在他对形形色色的人物和社会事件把握、评论时，早年的内省沉淀成的深沉而强大的自我才会如此自信地迸发出强悍的批判力量。当然，这也与来到上海的鲁迅在私人感情生活方面更加幸福有关，毕竟，许广平尽自己的努力照顾鲁迅的日常生

活、为鲁迅创造了"幸福的家庭"。正如论者指出的那样："以阿伦特的譬喻来说，一棵树的存有，兼具遮掩与彰显，它的根柢（即遮掩的部分），供给它繁荣滋长之展现的生机。人的活动及其存有亦是如此，没有私人亲昵的关系的情感，没有家居私人生活的滋润，没有个人的隐私性，任何人都不可能涌现生机活力以成就公共或政治的生活。"①

鲁迅在1930年代的杂文中，对以上海为代表的中国式的现代都市生活的诸多面相进行了剖析和批判，他关注的公共议题涉及金钱、诚信、虚荣、慈善、生活环境、仆人、早熟、战争、人事纷争、出版传播等几乎所有社会生活的方方面面。他表达了对各种城市社会现象的关注，这些社会问题包罗万象，有城市环境、城市治安、城市商业环境、日常生活书写、城市阶层、城市移民、城市女性、城市知识分子、城市中的谣言与传播等多种问题。他以犀利、峻急的理性审视着正在变迁中的都市文化生态。在他的杂文中，自然也经常涉及繁多的都市公共空间。常见公共空间可列表如下：

空间	出处
革命咖啡店	《革命咖啡店》
茶馆	《偶成》
租界和华界	《秋夜纪游》《萧红作〈生死场〉序》《三月的租界》《天上地下》《"抄靶子"》《关于翻译（下）》《玩具》《忽然想到（十）》
弄堂 胡同"活埋庵"	《新秋杂识（二）》《弄堂生意古今谈》《上海的儿童》《阿金》《通讯》《马上日记》《小杂感》
跳舞场	《不通两种》
街道 四马路	《我要骗人》《玄武湖怪人》《颂萧》《通讯》《并非闲话（二）》《论讽刺》《夜颂》《推》《由聋而哑》《安贫乐道法》
教堂	《经验》《"题未定"草》
亭子间、阁楼	《门外文谈》《看书琐记》

① 蔡英文：《政治实践与公共空间：阿伦特的政治思想》，新星出版社2006年版，第11页。

鲁迅与20世纪中国研究丛书

内山书店、书店、图书馆	《运命》《中国文坛上的鬼魅》《内山完造作〈活中国的姿态〉序》《伪自由书·后记》《杂论管闲事·做学问·灰色等》
电影院（上海艺华影片公司）	《中国文坛上的鬼魅》《我要骗人》《电影的教训》
书房	《病后杂谈》
国货城	《论毛笔之类》
法院、拘留所、监狱	《写于深夜里》《北京通信》
饭店	《〈杀错了人〉异议》《"碰壁"之后》《送灶日漫笔》《新的蔷薇》《马上支日记》
医院、药房	《内外》《马上日记》
轮船	《"推"的余谈》
太古码头	《踢》
马路边的洋货店、大公司（百货公司）、东单牌楼的东亚公司、青云阁（买鞋）	《玩具》《马上支日记》《事实胜于雄辩》
学堂	《忽然想到》《"碰壁"之后》
北京的中央公园（公理战胜）牌坊	《补白》《记"发薪"》
邮政局	《马上支日记》
教育部	《记"发薪"》
火车车厢、船舱	《上海通信》《海上通信》《略谈香港》《再谈香港》
革命咖啡店	《革命咖啡店》
茶馆	《偶成》
租界和华界	《秋夜纪游》
弄堂	《新秋杂识（二）》《弄堂生意古今谈》《上海的儿童》《阿金》
跳舞场	《不通两种》
街道	《玄武湖怪人》《颂萧》《通讯》《并非闲话（二）》
教堂	《经验》

简单地说，鲁迅毕生关注的这些公共空间都是普通市民的主要生活场所，尤其是较为底层的公共空间里，城市里人们生存的困厄、矛盾会以更触目、尖锐的方式呈现出来。鲁迅有不少杂文关注城市环境问题：譬如在《通讯》一文中关注城市居住环境的恶化，市政的不作为，土车每月收几吊钱把煤灰之类搬出去，就堆在街道上；在《为"俄国歌剧团"》中描写过犹如风大土更大的如沙漠一般的北京；《上海的儿童》中关注的是弄堂这个乱哄哄的小世界；《阿金》则将视角对准了华洋混杂的居住空间。鲁迅还一贯关心市场上的经济民生问题，他也特别警惕人在物质利益面前的精神操守。在《牺牲谟——"鬼画符"失敬失敬章第十三》中，他写道："社会还太势利，如果像你似的只剩一条破裤，谁肯来相信你呢？""人们的眼睛只看见物质。""他们只知道物质，中了物质的毒了。""现在的社会还太胡涂……一经误解，社会恐怕要更加自私自利起来。"①与之相伴的是，随着城市的发展，社会分层严重，人与人之间关系更加冷漠："对号房说：这是老爷叫我送来的，交给太太收下。""唉唉，近来讨饭的太多了，他们不去做工，不去读书，单知道要饭。所以我的号房就借痛打这方法，给他们一个教训……""但千万不要忘记：交代清楚了就爬开，不要停在我的屋界内。你已经九天没有吃东西了，万一出了什么事故，免不了要给我许多麻烦……"②市民之间人情淡漠，政府则是官僚主义盛行。《这个与那个》就揭示了这种政治黑暗："民元革命时候，我在S城，来了一个都督。……可是自绅士以至于庶民，又用了祖传的捧法群起而捧之了。这个拜会，那个恭维，今天送衣料，明天送翅席，捧得他连自己也忘其所以，结果是渐渐变成老官僚一样，动手刮地皮。"③

鲁迅经历了1920年代的公务员生涯，也做过大学的兼职讲师、全职教授，还走过几个不同的城市，最后落脚上海使他对都市公共空间的复杂性的了解更

① 鲁迅：《华盖集·牺牲谟》，《鲁迅全集》第3卷，人民文学出版社2005年版，第35—37页。

② 鲁迅：《华盖集·牺牲谟》，《鲁迅全集》第3卷，人民文学出版社2005年版，第37—38页。

③ 鲁迅：《华盖集·这个与那个》，《鲁迅全集》第3卷，人民文学出版社2005年版，第151页。

加深入，杂文世界里的都市文化气象也日益丰富。他一方面描摹、剖析自己身在其中的公共文化空间，揭示其作为一个公共领域的光怪陆离。另一面他也熟稔地利用报纸、出版、展览等公共方式，在艰难的环境中发出了自己的声音。这其实殊为不易。20世纪中国的都市化本身就是个畸形的过程，鲁迅生命后期身处的上海更是集中了中国社会的一切污秽，甚至苛刻地说并不具有西方严格意义上的公共空间。理论上讲，现代市民社会的发育，尤其市场本身的力量会增加社会对抗来自政府的行政暴力的能力，政府的治理也需照顾社会的观感和接纳度，所以社会公共领域的存在本身就显得越发重要，社会公共领域的建立，其"核心机制是由非国家和非经济组织在自愿基础上组成的。这样的组织包括教会、文化团体和学会，还包括了独立的传媒、运动和娱乐协会、辩论俱乐部、市民论坛和市民协会，此外还包括职业团体、政治党派、工会和其他组织等"[1]。借助这一公共领域，社会大众可以充分行使自己的职权，讨论社会问题，通过理性辩论的方式，各抒己见，开启民智，实现对社会管理的参与。[2]

这一切在鲁迅置身的历史时期也只是个雏形，对他来讲，在文化专制、政党政治的夹缝中倔强地生存、实施自己的文化批判，恐怕才是更迫切的任务。

第三节　鲁迅杂文中的"异质空间"

"空间"概念的提出在20世纪有重要的意义，这里的"空间"不再是黑格尔时代平面的、空泛的物理概念，它已成为现代社会思想分析的重要理论基点，对现代社会学、人类学和文学研究都有重要的启迪意义。西方思想家列斐伏尔、福柯、索亚等人都对空间问题予以了辩证的、多元化的阐释，就本书的研究来说，福柯提出的"异质空间"理论最具启发性。

---

①　哈贝马斯：《公共领域的结构转型·序言》，曹卫东等译，学林出版社1999年版，第29页。

②　邓正来、杰弗里·亚历山大主编：《国家与市民社会———一种社会理论的研究路径》（增订版），上海人民出版社2006年版，第306页。

一、"异质空间"的概念辨析与理论可行性分析

关于鲁迅杂文的研究，自"空间"概念入手的已不鲜见，但对"空间"含义的理解侧重点各不相同，大致上可分为两种思路。一是从哈贝马斯的"公共空间"的论述入手。哈氏的"公共空间"是一个政治哲学范畴，以俱乐部、咖啡馆、报纸、沙龙等公共空间为对象，探讨在国家和社会之间的公共空间，落脚点是市民社会在自由言论上的民主形态。有学人借鉴此思想资源，把鲁迅在上海写作杂文发表的报刊媒介，和友人聚会的书店、咖啡馆等都认定为相类的公共空间。另外，挖掘1920年代北京的社会文化氛围对鲁迅这样的知识分子写作的影响，探讨1930年代上海的都市文化环境对鲁迅杂文文体的影响，诸如此类的探讨或隐或现，基本上都有哈贝马斯的"公共空间"思想作为理论支持。但也存在着脱离鲁迅作品，将鲁迅的生活空间、发表作品的媒体空间、社会交往的人际空间高度抽象化、符号化从而加以演绎的研究倾向，可以说是一种城市社会学意义上的研究。二是空间叙事学意义上的研究，把空间看作实在的社会符号，非常看重注重空间的客观性和物质性，并不去研究空间本身的文化意义，而是把某一空间整体符号化，探讨某种空间结构对文本叙事方式的制约和对作家思维方式的深层影响。这一研究思路主要受到列斐伏尔（H.Lefebvre）、爱德华·索亚等学者空间理论的影响，把空间抽象成一种隐喻，比如《阿Q正传》中的未庄，可看作当时中国的一个缩影，也是封建农业伦理关系、西方帝国主义势力等权力关系集中的场所，《伤逝》中的"吉兆胡同"可看作涓生在城市蜗居的空间……

"异质空间"的概念主要来自福柯（M.Foucault），又称为"第三空间"。福柯1967年在巴黎发表的演讲《关于异类空间》（"Of Other Spaces"）中集中阐述了"异质空间"（heterotopia）的概念。在福柯看来，异质空间首先是"差异地点"[①]。在"具有差异性的地点"的字面意思之外，

[①] 包亚明主编：《后现代与地理学的政治》，上海教育出版社2001年版，第22—28页。《关于异类空间》（书中译为《不同空间的正文与上下文》）一文在此书中为19—28页，从第22—28页论述"差异地点"，此篇文章为陈志梧译。

鲁迅与20世纪中国研究丛书

异质空间的含义还有一层，即"遗忘"与"移置"。①由此，异质空间关注的往往是非主流的、另类的、被有意无意遗忘和忽视的空间景观以及其背后的社会关系。在福柯的阐释下，异质空间的概念焕发出全新的理论魅力。他举例阐述了这一空间的六个特征。第一，危机差异地点和偏离差异地点。前者在原始社会较为常见，后者多指那些被社会主流秩序所压抑、排挤和损害的人群构成的空间，鲁迅杂文中凸显出来的正是后者，如以阿金为代表的社会底层群体所在的生活空间。第二，不断移置和流动的空间。这种移置代表着城市空间与文化意识的变动，在鲁迅杂文中这种空间有非常突出的表现，如教堂、咖啡厅等在都市生活中容易产生异化效应的空间。第三，并置矛盾的地点。他们源于形成过程不同的空间的撞击，衍生出多元的生活形态，在同一城市中可以并置多种生活空间的形态和风格。在鲁迅的时代，租界和华界并列就是非常明显的例子。第四，和异质时间相关联的异质空间，如博物馆和游乐场，具有强烈的时空压缩意味。第五，某些异质空间有特定的文化仪式，具备某类群体的资格或认同感才能进入。福柯在此列举的例证是军营、监狱或者宗教祭祀场所。这种空间的拒斥性同样在鲁迅笔下的租界中有突出表现。第六，幻觉性的和补偿性的异质空间。福柯认为以殖民地和妓院为代表。

在以上六种特征的概括中，我们会发现，福柯讨论的都是地理意义的实体空间，并非隐喻意义的文学空间、话语空间，也并非政治学意义上的哈贝马斯的"公共空间"。福柯的空间分类、定性其实是为了寻找在"实在"的异质空间背后存在的权力关系；当然，并不是每一种异质空间都能同时满足福柯提出的六个特征，它们代表的是福柯所列举的"异质空间"的不同类型，此可谓福柯的"异质空间"类型学。福柯对"异质空间"做形象描述的基本语境是"权力"。何谓"权力"呢？"权力首先是多重的力量关系，存在于它们运作的领域并构成自己的组织；权力是通过无休止的斗争和较量而转化、增强或倒退着的过程；权力是这些力量关系相互之间的依靠，它们结成一个链锁或体

---

① Billingham,Peter. *Sensing The City Through Television*,Bristol,GBR:Intellect Books,2000,p119.

系，或者正相反，分裂和矛盾使它们彼此孤立；最后，权力如同它们据以实施的策略，它的一般构思或在组织机构上的具体化体现在国家机器、法律条文和各种社会领导权中。"①用权力的眼光看，现代城市社会存在的一切空间的建构，背后实质都是权力和斗争。城市空间的异质性和失衡性，说明其背后权力运作的不均衡和不公正。

在阅读鲁迅杂文的过程中，我们发现鲁迅的杂文有相当的部分是针对城市生活空间的，里面也涉及很多地理性的空间。对于鲁迅这一代知识分子而言，他们对生活方式深刻变动的感受恐怕都离不开现代城市的兴起。鲁迅从绍兴开始，就辗转于东京、杭州、广州、北京、上海等不同的都市空间内。鲁迅一生创作总共700多篇杂文，这些不同城市空间的意象大量出现在鲁迅杂文中。鲁迅写作杂文的20世纪二三十年代，正是中国社会极端不稳定的时期。以上海为例，一方面有伴随着列强军事、政治侵略的资本扩张与文明冲击，租界特权，一方面又有传统宗法礼教秩序、制度的残留；一方面是激进的政治与文化运动、政党政治、江湖帮派，一方面又有倒行逆施的军阀统治。在多种权力关系的作用下，上海都市社会中的实体空间，如教堂、旅馆、医院、学校、茶馆等的开办、运营、趣味等都难逃各种强权者的操弄和控制。但弱势者也并非全是沉默，比如《阿金》中阿金式的底层游民群体。他们无疑是社会最底层的一群，但同样以朴野、越轨的道德行为挑战社会主流秩序，为自己争得一份异质空间。长期以来，我们生活空间的改变对鲁迅的影响估计仍有不足。对鲁迅杂文的空间意象进行统计和分析，会发现鲁迅在其杂文创作中敏锐地表现了不少"异质"的都市空间。这些空间所具有的差异性、移置性具有明显的福柯的"异质空间"特征。这些异质空间的体验和表达不仅仅具体标志了鲁迅文学活动的空间地域，同时对这些空间的选择和偏爱也显示了鲁迅的价值取向。

本节试图探索的就是，通过梳理鲁迅的杂文话语中对不同类型异质空间的描述，观察鲁迅是如何透视这些实体空间场所背后的权力关系的。鲁迅如此善于表现复杂的、多层次的异质空间，他究竟具有怎样的思维模式才能做到这一

鲁迅与20世纪中国研究丛书

---

① 福柯：《性史》，张廷琛等译，上海科学技术文献出版社1989年版，第90页。

点的？

二、教堂、咖啡厅、客栈：异质空间的异化与位移

每个异质空间都具有精确而特定的功能和价值，这种功能和价值将随它所在的文化语境的变迁而发生这种或那种变化。关于这一点福柯墓园可以作为例证。墓园作为一个特殊的空间在欧洲文化史上具有特殊意义：墓地与城市之间地理位置关系的变化昭示了城市在现代化进程中的扩张发展，同时也承载着一代又一代城市人的私人记忆。墓地本身是寄托哀思、放置先人遗骨之地，但是在城市扩张、发展的现代化进程中，又具有了另一种功能：承载一代代的城市人的公共文化记忆。这一原则凸显的是异质空间的移置性，即都市景观中的异质空间可能会不断地改变它与城市的位置关系，这种移置代表着城市内某种空间及其附着在它身上的文化意味的变动。这是典型的异质空间的存在形态：原有的一重空间被移置到另一处与其不同的空间，如此一来两种空间秩序之间发生了复杂的对话、对抗和混杂。移置与被移置的空间都呈现不断地流动状，在这种位移和变动中形成了意义的溢出和生产。我们发现，鲁迅的杂文中也偏爱关注这一类异质空间，比较典型的有教堂、咖啡厅、客栈等。

在鲁迅的杂文中，教堂和咖啡厅正是有这种意味的异质空间。教堂本是一个纯粹的宗教空间，但同时也是更广泛意义上的精神家园。教堂空间作为一种主题非常鲜明的空间类型，它首先要为人们的宗教活动提供一个满足活动内容的空间形式。教堂在空间形态上的主要价值是给人们提供祈祷、聚会、分享的场所，满足人们精神上亲近上帝的需求，在精神上抚慰人心。但是在鲁迅杂文中的教堂空间却异化成为避难的场所。在《灯下漫笔》中，鲁迅写道："百姓是一遇到莫名其妙的战争，稍富的迁进租界，妇孺则避入教堂里去了……"[1]教堂原有祈祷、聚会的功能被弱化、移置，教堂在华洋混杂的半殖民地的中国具有一种微妙的地位。由于教堂是强势的殖民者所建，在二三十年代的中国，教堂空间并不是和跳舞场、咖啡厅等中国人的活动空间平行的城市公共空间，而是凌驾于一般公共空

---

① 鲁迅：《坟·灯下漫笔》，《鲁迅全集》第1卷，人民文学出版社2005年版，第225页。

间之上的场所。当战争爆发的时候，教堂本身的神圣性与西方国家的强势地位使得教堂在某种程度上异化成为一个化外之地和避难场所，中国的军队无权进入，教堂反而为流离失所的中国人提供了某种政治庇护。

咖啡店、茶馆也是鲁迅杂文中经常出现的异质空间。这一类场所作为点缀在现代都市的文化空间，主要有两个主要功能，一是休闲娱乐，二是平等的社交空间。但是，在鲁迅杂文中，我们会发现咖啡店、茶馆等出现了空间的权力移置。它们的娱乐休闲功能往往与不平等的权力关系结合在一起，咖啡店、茶馆等成为只有所谓的上流社会才能进入的特权场所，而其平等的社交空间功能也随着发生了异化，成为有钱人的一种假民主的"做戏"。在鲁迅杂文中，我们看到30年代中国的革命咖啡店中："遥想洋楼高耸，前临阔街，门口是晶光闪灼的玻璃招牌，楼上是'我们今日文艺界上的名人'，或则高谈，或则沉思，面前是一大杯热气蒸腾的无产阶级咖啡，远处是许许多多'龌龊的农工大众'，他们喝着，想着，谈着，指导着，获得着，那是，倒也实在是'理想的乐园'。"①在跳舞场中"大多数的所谓革命的作家，听说，常常在上海的大跳舞场，拉斐花园里，可以遇见他们伴着娇美的爱侣，一面喝香槟，一面吃朱古力，兴高采烈地跳着狐步舞，倦舞意懒，乘着雪亮的汽车，奔赴预定的香巢，度他们真个消魂的生活"②。很明显，在社会阶级分化的现实中，跳舞场、咖啡店成为有钱阶级炫富和游乐的场所，并没有实现让普通人放松娱乐、自由进出、平等社交并发表公共意见的功能。而在更具中国特色的茶馆中，情况又是如何呢？《偶成》中提到："上海又有名公要来整顿茶馆了……'愚民'的到茶馆来，是打听新闻，闲谈心曲之外，也来听听《包公案》一类东西的，时代已远，真伪难明，那边妄言，这边妄听，所以他坐得下去。"③茶馆是中国三教九流各类人物的社交舞台，可以说是富有中国风格的公共领域，但

① 鲁迅：《三闲集·革命咖啡店》，《鲁迅全集》第4卷，人民文学出版社2005年版，第117页。

② 鲁迅：《伪自由书·不通两种》，《鲁迅全集》第5卷，人民文学出版社2005年版，第24页。

③ 鲁迅：《准风月谈·偶成》，《鲁迅全集》第5卷，人民文学出版社2005年版，第209页。

在鲁迅笔下，这个公共领域也是被严重压制和管束的，"愚民"想到茶馆来轻松娱乐一下，反而会遭致"整顿"，这真是一个难堪的讽刺。

茶馆、跳舞场、教堂都是各类空间理论热衷探讨的对象，其研究角度往往集中在探讨其作为社会公共空间对鲁迅创作的影响。不过我们发现，这些现实的物理空间对鲁迅的影响似乎并不是很强烈，这种都市公共空间的时髦感倒往往是新感觉派等更新一代的都市作家热衷表现的对象。鲁迅关注的只是这些空间里活动的人之间的权力关系，这一点和福柯"异质空间"思想的真正用力点是一致的。"九一八"事变后，日本侵占东北，蚕食华北地区，国家危难当前，民众与国民党政府有着巨大的矛盾。在文化界内部，左翼和非左翼（包括国家主义者、明确的自由主义者、第三种人）也存在着政见的冲突和争斗。鲁迅对于当时上海复杂的人事和权力关系的揭示并不是简单地进行阶级的分层，也并非直接定义革命/反革命，而是常常用嘲讽的笔调揭示出各个司空见惯的日常空间里权力、等级对人的压榨。

在鲁迅笔下，类似的异质空间概念还有客栈、教育会、羊肉铺、车站等。这些异质空间的共同特点是它们的日常使用功能在特殊的政治语境下被异化，鲁迅善用冷静、嘲讽的笔调揭示出看似正常的现实生活中的滑稽性。茶馆里喝茶的被审查，客栈成为国家机器制造恐怖和抓捕进步人士的场所，教堂成为避难之地……普通市民在现实生活中被国民党的反动势力压制，被日本侵略者驱赶，被上流社会鄙视，普通人的日常生活空间被挤压、侵占、变形，形成了一种非常态的社会氛围。在这些空间的异化中，我们会体会到当时中国社会各类生活空间的职能紊乱，这是一个错位、不正常的社会生态。

三、租界和华界：异质空间的杂糅与越界

异质空间可以在同一地点中并列数个彼此矛盾的空间与地点。异质空间经常造成不同空间的彼此撞击，衍生复杂而多元的符号意义与文化形态。众多不同类型的空间景观或象征物集聚在一起，它们以一种隐喻的方式组合、拼接到一起，在互涉、呼应、冲撞中构成新的文化空间，生成驳杂的含义与象征性。

现代都市本身就是一巨大的异质空间，先锋与复古、文化与商业、速度与悠闲等等一系列差异、矛盾都并置在同一个都市空间之中。不同社会阶层、不同历史阶段的建筑风貌，这些芜杂的风格都会在现代都市中并列杂陈，一股脑同时涌现在眼前。

鲁迅杂文中的租界就是一个典型的异质空间，除了具有作为租界空间的法外治权等特权之外，本身都带有很强的混杂性，能够容许相互冲突的空间形态存在。租界作为异质空间的标志，首先是其各类空间的杂糅性。租界是个特殊的区域，由华人、洋人、普通民众、巡捕等不同阶层的人共同构成。租界中的华人一方面从法律身份上讲要受制于民国政府的管理，一方面又需接受租界里洋人的治理规则和生活习惯，而华人之间也因为自身背景、社会角色的不同，也具有多重异质性。他们遭受租界殖民者的社会歧视，同时在自己内部又存在着等级，残酷竞争、互相责难也是常态。租界里还有上海滩一景的"巡捕、门丁、西崽"，他们"移徙华洋之间，往来主奴之界"，是帝国主义、资本主义势力在具体执行"治理"功能的时候的触角。《阿金》就是一个典型的表现租界空间异质性的文本。阿金是一个女仆，作为一个乡下来上海讨生活的娘姨在外国人家里当差，她的存在串联起了不同的空间：传统乡村空间、生活着底层的游民群体的弄堂、处于社会权力高等级的洋人享有的高档公寓以及中国都市知识分子寄居的公寓。在这些不同的空间中，充满了错综复杂的多元性、差异性和等级性。"我"和阿金是知识分子和市井小民之间的紧张，"我"对阿金"大声会议"的侵扰无可奈何，但她的洋人主人奔出来一阵乱踢，"会议"便马上收场，可见洋人所代表的殖民势力有着凌驾其上的优势。乡村空间和弄堂空间里底层人的生活既有冲突又有雷同。在弄堂里发生巷战的，是同为游民，同样身处底层的"老女人"和阿金，她们激烈冲突、互相辱骂；然而阿金被辞退之后，替补空缺的是另一个乡村来的娘姨，这其实可能是另一个"阿金"的出场，雷同的命运再次上演而已。

异质空间的另一种表现是不同历史阶段的生活样态、风格都可能在现代都市中并列杂陈，共时性地呈现出来。不过，有些类型的异质空间有时必须经由特定的文化仪式或具备某类群体的身份才能进入。福柯在此列举的例证是军营、监狱或者宗教祭祀场所。1930年代的中国，租界和华界以共时态的方式同时存在于一个都市空间中。繁华的租界代表着强势的西方城市文明，华界则依然保留着传统中国的城市生态。在鲁迅的《新秋杂识（二）》（旅隼）曾经描述过这样的城市社会环境："再前几天，夜里也很热闹。街头巷尾，处处摆着桌子，上面有面食，西瓜；西瓜上面叮着苍蝇，青虫，蚊子之类，还有一桌和尚，口中念念有词：'回猪猡普米呀吽！唵呀吽！吽！！'这是在放焰口，施饿鬼。到了盂兰盆节了，饿鬼和非饿鬼，都从阴间跑出，来看上海这大世面，善男信女们就在这时尽地主之谊……"[1]这种充满杂糅感、违和感的城市环境中，租界和华界都经常会有某种程度的越界，市民、军队等等可以在两种空间中穿行，但真正地进入又必须具有某种资格，比如租界的管理权力基本是由洋人和高等华人垄断的，普通民众很难真正进入租界的权力等级中。

福柯认为异质空间的两个极端是：一方面它们可以创造一个幻想空间，以揭露所有的真实空间是更具幻觉性的（如妓院）；另一方面它们要创造另一个完美的真实空间，以显现我们的空间是污秽的、病态的和混乱的（如殖民地）。在日常生活中，两种空间又会相互张望，越界时时发生，彼此进入。这一点对于我们理解鲁迅笔下贫富差距、华洋差异的触目惊心不无启发。一方面，"走过租界的住宅区邻近的马路，三间门面的水果店，晶莹的玻璃窗里是鲜红的苹果，通黄的香蕉，还有不知名的热带的果物"[2]。"相宜的是高等华人或无等洋人住处的门外，宽大的马路，碧绿的树，淡色的窗幔，凉风，月光，然而也有狗子叫。"[3]似乎形成了一种"乌托邦"（utopia）式的理想空间，但真实的生活究竟是怎么样的呢？鲁迅在杂文中略带嘲讽写道："这地方，中国人是很少进去的，买不起。我们大抵只好到同胞摆的水果摊上去，

---

① 鲁迅：《准风月谈·新秋杂识（二）》，《鲁迅全集》第5卷，人民文学出版社2005年版，第297页。

② 鲁迅：《准风月谈·关于翻译（下）》，《鲁迅全集》第5卷，人民文学出版社2005年版，第316页

③ 鲁迅：《准风月谈·秋夜纪游》，《鲁迅全集》第5卷，人民文学出版社2005年版，第267页。

化几文钱买一个烂苹果。"①一方面租界以国际化的建筑空间、优美的生活环境、平安的日常生活塑造了一个完美的空间，但是真正中国市民生活的空间却是藏污纳垢的，鲁迅以"烂苹果"作为对它的隐喻。

如果说鲁迅杂文中教堂、咖啡厅等异质空间更多体现出社会功能的紊乱，权力关系对日常生活空间的侵占，那么在鲁迅杂文中不断出现的租界空间，则通过和华界的对比，呈现出一个具有并置性的、悖论性的异化空间。借用这种空间并置形成的异质结构，鲁迅激愤地展现了社会权力控制下底层民众的悲惨命运。他们身处病态的、混乱的社会关系之中，可以听闻、观看到洋人和高等华人的奢华生活，却只能在平行空间中过着缺乏物质和安全保障的贫困的生活。鲁迅对于这种异质空间的展示并非简单对比，而是通过并置与嘲讽，形成具有反讽意义的悖论结构，也增加了作品内在的力量。

四、异质空间体验中的批判精神

现有从空间角度讨论鲁迅的杂文的大略有两种研究路径。一是从鲁迅写作的"公共空间"入手，分析《申报》《新青年》等媒体空间对鲁迅杂文创作的影响，二是把"空间"理解成为抽象的叙事空间或者精神场域，探讨鲁迅在杂文中自行建构起来的精神空间。这两种研究方法虽也注意到了鲁迅杂文中出现的大量物理空间的异质性，但尚缺乏有效的解读。在鲁迅杂文中，这些"空间"并不同于新感觉派等新派都市小说家笔下更多彰显都市情欲色彩的"空间"，反而更接近于福柯所讲的"异质空间"。将鲁迅杂文中的空间与同时期新感觉派的空间做比较，会发现鲁迅对空间的复杂性、异质性和移置性的兴趣远远大于后者。鲁迅笔下的空间很少是独立的、纯粹的、单一的，往往具有矛盾和转化的特性。这种异质空间的特点一方面源于真实的社会现实空间本身；另一方面，对异质空间的特有兴趣自然也和鲁迅的思维方式有关。鲁迅的对城市中日常生活空间异质性的观察和描写，实质上和他对权力结构的敏感和兴趣

---

① 鲁迅：《准风月谈·关于翻译（下）》，《鲁迅全集》第5卷，人民文学出版社2005年版，第316页。

有关。鲁迅的写作策略就是通过异质空间的书写揭示都市空间的多重性，对都市空间中渗透的社会权力机制以及相应的意识形态展开批判。

异质空间只有在不同空间的比照或互涉、互动中才能凸现自身的特殊文化意味。茶馆、教堂等空间被1930年代的国民党势力、殖民者介入，从而改变了他们单纯的休闲娱乐、社会交际功能；租界是殖民者规划出的完美的、样板式的"补偿性空间"，但刚好如同"镜子"一样显示出华界的混乱与病态。这些充满差异性的异质空间都是由背后的权力操弄造成的，鲁迅对权力关系中弱势的一方表现出明显的同情。仔细分析鲁迅的异质空间书写，会发现其异质空间往往存在"本应"和"实在"两种形态，而鲁迅的关注重点往往是弱势一方的"本应"。譬如他在《弄堂生意古今谈》中对弄堂、饭店在几年间的生意凋敝的描写。"这是四五年前，闸北一带弄堂内外叫卖零食的声音，假使当时记录了下来，从早到晚，恐怕总可以有二三十样。居民似乎也真会化零钱，吃零食，时时给他们一点生意，因为叫声也时时中止，可见是在招呼主顾了。""马路边上的小饭店，正午傍晚，先前为长衫朋友所占领的，近来已经大抵是'寄沉痛于幽闲'；老主顾呢，坐到黄包车夫的老巢的粗点心店里面去了。至于车夫，那自然只好退到马路边沿饿肚子，或者幸而还能够咬侉饼。""间或有算命的瞎子，化缘的和尚进弄来，几乎是专攻娘姨们的，倒还是他们比较的有生意，有时算一命，有时卖掉一张黄纸的鬼画符。"①鲁迅在空间移置的提醒中充满了对底层平民的同情。四五年前的弄堂还充斥着叫卖零食的声音，弄堂是商贾之所，现在却民生凋敝；四五年前小饭店还是正常的吃饭充饥之所，而现在却成为化缘和尚的骗钱之地。伴随着空间异化的是底层民众生活的潦倒和不幸。

异质空间在鲁迅的杂文世界里的出现，和鲁迅独特的悖论式思维方式、反讽式的表达紧密相连。有研究者认为鲁迅在后期大量写作杂文时期这一特点有所减弱，不过如果从异质空间角度进行考察，我们会发现鲁迅在前期小说与散文中所具有的反讽式的表达和悖论式的思维特征在杂文写作中并未减弱。在中

---

① 鲁迅：《且介亭杂文二集·弄堂生意古今谈》，《鲁迅全集》第6卷，人民文学出版社2005年版，第318—319页。

国与西方、传统与现代的交汇中，鲁迅产生了激烈的自我诘问，他在异质空间的观察中思量着中国新生的都市文明。具有异质性的空间使得鲁迅更强烈地感受到个人空间存在的不易，在不同空间的杂糅、对抗中独立精神生长的艰难，当然对于生活空间的被挤压感也使他产生了更强烈的反抗、批判意识。

当时的上海华界有两种主要居住方式：石库门和公寓。这两种建筑群落里往往由从事各色职业的人群混住，和中国传统那种家族性、伦理秩序严格的居住方式不同，这和1930年代上海城市化进程加快、大量异乡人来上海"淘金"带来的人口激增有关。在杂文《阿金》中，"我"居住在一个现代公寓的周围的居民全是陌生人，三六九等各不相同。既有洋人——这些殖民地中国的权力阶层，也有阿金、老女人、娘头这些底层劳动者，又有以"我"为代表的小知识分子。这种居住方式蚕食了传统伦理关系所需要的秩序和空间，势必对人的心理产生影响，在狭小的空间内形成了一种复杂的"看"与"被看"的体系。我在看阿金，阿金也在看我，阿金在看洋人，洋人在看我们。"处于'边缘'者最常有的一种生存状态恐怕是'越界'，处于'边缘'，往往对自己现在的立足点有很强的挑战意识，又会有向边界两边沟通的强烈意识，于是'越界'而出。在这种越界中，越界者会获得新的视角，而他把视线投向边界一边时，会看到边界另一边的问题，那是因为'边缘'者敏感于跨越不同边界的东西。"① 这种复杂的空间体验带来的是难以名状的内心焦灼。

对于现实空间异质性的敏锐发现，可以凸显社会生活中的矛盾"症结"所在，形成一种可供注意、可资探讨的"症候"式存在，从而让读者留意文本所呈现的社会空间背后的权力因素。鲁迅曾写到"新教育的效果"："后来，北伐成功了，北京属于党国，学生们就都到了进研究室的时代，五四式是不对了。……为了矫正这种坏脾气，我们的政府，军人，学者，文豪，警察，侦探，是在费了不少的苦心。用诰谕，用刀枪，用书报，用锻炼，用逮捕，用拷问，直到去年请愿之徒，死的都是'自行失足落水'，连追悼会也不开的时

① 黄万华：《"边缘"：文学史的活力所在》，《中国和海外：20世纪汉语文学史论》（绪论2），百花文艺出版社2004年版，第18页。

候为止，这才显出了新教育的效果。"①学校本为教育的场所，理应履行教书育人之职能，但在混乱的时代，"五四式"自然是不对了，但又是谁让学生们产生了放弃安稳的书桌的"坏脾气"呢？又是什么原因导致学生们要经历这样的"苦心"，直至"显出了新教育的效果"呢？鲁迅的表达中充满反讽与讥诮，字里行间的悲愤、痛苦、激昂、无奈等等是无法用单线条、平面化的思维去理解的，异质空间的体验和书写自然需要鲁迅经常使用悖论与反讽式的表达方式。《颂萧》一文就充满了对比和悖论："阔人们会搬财产进外国银行，坐飞机离开中国地面，或者是想到明天的罢；'政如飘风，民如野鹿'，穷人们可简直连明天也不能想了，况且也不准想，不能想。"②在《小杂感》中"楼下一个男人病得要死，那间壁的一家唱着留声机；对面是弄孩子。楼上有两人狂笑；还有打牌声。河中的船上有女人哭着她死去的母亲"③。这两段话即是一个普通市民的生存空间的描写，一边是痛苦地死去，一边是无聊地活着，一边是孩子的哭闹，一边是悲伤的告别。诸如此类的表述有一个显著的特征，就是总是存在着两极互相冲突、否定、矛盾的张力。这种悖论式的表达特征不同于新感觉派对都市空间先锋性、时尚性的一元论表现，鲁迅杂文中的异质空间里凝聚了现实社会的紧张与混乱、晦涩与复杂。就像鲁迅在杂文中讲道："因此我们在目前，还可以亲见各式各样的筵宴，有烧烤，有翅席，有便饭，有西餐。但茅檐下也有淡饭，路傍也有残羹，野上也有饿莩；有吃烧烤的身价不资的阔人，也有饿得垂死的每斤八文的孩子。"④

和传统一元性的论述或简单的二元论的思想不同，异质空间颠覆了人们对于世界的单纯想象。"我们生活在一个异质空间的世界上，这个世界有着无数不同而又经常冲突的空间。认识到这一点往往会导致身份危机（crisis of

---

① 鲁迅：《南腔北调集·论"赴难"和"逃难"》，《鲁迅全集》第4卷，人民文学出版社2005年版，第487页。

② 鲁迅：《伪自由书·颂萧》，《鲁迅全集》第5卷，人民文学出版社2005年版，第37页。

③ 鲁迅：《而已集·小杂感》，《鲁迅全集》第3卷，人民文学出版社2005年版，第555页。

④ 鲁迅：《坟·灯下漫笔》，《鲁迅全集》第1卷，人民文学出版社2005年版，第228页。

identity）。"①在当时半殖民地化的中国，鲁迅对异质空间及其背后权力关系的全力批判，必定也会带来自己内在的"身份危机"。只不过，自嘲里饱含着悲哀，他也只好以反讽的幽默将这一危机直接凝固成为悖论性的文字而已，后来者不去用心体会自然会隔膜得很了。

鲁迅与20世纪中国研究丛书

---

① 丹纳赫等：《理解福柯》，刘瑾译，百花文艺出版社2002年版，第129页。

第八章　鲁迅与20世纪中国都市的游民文化记忆

—— 以《阿Q正传》为中心

就20世纪中国的都市化进程的复杂面相而言，既有京、沪这样的超级政治、文化、经济中心，也有地区中心城市如南京、汉口、广州、杭州等的现代转型，更有更次一级的传统市镇的长短相形。就鲁迅来说，我们以为，他对现代都市的认知，和他出生成长的越地市镇社会的颓败有着至深的关系。对于越地市镇的情感记忆，构成了他文学创作的内在动因。因此，探讨"鲁迅与20世纪中国都市化进程"，自然少不了他的故乡经验这一维度。

关于鲁迅对越文化的承继，学人的探讨或依经起义，或文史互证，积累既丰，莹然之创见所在多有。即以《阿Q正传》而言，孕育其的越地风俗，经由周氏兄弟、周冠五、章川岛、孙伏园、裴士雄等人的细致疏解，业已眉目清晰。不过，在讨论"鲁迅与越文化"的关系时，《阿Q正传》的特殊之处依然显豁：鲁迅笔下阿Q生存的越地境遇，既少"大禹卓苦勤劳之风"，又无"勾践坚确慷慨之志"，一派"世俗递降""瘠弱槁枯"的溃败之像，[1]且别具令人心酸的戏谑感，这其实是越地市镇社会风俗高度游民化的结果。[2]探究"鲁迅与越文化"，实不应回避这一触目的景象。在此意义上，《阿Q正传》提供了绝好的文本，因为它分明是描写了一个"没有固定的职业，只给人家做短工"的游民。

---

① 鲁迅：《集外集拾遗补编·〈越铎〉出世辞》，《鲁迅全集》第8卷，人民文学出版社2005年版，第41—42页。

② 此处所指的"游民"取其宽泛义，指脱离原有社会宗法秩序，游食于城乡之间的人。更精确的辨析请参照王学泰《游民文化与中国社会》（同心出版社2007年增修版）一书的绪论。

关于阿Q的"游民"性，不乏学人提及，《阿Q正传》的约稿人孙伏园在写于1948年的《〈呐喊〉索隐》一文中就曾提出过阿Q是"城里乡下两面混出来的"游民而非农民的论断——"阿Q的性格不是农民的，在《故乡》中出现的闰土乃是一种农民，别的多是在城里乡下两面混出来的游民之类，……阿Q则是这一类人的代表……"①。笔者拟以《阿Q正传》为中心尝试探讨，绍兴这样的越地小市镇的游民意识的泛滥是否是促成原本以农事为本、勤苦自立的越地"世俗递降"的重要因素？深谙越地优秀文史典籍传统的鲁迅为何有意无意之间会选择沉潜至文化资源极度匮乏的游民的精神世界，在越地风俗既狂热又麻木的精神底色里实施他的国民性批判，这其中的隐微如何理解？

第一节　"正在做流民"：游民记忆的唤醒

鲁迅创作《阿Q正传》的过程可以说是其越地市镇的游民记忆逐渐被唤醒，且自己对"游民意识"由不自觉到惊醒乃至深入批判的过程。《〈阿Q正传〉的成因》一文是鲁迅关于《阿Q正传》的创作过程最为翔实的介绍文字，讲到创作的真实状态时有如下的表述：

> 第一章登出之后，便"苦"字临头了，每七天必须做一篇。我那时虽然并不忙，然而正在做流民，夜晚睡在做通路的屋子里，这屋子只有一个后窗，连好好的写字地方也没有，那里能够静坐一会，想一下。伏园虽然还没有现在这样胖，但已经笑嬉嬉，善于催稿了。每星期来一回，一有机会，就是："先生，《阿Q正传》……。明天要付排了。"于是只得做，心里想着，"俗语说：讨饭怕狗咬，秀才怕岁考。我既非秀才，又要周考，真是为难……"②

① 孙伏园：《〈呐喊〉索隐》，刊于《鲁迅研究月刊》2011年第2期，第61页。

② 鲁迅：《华盖集续编·〈阿Q正传〉的成因》，《鲁迅全集》第3卷，人民文学出版社2005年版，第397页。

这段细致的回忆文字里特别突出的是两点：一是鲁迅自己在创作《阿Q正传》时在北京城"正在做流民"的烦躁心境，这里的"流民"即是本文所称的"游民"；二是孙伏园的催稿带来的创作上的紧迫感。侨居北京"正在做流民"的感受、写作任务的紧张恰恰有助于唤醒鲁迅潜隐的越地游民记忆。鲁迅不经意间"心里想着"的"俗语"里，"讨饭怕狗咬"就是一个典型且常见的游民的艰辛生活画面，它后来也暗暗化作了《阿Q正传》里阿Q跑到静修庵里偷老萝卜时被大黑狗追咬的狼狈场景。笔者在这里还想略做推测，甚至连那笑嘻嘻的故乡门生孙伏园，在鲁迅当时的潜意识里，应该也像"正在做流民"的自己一样，同样是一个正挣扎着在京城里讨生活的越籍游民吧！瞿秋白在《〈鲁迅杂感〉序言》就曾说过："'五四'到'五卅'之间中国城市里迅速的积聚着各种'薄海民'（Bohemian）——小资产阶级的流浪人的智识青年。"[1]当时的孙伏园无疑正是这样的智识青年。细心体会即知，同样"正在做流民"的孙伏园的频繁出现和催稿，想必更易激发起鲁迅对绍兴城里游民生活场景的潜在记忆！

　　关于绍兴城里的游民生活场景，周建人的《阿Q时候的风俗人物一斑》一文提供了生动的回忆：

　　　　那时候的绍兴，还有一种特别的现象，是流氓风气的蔓延。寻事打架的事情很多很多。那里有不少锡箔店设厂，雇用一种特别的工人，称为锻箔司务，把小而厚的锡片打成薄而大的锃片，以便研在一种黄色纸上。此项工人大都是外边人，城内恶霸式的人们有事时常常邀请他们为打手的。这种好打的风气影响了孩子们，亦养成好殴打的脾气。例如秋官地上有"歪摆台门"，门口常聚集着若干个十多岁的孩子遇见单身的陌生孩子走过时，便设法与他挑战，谋达到打他的目的。学校兴办起来以后，此风始

　　① 瞿秋白：《〈鲁迅杂感选集〉序言》，中国社会科学院文学研究所鲁迅研究室编：《1913—1983鲁迅研究学术论著汇编》第1卷，中国文联出版公司1985年版，第827页。

渐衰；然而还有一部分人，例如开茶食店的小店王某弟兄，还是时常在街上闲荡，遇见单身的孩子走过，先由较小的一个去撞他，讥笑他，然后较大的参加进去，以达到撑殴单身过路的孩子这目的为快。这种情形，在上海等处却没有看到。①

　　周建人此处记录了多是"外边人"的绍兴锡箔业雇工的好勇斗狠。根据裘士雄等所著《鲁迅笔下的绍兴风情》一书的介绍："旧绍兴，素有'锡半城'之称，那就是说，绍兴几乎有半城人从事锡箔业，靠它来维持生计"，"几乎在城内每一个角落，特别是南后街、五福亭到大庆桥一带，大街清道桥以南到大云桥一带，都设有锡箔作坊。……绍兴有许多茶店酒肆，它们经常的顾主就是锡箔师傅。"②不难看出，作为旧绍兴主要产业的锡箔业雇工的好勇斗狠正是越地小市镇游民群体（"外边人"）的典型特征，所谓"这种好打的风气影响了孩子们，亦养成好殴打的脾气"，正是游民群体的好斗作派对市井细民长期潜移默化的结果——《阿Q正传》里"未庄的闲人"们动辄就来场"龙虎斗"正是其生动的写照。

　　周作人也不乏这样的观察和记忆。根据他在《鲁迅小说的人物》一书里的陈述，《阿Q正传》里关于阿Q打架的描写让他联想起的就是绍兴的小流氓——"小破脚骨"，"他们在街上游行找事，讹诈勒索，调戏妇女，抢夺东西，吵嘴打架，因为在他们职业上常有挨打的可能，因才在这一方面需要相当的修炼，便是经得起打，术语称曰'受路足'"③。他还提到《阿Q正传》里的"地保"也多由"游手好闲"的人担任，而阿Q与小D的"龙虎斗"也是"最乏的小破脚骨（流氓）们打架的办法"④。与好勇斗狠的锡箔业雇工相

　　① 周建人：《阿Q时候的风俗人物一斑》，录自陈漱渝主编：《说不尽的阿Q》，中国文联出版社1997年版，第175页。

　　② 裘士雄等：《鲁迅笔下的绍兴风情》，浙江教育出版社1985年版，第176、179页。

　　③ 周作人：《鲁迅小说的人物》，录自陈漱渝主编：《说不尽的阿Q》，中国文联出版社1997年版，第146页。

　　④ 周作人：《鲁迅小说的人物》，录自陈漱渝主编：《说不尽的阿Q》，中国文联出版社1997年版，第156页。

类，这些"小破脚骨"、"游手好闲"之人无疑也是游民群体的一种类型。其实，阿Q口中自称或骂人的"赨贼""毛虫""虫豸"等用语，正是指称这类游民群体中最恶劣的品类——流氓的常用之语。①

周氏兄弟对绍兴风俗中的"流氓风气的蔓延"的记忆提醒我们："阿Q"的行止做派实则根植于"游民"气氛浓郁的晚清越地风俗。虽然在鲁迅心中阿Q的"流氓气还要少一些"，真正有流氓气的倒是未庄的赵太爷之流，②但无可否认，正如鲁迅所说，阿Q毕竟"也很沾了些游手之徒的狡猾"③。在研究游民问题的学者王学泰看来，"没有走出未庄时的阿Q，就是处在这种缺乏自觉的游民状态"④。"阿Q只是一个流浪于城乡之间的游民的典型形象。……至于他的思想意识为什么具有'国民性'，那是因为游民意识泛滥的结果。"⑤王学泰坦言，注意到游民问题后"首先引起我思考的（就）是鲁迅先生的《阿Q正传》"⑥，看来根植于越地游民记忆的《阿Q正传》也很容易再召唤出对游民问题的思考。

第二节　"有乖史法"：游民的书写

《阿Q正传》本是应孙伏园的邀请特地为《晨报副刊》的星期特刊而做的，最初发表的栏目叫"开心话"，笔调自然应比平常行文要轻松些，如此方能迎合读者的愉悦性需求。对照一下《阿Q正传》，尤其开篇的戏谑笔致与鲁迅之前发表过的《狂人日记》《孔乙己》《药》《明天》等小说，的确是有着明显的差别。在每周需要连载发表的紧张压力下，《阿Q正传》的写作既

① 参见陈宝良：《中国流氓史》，上海人民出版社2008年版，第3页。

② 见鲁迅致刘岘的信，《鲁迅全集》第14卷，人民文学出版社2005年版，第406页。

③ 鲁迅：《且介亭杂文·寄〈戏〉周刊编者信》，《鲁迅全集》第6卷，人民文学出版社2005年版，第154页。

④ 王学泰：《游民文化与中国社会》（增修版），同心出版社2007年版，第552页。

⑤ 王学泰：《游民文化与中国社会》（增修版），同心出版社2007年版，第5页。

⑥ 王学泰：《游民文化与中国社会》（增修版），同心出版社2007年版，第5页。

然要照顾到喜闻乐见之类的大众趣味，对通俗文艺故事模式的借用和戏仿应该是特别自然的事。毕竟，通俗文艺基于市场化的需求较能迎合市井类的精神需求，更容易被接纳，关于这一点，鲁迅在以后的《马上支日记》一文里说得无比清楚，"我们国民的学问，大多数却实在靠着小说，甚至于还靠着从小说编出来的戏文"①。的确如此，通俗文艺恰恰也是游民意识、情绪的重要传播途径。《阿Q正传》第一章交代关于"正传"的来源，说从"不入三教九流的小说家所谓'闲话休提言归正传'这一句套话里取出'正传'两个字来，作为名目"，这是颇有意味的。因为给阿Q这样的游民作传，在士大夫的文体分类里实在难以找到匹配的名目，只有在"不入三教九流的小说家"——多半是同样身为游民的江湖艺人那里才能得到妥帖的解决。《阿Q正传》还刻意以自嘲的笔致叙述，"从我的文章着想，因为文体'卑下'，是'引车卖浆者流'的话"云云，其叙述口吻与语态也俨然是一介游民文人的习气，引人发笑。

通俗小说和戏剧才真正能寄寓和传播像阿Q那样的游民的情感和意识，自然也会得到他们的喜爱。《阿Q正传》里阿Q精神世界里的文化碎片——绍剧里《龙虎斗》里的唱词"我手执钢鞭将你打"、小曲《小孤孀上坟》等无疑都浸染着浓重的游民气。关于通俗文艺中浸染的游民气，对中国小说史有精深研究的鲁迅来说，应该更有着别有会心的体味。他在《中国小说史略》里就曾具体分析过"为市井细民写心"的《三侠五义》的游民故事的模式："时去明亡已久远，说书之地又为北京，其先又屡平内乱，游民辄以从军得功名，归耀其乡里，亦甚动野人歆羡。故凡狭义小说之英雄，在民间每极粗豪，大有绿林结习，而终必为一大僚隶卒，供使令奔走以为宠荣，此盖非心悦诚服、乐为臣仆之时不办也。"②这里所谓"屡平内乱，游民辄以从军得功名，归耀其乡里，亦甚动野人歆羡"，正是江湖艺人创作、传播的流民故事里人们如何看待"发迹变泰"后的游民英雄的刻板模式，《阿Q正传》里阿Q从城里回未庄后"得

① 鲁迅：《华盖集续编·马上支日记》，《鲁迅全集》第3卷，人民文学出版社2005年版，第352页。

② 鲁迅：《中国小说史略》，《鲁迅全集》第9卷，人民文学出版社2005年版，第287—288页。

鲁迅与20世纪中国研究丛书

了新敬畏"，未庄上下各色人等的反应即是这一模式的生动描摹。只是阿Q终非"英雄"，欲投奔革命而不得，也就无法演绎后面的"终必为一大僚隶卒"之类的故事了。

需要注意的是，《阿Q正传》里对通俗文艺里游民故事写法的借用与反讽其实是高度悖论化的，辛辣挖苦后的心酸，滑稽讥讽下的苦味，肆意嘲弄时的自嘲都纠葛在一起。这是它迥异于一般游民故事的地方。《阿Q正传》里处处可见来自典籍文化里的纲常伦理、警句格言对阿Q的规训和嘲弄。在鲁迅笔下，阿Q着实难以真正进入由正统典籍文化里的言辞构筑的文化世界，只能接受小说叙述者表征的文史书写者的任意打量和戏谑。可悲的是，阿Q极端匮乏的精神世界里又的确充斥着来自正统文史世界的碎片，"体统""男女之大妨""犯讳""排斥异端"等等正统社会文化的意识所在多有。这其实正是"游手之徒"的精神世界的真实状态。这是一个文化溃败的世界。整体性的文化价值已经解纽溃散，即使一些文化的碎片也被深通权变的越地权力把控者（赵老太爷、假洋鬼子、赵秀才等）高度垄断，根本无法赋予粗糙、匮乏的生存者（阿Q、王胡、小D）以生命的意义，也无法呵护最弱小者（小尼姑、阿Q、吴妈）的生存尊严。在这个文化溃败的世界里真正起作用的是人的动物本能、是弱肉强食的力量对抗，一切原有的文化符号都在溃败中走样变形，失却了其原本的严肃性。这正是《阿Q正传》别具戏谑色彩的原因。无论鲁迅如何念念不忘、礼赞他所愿意继承发扬的诸种越文化的优秀精神——"大禹卓苦勤劳之风"、"勾践坚确慷慨之志"、浙东学术切于人事的史学品格……这些均是诸多研究者乐意强调的，然而这些精神资源在阿Q式的"游手之徒"的精神世界里只能是难以理解的天书，和自己的卑微生存毫不相关的生硬训诫。这就不难理解，鲁迅对这一游民精神世界的书写难怪像《阿Q正传》里自陈的那样，"有乖史法"了。

第三节 "微尘似的迸散"：游民的命运

正如不"有乖史法"几乎无法呈现阿Q的无价值的人生，不借助于象征笔法怕是也难刻画出阿Q最后悲剧性的命运。阿Q的命运以"两眼发黑，耳朵里嗡的一声，觉得全身仿佛微尘似的迸散了"为结，临刑时刻阿Q的头脑里还幻化出了一只饿狼吞噬撕裂自己灵魂的景象，在将死之时他才因极度恐惧获得了真切的生命意识，这自然是不同于刻板的游民故事的奇异的象征笔法：

> 这回他又看见从来没有见过的更可怕的眼睛了，又钝又锋利，不但已经咀嚼了他的话，并且还要咀嚼他皮肉以外的东西，永远不远不近的跟他走。
>
> 这些眼睛似乎连成一气，已经在那里咬他的灵魂。
>
> "救命，……"
>
> 然而阿Q没有说。他早就两眼发黑，耳朵里嗡的一声，觉得全身仿佛微尘似的迸散了。①

笔者以为，鲁迅笔下阿Q生命的"微尘似的迸散"可以说也是越文化本身溃败的象征。这是因为，如果我们细细思量，阿Q"皮肉以外的东西"究竟是什么？应该是"他的灵魂"吗？他何以该喊拯救灵魂的"救命"时却"没有说"？他真的拥有能拯救自己灵魂的文化资源吗？"他的灵魂"究竟又得到了何种文化的呵护和滋养呢？恐怕事实是，游民阿Q只有一条赤裸裸的自然生命，还无意识地背上了种种苛求生命的越地礼教文化、风俗的重负。陈方竟在《鲁迅与浙东文化》一书曾对越地的社会风俗做过细致梳理。他的研究表明，越地民俗中存在的道教、佛教的混融，道士的巫术化，民间道、佛教的封建伦理化等诸种"神道设教"的做法，都是像阿Q那样的底层民众身上被施加的沉重的精神奴役。身为"游手之徒"的阿Q，由于其生存处境的极端匮乏，他的

---

① 鲁迅：《呐喊·阿Q正传》，《鲁迅全集》第1卷，人民文学出版社2005年版，第552页。

鲁迅与20世纪中国研究丛书

种种本能反应——对正统礼教观念的顺服，对等级制的热望、对弱小者的鄙夷等，其实仍根植于越地真实的礼教、风俗，分明有着触目的狂热和愚昧。[①]溃败中的越文化正表现出它根柢里可怕的吞噬人的面相，这大概就是鲁迅在创作《阿Q正传》的过程中"渐渐认真起来"的内在原因！

黑格尔曾说，奴隶对奴隶主施与自己的纯粹否定性力量，"并不是在这一或那一瞬间害怕这个或那个灾难，而是对于他的整个存在怀着恐惧，因为他曾经感受过死的恐惧、对绝对主人的恐惧。死的恐惧在他的经验中曾经渗透进他的内在灵魂，曾经震撼过他整个躯体，并且一切固定规章制度命令都使得他发抖"[②]。细读鲁迅对阿Q临刑最后时刻的象征性描写，浮现在读者眼前的却正是阿Q在"这一或那一瞬间害怕这个或那个灾难"，不过真正令人揪心、给人以刻骨铭心的震撼，乃至对读者的精神世界给予笼罩性影响的却是小说对阿Q这样一个失去任何文化庇护的卑微的游民难以挣脱"对他的整个存在怀着恐惧"这一根本生存处境的揭示。在这一点上，阿Q甚至还不如看上去更为弱小、遭他欺负的静修庵里的小尼姑和赵太爷家的女仆吴妈，毕竟她们还有越地的宗教、礼俗可以暂时依靠。一为游民，便无可避免地要冲撞正统的礼教秩序，也势必遭到后者的排斥和报复，阿Q连安稳做奴隶的资格都不再能拥有了。

如果说单纯的求生本能还能让阿Q"壮了胆"，仰仗"手里有一柄斫柴刀"来保护自己的话，他着实无从应对"咀嚼他皮肉以外的东西""咬他的灵魂"的威胁。其实，在极端的生存匮乏中，阿Q已经竭尽全力地启用了越文化的碎片来保护自己了，虽然显得那么可笑和悲哀。现在，随着他肉体的"微尘似的迸散"，他所凭依的越文化的碎片也毫无疑问地"微尘似的迸散"了。不过这"迸散"依然是一个几乎无事的悲剧，不会对"未庄的舆论"产生些许的影响。一个卑微的生命的终结在越地礼教、风俗中不能留下一丝涟漪，恰恰表明了越文化的溃败已经到了无比残忍、麻木的地步。

---

① 陈方竞：《鲁迅与浙东文化》，吉林大学出版社1999年版，第129—178页。

② 黑格尔：《精神现象学》（上），贺麟、王玖兴译，商务印书馆1979年版，第129—130页。

第四节　"世俗递降"：游民与越文化

主观愿望上，鲁迅在创作《阿Q正传》时并不愿过多显露它的越地地方色彩，这还引起过一些人的非议。苏雪林就谈到："鲁迅记述乡民谈话，并不用绍兴土白，这也是一个值得研究的问题。胡适常惜《阿Q正传》没有用绍兴土白写，以为若如此则当更出色。许多人都以这话为然……"[①]饶有意味的是，鲁迅对自己回避地方色彩做法的解释正是为了防止对作品产生阿Q式的解读，他说："我的一切小说中，指明着某处的却少得很。中国人几乎都是爱护故乡，奚落别处的大英雄，阿Q也很有这脾气。"[②]他的这一认识也滋生了《阿Q正传》里介绍阿Q的籍贯问题时的戏谑性笔墨，鲁迅在行文时特意对"好称郡望的老例"施加了辛辣的讽刺。

令人感慨的是，在"鲁迅与越文化"的研究中，其实并不乏此类"好称郡望的老例"。譬如，鲁迅在1912年为绍兴《越铎日报》的创刊号所作的《〈越铎〉出世辞》一文是研究"鲁迅与越文化"时经常被引述的。不过人们多偏爱开篇的几句——"于越故称无敌于天下，海岳精液，善生俊异，后先络驿，展其殊才；其民复存大禹卓苦勤劳之风，同勾践坚确慷慨之志，力作治生，绰然足以自理"[③]——这是称颂越文化优秀精神传统的文字，的确动人；但同样需要注意的却是紧跟着的表述——"世俗递降，精气播迁，则渐专实利而轻思理，乐安谧而远武术，鸷夷乘之，爰忽颠陨，全发之士，系踵蹈渊，而黄神啸吟，民不再振。辫发胡服之虏，旃裘引弓之民，翔步于无余之旧疆者盖二百余年矣"[④]。很明显，鲁迅更愤激且切痛的却是"二百余年来"越地"世俗"的

---

① 苏雪林：《〈阿Q正传〉及鲁迅创作的艺术》，录自陈漱渝主编：《说不尽的阿Q》，中国文联出版社1997年版，第570页。

② 鲁迅：《且介亭杂文·答〈戏〉周刊编者信》，《鲁迅全集》第6卷，人民文学出版社2005年版，第149页。

③ 鲁迅：《集外集拾遗补编·〈越铎〉出世辞》，《鲁迅全集》第8卷，人民文学出版社2005年版，第41页。

④ 鲁迅：《集外集拾遗补编·〈越铎〉出世辞》，《鲁迅全集》第8卷，人民文学出版社2005年版，第41页。

溃败情形。他把这种溃败的原因归咎于两个方面：一是民间的"世俗递降"，一是外族的残酷入侵与控制。鲁迅此时似乎视前者为更根本的原因。下文鲁迅遂大声疾呼越人应趁着辛亥革命"首举义旗于鄂"的机会振拔起来，尽自己的责任改变越地因"专制久长，鼎镬为政"而导致的"瘠弱槁枯"的局面，进而"纾自由之言议，尽个人之天权，促共和之进行，尺政治之得失，发社会之蒙覆，振勇毅之精神"。①这些文字里浸透的是异常激昂奋进的情绪。不过文末部分，鲁迅再次透露出了勃兴的革新理想与沉滞的越地现实对照之下油然而生的焦虑与孤独感："猗此于越，故称无敌于天下，鸯夷纵虐，民生槁枯，今者解除，义当兴作，用报古先哲人征营治理之业。唯专制永长，昭苏非易，况复神驰白水，孰眷旧乡，返顾高丘，正哀无女。"②

《〈越铎〉出世辞》里鲁迅两种情绪的交织可谓他对越文化的真实心态。学人其实也不难列举出鲁迅在公开的文章或私人书信、日记里对越地故土既爱又怨的诸多文字。不过，就笔者的阅读所见，讨论越地历史文化传统尤其乡贤大德、经史典籍对鲁迅积极影响的文字所在多有，而愿意研析鲁迅所言及的现实的越地因何二百余年来"世俗递降"的究竟是少数。

研究者的厚此薄彼并非没有原因。即以《阿Q正传》的研究而言，要想具体理解"二百余年来"越地"世俗递降"的情形困难重重，其中尤其对越地的游民问题深入探究更非易事。笔者根据王学泰在《游民文化与中国社会》一书提供的线索了解到，中国人数激增的"城市流民阶层是形成于宋代"，但还主要集中在畸形繁荣的通都大邑里。③而"明清两代主要是星罗棋布的中小城镇吸收了大批的脱离小农生产的劳动力，同时也聚集了大量游民。……明中叶以后的游民则多聚集在专制统治者力量相对薄弱的小市镇"④。这是一个很有启

① 鲁迅：《集外集拾遗补编·〈越铎〉出世辞》，《鲁迅全集》第8卷，人民文学出版社2005年版，第41、42页。

② 鲁迅：《集外集拾遗补编·〈越铎〉出世辞》，《鲁迅全集》第8卷，人民文学出版社2005年版，第42页。

③ 王学泰：《游民文化与中国社会》（增修版），同心出版社2007年版，第119页。

④ 王学泰：《游民文化与中国社会》（增修版），同心出版社2007年版，第530页。

发性的判断，但若借鉴此论断研究明清以降越地的游民问题，尚需要更多社会学、史学、人口学等实证材料的支撑。然而，学界对明清以降越地涉及的游民的史料尚未有全面深入的积累，谢国桢先生编纂的《明代社会经济史料》一书曾对"游民贫民"问题的史料做过钩沉，却独缺越地。[1]笔者也曾检览绍兴府志、会稽县志（万历、乾隆、光绪）、会稽县志（康熙、道光）等地志诸书，亦查阅鲁迅所辑的《会稽郡故书杂集》，还根据鲁迅辑录的"绍兴八县乡人著作"书目[2]（按：八县指山阴、会稽、上虞、余姚、萧山、诸暨、嵊县、新昌）对共计78种撰述多有查考，结果却是几乎一无所获，尽管这书目里也不乏野史笔乘类的著述。可见，《阿Q正传》开篇所云，因阿Q所属"人群卑下"，所以记载其行止的也只能"文体卑下"，只好从"'不入三教九流的小说家'所谓'闲话休提言归正传'这句套话里，取出'正传'两个字来，作为名目"，其实并非全是戏言。士人们的言述系统对作为社会现象的游民的群体世界可能还略有着墨，若是讲到它们对游民精神世界、个体心灵世界的隔膜，恐怕迄今为止都难以消除。

因此，在讨论"鲁迅与越文化"的命题时，学人们多囿于越地的史学传统及典籍文化，而对更真实的越地社会的流民意识泛滥少有措意缺乏研究，的确有其内在原因。那原因的实质就是隔膜。《阿Q正传》开篇不也对以何种文史体例接纳游民阿Q的行止大费周章吗？事实上，如果不是《阿Q正传》塑造的鲜活的"游手之徒""阿Q"形象，"二百余年来"越地的游民群体依然会隐而不彰。在这个意义上，"游民与越文化"这一命题，已不仅是深化"鲁迅与越文化"研究的学术性命题，更是一个测量当下学院知识分子与底层民众之间精神距离的现实性命题，其中的幽暗与真相，对笔者在内的诸多学院知识分子恐怕都会是沉重的拷问。但这无疑是真正来自鲁迅特有的精神力量的挑战！

《阿Q正传》其实是看似戏谑却相当晦暗的作品。小说开篇即说为阿Q立

① 谢国桢：《明代社会经济史料选编》（校勘本下），福建人民出版社2004年版，第438—460页。

② 鲁迅手拟书目之《绍兴八县乡人著作》，见《鲁迅研究资料》（4），天津人民出版社1980年版，第111—114页。

传之人"仿佛思想里有鬼似的",这大有蹊跷。何谓鬼？鬼不就是和活着的人纠缠不清的死去的灵魂吗？何谓游民？游民不就是被正常的社会秩序抛弃但又与之纠缠不清的人类社会既黑暗又不时闪亮的暗影吗？鬼与活人，游民与正统社会，正构成了相互映照的世界！要想真正理解一方，怕是需要进入对方的深处才行的！这应是《阿Q正传》给我们的第一个启示。

"仿佛思想里有鬼似的"，还有第二层意思。正如游民的出现一定是越地正统社会秩序溃败的结果一样，"思想里有鬼"一定是思想本身即将出现分裂、溃败乃至绝望感的前兆。所谓"察渊者不祥"，《阿Q正传》的出现，正见证了鲁迅心灵深处的绝望感正在急剧地凝聚、奔突，终将奔涌而出的状态。这可以说是《阿Q正传》提供给我们的第二个启示。

总结出这两个启示，了无"论精微而朗畅"的妄想。相反，如何面对《阿Q正传》引发的精神振荡，恐怕更真实的前景依然是"溯洄从之，道阻且长"。

第九章　鲁迅书写与20世纪中国的都市之"恶"

鲁迅生命的后十年是在上海度过的，他对更具摩登色彩的现代都市的感受和评论也多集中在这一时期。关于他的点滴意见，已有学人努力作出了文化社会学层面的描绘和评述。本章不拟就此再做全面的研析，而是集中选择最可能反映他对现代都市生态最隐晦态度的文本——《阿金》一文做深度的透视。为学自然或求广博，或务求深解。我们不揣浅陋，本章愿专心往深钻细研一路尝试，读者谅之。

第一节　"否定"性：《阿金》的挑战

《阿金》一文写于1934年12月21日。简略地说，鲁迅笔下的阿金只是一个上海弄堂里被外国主人雇佣，廉耻感稀薄——"好像颇有几个姘头"，既善于嘻嘻哈哈调笑又有强悍刁蛮的一面、声音响亮、勇于吵嘴的女仆而已。奇特的是文中"我"对她异常讨厌，"自有阿金以来，四周的空气也变得扰动了，她就有这么大的力量"[1]。"我的讨厌她是因为不消几日，她就摇动了我三十年来的信念和主张。"[2]《阿金》文末甚至说："我不想将我的文章的退步，归罪于阿金的嚷嚷，而且以上的一通议论，也很近于迁怒，但是，近几时我最讨

---

[1]　鲁迅：《且介亭杂文·阿金》，《鲁迅全集》第6卷，人民文学出版社2005年版，第206页。

[2]　鲁迅：《且介亭杂文·阿金》，《鲁迅全集》第6卷，人民文学出版社2005年版，第208页。

厌阿金，仿佛她塞住了我的一条路，却是的确的。"①言辞之间虽然有自省，但恨意仍难以抑制，对阿金如此沉重的苛责是不同寻常的。

事实上，关于该文究竟是写实的随笔、漫谈还是鲁迅以杂文形式虚构的作品也不乏争议。李冬木于2000年底、次年3月通过对上海市虹口区山阴路132弄9号鲁迅故居（鲁迅居住时的地址名称为"施高塔路130号"）的实地踏查，质疑《阿金》的写实性。加之无论从许广平的多个回忆录还是从曾详细记录鲁迅当时日常生活的萧红的《回忆鲁迅先生》等文章中都不能得到关于阿金的实证性信息，他得出的结论是："'阿金'是一个想象的产物，是一个虚构的人物。"②

无论《阿金》一文生活细节上是否都是写实的，无可否定的是，文中"我"对阿金的情绪反应的真切和激烈确是实在的，且也并不脱离弄堂生活的真实生态，非采用了如《故事新编》那样借一点由头点染一片的笔致——当然细究起来文末还是不乏此种痕迹。竹内实观察到："那文中所描写的，应该是市井的一般情景和日常生活。然而在一般杂志里，并没有写过这些。"③他尝试把阿金与中国的"泼妇"传统相勾连，并延伸到对鲁迅的其他作品的解读上。譬如，他指出："鲁迅的杂文《阿金》中的负面形象阿金，到小说《采薇》里，已经被赋予了正面的、反封建的意义。用俗话讲，这也许可以称之为'以毒攻毒'。"④竹内实勾连的细致功夫令人赞叹，但诠释的效果并不尽如人意，至少不及王瑶自"油滑"入手把《故事新编》的笔致与传统文化资源勾

① 鲁迅：《且介亭杂文·阿金》，《鲁迅全集》第6卷，人民文学出版社2005年版，第209页。

② 李冬木：《鲁迅怎样"看"到的"阿金"》，《纪念鲁迅定居上海80周年学术研讨会论文集》，上海社会科学院出版社2009年版，第434页。

③ 竹内实：《阿金考》，竹内实：《中国现代文学评说》，程麻译，中国文联出版社2002年版，第133页。

④ 竹内实：《阿金考》，竹内实：《中国现代文学评说》，程麻译，中国文联出版社2002年版，第146页。

连来得妥帖。笔者以为，《阿金》一文的神韵不在传统而在现代，①阿金带给"我"的挑战内蕴着深具现代意味的危险性。这一点竹内实似乎也有所意会，他把阿金和其生活的社会秩序之间的关系定性为互相否定的关系——"阿金确实是一个社会中应该否定的人物。然而，如果其社会也必须被否定的话，那阿金又可以称得上是足以否定社会的人物"②。这里所说"否定"性是值得留意的。

与竹内实把阿金与中国的"泼妇"传统相勾连不同，李冬木考虑的是《阿金》的写作机制——"鲁迅以怎样的意识框架把这些要素构制为一篇作品"③。他把对鲁迅的"意识框架"的寻找转化成了对某类思想文本的追溯。他寻找到的是，《阿金》与美国传教士斯密斯的《支那人气质》一书的日译本中关于"异人馆"的"厨子"这一内容的相似性。他的结论是："'阿金'这一人物创作基本处在自斯密斯的'从仆'、'包侬'到鲁迅自身的'西崽'、'西崽相'这一发想的延长线上，或者再扩大一点说，与鲁迅借助斯密斯对国民性的思考有关。"④

竹内实、李冬木的研究都建立在亲自探访鲁迅故居的基础之上，但饶有意味的是，他们的落脚点都落在了阿金与某种文化资源（或中或西）的勾连上。这是合宜的研读方式吗？

---

① 《阿金》一文写于1934年的年末，本年鲁迅写作了几篇以宋元明清野史为材料的杂文，如《儒术》《买〈小学大全〉记》等，同时期给人的信件中也多谈此类史料。本年关于此类材料分量最重的两篇长文《病后杂谈》《病后杂谈之余》恰恰写于年末的十二月，《病后杂谈》写就于十二月十一日，《病后杂谈之余》写就于十二月十七日，补充的附记则写就于十二月二十三日。《阿金》的写就时间是本月的二十一日，刚好是在《病后杂谈之余》一文完成不久，如果考虑到二十三日鲁迅又给《病后杂谈之余》增加了一段附记的话，可以说鲁迅本月的写作状态，确实存在着谈现实的《阿金》与谈历史的《病后杂谈》《病后杂谈之余》之间微妙的映衬关系。笔者尚未读到自此角度切入、考察的文章。

② 竹内实：《阿金考》，竹内实：《中国现代文学评说》，程麻译，中国文联出版社2002年版，第149页。

③ 李冬木：《鲁迅怎样"看"到的"阿金"》，《纪念鲁迅定居上海80周年学术研讨会论文集》，上海社会科学院出版社2009年版，第436页。

④ 李冬木：《鲁迅怎样"看"到的"阿金"》，《纪念鲁迅定居上海80周年学术研讨会论文集》，上海社会科学院出版社2009年版，第438页。

第二节　"仿佛她塞住了我的一条路"：阿金的力量

笔者却想把理解《阿金》的重点铆在鲁迅笔下"我"对阿金异常厌恶的情绪得以滋生的某种空间感受上——"自有阿金以来，四周的空气也变得扰动了，她就有这么大的力量"。只要这种"空间感受"是真切可信的，我们其实不必纠缠《阿金》一文里的生活细节包括阿金本人是写实抑或虚构的问题。

众所周知，鲁迅在上海时期历经数次搬家，自景云里到拉摩斯公寓，之后又到大陆新邨，最大的考虑是寻找较安静的写作空间。这并非易事，习惯、租价、居住感受等都是原因。他曾在给萧军、萧红的信里感慨："生长北方的人，住上海真难惯，不但房子像鸽子笼，而且笼子的租价也真贵，真是连吸空气也要钱……"①许广平对鲁迅深为市井俗音所干扰的印象非常深刻，她回忆说："住在景云里二弄末尾二十三号时，隔邻大兴坊，北面直通宝山路，竟夜行人，有唱京戏的，有吵架的，声喧嘈闹，颇以为苦。加之隔邻住户，平时搓麻将的声音，每每于兴发之时，把牌重重敲在红木桌面上。静夜深思，被这意外的惊堂木式的敲击声和高声狂笑所纷扰，辄使鲁迅掷笔长叹，无可奈何。尤其可厌的是在夏天，这些高邻要乘凉，而牌兴又大发，于是径直把桌子搬到石库门内，迫使鲁迅竟夜听他们的拍拍之声，真是苦不堪言的了。"②可见，《阿金》一文的情绪确有着真实的生活基础，李冬木也认为，鲁迅把这一大段经历复活在《阿金》里了。③

其实，作为在现代都会中卖文为生之人，鲁迅在《阿金》一文里呈现的那种在逼促的住宅空间里不悦的情绪反应——因阿金生出的各种扰攘的声音、行动分明打扰了自己的写作而产生厌烦是不足为奇的，真正的问题是如何理解这一切。德国文人本雅明在观察大都市生活时曾写道："一个大城市变得越离奇

---

① 鲁迅：《书信·341117致萧军、萧红》，《鲁迅全集》第13卷，人民文学出版社2005年版，第260页。

② 许广平：《景云深处是我家》，鲁迅博物馆鲁迅研究室《鲁迅研究月刊》选编：《鲁迅回忆录·散篇》中册，北京出版社1999年版，第959—960页。

③ 李冬木：《鲁迅怎样"看"到的"阿金"》，《纪念鲁迅定居上海80周年学术研讨会论文集》，第434—436页。

莫测，在那里生存就越需要对人性有更多的认识。实际上，生存竞争越来越激烈，这就促使个人迫不及待地宣告自己的利益所在。在对一个人的行为进行评价时，对其利益的熟悉就远比对其人格的熟悉更有用。"①不难看出，"我"对阿金的感受正是这样，"对其利益的熟悉就远比对其人格的熟悉"。阿金在"我"的感受里，并不具备清晰、全面的"人格"特征，几个弄堂生活的场景片段过后她只给"我"留下了道德上的不洁和有股野性的生命力的模糊印象——"阿金的相貌是极其平凡的。所谓平凡，就是很普通，很难记住，不到一个月，我就说不出她究竟是怎样一副模样来了。但是我还讨厌她，想到'阿金'这两个字就讨厌；在邻近闹嚷一下当然不会成这么深仇重怨，我的讨厌她是因为不消几日，她就摇动了我三十年来的信念和主张"②。尽管面目模糊，但阿金对"我"利益的伤害却变得越发清晰、严重起来，大有愈演愈烈之势，以至于会达到"摇动了我三十年来的新念和主张""仿佛她塞住了我的一条路"这样的力度。

阿金是在何种意义上有如此大的力量？或者，颠倒过来看，鲁迅笔下的"我"缺乏何种力量、因为何种原因才被阿金如此轻易地就"摇动"和"塞住了""一条路"的呢？

阿金的力量不正来自她的野性吗？她在自己的生活世界里，"个人迫不及待地宣告自己的利益所在"，以至于不屑于掩饰，恣肆放纵甚至完全无视社会道德约束。这可真是"越轨的都会之'恶'"③。"越轨"是说阿金的野性和放纵不合礼法秩序，尤其是中国社会对女性的伦理要求，而这种野性的疯长自然与脱离乡村熟人社会的规训，进入都会生活有关，正如阿金宣称的——"弗

---

① 本雅明：《巴黎，19世纪的首都》，刘北成译，上海人民出版社2006年版，第99—100页。

② 鲁迅：《且介亭杂文·阿金》，《鲁迅全集》第6卷，人民文学出版社2005年版，第208页。

③ "越轨的都会之'恶'"是笔者尝试站在"我"的立场上给阿金行为的社会定性。笔者使用"越轨"一词的灵感其实是来自鲁迅在《萧红作〈生死场〉序》一文中对萧红行文的评价："女性作者的细致的观察和越轨的笔致，又增加了不少明丽和新鲜。"而"都会之'恶'"是表明阿金的"反道德"的举止本身就是都会生活的一部分。值得留心的是，鲁迅或其笔下的"我"以为"越轨"的事项，反倒恰恰可能是审视鲁迅精神世界的好材料。

轧姘头，到上海来做啥呢？"。

"我"对阿金的厌恶，可以说有着双重原因。其一是出于自己安静的写作空间被不断打扰，会影响自己卖文的生计，这自然也属于"个人迫不及待地宣告自己的利益所在"。其二是，"我"的轻易被阿金生发的声音、神态、行动等扰动，恰恰对比出了自己缺乏那种不为环境所左右的强悍生命力，而这却恰是阿金所具备的。她能在弄堂的底层社会生态里任性而为，应付自如，这对靠写作谋生，四体不勤，生存能力柔弱又敏感的"我"来说，无疑是个暗暗的并不令人愉快的对照，甚至是个辛辣的讽刺。自认为在知识、道德、社会身份等方面均高出一筹，善感但不免柔弱的文人与野性十足、毫无廉耻感的底层女仆，狭小的都市住宅空间更是放大了这一触目的映衬，"我"遭遇的心灵刺激恐有着内在的杀伤性。"我"在触及这种对照的冲击时顾左右而言他，唠唠叨叨地臆想起大而空疏的关于中国男性与女性的历史承担问题："我以为在男权社会里，女人是决不会有这种大力量的，兴亡的责任，都应该男的负。"①这不过是焦虑、羞愧于自己的虚弱，反而自诩道德高尚且有反省精神的遁词罢了。所以，对于"我"来说，与其愤恨而无奈地感慨，"愿阿金也不能算是中国女性的标本"，不如直面：在激烈的生存竞争中，中国男性的标本应是如何？

只有在逼促狭窄的上海弄堂那样的都会住宅空间里，阿金之流才有可能如此难以躲避地侵入"我"的生活，造成对"我"的极大精神压力，当然也对照出了"我"的无力和焦躁。而势必引发出的自我的诘问从来都是令人难堪的，非反身而诚即可直面那么简单，所以，尽管"我"的言辞在表面上显得好像已经足够有自我解剖的精神了，但语气、语态、运思上却分明可以看出"我"的种种逃避、掩饰和责怪。

在这里，将鲁迅在《朝花夕拾》里的《阿长与〈山海经〉》和《阿金》对照会看出更多意味来。《阿长与〈山海经〉》里记录的也是一位女仆，并且也

————————————

① 鲁迅：《且介亭杂文·阿金》，《鲁迅全集》第6卷，人民文学出版社2005年版，第208页。

多次强调了"我"的空间感受——睡觉时被阿长挤占了多半个席位而愤恨。整个文章前半部分"我"的叙述语气也是"迫不及待地宣告自己的利益所在"，这是一种乔装的、如孩童的俏皮天真一般然而读者又分明能体会到这已是经历了人生沧桑后的诚挚而温暖的语气。《阿长与〈山海经〉》里，"我"对自己童年的成长世界里并不高明的阿长的不以为然乃至厌烦、憎恶、怨恨也是真切的。不过在作者的叙述中，当朴实的阿长特意为童年的自己带来心爱的宝书《山海经》时，一切纷杂的情感都汇作了深沉的敬意，命运施于阿长的不幸也被一种心灵终归安宁的宿命感取代了。虽然阿长的世界与"我"长大以后的世界毕竟还是隔离的，"我的保姆，长妈妈即阿长，辞了这人世，大概也有了三十年了罢。我终于不知道她的姓名，她的经历；仅知道有一个过继的儿子，她大约是青年守寡的孤孀"①。但"我"最终以无限的深情祈求、希冀着，"仁厚黑暗的地母呵，愿在你怀里永安她的魂灵！"②。

阿长与阿金，同为女仆，前者为生活于故乡的乡下女人，见识不高却遵循着朴素甚至略显可笑的传统伦常过活着；后者虽也出身乡下现在却已混迹于现代都会的弄堂里，所见杂多濡染渐深越发野性十足，早已失却了对传统伦常的一丝敬意。

如何理解鲁迅对阿长与阿金这两种类型的女性生命的截然相反，又都刻意推向极致的情感态度？让我们不妨做一个并非毫无理由的设问，在20世纪以降"中国的都市化进程"中，一个事实恐怕是：更多的阿长们要被裹挟着进入都会，她们还能如在乡下时那样抱朴见素、淳淳昏昏吗？势必有相当一部分要或深或浅地出现"阿金"化的情形吧？"我"的追忆里阿长的单纯，难道就应当是她的真实人生吗？"我"对阿长的深情、对阿金的苛责，其中的情愫不也有着混迹于现代都会的小资产阶级文人"我"的一种自我精神救赎、恐惧的投射吗？《阿金》一文里"我"看上去既理直气壮又闪烁其词的语气，还有行文中

① 鲁迅：《朝花夕拾·阿长与〈山海经〉》，《鲁迅全集》第2卷，人民文学出版社2005年版，第255页。

② 鲁迅：《朝花夕拾·阿长与〈山海经〉》，《鲁迅全集》第2卷，人民文学出版社2005年版，第255页。

鲁迅与20世纪中国研究丛书

对"我"情不自禁的自嘲和反讽不也时时提醒我们，"我"刻意隐藏起来的虚弱、恐惧究竟为何恐怕才是我们更应紧紧盯住的命题。

第三节　"蛮野如华"：世界的"阿金化"

恩格斯曾写过三篇《论住宅问题》的文章，特地提到了小资产阶级知识分子对住宅问题的敏感。"我"对阿金的空间感受正是在逼促狭窄的都会住宅空间内发生的，是否也属于此类情形呢？

恩格斯认为城市里住宅的短缺、条件的恶劣是和现代都会对农业人口的急剧的吸纳有关的，但它能成为可讨论的公共话题却是与小资产阶级的利益和感受有关。"工人阶级和其他阶级特别是和小资产阶级共同遭受的这种痛苦，是蒲鲁东所属的那个小资产阶级社会主义尤其爱研究的问题。"[①]被恩格斯严厉抨击的蒲鲁东的改善住房条件的设想，无非是诉诸平等的公民权利和政府需提供公共福利的责任，而这在恩格斯看来，"都是建立在从经济现实向法学空话的这种救命的跳跃上的。每当勇敢的蒲鲁东看不出经济联系时——这是他在一切重大问题上都要遇到的情况——他就逃到法的领域中去求助于永恒公平"[②]。这是在批评蒲鲁东缺乏以"经济"的眼光洞穿住宅问题本质，只好乞灵于"法学空话"的思想方法。而对于另一个提出了用"在现在占统治地位的社会制度框架内使所谓的无财产者阶级上升到有财产者的水平"[③]的方式来改善工人住宅条件的小资产阶级学者萨克斯，恩格斯则严厉批判道："蒲鲁东曾把我们从经济学领域带到法学领域，而我们这位资产阶级社会主义者在这里

①　恩格斯：《论住宅问题》，《马克思恩格斯选集》第3卷，人民出版社1995年版，第144页。

②　恩格斯：《论住宅问题》，《马克思恩格斯选集》第3卷，人民出版社1995年版，第147页。

③　恩格斯：《论住宅问题》，《马克思恩格斯选集》第3卷，人民出版社1995年版，第165页。

鲁迅与20世纪中国都市化进程

则把我们从经济学领域带到道德领域。"①

　　总之，恩格斯激烈批判的是（小）资产阶级知识分子无力从根本上彻底解决住宅问题，只好求助于冠冕堂皇的法学或道德空话的做法。在他看来，住宅问题只是整个社会问题的表征而已，说到底，现代大都会的出现本身就是现代资本主义经济制度、生产方式的产物，所以结论只能是："想解决住宅问题又想把现代大城市保留下来，那是荒谬的。但是，现代大城市只有通过消灭资本主义生产方式才能消除，而只要消灭资本主义生产方式这件事一开始，那就不是给每个工人一所归他所有的小屋子的问题，而完全是另一回事了。"②领略了恩格斯对蒲鲁东、萨克斯不无苛刻的批判之后，其实也不难循着鲁迅的反讽笔调发觉，《阿金》里"我"对阿金的莫名的愤怒与厌恶，这里面难道就没有恩格斯批判的那种"带到道德领域"的无力吗？究竟该如何理解阿金身上的野性这一"越轨的都会之'恶'"呢？

　　鲁迅早年在《摩罗诗力说》中不是也曾礼赞过"蛮野如华"吗？那时他可是激动地宣称："尼佉（Fr.Nietzsche）不恶野人，谓中有新力，言亦确凿不可移。盖文明之朕，固孕于蛮荒，野人狂猘其形，而隐曜即伏于内。文明如华，蛮野如蕾，文明如实，蛮野如华，上征在是，希望亦在是。"③阿金不可以视为"野人其形""蛮野如华，上征在是，希望亦在是"的可能的力量吗？须知，恶的萌动从来都伴随着对既有道德、秩序的"越轨"和破坏，显示出丑陋、不洁乃至可怕的面相。现在，《阿金》里的"我"，空有"带到道德领域"的浮动言辞，文末从阿金到中国文史上的诸如昭君出塞、木兰从军、妲己亡殷、西施沼吴、杨妃乱唐的联想，无非想刻意申明"我"自己作为男性对于女性并无道德上的歧视；相反，自己也认定不应把历史败亡的大罪过都推到女性身上，这种刻意表明自己对女性还是有一份正确的现代道德观念的自辩，究

　　① 恩格斯：《论住宅问题》，《马克思恩格斯选集》第3卷，人民出版社1995年版，第167页。

　　② 恩格斯：《论住宅问题》，《马克思恩格斯选集》第3卷，人民出版社1995年版，第174页。

　　③ 鲁迅：《坟·摩罗诗力说》，《鲁迅全集》第1卷，人民文学出版社2005年版，第66页。

竟有多少说服力呢？除了让我们看到刻意"带到道德领域"的无力感外，岂有他哉？

　　正如恩格斯并不负责局部地、技术性地提出改善住宅的方案，他从城市住宅这一微观问题里看到的是全部资本主义生产关系终结的必要性，他瞩目的是整个世界的革命性变化。相类的，鲁迅笔下的"我"在对阿金这一刁蛮女佣侵扰到自己的空间感受里，直觉到并且深为恐惧的也是整个世界的变化——"世界的'阿金化'"①——"愿阿金也不能算是中国女性的标本"②。

　　细细思量，鲁迅以对阿金的"空间感受"上的文学直觉（整个世界的"阿金化"）和恩格斯以"经济"的眼光看待城市住宅问题（整个世界的全面变革），体现出的是相同的思致：这是一种或以一个支点撬动整个世界（认识），或对世界的革新毕其功于一役（行动）的思维特点。鲁迅的这一思维特点当然有其作为文学家的直觉性，如孙歌指出的那样："鲁迅终其一生留给我们的精神产品，几乎是严格地限定在不能直接还原为这些时代特征的思想层面，而他主要的论战对象也并非可以直接还原为现实中的强权政治和非人暴力。"③所谓"不能直接还原"的根本原因就在于，这样会把鲁迅思考的问题——无限掘进的否定性走过的作为一个环节的结论、意见封闭、凝结起来，进而教条化。鲁迅的这一思维特点提醒我们，在理解、陈述鲁迅的精神遗产时，是万万不可拘泥于某种直接、具体的结论的。对《阿金》的理解同样应该如此，径直肯定对阿金的指责是武断而毫无意义的。尤其是，不可以不顾《阿

　　①　"世界的'阿金化'"是笔者对鲁迅关于阿金的深层感受的提法。鲁迅的这一直觉体现出他作为文学家极为敏感的心灵品质。其实在当时，讨论上海住宅问题的文章并不鲜见，例如郑振铎在1927年的《文学周报》第4卷上就曾发表过《上海的居宅问题》一文，历数了诸如杂陈无章法的建筑的安全隐患，"伙夫、堂倌"等底层人的睡觉问题等事项，还引英国的伦敦为参照，讨论大都市的住宅问题。不过郑振铎的讨论只停留在社会事务层面，和鲁迅的《阿金》体现出的对精神问题的直觉和关注有着相当的差距。（郑振铎：《上海的居宅问题》，《郑振铎全集》第3卷，花山文艺出版社1998年版，第64—69页。）

　　②　鲁迅：《且介亭杂文·阿金》，《鲁迅全集》第6卷，人民文学出版社2005年版，第209页。

　　③　孙歌：《为什么"从'绝望'开始"》，录自竹内好：《从"绝望"开始》，靳丛林编译，生活·读书·新知三联书店2013年版，第395页。

金》一文本身除了对阿金的讽刺之外，还有对"我"本身的意见也发出了强烈的自我反讽。

如何看待这一思维特点？它对我们认知现代都市文明，乃至构建中国的市民社会是大有裨益还是需要有所扬弃？这自然是值得追问的大问题。关于鲁迅的思维方式，笔者曾参照苏格拉底式的"反讽"思维，指出鲁迅的思维方式也是近于"反讽"式的，其核心是以连根拔起，以承受虚无的决绝来获取无限掘进的否定性。[①]有意思的是，如果说苏格拉底反讽思维的出现恰恰是雅典城邦文明衰落的标志的话，鲁迅式的"反讽"思维的出现难道是中国走向现代市民社会的预兆？

歌德的巨著《浮士德》里，被陈腐的书斋生活纠缠多年的学者浮士德博士，想要重获生命的无限活力时，可是要去勇敢地把生命拼将上去，和恶的、否定性的魔鬼靡非斯特一起走进市民社会、创造出不断自我超越的人生的。《阿金》里的"我"与阿金，其结构非常类似尚未出书斋的浮士德与靡非斯特的关系。但与浮士德的狂躁然而进取相比，"我"多的是东方式的"带到道德领域"的无力和虚弱的自怜自辩，缺乏的正是浮士德不惮投身并不纯净的人生历程和市井生活中，在自我超越、自我否定、永不满足的生命冲动里创造和搏击，最终成就崇高人生的跃动的精神。《阿金》里"我"指责阿金时有一个观察是，"她无情、也没有魄力。独有感觉是灵的"[②]，这不恰恰也是"我"的精神自画像吗？

《阿金》一文，可视为鲁迅在光怪陆离的上海都会生活里，对底层人物的感受中，觉察到的对中国社会在大转型期所需的，一方面强悍、冲动、有力量，然而另一方面又会呈现出"野人其形"的样态，甚至还会带来对传统的伦理秩序产生极大破坏的近代精神——"浮士德精神"的某种直觉。在这个意义上，《阿金》里"自有阿金以来，四周的空气也变得扰动了，她就有这么大的

① 参见张克：《颓败线的颤动：鲁迅与中国文学的现代性》第六章《作为试毒剂的反讽者》，上海三联书店2011年版，第239—254页。

② 鲁迅：《且介亭杂文·阿金》，《鲁迅全集》第6卷，人民文学出版社2005年版，第207页。

力量"，"我的讨厌她是因为不消几日，她就摇动了我三十年来的信念和主张"等言辞，并非夸饰的虚张声势；相反，这种深沉的恐惧感倒是显示了，即使在中华民族最优秀的文人代表如鲁迅那样强悍的生命身上，对"浮士德精神"依然有着强烈的不适应感。这种不适应感，恐怕正是大多数中国现代文人在20世纪以降中国的都市化进程中关于都市文明的种种言辞背后的真正心理动因。

《阿金》里还具体提及了两首流行的市井小曲："'奇葛隆冬强'的《十八摸》"和"比绞死猫儿似的《毛毛雨》"。后者由黎锦晖创作、演唱，传唱甚广，被鲁迅说成"比绞死猫儿似的《毛毛雨》"，可见不喜欢之极。它的歌词如下：

> 毛毛雨，下个不停；微微风，吹个不停；微风细雨柳青青，哎哟哟，柳青青。小亲亲，不要你的金；小亲亲，不要你的银；奴奴呀，只要你的心，哎哟哟你的心。
>
> 毛毛雨，不要尽为难；微微风，不要尽麻烦；雨打风吹行路难，哎哟哟，行路难。年轻的郎，太阳刚出山；年轻的姐，荷花刚展办；莫等花残日落山，哎哟哟，日落山。
>
> 毛毛雨，打湿了尘埃；微微风，吹冷了情怀；雨息风停你要来，哎哟哟，你要来。心难耐等等也不来，意难捱再等也不来；又不忍埋怨我的爱，哎哟哟，我的爱。
>
> 毛毛雨，打得我泪满腮；微微风，吹得我不敢把头抬；狂风暴雨怎么安排，哎哟哟，怎么安排，莫不是生了病和灾？猛抬头，走进我的好人来，哎哟哟，好人来。[①]

以现在的眼光看，歌词、曲调当然已经是相当传统了。有意思的是，为鲁

---

① 转录自陈子善的《张爱玲说〈毛毛雨〉》一文，收录于《沉香谭屑——张爱玲生平和创作考释》，上海书店出版社2012年版，第42页。

迅极为厌恶的《毛毛雨》却被沪上作家张爱玲认为恰是最能体现上海弄堂气质的音乐作品，她的喜爱溢于言表：

> 我喜欢《毛毛雨》，因为它的简单的力量近于民歌，却又不是民歌——现代都市里的人来唱民歌是不自然的，不对的。这里的一种特殊的空气是弄堂里的爱：下着雨，灰色水门汀的弄堂房子，小玻璃窗，微微发出气味的什物；女孩从小襟里撕下印花绸布条来扎头发，代替缎带，走到弄堂口的小吃食店去买根冰棒来吮着……加在这阴郁龌龊的一切之上，有一种传统的，扭捏的东方美。多看两眼，你会觉得它像一块玉一般地完整的。①

"这里的一种特殊的空气是弄堂里的爱。"鲁迅与张爱玲，竟有着如此不同的对于上海弄堂流行小曲的感受，孰是孰非呢？同样都能捕捉到上海弄堂里"一种特殊的空气"，至于那"空气"的振动牵引出的是"弄堂里的爱"还是扰动出恐惧的阿金那样的"越轨的都会之'恶'"，想必迄今为止人们多有各自的偏爱。若是依照"浮士德精神"，为何不能将"爱"与"恶"的冲突、激荡和奏鸣视为中国的都市化进程与中华文明谋求现代化的过程中的常态欣然接受并奋力投身呢？而这，正是笔者对《阿金》一文的领会，争辩后的领会。

鲁迅与20世纪中国研究丛书

---

① 这段话出自胡兰成《记南京》一文里所引的张爱玲谈《毛毛雨》的文字，录自上引陈子善的《张爱玲说〈毛毛雨〉》一文，收录于《沉香谭屑——张爱玲生平和创作考释》一书第41页。

第十章　作为城市公共空间的鲁迅文化遗地

第一节　人物纪念馆的文化使命

从本质上讲，城市空间中所有人文景观的呈现形态，既包括音乐、绘画、雕塑、舞蹈、文学、建筑等艺术门类，也包括更市井的市民的衣食住行方式……乃至作为整体的城市本身，都是"有意味的形式"，一起参与、构成了城市特有的精神和气质。因此，人与城（以及城中的一切）是一种双向互动、互为激发的关系，互为依存、互相创造大概才是这种关系的真实写照。城市承载了人们无数的历史经验和生活细节，那里活跃的、生长的是人们切实的生存感受，当然人们自乡村进入城市的自觉也表明城市寄托了人们对未来更好生活的希冀。如果把城市视为一个生命体，它的特征正像有论者指出的那样，"城市的产生、成长甚至衰老，无不渗透着价值的冲突和更迭。"[1]

作为城市重要的公共文化空间——人物纪念馆（博物馆），毫无疑问也成为城市文化价值观念的重要载体，其符号意义不容小觑。

一、人物纪念馆（博物馆）——城市公共文化空间的形成

古今中外历来就有修筑人物纪念馆的传统。从私家庙宇到帝王陵寝，从

① 李翔宁：《想象与真实——当代城市理论的多重视角》，中国电力出版社2008年版，第3页。

家族祠堂到国家社坛；从最早的人物类纪念馆——距今2000多年出现的孔庙开始，到西汉未央宫里的"麒麟阁"、东汉时期的"云台"，再到后来的屈子祠、武侯祠、关帝庙、杜甫草堂、岳飞庙……或是古代贤士，或是现代名流，或为个人（如鲁迅纪念馆、白求恩纪念馆等），或为群体（如八女投江纪念馆、扬州八怪纪念馆），或为民族英雄（如戚继光纪念馆、中山纪念堂），或为历史名流（如蒋氏故居、李鸿章故居陈列室）……身份可以各异，角色可以不同，但那些在历史上曾涂抹过浓重一笔的人物大多建有纪念馆舍。据不完全统计，我国的人物类博物馆、纪念馆已经达到400多家。①

在中国，修建祠堂、宗祠的目的是用来祭祀祖先，以更具礼仪性的慎终追远的纪念活动表达对祖先的追思、寻求祖先神灵的庇佑，最终落脚于"扬其先祖之美，而名著之后世"（《礼记》）的现实需求。宗祠的建筑本身，尽管规模有大小、风格各不同，但其对家族的凝聚、延续、维护家族内部的秩序等都意义重大。不管是高官贵胄抑或是升斗小民，传统礼教秩序中的人们都有着强劲的情感需求，需要有一个恒定且具象征性的家族建筑空间来寄托与安放自己的心灵。因此，在民众的日常生活中，宗祠显然不是简单的建筑空间的概念，而是宗族成员的精神家园，是家族群体公共活动的空间。

如果说传统的宗祠式纪念堂馆基本上还是停留在本家族之中，由血缘关系联结，或作为家族祭祀之地，或作为施行宗族族规、家法，议决宗族要事，增强宗族凝聚力的固定场所，局限于本家庭、家族内部熟人之间，基本上还只是在有限度的"小众性"空间中活动。那么，随着近代社会化程度的提高，这种"小众群体"的活动，逐渐扩展为整个社会"大众群体"的公共行为，祭祀活动正转而成为一种更具社会性的行为。

这种变化的根本原因与城市化的进程有关。城市空间的现代化演进，其重要的标志就是公共空间的成长。可以说，在现代城市文化语境下，都市的现代化带来的不仅是现代商业贸易，也不仅是汽车、霓虹灯，而是现代的思想资

———————————
① 李浩编：《全国人物类博物馆、纪念馆简表》，见上海鲁迅纪念馆编：《人物类博物馆、纪念馆现状与发展前瞻学术研讨会论文集》，百家出版社2002年版，第309页。据该简表统计数据，时间截止到2001年12月底，全国已经有410家人物类博物馆、纪念馆。

鲁迅与20世纪中国研究丛书

源，这些促使现代城市人的生活方式和人际关系都发生了深刻变化：现代都市文明因素的增长，都市新型社会结构、人际关系的重建，市民群体的公共空间急剧形成。大批从乡村社会中游离出来的人们进入城市以后，以职业、行业而非仅仅是依托原有的家族势力，以阶层（阶级性）间的互助而非仅仅是凭借血缘关系，构建起了在都市生活中新的人际关系，重新寻找、获取新的社会身份与生存空间。城市改变了他们的谋生方式、社会关系，自然也改变了他们的身份和角色。失去了旧时血缘和家族支撑的新都市人，在城市中的交际行为变得越来越广泛和复杂。在各种纵横交错的，以利益、权势、文化趣味、行业等构建起来的社会关系网络中，他们编织起多元的社会互动平台，如此方能满足他们社会生存的需要，也能满足他们情感交流、身份确认等的需要。都市里的公共空间承担了更具现代色彩的文化使命：提供更具包容性的机会，方便不同类型，不同需求的人们相聚、相遇、相交，并由此感知、消费各种文化景观的机会。社会上层人群可以有"太太客厅"这样的小圈子沙龙，可以有上海的"百乐门"那样迷离的娱乐交际场，下层市民则也可以有"水井"边、"里弄"中一起流短飞长。城市里的公园、茶馆、酒吧、博物馆、纪念馆、会馆、沙龙，甚至街道、牌坊、广场、教堂、剧院……各种文化景观融入进了市民的日常生活，以等级丰富的消费性价比吸引着市民，也塑造着市民的趣味和自我认知。尤其当传统社会精英摒弃独享文化资源、文化霸权高高在上的态势，逐渐转向普通大众，使普通市民阶层有机会参与公共空间乃至在特定的节庆等时间共同狂欢，公共领域越来越扩大到面向全体社会成员后，那些特有的、浓缩了城市精神和文化的公共空间，将焕发出更大的活力。

城市里纪念堂、博物馆，包括纪念碑、陵寝等相关的纪念性建筑，随着宗法制度的不断式微和消解，逐渐成为更具有公共意义的空间。尤其是当下，在都市林立的高楼大厦之间，人物类博物馆、纪念馆又不同于一般人们所习惯的公园、广场式的公共空间，作为特殊的公共文化空间存在，它们相对来说更具备穿越时空、传承文化精神的历史感。在这一文化空间里历史会以真切的方式在场，文化的积淀、精神的连接会更直观，当然这些空间还会保留着一定的精英性和专业性，这又使它与市井的通俗文化又有所不同……这些都为钢筋混凝土的城市增添了鲜活并值得品味的文化血脉。

二、人物类纪念馆（博物馆）——作为地标的文化政治

在任何一座城市中，最能体现也能以最大容量承载文化信息的公共空间，莫过于纪念馆、博物馆。有学人曾指出："城市是一种复杂的综合体，城市的真正面貌或许我们永远不能真正掌握。它既是由钢筋水泥建造起来的真实的构造物，又是存在于记忆与想象中的幻象。"①的确，城市的实体建筑或直接呈现或秘响旁通勾连起的存在于"幻象"之中的"记忆"与"想象"，它的"有意味的形式"带来的符号及象征功能，赋予了自己特有的文化精神内涵。当然，建筑空间的"记忆"与"想象"是个颇为棘手的问题，是建筑空间自身蕴含的，还是某种"幻象"的投射甚至是某种强行的意识形态符号的再生产，理清这一切的确是个大难题。况且，对同样的建筑空间，将何种"记忆"与"想象"置于其中的选择背后，人们价值观念和文化趣味上的矛盾——冲突，势必需要通过或和解或强制的方式处理，导致的结果自然是，作为公共文化空间的建筑物，它的意义和功能也并非单色的。

我们所谓的人物类"纪念馆"和"博物馆"的概念，包含了三层含义。

第一，作为一个物理空间的建筑（建筑群），它包含旧址、故居、祖宅、历史遗迹等具有纪念性的空间，同时还包括一些文物、纪念品等的陈列等形态。虽然它看起来是"物质"的，可以为文化空间提供可直观感受的"物质记忆"，但实际上陈列的布置已经有了阐释的问题，根据特定意识形态进行的阐释体现的是主导者的无处不在。作为物理"场所"的建筑物本身已经成为特定记忆和想象的再生产的载体。

第二，作为一个机构，它致力于对某个纪念对象进行专业性的纪念活动，在这些纪念活动的发起、组织、策划、研究中都有其特定的偏好。自古以来，无论中外，博物馆、纪念馆，甚至包括宗教建筑、纪念碑等，都传达了特定国

---

① 李翔宁：《想象与真实——当代城市理论的多重视角》，中国电力出版社2008年版，第1页。

家、种族、地区、人群在某一时期特定的纪念文化。1930年代到1940年代，希特勒、斯大林时代的德国和苏联，都曾大量建造具有纪念性质的地标建筑，美国在之后也开始建有大量纪念性建筑，很显然这种将建筑的日常性质提升到仪式层面的做法，目的就是以此强化各自的政治符号功能，将其作为自己国家政权的象征。因此，纪念馆的建造，不是简单的物理空间、自然环境选择，也不仅仅是利用名人遗址、故居或曾经活动的场地来建立认同感和归属感，而且还涉及特定的文化政治。通过这些机构诸种纪念仪式的操演，不但强化了记忆，还通过选择被纪念对象的文化遗留物，阐释被纪念对象身上的"价值"，如此在当下的文化场域里延展、塑造纪念对象的"意义"。通过仪式化的纪念和展示等过程来对记忆进行筛选、整理、保存，引导公众了解、学习纪念对象深刻的内涵，使之汇入到当下的公共文化生活空间。

第三，如上所述，纪念馆或博物馆并非简单的文物陈列场所和地理空间概念，而是富于深刻文化意涵和符号生产能力的城市意象空间，它甚至成为某类人群刻骨铭心的共同精神家园。尤其当下的纪念馆或博物馆，早已经突破了单纯与"天地人神"相联系的原始（元）纪念仪式的束缚，成为呼应"当下"社会思想文化变动的重要文化空间。在特定的时空背景下，它甚至能折射着"当下"主流文化、精英文化、大众文化之间的复杂关系，透露出国家意识形态塑造与社会公共文化空间之间、研究界与一般市民之间或相容或隔膜的纠缠与矛盾。可以说，它既具备条件回瞻历史，承袭文脉，又具有塑造当下历史记忆进而参与现实思想文化空间塑造的能量。

纪念馆（博物馆）作为某一城市的文化地标，在空间层次上包含了"资源的空间"与"影响的空间"两大范畴，看似前者实而后者虚，实际上这两个空间的共同核心特征是空间的"人文性"。即通过主动的人文的方式，以历史资源作为重要依据和线索，将场地资源再度历史化，使感知、回忆、想象得到系统梳理，从而深化、强化，引导文化资源在一定方向上满足市民的心理诉求，从而扩大"影响的空间"，实现凭借文化地标提升城市形象、延续城市文化记忆，增加城市文化附加值的目的。

在现实的当代文化价值意欲实现过程中，文化地标正在充分利用其公众性，这种公众性自然多来自不断得到强化的历史的记忆。纪念馆因历史悠久为大众所接纳，反过来也需体察、接纳某些大众的心理需求。纪念馆（博物馆）有效利用各种文物资源进行再现（或模拟、演示）时，一个重要的考虑就是通过设计、暗示对公众的集体记忆进行引导，从而打造一个大众可接纳甚至被唤醒某些记忆的"影响的空间"。

纪念馆（博物馆）以特定的主题与理念，整合、编排了纪念空间，使见证物、陈列品等文化元素在统一的空间里传达它的意义，但纪念馆显然不可能完全摆脱来自社会、政治、经济等多方面因素的影响、规训乃至掣肘。甚至可以说从来没有纯粹自在的文化空间。尤其是对于公共文化空间的构建，文化资源被有意识地挤压、变形、塑造的情况比比皆是。如果说都市本身也是在"都市化过程"中社会、政治、技术和艺术力量合力作用结果的话，那么，包括纪念馆在内的都市的各类文化地标也是城市社会、政治、技术和艺术力量冲突又合作的产物，从外貌景观到内在含义，从空间结构到管理制度首先需要服从于城市规划者的价值偏好，同时又需照顾来自宗教的、政治的、艺术的、经济的等各个方面的要求，这就不难理解文化地标与政治文化之间的关系已成为空间社会学的热门话题。

第二节　鲁迅纪念馆概览

我们在此将鲁迅纪念馆（博物馆）称为"亚文化"地标，因为其建筑本身并不是当下都市建筑理念中所习惯的那种地标称谓，它也没有"东方明珠"或"鸟巢"那样的深具象征意义的高大形象，也不似曲阜孔庙、中山陵那样规模宏伟，具有政治、礼教方面的仪式感。鲁迅纪念馆的成立是因为它们本身充分利用鲁迅故居、鲁迅生活或工作过的特定文化遗址，努力呈现出城市对于鲁迅个体独特精神文化的影响，在这些文化空间对鲁迅历史痕迹的留存与想象中，既具有专注于鲁迅精神资源传承的考虑，也有着营造城市文化地标，服务城市社会、经济、文化等方面发展的用心。

鲁迅与20世纪中国研究丛书

1949年新中国成立以后，各类鲁迅纪念机构或文化设施纷纷建立，既包括以鲁迅名字命名的公园、广场、雕塑、图书馆、电影院、学校，也包括专门的纪念馆、博物馆、故居、墓葬等。据不完全统计，我国目前有7个城市建有鲁迅纪念馆（博物馆）：他们分别是北京的北京鲁迅博物馆、北京鲁迅故居；上海的上海鲁迅纪念馆、上海鲁迅故居；厦门的厦门鲁迅纪念馆；广州的广州鲁迅纪念馆；南京的南京鲁迅纪念馆；绍兴的绍兴鲁迅纪念馆、绍兴鲁迅故居以及浙江临海县的临海鲁迅展览馆。其中除了浙江临海鲁迅展览馆属于个人主办的民间鲁迅纪念馆，其他均属于官方主办。其中规模较大的有上海、北京和绍兴三家。

一、上海鲁迅纪念馆

新中国成立后，全国第一座人物类纪念馆（博物馆）是上海鲁迅纪念馆。

1950年春上海鲁迅纪念馆开始筹建，初创时期的馆址设在山阴路大陆新村9号鲁迅故居和10号的辅助陈列室，1951年1月7日正式对外开放。1956年9月，鲁迅逝世20周年纪念前夕，纪念馆在虹口公园（后改名鲁迅公园）东侧建成新馆，与北端新迁葬的鲁迅墓相呼应。10月上旬新址陈列布置基本完成，10月14日上午鲁迅灵柩迁葬仪式举行，纪念馆同时开放。1982年7月，"征得上海市建委和市园林局同意，进行纪念馆扩建工程……将纪念馆东侧向外伸展，扩建709平方米……风格与纪念馆外貌一致……1984年竣工"[①]。1998年纪念馆再次扩建，1999年9月25日最终落成、对外开放。目前的上海鲁迅纪念馆，已经形成鲁迅故居、鲁迅墓、鲁迅纪念馆生平陈列三位一体的纪念建筑群落。为构建纪念鲁迅的建筑群落，虹口公园还被更名为鲁迅公园。

上海鲁迅纪念馆的建筑设计，贯彻了鲁迅公园（原虹口公园）、鲁迅墓与纪念馆作为一个不可分割的整体加以设计的思想。公园、墓址、纪念馆三者有机结合，形成了园中有馆，馆外有景，园中有墓、墓中有园的布局。鲁迅

---

① 上海鲁迅纪念馆编：《六十纪程（1951—2011）》，上海社会科学院出版社2011年版，第61页。

墓坐落在开阔的草坪，苍翠的树丛和蜿蜒垂荫之间，"形象地表达鲁迅的文雅朴素，对人们的慈祥温和和对油画、版画、木刻的爱好"[①]。鲁迅纪念馆建筑明快、雅致，采用典型的江南民居风格：马头山墙，白色墙面，青灰瓦顶，二层庭院式，"院内廊柱、南立面的正门门廊与花廊，包括外墙四周的勒脚均以天然的毛石，以表达鲁迅坚如磐石、威武不屈的硬骨头精神"。"由侧面而入，意在创造一个朴实寂静的气氛。"[②]纪念馆"由三组庭院式建筑自然而有机的交错围合组成，第一庭院为入口庭院，是进入馆内大厅的过渡，既为保留建筑让出空间，又让新建筑有前庭前景，还可以从精神上培养、激发参观者的感情。推进涂满桐油的传统木扇门，竹林、青草中的鲁迅笔下小人物：阿Q、孔乙己、祥林嫂、闰土雕塑……一呈现在人们面前……让人在联想翩翩中进入大厅，面对'爬格子'背景前的鲁迅塑像，自然引入从心灵上贴近而崇敬。第二庭院是'百草园'。这是在环境上，为创造鲁迅在绍兴家乡氛围的一种填铺，也是生动的注解。而且也作为新建筑与保留建筑间的空间对话与自然分隔。第三庭院式在二层建筑'口'字形围合中的一方天地。它使陈展从室内延伸到室外，让展示与休息流动。这三组庭院不但创造了环境，组合了建筑，而且也使建筑由大分解为小，又达到了让小环境交融在大环境之中……"[③]。进入大厅后，向上看则是用钢材制成的屋脊，象征着鲁迅的铮铮铁骨；二楼正面两幅古铜色的巨型浮雕，内容为《呐喊》和《彷徨》的内容，给人以强烈的震撼，浮雕之间的鲁迅肖像，用不同颜色的植物精心设计组成，寓意鲁迅精神的长青永存。整个纪念馆的建筑努力将人物的背景、形象、作品、风格恰切地融合在一起，通过相互呼应的空间造型直接营造出有意味的环境氛围，在浓烈的

① 陈植：《回忆鲁迅纪念馆的设计构思——兼谈鲁迅公园总体规划和鲁迅墓的设计思想》，上海鲁迅纪念馆编：《四十纪程（1951—1991）》，上海市新闻出版局内部资料准印证（90）第146号，1990年12月第1版，第15页。

② 陈植：《回忆鲁迅纪念馆的设计构思——兼谈鲁迅公园总体规划和鲁迅墓的设计思想》，上海鲁迅纪念馆编：《四十纪程（1951—1991）》，上海市新闻出版局内部资料准印证（90）第146号，1990年12月第1版，第17页。

③ 邢同和、周红：《再铸历史文化的丰碑——记上海鲁迅纪念馆建筑设计》，《建筑学报》2001年第8期，第24页。

饱含鲁迅因素的文化氛围中，使人感受到极具冲击力的鲁迅精神特质。

二、北京鲁迅博物馆

北京鲁迅博物馆位于北京市西城区阜成门内大街宫门口二条19号。1949年10月1日，新中国刚刚成立，许广平就将西三条胡同21号的鲁迅故居照原样进行布置，并于当年10月19日鲁迅13周年忌辰对公众开放。1950年2月，鲁迅故居开始得到修缮。1954年9月鲁迅纪念馆筹备处正式成立。1955年11月，文化部召开会议审定在鲁迅故居东侧建鲁迅博物馆的设计方案，依托鲁迅故居建设鲁迅博物馆的工作正式启动。建馆施工从11月份开始，1956年9月筹建工作基本完成，文化部文物管理局确定该馆名为"鲁迅博物馆"，同年10月19日正式开馆。1978年，在鲁迅100周年诞辰前夕北京鲁迅博物馆开始第二次扩建，1981年8月竣工。此次大规模扩建，将博物馆大门南移，原阜内西三条鲁迅故居被扩入院内。当年9月19日，扩建后的鲁迅博物馆重新开放。1986年，鲁迅逝世50周年前夕政府再次拨款重新翻修鲁迅故居，此次翻修按照鲁迅生前原样恢复了鲁迅的卧室兼工作室——"老虎尾巴"，同时也恢复了鲁迅母亲住房及朱安女士卧室的原样。1993年5月，开始进行博物馆新展厅的工程建设。新展厅面积达到3390平方米，包括序幕厅、主展厅、专题厅、文物库房、休息厅、工作和服务用房等，到1994年9月30日基本竣工。1994年对鲁迅故居进行全面维修，8月16日修缮完毕，10月4日对外开放。2006年7月，鲁迅博物馆再次对鲁迅生平陈列展览和院内基础配套设施进行了改造。

北京鲁迅博物馆内设陈列展览部、研究室（鲁迅研究中心）、文物资源保管部（信息中心）、社会教育部等机构，"主要担负着鲁迅遗著遗物的征集与保管、鲁迅研究、鲁迅文化的宣传与展示等任务。其发展目标是建设成全国的鲁迅文化遗产研究中心、鲁迅文物资料收藏中心、鲁迅文化遗产展示中心和当代作家活动园地"[1]。

北京鲁迅博物馆整体由鲁迅故居、博物馆、陈列厅三部分组成。这里有

---

[1] 黄乔生：《从鲁迅旧居到博物馆》，《海内与海外》2012年3月号，第27页。

历史遗址，也有人为设计的建筑、道路、景观，以其特定的空间分割、命名，引导公众感知、体会此地的历史文化背景与鲁迅的生活状态。鲁迅博物馆的建筑采用典型的中式风格，正面的排楼雕梁画栋，京味十足气度非凡。房屋的结构有北京四合院的风格，与鲁迅在北京的四合院故居风格相近。它全由平房组成，外面基本由白、棕、黑三种颜色构成，给人以朴素、典雅、庄重、自然、和谐的感觉。

置身其中，我们分明感受到时间已经被这些空间所凝结，历史已经被这些建筑所贮藏。空间构建的气度契合其端庄、大气、深刻及"中心"的地位，正如北京鲁迅博物馆馆长孙毅所说："鲁迅博物馆的建立，仿佛一座殿堂，成了千百万人造访的'圣地'。"①

三、绍兴鲁迅纪念馆

绍兴鲁迅纪念馆成立于1953年1月。"2003年初，绍兴鲁迅纪念馆进行新建，新纪念馆位于鲁迅故居东侧，它东接鲁迅祖居，西邻周家新台门，北毗朱家台门，南临东昌坊口，与寿家台门隔河相望。纪念馆占地面积为6000平方米，总建筑面积约5000平方米。"②

绍兴的鲁迅纪念馆，充分利用鲁迅童年和青少年时期生活的"场景"，将纪念馆和故居、祖居、百草园、三味书屋，乃至咸亨酒店等地组合成完整的"鲁迅故里"纪念场所。作为青少年时期鲁迅的故居、场景，周家老台门的祖居、新台门的故居、三味书屋、百草园等形成整片的历史街区，相互依托，使故居、旧址、遗迹、纪念馆以及鲁迅小说中有名的场景（如咸亨酒店、土谷祠、长庆寺等）有机呼应，形成具有清末民初风貌的完整历史街区，被称为浙江绍兴的"镇城之宝"。整个街区扩展成了一个巨大的"纪念馆"空间，营造出强烈的历史环境氛围和人文内涵，深入反映了绍兴文化对鲁迅的熏陶。

---

① 孙毅：《北京鲁迅博物馆五十年（1956—2006）·序》，内部刊物，北京鲁迅博物馆编（2006年9月）。

② 施晓燕：《鲁迅纪念机构历史与现状》，上海鲁迅纪念馆编：《上海鲁迅研究》（2011年秋），上海社会科学院出版社2011年版，第55页。

绍兴"鲁迅故里"的建筑群布局，采用了"多线索的空间组织"，即充分利用不同故居、旧址、遗迹组合成的院落等人文空间元素，又借用了绍兴城山、水等自然空间元素，进行了多角度的组合、掩映。"在空间组织上既有时间线索，又有典故的线索；既满足了功能需求，又参考了特定的历史、地理环境。目前，'故里'已形成多层次、多脉络的纪念性景观区。"而"即便是新绍兴鲁迅纪念馆这样一座现代化场馆，也是以'老房子，新空间'作为基本设计理念，极其重视'老'与'新'的融合，虽然采用了新材料、新工艺，场馆内是现代化的新设施，建筑外观仍然以传统元素来造型，因此能与周边景观很好的协调，没有造成视觉断层。就整个景观区而言，在视觉效果得到加强的同时，更重要的是功能也得到了进一步的完善"①。

绍兴作为鲁迅出生和度过童年和少年时代的地方，是纪念鲁迅的重镇。因此，绍兴鲁迅纪念馆得天时、地利、人和的优势，充分将地域性特征和鲁迅成长、精神养成、文化熏陶、作品氛围的历史现场等融为一体，构成了它特殊的场所品质。

第三节　发展中的鲁迅纪念馆

无论是北京或上海、绍兴，还是南京或厦门、广州，这些纪念馆（博物馆）的选址，均是利用鲁迅生前生活、学习、工作过的场所（故居、寓所），使得纪念馆（博物馆）延续着鲁迅文化精神的余脉。

纪念馆（博物馆）位置的确立，通过多年的整合、扩建、修缮，这些地方的纪念馆和鲁迅故居往往合而为一。场地往往比较齐整，丰富的纪念性建筑增强了场所的历史感和现场感。依托历史遗地的独特优势，使历史的细节、场景复原，使建筑空间具有了强烈的鲁迅色彩。

绍兴鲁迅纪念馆的特点在于强调鲁迅青少年时期的绍兴地方特色。纪念馆

---

① 余蓉：《浅析绍兴"鲁迅故里"景观设计的特色》，《鲁迅研究月刊》2006年第7期，第55页。

的鲁迅生平事迹陈列展览，通过大量的实物、手稿、照片、书信、图表、模型等展品，采用现代化展示手段，如仿真蜡像、多媒体触摸屏、三维立体成像技术，将鲁迅与闰土、鲁迅与藤野的形象做了逼真的呈现。尤其是由整个一条街区的自然形成来再现鲁迅当年的生活场景，包括作品涉及的场景的展现，这样规模的环境场地优势以及能让人置身其中并切身感知的绍兴方言、地方小吃、乌篷小船等人文景观，的确为其他鲁迅纪念馆所无法企及。京、沪、宁、厦、穗等几处的鲁迅纪念馆，同样也利用了鲁迅当年学习、工作、生活的寓所，同样着意营造出强烈的历史感。不过，作为各地文化地标和公共空间的鲁迅纪念馆（博物馆），在陈列空间的布局、主要观赏点的设计、展品的选择与编排上，也试图通过各自的特点和风格展示，体现出自己的特点。

上海鲁迅纪念馆是最具现代气息的纪念馆。新馆建筑面积5043平方米，占地面积达到4212平方米，陈列面积达10000多平方米。分上下两层，一层建有文化名人专库"朝华文库"、学术报告厅"树人堂"、专题展览厅"奔流艺苑"等。"朝华文库"典藏鲁迅同时代人相关文物资料，目前已有许广平、陈望道、冯雪峰等几十个专库。可见上海鲁迅纪念馆立足鲁迅横向拓展，努力使鲁迅纪念馆成为以鲁迅为中心同时又兼顾一批左翼文人的群体性博物馆，充分体现了将其"建成我国南方鲁迅与中国现代文学研究、资料收藏中心和中国现代版画研究与收藏中心"[①]的思路与定位。

二层的鲁迅生平陈列，一改几十年来人物类纪念馆（博物馆）循着时间线索从传主出生到逝世的年代顺序的来展示的方式，将陈列体例改为专题式陈列，集中展示特定主题下的内容，让所有的展品都服务于说明这个主题，并在总主题下再分成若干个次专题，使总主题更加鲜明。新设计的鲁迅生平陈列，通过"新文学开山""新人造就者""文化播火人""精神界战士""华夏民族魂"五个专题来分别表现鲁迅在文学成就、培养青年、中外文化交流、社会

---

① 凌月麟、周国伟：《人物类纪念馆社会功能的新拓展——谈上海鲁迅纪念馆建立"朝华文库"》，上海鲁迅纪念馆编：《人物类博物馆、纪念馆现状与发展前瞻学术研讨会论文集》，百家出版社2002年版，第281页。新馆相关信息见上海鲁迅纪念馆官方网站"纪念馆概况"栏目。

政治活动、民众的纪念及深远影响等几个方面的内容。有机组织丰富的馆藏资源（藏品达6万余件，文献资料达20余万件。且鲁迅在上海逝世，当时留下的纪念物，全部集中收藏在该馆），在场馆开阔的空间中，以设置在序厅的六块浮雕构成展览的总纲，以灯箱照片重现历史场景，以《阿Q正传》的模型场景还原小说，以三味书屋模型和"鲁迅与青年"蜡像给人身临其境之感，以声光电高科技手段的多媒体综合手段演示影视音诗《野草》、"鲁迅葬仪"等影视片，以创意独特的"书墙""陈列各种版本的鲁迅著作、研究专著，如同纪念的丰碑，象征着鲁迅的博大和永恒"①，更以丰富的文物馆藏充分体现了"上海鲁迅纪念馆的特色，增强了陈列的可看性、参与性和新鲜感、时代感"②。

上海鲁迅纪念馆在鲁迅生平陈列的设计中，充分考虑到观众欣赏为主，看文物、满足求知欲的心理需求，从人性化设计的角度出发，"引进了许多博物馆学的新理念，采用了全新的展览体例和新的展示手段，在上海鲁迅纪念馆的历史上规模空前，深度前所未有，经历了长达5年的精雕细琢，终于有成……"③。编排方式的变化，体现了平等民主的现代意识，现代展示手段的运用，让历史的细节重现，增加了对观众的吸引力。

上海鲁迅纪念馆的工作得到了普遍肯定，鲁迅后人周海婴曾说："60年来，上海鲁迅纪念馆从只有几个人发展到今天五六十人的规模，从鲁迅故居隔壁那栋三层的小楼，发展到今天的5000多平方米秀美场馆，从只有几千件藏品发展到今天8万件藏品，这些都见证了我们新中国文物事业的发展，也见证了人们对鲁迅的崇敬和对鲁迅精神的弘扬。"④

北京鲁迅博物馆是在全国各个鲁迅纪念馆（博物馆）中规模最大的一座。

① 缪君奇：《走近伟大的民族之魂——上海鲁迅纪念馆陈列巡礼》，上海鲁迅纪念馆编：《上海鲁迅研究》（2007年秋），上海社会科学院出版社2007年版，第241页。

② 姚庆雄、虞积华：《从三种陈列模式改变中，看正确认识被纪念对象的重要性》，上海鲁迅纪念馆编：《人物类博物馆、纪念馆现状与发展前瞻学术研讨会论文集》，百家出版社2002年版，第186页。

③ 缪君奇：《走近伟大的民族之魂——上海鲁迅纪念馆陈列巡礼》，上海鲁迅纪念馆编：《上海鲁迅研究》（2007年秋），上海社会科学院出版社2007年版，第222页。

④ 周海婴：《序言》，上海鲁迅纪念馆编：《六十纪程（1951—2011）》，上海社会科学院出版社2011年版，第1页。

目前"馆藏文物、图书等藏品7万余件。其中，有鲁迅的手稿、生平史料、藏书、藏画、藏碑拓片、藏友人信札等文物藏品；鲁迅藏书有4062种，14000余册，其中中文书籍2193种，外文书籍1869种，包括俄文书、西文书、日文书等。有许广平、周作人、周建人、章太炎、钱玄同、许寿裳、胡风、江绍原、魏建功、瞿秋白、冯雪峰、萧军、萧红、叶紫、柔石、冯铿等人的遗物；有大量的鲁迅著、译、辑、编著作版本和鲁迅研究著作版本、大量中外版画作品"。"展览厅中的常设展览'鲁迅生平陈列'以大量的实物、图片，并配以多媒体手段，全面地展示鲁迅一生的业绩。序幕厅朴素庄重，正中的雕塑呈两页稿纸叠加造型，上刻鲁迅手书自传，周围墙面木石相间，镌刻鲁迅主要著作篇目，寓意文学经典，传至永久。展厅一层中心展区表现的是'什么是路'、'铁屋中的呐喊'、'麻木的看客'和'这样的战士'四个主题形象，为理解鲁迅思想提供启示。"①

北京鲁迅博物馆对于展品的陈列，十分强调视觉效果，在材料选用、色彩处理和照明安排等方面做了大量细致的工作。根据手稿、图片多的特点，展览注重画面构图，在排列组合中把握轻重、明暗和节奏感，既表现了陈列对象丰富多彩的生平业绩，又注意不断激发观众的兴趣。从而使陈列的物品通过视觉感受之"象"而生成感受、体悟之"意"。

值得重视的是，随着都市化进程的推进，走出深宅和象牙塔，运用现代化的手段，将鲁迅精神文化资源介绍给更多的人，做好鲁迅研究的普及工作，更好地服务大众，是北京鲁迅博物馆的重要工作。纪念馆（博物馆）空间现在已从实体空间走向网络世界，网上鲁迅的纪念，信息化管理系统的构建，都标志着北京鲁迅博物馆的建设开始进入一个新的网络时代。从1980年代末期开始，鲁迅博物馆着手开展"《鲁迅全集》微机检索系统"的开发、"鲁迅著作全编检索系统""鲁迅译作全编检索系统""《鲁迅研究月刊》全编检索系统"的广域网版在线查询系统的研发以及鲁迅著译版本、鲁迅研究文献在线检索系统的开发。2003年全面开始进行"北京鲁迅博物馆信息化工程"建设。建立了鲁

---

① 黄乔生：《从鲁迅旧居到博物馆》，《海内与海外》2012年3月号，第27页。

迅博物馆馆藏品数据库、图书数据库以及藏品管理系统、图书管理系统、外文图书管理系统、报刊管理系统等，实现了藏品、图书信息化管理。2006年建立北京鲁迅博物馆网站，于50周年馆庆之前正式开通运行。①

　　南京是鲁迅走出故乡，开始走向外部世界的第一站，是他伟大人生的重要起点。在这里修建鲁迅纪念馆"填补了鲁迅曾经工作生活过的南京没有鲁迅纪念馆的空白，也为弘扬鲁迅精神，挖掘江苏的文化内涵，建设文化强省，做了一件十分有意义的工作"。"20世纪80年代南师附中曾建有鲁迅纪念室，周建人先生曾为纪念室题写室名……"②现在的南京鲁迅纪念馆正式开馆于2006年4月27日，坐落于南京察哈尔路南京师范大学附中校园内。这里原是鲁迅在宁就读的江南陆师学堂附设矿路学堂的旧址。纪念馆面积约600平方米，包括展厅和研究室。展厅主要突出鲁迅在南京的特点，展示鲁迅在宁的学习和工作情况；介绍鲁迅作品时，尤以收入中学教材的为主。同时也着重介绍了鲁迅与南京师范大学附中的关联以及南京师大附中学习鲁迅、弘扬鲁迅精神的情况。而研究室则作为中学师生学习和研究鲁迅的平台，亦是中学课本所选鲁迅作品的研究中心。

　　如果说南京鲁迅纪念馆是目前国内唯一一所建在中学校园中的鲁迅纪念馆，那么，厦门鲁迅纪念馆则是国内唯一设立在高校中的鲁迅纪念馆。

　　厦门鲁迅纪念馆建在厦门大学的集美楼。1952年厦门大学在鲁迅曾经在该校任教时居住的集美楼二楼设立鲁迅纪念室。"1956年，为纪念鲁迅75周年诞辰、逝世20周年以及到厦大任教30周年，厦大对原纪念室重新整理，增设陈列室一间，陈列鲁迅在厦门的著作及有关资料，纪念室由中华人民共和国前副主席宋庆龄亲笔题字。1976年10月，为纪念鲁迅诞生95周年、逝世40周年和到厦门大学任教50周年，厦门大学对鲁迅纪念室进行全面整修和充实，补充大量从全国各地征集、复制来的照片和纪念文集，增辟了3间陈列室，纪念馆扩大到整层二楼的6个房间，并将鲁迅纪念室更改为鲁迅纪念馆，采用郭沫若的

---

　① 上述资料来源于北京鲁迅博物馆编的《北京鲁迅博物馆五十年（1956—2006）》。

　② 徐绍武主编：《追寻鲁迅在南京》，中国画报出版社2007年版，第182页。

题字，扩展后命名为'厦门大学鲁迅纪念馆'，正式对外展出。1981年、1996年、1999年纪念馆曾3次做了调整和布置。2006年，在'厦门大学走向世界'的校庆85周年活动中，为纪念鲁迅逝世70周年和到厦大任教80周年，在周海婴先生的支持及上海鲁迅纪念馆的大力协助下，鲁迅纪念馆再次进行整修和布置。……作为全国鲁迅纪念馆中唯一设立于高校的厦大鲁迅纪念馆，同时担负着对全市大中小学生进行课外教育的重任，并且长期作为厦门大学中文系教研基地，有着特殊的学术功能……"①

　　借助于实体的物象，人们追踪伟人的踪影，无论是作为纪念馆的建筑本身利用历史遗迹来延续鲁迅的精神文化生态，或是通过纪念馆内部的陈列设计和文物布置来提供独特、多样的鲁迅资源和场所文化；无论留存历史的记忆，或是不断利用多元方式拓展这种记忆的现代意义，作为文化地标，鲁迅纪念馆（博物馆）采取了一种共同的策略，那就是以多样化的路径，让鲁迅始终成为都市文化建设中重要的公共空间。在满足不同的城市身份和社会差异的人群需求时，从某种角度讲，上海鲁迅纪念馆的亲民化策略，暗合着海派风格的华丽与细腻；北京鲁迅博物馆的精英化品味，满足着北京作为首都的大气和高端；绍兴鲁迅纪念馆的大众化走向，蕴藏着文化产业化运作的未来；南京鲁迅纪念馆的中学化特色以及厦门鲁迅纪念馆的学院化基地建设，这些文化行为本身已经超出了单纯的纪念鲁迅的行为，在不同层面上丰富了城市的文化想象。城市的政治、文化身份在鲁迅纪念馆（博物馆）的构建中得到了不同程度的呈现。

　　① 施晓燕：《鲁迅纪念机构历史与现状》，上海鲁迅纪念馆编：《上海鲁迅研究》（2011年秋），上海社会科学院出版社2011年版，第61—62页。

第十一章　中国都市化进程中的鲁迅文化地标

　　鲁迅纪念馆（博物馆）作为城市文化地标，它所提供的文化内涵通常根据其建筑空间、文物布展、阐释活动以及公共服务等事项呈现出来。它需要在留存历史记忆、寻找与激发人们对于鲁迅的感受、认知与精神气质的认同上产生"作用"；作为当下的公共文化空间又需要在引导人们理解、认同主流意识形态、服务公众文化需求等方面也发挥作用。作为一个公共文化空间，也许有人会认为提供一种供观众自我了解、判断的纪念对象，给观众的文化想象与"幻想"提供文物资源就足够了。但显然，由于鲁迅在20世纪中国文化场的特殊的地位和影响力，意识形态的权威话语更希望通过这个重要的公共文化空间，传递出政党及国家的权力话语偏好，所以鲁迅纪念馆本身又有着强烈的来自官方对鲁迅纪念的"仪式"性建构。公众对鲁迅的自我想象与意识形态话语论断下的鲁迅形象难免会出现差异、错位乃至对抗。在中国20世纪尤其后半段的社会发展历程中，主流意识形态对社会文化、城市化进程以及人们思维方式、生活形态等等均形成了控制性的影响，所以鲁迅纪念馆（博物馆）这个特殊的城市公共文化空间，也难免被深深打上了相应的烙印。而在改革开放以降社会迅速经历市场化的过程中，来自都市文化市场的诱惑与挤压，也或隐或显地影响着纪念馆的工作。

第一节 纪念仪式的文化政治

半个多世纪以来，鲁迅纪念馆（博物馆）所经历的发展过程可以说是它自身意欲构建的"学术构想"不断受到主流意识形态塑造的"政治构想"冲击、选择、确认的过程，当然如果从公众、读者角度来说也是接受者的期望遭受主导性的政治话语规训的过程。

目前，在全国范围内除浙江临海的鲁迅纪念馆①之外，其他均为官方设立、管理与运营。从新中国成立开始，官方文化机构乃至重要政治人物都非常重视对鲁迅遗物的保护以及鲁迅纪念馆的建立。"1949年新中国成立之后，党和国家把有计划地建设人物类纪念馆和故居纳入社会主义建设的全面规划，在改造旧博物馆的同时，有计划地建立了一批新博物馆、纪念馆，其中包括东北烈士纪念馆、上海鲁迅纪念馆、绍兴鲁迅纪念馆、北京鲁迅博物馆、广州鲁迅纪念馆等。20世纪50年代，党和国家的工作重点是开展社会主义革命和建设，宣传工作的重点是共产主义理想、革命英雄主义、革命传统和爱国主义教育，在兴建一批革命史博物馆、纪念馆的同时，也先后建立了一批革命英雄人物纪念馆和历史上的民族英雄人物纪念馆……在对人民群众进行革命理想和革命传统教育中，发挥了重要的作用。"②这个过程甚至可以追溯更远，譬如有学人近来就提及抗战时期"国共双方从不同的角度来阐释和理解鲁迅在文化界的领导地位，自然是为了利用鲁迅的社会文化影响来为各自不同的政治文化谋取合法性，才有了鲁迅的领导地位"③。不难看出，鲁迅并非简单地作为一个文学

① 这是目前全国唯一由个人主办的民间鲁迅纪念馆，位于浙江省临海县紫阳街395号，2006年初免费向社会开放。馆主王安通是临海中学的教师。展馆面积160平方米，展出有关鲁迅的照片、书籍、纪念品达1000多种，其中1938年出版的《鲁迅全集》，引人注目，非常珍贵。参见缪君奇：《鲁迅展览纵横谈》，上海鲁迅纪念馆编：《上海鲁迅研究》（2011年秋），上海社会科学院出版社2011年版，第38页。

② 吕建昌：《人物类纪念馆、名人故居与现代人文精神——人物类纪念馆、故居的现状和21世纪发展展望》，上海鲁迅纪念馆编：《人物类博物馆、纪念馆现状与发展前瞻学术研讨会论文集》，百家出版社2002年版，第20页。

③ 段从学：《鲁迅在新文学传统中的领导地位之建立——文协与抗战初期的鲁迅纪念活动》，《鲁迅研究月刊》2008年第7期，第39页。

鲁迅与20世纪中国研究丛书

家进入中国的公共文化空间的，对他的阐释有着高度的政治性。当然，鲁迅的这个"领导地位"实质上是必须纳入执政党的政治话语当中去的，此可谓鲁迅形象塑造的文化政治。当他戴着"旗手"和"领袖"的桂冠进入新中国后，其权威形象自然也就是主流意识形态所阐释和核准的权威形象，其"领导地位"的塑造、精神的推广才是推动如鲁迅纪念馆这样的文化地标建立的根本原因。鲁迅纪念馆（博物馆）的建立，目的不可能局限在如许广平当年所说的"我要把一切还给鲁迅"时的那种情感性表达，而是要在进行社会主义革命和建设中，延续对鲁迅的政治性的阐释，使其成为政治权威合法性论证中重要的思想资源。

一、建馆的政治化程序

从各地鲁迅纪念馆（博物馆）初创的原始资料中不难发现，鲁迅纪念馆（博物馆）的成立，表面上是简单的名人纪念场所的建设，但实际上本身已经越出了对文化名人的崇敬、思念、感怀等情感意义的表达，它被拔高至类似"人民英雄纪念碑""革命历史博物馆"那样的"政治空间"的重要文化行动。

在绍兴——1951年6月，绍兴专署文教科决定筹建绍兴鲁迅纪念馆……7月25日，以文化部所发的文物参考资料为依据，制定《鲁迅纪念馆筹建计划》，并上报主管领导……12月23日，……鲁迅纪念馆的筹建工作自即日起改属市人民政府文教科领导……1952年6月23日，接浙江省文化事业管理局文社（52）字第7601号批复，对纪念馆筹建工作计划予以指示。……1954年9月4日，收到中央文化部社会文化事业管理局8月30日批文，本馆名称暂定为"绍兴鲁迅纪念馆"……①

在上海——1950年春，华东军政委员会委员冯雪峰和华东文化部文物处副处长唐弢商量成立上海鲁迅纪念馆事宜，并将此项工作列入华东文化部文物处1950年工作计划……7月15日，华东文化部向中央文化部文物局报告上海筹设

---

① 上述资料均来源于绍兴鲁迅纪念馆编的《绍兴鲁迅纪念馆大事记（1949—2002）》。

鲁迅纪念馆的工作计划……7月下旬，中央文化部文物局复函华东文化部，同意筹建上海鲁迅纪念馆……8月4日，政务院总理周恩来同意筹建上海鲁迅纪念馆……11月下旬，……周恩来为上海鲁迅纪念馆题写馆名……①

在北京——1954年1月5日，文化部社会文化事业管理局决定由其所属的第二处拟出成立鲁迅纪念馆筹备处的初步方案。1月19日，文化部社会文化事业管理局决定组织鲁迅纪念馆筹委会，配备干部，研究第二处所拟计划草案，进行修改，该草案报文化部批准后，即按计划进行筹备……9月，北京鲁迅纪念馆筹备处正式成立……1955年11月20日，文化部召开会议，审定批准了第十三次建馆设计方案。会议由文化部长沈雁冰主持，郭沫若、周扬、夏衍、王冶秋、冯雪峰、许广平、林默涵以及苏联专家等出席会议……1956年9月，筹建工作基本完成，文化部文物管理局确定馆名为"鲁迅博物馆"……1956年10月19日，鲁迅博物馆正式开馆……1958年7月，文化部将部分单位下放，鲁迅博物馆改归北京市文化局领导……1959年1月，北京市将鲁迅博物馆划归西城区文化科领导……1961年9月，鲁迅博物馆重新划归北京市文化局领导。1976年1月1日至今，鲁迅博物馆归国家文物事业管理局直接领导。②

……

可见，几处鲁迅纪念馆的筹建，从起步筹备开始就已经被纳入到国家意识形态塑造工程中，高度体现了国家的新思想建设。这已经成为一种官方的组织化行为，甚至是当时政府工作的重要组成部分，必须由相当一级的组织部门进行严格审批，政治规格极高。相关资料显示， 1956年，上海鲁迅纪念馆各项基建设计需要上报中共中央批准；1975年，北京鲁迅博物馆扩建改造的工程、鲁迅书信的出版、成立鲁迅研究室等工作，则是根据毛泽东主席亲自批示而进行的。一座纪念馆的建设或扩建工程，需要文化部、中央、政务院总理，乃至党的主席来亲自过问，完全超过了对于一般建筑和设施审批的程序，其政治色彩之浓重可见一斑。所以这样极为重要的政治性质，使建立鲁迅纪念馆（博物

---

① 上述资料均来源于上海鲁迅纪念馆编的《六十纪程（1951—2011）》，上海社会科学院出版社2011年版。

② 上述资料均来源于北京鲁迅博物馆编的《北京鲁迅博物馆五十年（1956—2006）》。

馆）从一开始就在主题、建筑空间、诠释等方方面面都受到内在的规训。自然，政治色彩如此浓郁的文化空间，也难免受到政治运动的冲击，所以在新中国成立以后接连不断的政治运动中，鲁迅纪念馆（博物馆）也难逃华盖运，正常的文化活动被打断也就在情理之中了。

据《绍兴鲁迅纪念馆大事记》记载，1967年1月，绍兴鲁迅纪念馆相继成立群众组织，党组织被迫停止活动，馆领导被迫停止行使职权；1968年8月6日，绍兴鲁迅纪念馆被迫闭馆；1969年1月，绍兴县"革委会"组织的"工人毛泽东思想宣传队"进驻，5月31日，县革委会政工组就作出对纪念馆陈列进行彻底改革的意见；同年，工宣队全部撤离，回厂工作。1974年4月，工宣队再次进驻，领导批林批孔运动……

上海鲁迅纪念馆编的《六十纪程（1951—2011）》《四十纪程（1951—2011）》[①]中都记载了：1967年1月14日，原党支部书记、办公室副主任杨蓝和办公室副主任姚庆雄"靠边"，纪念馆工作陷入瘫痪。4月1日开始闭馆，闭馆时间竟长达八年之久，直到1975年12月17日才重新开放。因展览陈列深受极左思潮的影响，片面强调鲁迅作为革命家的一面，在"政治纯洁性"的口号下，不断变动陈列，如：1967年11月，根据所谓"突出政治"的要求，对鲁迅故居进行修改。拿掉部分展品，增加鲁迅一些"文稿"[②]；1968年9月22日，工宣队、军宣队进驻。全馆集中在上海博物馆学习、"清理阶级队伍"；1969年9月，按照所谓"突出政治"的要求，对鲁迅故居又进行一次较大调整：移除瞿秋白写字台；关闭三楼海婴房间和客房；楼层会议室放毛主席语录牌。语录牌不久即拆除……

北京鲁迅博物馆在1966年冬"馆门大开，陷入混乱。来京串连的红卫兵批判……陈列内容"。1967年春季，"因为……陈列内容被红卫兵视为'大毒草'，所以……被迫闭馆（直至1973年）。业务工作停顿，全面陷入动乱之

---

① 上海鲁迅纪念馆编：《四十纪程（1951—1991）》，上海市新闻出版局内部资料准印证（90）第146号，1990年版。

② 据《四十纪程（1951—1991）》第108页中记载，此处原为"增加了鲁迅一些'文摘'。有位外宾问'这些文摘，鲁迅先生在时也挂了吗？'"。笔者以为此记载更准确。

中。"……①

作为典型的文化政治空间，在很长时间内鲁迅纪念馆（博物馆）都无可回避地置身于风暴中，它的第一功能是为政治权威提供必要的文化论证，其他诸如史料收藏、研究、公众文化参与、文创等元素则完全让位。

二、仪式化活动的官方意志

通过多样化的形式与手段来完成纪念性的"仪式"，是公共空间行为的重要途径。我们从鲁迅纪念馆各种纪念仪式中不难观察到浓重的政治意味。作为需要举行仪式化纪念的重要时刻，鲁迅纪念馆（博物馆）总是在每年鲁迅的诞辰或忌辰举办纪念活动。这种相对固定已形成周期性的仪式安排，有利于通过重复强调塑造人们的记忆，不仅在公众心理上会产生一种时间上的秩序感、期待感，而且在周期性仪式的举办中强有力地推广、渗透意识形态所选择和确认的鲁迅精神内涵，会更便捷有效地建构起意识形态的权威阐释。

从鲁迅逝世开始，对于他的纪念活动就一直不是纯粹的私人行为。1936年10月22日，在鲁迅逝世后三天，中国共产党中央委员会和中华苏维埃共和国中央政府就发出了《为追悼鲁迅先生告全国同胞和全世界人士书》。电文中在声明要"为了永远纪念鲁迅"而开展多种纪念活动的同时，也向国民党郑重提出了纪念鲁迅的八点要求。纪念鲁迅从一开始就与中国共产党奋斗的事业结合到了一起。王学振在《〈新华日报〉的鲁迅纪念》一文中，详细叙述了新中国成立以前中国共产党利用报刊传媒方式，来对鲁迅进行纪念的情形："每逢鲁迅的生辰、忌辰，《新华日报》往往会刊发纪念鲁迅的社论、专论，组织纪念鲁迅的特辑、特刊，对于各地的鲁迅纪念活动，《新华日报》也会加以及时的报道。"文章同时指出："《新华日报》是党报，是党的喇叭，这就决定了它必然要受到党的方针政策的影响。……中共对鲁迅思想文化资源的利用，也是根据时局的变化加以选择和阐释的。……在解放区，鲁迅纪念主要是一种政治性的集体行为，因此纪念文字更多的是传达政治集团的共同诉求，即便是个人

① 上述资料均来源于北京鲁迅博物馆编的《北京鲁迅博物馆五十年（1956—2006）》。

的感悟，也基本上是共同诉求规范之下的发挥。"①张杰在《人民的纪念——一九三七年至一九四九年国内的鲁迅纪念活动》一文中，也记载1942年10月18日"延安各界纪念鲁迅先生逝世六周年大会于举行，共千余人参加。……吴玉章作重要讲话，他指出：鲁迅想以思想革命来建设新思想，以社会革命来建设新社会，以文学革命来建设新文学，以文字革命来建设新文字。鲁迅的方向也就是中华民族新文化运动的方向……"②。上述学人的研究都表明，鲁迅纪念作为一种政治性的集体行为，有其特定的规矩和要求。

　　根据我们查阅的资料，历年来鲁迅纪念馆（博物馆）所开展的几乎所有活动，都是在组织安排下的集体仪式，鲁迅纪念馆可以说是主流意识形态制定者通过其向广大社会民众传递重要政治、文化信息、要求的发布平台。历次纪念活动的组织者都无一例外都有着规格颇高的筹备委员会③；它的举办地点通常是最高规格的人民大会堂、中南海怀仁堂以及当地重要的政府会议场所；它的参加者往往是党的高级领导人，周恩来、邓小平、胡耀邦、赵紫阳、江泽民等都先后作过长篇专题讲话……它的主题和内容通常是配合特定阶段国家意识形态核心工作而来，且是权威阐释，当然也会根据不同历史阶段的现实需要做政策性的调整。如1951年10月19日召开的纪念鲁迅逝世15周年大会，郭沫若在开幕词中"紧密结合当时国内外政治形势说'……我们要学习鲁迅的战斗精神

　　① 王学振：《〈新华日报〉的鲁迅纪念》，《鲁迅研究月刊》2011年第10期。

　　② 张杰：《人民的纪念——一九三七年至一九四九年国内的鲁迅纪念活动》，《天津师范学院学报》1981年第4期。

　　③ 1951年10月8日，绍兴成立"绍兴各界纪念鲁迅逝世十五周年筹备委员会"，由地委宣传部、军分区政治部、专署文教科等38个单位的负责人组成。1956年9月11日，《关于纪念鲁迅诞生75周年和逝世20周年的通知》由共青团中央发出。上海在9月17日成立由上海市文联、作协、对外友协上海分会、共青团上海市委，和教育工会上海市委等部门组成的筹委会，由巴金任主任。10月4日，浙江省纪念鲁迅逝世20周年筹备委员会发出通知，要求上报纪念鲁迅活动计划，活动结束后即上报总结。1981年，除了在中共中央的层面上筹备鲁迅诞生100周年鲁迅纪念活动，各省市也纷纷成立分会场。4月1日，绍兴市委发出（1981）28号文件，经地委同意，决定成立绍兴地市纪念筹备委员会，绍兴市委副书记担任主任。7月10日，浙江省文联召开在杭委员会扩大会议，正式成立浙江省纪念筹备委员会。而在上海怎在文艺会堂举行纪念委员会成立大会，会上宣布了106名委员，巴金任主任委员。1986年8月19日，为了加强对纪念鲁迅逝世50周年各项活动的领导，绍兴市委市政府多次召开会议进行专题研究，并成立以市委副书记挂帅，市委宣传部长和副市长及文化局、文联、财税局等部门负责同志组成的领导小组。

去反对帝国主义并肃清我们内部的买办思想、封建思想残余……'"；再如，1952年10月18日晚，华东文联筹委会和上海文联联合举办鲁迅逝世16周年纪念会。夏衍在会上结合"改造知识分子运动"的情况指出："这次的纪念会是在文艺整风和思想改造取得胜利的情况下举行的，因而更有特殊意义。"[①]；还有，1955年10月19日，绍兴召开纪念鲁迅逝世19周年大会，"市委宣传部部长李东昌作报告……重点阐述了鲁迅与党的关系，号召学习鲁迅精神，为实现第一个五年计划而奋斗"……1960年10月19日，绍兴鲁迅纪念馆举行纪念鲁迅先生逝世24周年座谈会，座谈会主题为："学习鲁迅热爱祖国、爱憎分明、刻苦自励的伟大精神，响应党的号召，积极投入到当前大办农业、大办粮食为中心的增产节约运动，为社会主义建设立功。"1964年2月13日，"为配合社会主义教育运动"举办"《'闰土'子孙话今昔》专题展览"。1976年10月，经省委领导审查后的鲁迅生平事迹陈列在绍兴鲁迅纪念馆展出，"整个展览突出鲁迅——革命家的形象，用毛泽东对他的评价作为陈列的指导思想"……[②]

徐妍在《三次鲁迅诞辰纪念活动与意识形态话语的转型》一文中，详细分析了鲁迅诞生100周年、110周年、120周年三次纪念活动中意识形态话语的转型。在作者看来，鲁迅100周年诞辰的纪念，"这个仪式的所有形式化因素都传达了国家意识形态在新时期思想文化转型期的历史使命和政治愿望。""这种记忆神话学比历史上任何一次鲁迅的纪念更加明确。虽然主办方难以复原历史记忆中的鲁迅形象原型，但毕竟可以通过将鲁迅置于中国近现代历史变化进程中的重构，将鲁迅描绘为一个与现代国家同一命运的爱国主义知识分子，从而将其塑造为新时期的民族英雄形象的新神话。即在这个纪念仪式的背后隐含了国家意识形态如何处理社会记忆、历史记忆的策略：在特定的历史环境下，以纪念的形式'遗忘'鲁迅或以'遗忘'的方式纪念鲁迅。这里'遗忘'其实构成了这个仪式含而不露的意义。"而1991年纪念鲁迅110周年诞辰"活动的现实意义不是强化国家意识形态的政治管理，而是推进改革与开放的经济步

---

① 李浩：《鲁迅纪念活动概览》，上海鲁迅纪念馆编：《上海鲁迅研究》（2011年秋），上海社会科学院出版社2011年版，第104—105页。

② 上述资料均来源于绍兴鲁迅纪念馆编的《绍兴鲁迅纪念馆大事记（1949—2002）》。

伐"，到2001年，鲁迅120周年诞辰的纪念，则"随着社会主义市场经济的建设和推进，一种非政治的意识形态逐渐被确立为一种新的意识形态。""2001年的国家意识形态为了实现市场经济后的'小康'目标，不再需要借助鲁迅的政治形象而发动意识形态领域的斗争。但是，这并不意味着鲁迅被放逐在国家意识形态之外，而是相反，它隐含了国家意识形态在一个新的框架下对于鲁迅的重构。"①徐妍的研究再明显不过地阐明了，在不同时期随着国家意识形态的内涵和转型，对鲁迅的纪念方式在仪式上出现的同步的变化。

再看关于"鲁迅生平事迹的陈列展览"所经历的"官方化""政治化"的历程，几乎所有的"鲁迅生平陈列展览"总是在不断地修改，总是在不断接受着高规格的严厉审查：

1950年9月北京鲁迅博物馆开始进行陈列预展。郭沫若、沈钧儒、吴玉章、茅盾、胡乔木、周扬、郑振铎、章伯钧、胡愈之、夏衍等领导同志以及有关同志400多人来馆进行审查指导。……1960年10月19日，北京鲁迅博物馆为了纪念鲁迅80周年诞辰，开始修改陈列。在当时的政治形势的影响下，这次改陈删除了原有陈列中大量表现鲁迅生活内容的材料以及"政治色彩"不很鲜明的古典收藏、儿童教育、民间艺术、文字改革等专题，凡"不合时宜"的人物及材料均从陈列中删除。1965年，对陈列进行修改，突出鲁迅作为革命家的一面。1968年3月26日，军代表进驻鲁迅博物馆"领导运动"，在军代表的领导下，1969年首先进行陈列内容的"批判"，而后制定改陈方案。1970年9月，因内容"跟不上形势"而闭馆，10月10日，上级领导强调组织工农兵发表意见，仍"跟不上形势"，再次进行修改。……

1971年11月27日，上海市"革委会"有关负责人向上海鲁迅纪念馆传达张春桥的"旨意"：命三天内把陈列布置出来……市委写作组派人来馆"指导"。1972年9月15日，鲁迅生平陈列在上海市委写作组的控制下布置完成，但暂不开放，待摄成照片送审后再定。后据上级审查意见，9月25日起试行对

① 徐妍：《三次鲁迅诞辰纪念活动与意识形态话语的转型》，《文艺理论与批评》2006年第4期，第51—57页。

外开放。有组织地参观，每天控制在1500人以内……1974年，"批林批孔"运动开始。徐景贤授意举办"批林批孔"展览，展出后影响不好。1976年4月，按市里指令，在市青年宫布置《学习鲁迅、痛击右倾翻案风》图片展览……造成很坏影响。5月还接受市总工会布置，与工厂大批判写作组、"石一歌"联合选编《鲁迅言论摘录》、《鲁迅论新生事物、反对复辟倒退》文摘、《学习鲁迅、坚决反击右倾翻案风》等鲁迅文摘小册子……流毒很广。……1981年4月25日，上海市委宣传部同意上海鲁迅纪念馆上报的陈列方案，并同意先布置，再审查。9月14日，上海市委书记夏征农等亲自到馆审查。……

1970年6月，绍兴鲁迅纪念馆上报《鲁迅生平事迹陈列方案（初稿）》，7月，由地、县"革委会"负责人和工农兵代表到馆审查陈列小样；12月，由省"革委会"负责人到馆，对陈列的改革工作发表意见。甚至于1971年12月10日，县委以（1971）49号文件的形式，向地委呈报关于《绍兴鲁迅纪念馆陈列方案》。1973年1月3日，绍兴县委又将《关于绍兴鲁迅纪念馆陈列小样送审的报告》作为县委（1973）1号文件上报地委并转报省委。1976年8月27日，省委宣传部……有关领导和代表共30余人先后到绍兴鲁迅纪念馆审查"鲁迅生平事迹陈列"……1979年9月27日，修改工作基本完成。从内容到形式，消除了明显的"左"的东西，如陈列的每个部分都用毛主席语录挂帅等。又如，对于30年代两个口号的论争，在陈列形式和文字说明中摒弃了过去一褒一贬的做法。1981年8月19日，陈列厅对外开放……消除"左"的影响，实事求是地展出鲁迅的生平事迹，如"五四"时期，肯定陈独秀的作用，增放他的照片；又如上海时期，按照历史的本来面目，重新展出瞿秋白的许多文物资料，如实反映他和鲁迅的深情厚谊。这次改版，使陈列从内容到形式都有了较大的改进。1986年8月9日，再次开始修改"生平事迹陈列"，到9月20日完成改版，22—23，市委副书记、宣传部长、人大常委会副主任、文化局长、文联副主席、杭州大学教授等领导和专家经过三天审查……领导和专家们还认为：这次修改坚持历史唯物主义，尊重历史，尊重事实，清除"左"的影响，贯彻了博物馆陈列的基本原则，既突出鲁迅青少年时代的活动史实和地方特色，又适应当时对外开放的新形势，展示了鲁迅为促进中外文化交流所做的巨大贡献，从形式到内容都有了细腻的突破，……1991年7月8日，绍兴鲁迅纪念馆陈列大厅闭馆修改"鲁迅生平事迹陈列"，9月12日，陈列厅改版工作按计划完成。上午邀请市委宣传部副部长、文化局副局长、教委副主任、公安局副局长、社联常务副主席等领导以及部分专家10余人审查陈列。……下午市长在宣传部副部长陪同下，特地前往审查。……

可见，纪念馆（博物馆）的活动、展览、陈列已经上升为政治生活中的大事。这种纪念仪式早在新中国成立以前就已经被纳入国家一体化的政治空间序列中，为实现主流意识形态的现实功利目的服务。它超出了纪念鲁迅自身的文化活动范畴，成为中国最具典型性的文化政治行为的标本。陈列连续不断地改版，连续不断地审查，连续不断地消除"左"的影响，连续不断地在强调"尊重历史"，似乎也成为一种"反讽的仪式"，总是在不断地根据形势变化和政治需要取舍、增删资料、修改陈列。从这个过程本身可以看出，纪念、陈列的"仪式"已经成为必须经过政治审查、确认后的意识形态操练。不断推翻又必须完成的陈列的过程，实际上就是不断地根据当下政治需要重新阐释鲁迅、利用鲁迅服务于当前政治需要的文化仪式。上海鲁迅纪念馆所编辑的《六十纪程（1951—2011）》中就记载1976年11月粉碎"四人帮"之后，上海鲁迅纪念馆"陈列补充鲁迅批判狄克（张春桥）等资料。为配合揭批'四人帮'，编写《以鲁迅为榜样，砸烂'四人帮'》宣讲稿……"[①]，这恐怕不是特殊的案例。

第二节　从政治空间到文化符号

城市从来不是单纯静态的物理空间，它是由多个不同的社会面相构成的，在一定时间内城市的社会结构和社会生态将会出现大的调整和变迁。正如约翰·里德（John Reader）在《城市》一书中所说的那样："现代大城市远远不

---

① 上海鲁迅纪念馆编：《六十纪程（1951—2011）》，上海社会科学院出版社2011年版，第51页。

是被单一决定因素所驱使，它们的兴旺发达，取决于对各种矛盾利益体的容纳接受程度。"①丹尼尔·贝尔在他的《资本主义文化矛盾》②一书中就明确谈到社会内部的结构必须由经济、文化和政治三个领域和三种力量之间的相互关系构成的。单一的过分控制的政治化空间，压抑了城市自身成长的活力，破坏了城市生态。20世纪的后两个十年，中国的城市迎来了改革开放，市场经济的实践开始起步。曾经作为唯一的政治性选择逐渐遭到经济因素和文化因素的稀释，在所谓"优先"选择的等级中，"经济建设为中心"的理念走到了前台。

一、从单一空间到多元空间

随着中国社会形态和文化形态的转型，纪念馆、博物馆空间的政治浓度明显淡化、减弱。原有的社会高度一体化的文化秩序等级受到挑战，某些霸权话语开始遭到质疑，人们开始对鲁迅阐释的权威话语和观念进行反思，对鲁迅的盲目偶像崇拜开始消弭。人们对鲁迅的解读开始多元化，其社会影响力出现波动，一种将其逐渐还原至普通知识分子的心态弥漫开来。"神灵版"、永远政治正确的鲁迅纪念"传统"开始松动和调整，纪念的仪式感开始淡化，一个更加多元的阐释空间逐渐形成。

作为曾经直接在政治意义上完成自己使命的仪式化空间，作为被用来塑造各种政治、文化偶像的纪念馆，随着国家意识形态因应新时期思想文化特点的转型，直接借纪念馆传达政治愿望的方式更趋淡薄。所以，在回归公共文化空间而非政治空间的意义上，鲁迅纪念馆（博物馆）也出现了空间内涵的变化。在尊重鲁迅自身，还原鲁迅的真实个性和精神遗产的同时，还在尊重观众、打造公共文化空间上有了文化的自觉。纪念馆（博物馆）吸引更广泛的市民参与纪念馆的文化活动，努力创造出让观众作为欣赏主体去自觉对话鲁迅的环境，让观众置身于饱含鲁迅文化因素的空间中，产生属于自己的理解与体悟，当然在参观、浏览、点评的过程中，对鲁迅的生活、精神品质及其所处时代的文化

① 约翰·里德：《城市》，郝笑丛译，清华大学出版社2010年版，第87页。

② 丹尼尔·贝尔：《资本主义文化矛盾》，严蓓雯译，江苏人民出版社2007年版。

内涵必将有更丰富的理解。赵国华在《关于绍兴鲁迅纪念馆陈列厅改版如何运用互动的思考》一文中提到："观众来到鲁迅纪念馆……更重要的是通过参观获得一种体验和探求展品背后所深藏的文化内涵。"[①]因此，无论更新展览陈列，增加纪念活动中的对话、互动，还是营造整个纪念馆的独特文化氛围，乃至利用网络的多频次互动，这些都是充分尊重观众的主体性，利用多种手段满足观众对话、表达的需求。着意以生动的、形象的，而不是说教的、灌输的方式，提供给观众独立思考的文化空间，并不汲汲于产生短期效果而是寄希望于产生潜移默化的文化作用。在纪念馆的空间结构的安排上也出现了指导思想的变化。在空间构成的元素中，淡化政治元素、强化文化元素，淡化宣传气质、强化文史气质，淡化生硬的仪式感、强化陈列物与观众的亲切感，淡化神圣神秘感、强化生活的真实感……一言以蔽之，纪念仪式的自说自话逐步让位于观众与陈列空间的互动体验。

观众中心的确立，使纪念馆（博物馆）的文化公共性开始回归。虽然在广义上它依然承担着城市宣传、教育等的重要功能。正如所有的鲁迅纪念馆（博物馆）基本上都已经成为当地重要的宣传、教育基地[②]……但也要看到，它们正在利用自己独特的文化资源在公共功能的多样性上尝试拓展。这种趋势，在上世纪90年代以后日渐明显：

如上海鲁迅纪念馆、北京鲁迅博物馆举办了大量非鲁迅专题的展览，不乏丰富和高雅的文化格调，表明它们正走向多样化的公共文化服务的新阶段。诸如"泰戈尔生平作品展""王小波生平展""《美术、摄影、民间收藏》展览""百扇书法展""四川绵竹年画展览""可爱的中国——中国旅游文化民间收藏展""马光明清书联石拓暨书法作品展""申城反贪风云录——

① 赵国华：《关于绍兴鲁迅纪念馆陈列厅改版如何运用互动的思考》，绍兴鲁迅纪念馆、绍兴市鲁迅研究中心编：《绍兴鲁迅研究（2011）》，上海文艺出版社2011年版，第298页。

② 如绍兴馆，是"南京军区革命传统教育基地""绍兴市首批学校德育基地""国家文物局全国优秀社会教育基地""浙江省爱国主义教育基地"，国家教委、民政部、文化部、团中央、解放军总政治部等命名的"全国百个中小学爱国主义教育基地"，中宣部命名的"全国百个爱国主义教育示范基地"；北京鲁迅博物馆是"北京市爱国主义教育基地""中央国家机关思想教育基地"；上海鲁迅纪念馆则是共青团上海市委命名的"上海市18岁成人仪式教育基地"、上海市"爱国主义教育基地"、虹口区"青少年教育基地"。

深入查处大案要案成果展""预防未成年人犯罪展""文化扶贫下乡展""迎澳门回归迎新世纪书画展""首届中国连环画精品回顾展""钱君匋书籍装帧艺术展""中华列代钱币展""全国高校百家出版社成果回顾"和"书籍设计双年展"（华东、上海、2000）、"文化人藏书票精品展"、"2001年对话是和平的基础——世界各国首脑署名邮品展"、"好孩子杯大画家和小画家美术作品展"、"中日唐诗·汉诗书道交流展"、"大阪·上海中小学生明信片画展"、"常熟博物馆馆藏楹联展"、"昆虫世界展"等各类展览。仅从他们所举办展览的主题看，多样、多元、多层次、多角度，真正从文化空间的营造上参与了城市文化的建设，也为自身的文化空间开始增加更丰富的底蕴。此外，如绍兴鲁迅纪念馆在文化与旅游的结合上卓有成效；上海鲁迅纪念馆打造南方鲁迅研究基地，建立了综合性的新文学研究学术平台、版画研究中心，这些已成为当下具有海派风格的人文景观。

从单一政治主导的仪式空间到文化展示、消费型多元空间的发展，鲁迅纪念馆（博物馆）开始为城市文化提供更为丰富的精神文化空间，这对努力满足更广泛的市民大众的文化生活需求无疑是一件好事。

二、文化资本意识的自觉

上世纪80年代以降的都市现代化进程，是全民参与的一次巨大社会变革。在"都市改变生活"的美丽口号之下，都市化水平提升成为各地十分重要的政治工程。由于中国特有的社会历史文化原因，城市上演着资本原始积累阶段的种种故事："人们渴望美好物质生活的愿望导致了都市的快速变化，以至于有意无意地忽略了生态平衡与和谐发展的客观自然规律。……工业化的畸形发展使人类自己创造的空间变成了一个陌生的怪物。"[①]物质财富增加，社会阶层变化，生存方式更替，价值观念变动，当GDP指标成为城市发展水平的重要标准之后，相比于"人的现代化"，消费主义的诱惑更加具有疯长的合理性。

① 李平：《论都市文化的类型及其演进》，录自《都市空间与文化想象》（《都市文化研究》第5辑），上海三联书店2008年版，第197页。

同时期全球化背景又将中国的都市拖入到后现代文化颠覆一切的狂欢式文化潮流中，"种种征候说明了这一点——遍布各处的肯德基、麦当劳快餐店，星巴克咖啡馆（在北京甚至办进了紫禁城），各种大型超市，高级时装百货店，嘉年华（狂欢）活动，时尚模特儿表演，主题公园的建立，海外大片的引进等等，无不是西方都市文化的舶来品……反映了全球都市大众文化寻求休闲化和刺激化的趋同倾向"[①]。于是，我们当下的都市文化便在体制性制约、工业化生产以及精神狂欢的后现代景观的交融中呈现出多元、叠加、碎片的独特面貌。这使得一个实际上原本并没有强劲城市化基础的中国城市发展[②]出现了跨越式、多元性的，甚至是畸形的发展态势。

　　这时的鲁迅纪念馆（博物馆），从过去受到意识形态高度控制的政治空间，转向成为受到经济需求挤压的文化消费空间，其"象征性表达"或"文化想象"随着城市的文化需求和经济发展而变动，人们开始从商业的角度觉察纪念馆应该可以成为重要的文化资本，孕育着极大的商业价值。无论京沪抑或绍兴，在新的社会政治经济模式的调整中，也因应着市场的变动，重新定位，甚至玩起文化资本的游戏，获取了品牌效应。当然这已不涉及纯粹的鲁迅精神现象本身，它已经是利用"鲁迅"的符号文化效应在文化产业的经营而已。纪念馆、博物馆以积极的姿态面对市场，以更主动的手段谋求在文化市场的生存。1994年全国博物馆在广州召开座谈会，其主题就是：如何在新形势下，增强博物馆的造血功能，加快进入市场的步子。

　　一段时间鲁迅纪念馆（博物馆）走向"市场"时，由于对文化资本的属性认识不深，措施不当，往往也面临着尴尬的局面，现在这一情况已经得到极大改善。上海鲁迅故居通过举办多样化的展览来扩大影响，同时兼售宣传纪念品、开办"鲁艺茶苑"、发行以鲁迅纪念馆外景风貌和鲁迅精神风貌的纪念

---

① 李平：《论都市文化的类型及其演进》，录自《都市空间与文化想象》（《都市文化研究》第5辑），上海三联书店2008年版，第204页。

② 1949年前的上海、天津等还是特例。1949年以后，中国实则处于反城市化的社会状态之中。

磁卡；2000年9月，他们与有关旅行社等单位签订联合推出参观套票协议①；与中华旅游纪念品服务总公司上海分公司合作，出售有关鲁迅的书刊、纪念品……

北京鲁迅博物馆与广东佛山博物馆合作经营"北京祝福出租汽车公司"……2002年，又"积极联合六家名人故居、纪念馆，推出了独具特色的'六个一'活动②……绍兴鲁迅纪念馆更是利用它得天独厚的自然与人文资源，大量发行各类名人纪念封；开办三味书屋服务部；"咸亨酒店"重新开张；举办蛇类、盆景展销会；举办"展现鲁迅笔下咸亨真风情"土特产展销节；打造鲁迅故里旅游区；开发旅游资源，编写《〈鲁迅纪念馆〉导游报》；成立绍兴市鲁迅故乡文化发展基金会；甚至于1999年5月，将纪念馆由市文化局承建制划转市文化旅游投资发展有限公司管辖……"鲁迅资本"开始注入旅游和公共服务体系的构建，形成了鲁迅形象、文化地标、城市营销为一体的产业链……

这当然是文化资本意识的自觉，是纪念馆应对自身经济状况时的重要举措。纪念馆（博物馆）不再仅仅是作为概念化的政治符号和政治空间而存在，甚至也不再是仅仅作为文化精神的传承空间而存在了，在当下时髦的知识经济理念指导下，从展示单一的鲁迅精神文化资源到以"鲁迅"这一文化符号为中心来组合、拼贴其他各类文化资源为我所用。将纪念馆建筑、实物、影像、图文，以及丰富多样的文化空间与满足观众新奇、知识、娱乐休闲享受的文化消费空间混合，完成了文化空间的资本化与大众化的过程。总之，主动摸索着进入文化市场中，把自己独占的文化资源转化为文化商品，将精神产品和物质产品、有形资源和无形资源连接、融合，将休闲娱乐、旅游经营、餐饮购物的大

---

① 内容包括上海鲁迅纪念馆、上海鲁迅公园的联票，上海鲁迅纪念馆、四海旅行社"新上海一日游"，上海鲁迅纪念馆、上海市城市规划展示馆、上海旅行10号线"文化观光、购物一日游"等。

② 即"一条旅游线——名人故居游""一套流动展览——世纪名人万里行""一本普及读物——世纪名人""一个摄影展——我眼中的名人故居""一台朗诵会——名家名篇朗诵会""一组名篇讲座——名家名篇语文教学"。为深化活动的开展，还与华天集团联手开展了"世纪名人走进'老字号'活动"。北京鲁迅博物馆编：《北京鲁迅博物馆五十年（1956—2006）》，第93页。

众化行为和艺术鉴赏、文化交流、学术讲座连接，已经形成了特有的纪念馆经营模式。

着眼于文化资本的累积，将鲁迅纪念馆（博物馆）作为新的城市文化品牌加以开发与经营，促使其从单一的公共文化设施开始转型。这种市场化的行为并非没有争议，不过可以肯定的是，所在城市的政府倒是乐见这种转型。

第三节　从文化符号到文化资本

从城市文化的发生、城市历史的演进来看，城市在某种意义上是记忆、文化符号的累积过程。现代的城市文化的诞生与发展，也需要基于历史的记忆，不断将其转化为文化发展的内在历史动力，演变、发展，从而构筑起适应当下现代城市的文化精神。在这个意义上，城市新的文化精神的挖掘、组合，其实也是城市原有记忆的复原、阐释、光大，往往通过对原有物质性或精神性的记忆的加强、传播，使其转化为城市重要的文化符号和象征形象。这些文化符号和形象对于城市文化的重塑，城市人的公共意识、归属与认同感及其文化生活的方式都会产生重要的影响。

就绍兴的都市文化资源而言，当下最成功的便是关于"鲁迅的记忆"的一系列举措。这些由"鲁迅资源"而形成的现代"记忆"，使绍兴已经成为一座无法离开鲁迅而存在的城市。

一、鲁迅：凝结在绍兴的文化资源

鲁迅在绍兴活动度过了他的青少年期，作为"记忆"的绍兴生活可以说是给他打上了一生最深刻的烙印。从1881年出生，到18岁离开绍兴之后，中间回家参加一次县考，1906年回家结婚短暂的几天，1910年10月到绍兴任教的一年多时间，以及1919年11月回绍兴搬迁……童年的记忆、性格的养成、情感的归属、创作的原型……都是围绕着鲁迅的"绍兴"故事。由于在现行文教体系内鲁迅作品广为学习、传播，这些围绕着鲁迅的绍兴故事也几乎家喻户晓、妇孺皆知，而这种传播学上的极大成功无疑都会成为绍兴这座城市最重要的文化资源。

如果将这些围绕鲁迅的"绍兴资源"加以分类的话，第一类当然就是那些"原生性的景观资源"：都昌坊口的周家新台门鲁迅故居、鲁迅祖居（周家老台门）、百草园、三味书屋、土谷祠、咸亨酒店……还有青石板路、粉墙黛瓦，小河水潺潺、乌篷船悠悠……第二类则是鲁迅笔下的绍兴风情所构成的"原创性的文学留存"。在鲁迅25篇小说中，有13篇取材绍兴或以绍兴社会生活以及"绍兴人"为背景。而他众多的散文更是处处乡情乡景：百草园、三味书屋、鲁镇的街景、绍兴的桥、乌篷船、集镇、村庄农舍、酒店、闰土的毡帽、民间故事、迎神赛会、社戏等等。

城市是人的生存环境，是人劳作、改造的对象，同时也是人们情感依赖、寄托的空间。童年的鲁迅，生活在那个老台门旧居里，青石板路，粉墙黛瓦，潺潺河流，乌篷小船，但那里并不全是诗意的留存，相反古老家族走向败落、童年家庭变故带来的心灵创伤都是鲁迅一生难以释怀的痛苦记忆。那里"愁云惨雾遍被整个家族，姑嫂勃溪、妯娌争吵、婆媳不和、夫妻反目……"①。作为"童年经验"，鲁迅儿时经历的"祖父入狱""父亲生病""出入当铺""逃难"以及被视为"乞食者"遭受的歧视……可以说，鲁迅的童年并没有享受到太多的童趣与快乐，浸染在从小康人家坠入困顿后的世态炎凉才是他刻骨的回忆。领略着"世人的真面目"，对"S城人的脸早经看熟，……连心肝也似乎有些了然"②的鲁迅，从小就经历了对于残酷的生存环境的体验，这也成为他人文态度中"绝望—抗争"的精神底色。我们甚至可以这样说，鲁迅童年时无助、绝望、痛苦的体验，才是使他通过文学作品倾诉自己对中国人生存之痛的内在情感动因。在鲁迅创作的文学作品中，在阿Q、孔乙己、吕纬甫、闰土、祥林嫂等一系列人物身上，我们看到的不仅是百草园、咸亨酒店、三味书屋和土谷祠，或者绍酒、社戏、乌毡帽和茴香豆……这些绍兴故地的风俗、场

① 周建人：《鲁迅故家的败落》，湖南人民出版社1994年版，第13页。
② 鲁迅：《朝花夕拾·琐记》，《鲁迅全集》第2卷，人民文学出版社2005年版，第303页。

景，更多的是看到在复杂的故乡情结中鲁迅深深的焦虑感和否定性情绪。可以说，鲁迅"逃离""叛逆"绍兴，绍兴故地给鲁迅的是一个灰暗与了无生机的城市形象，这对鲁迅的精神成长有着至深的影响。他的为人生的文学倾向，怒其不争、哀其不幸的底层情结，他毕其一生的启蒙思想，他对于市民阶层的文化批判以及痛苦的悲悯，他的决绝的反抗黑暗、自我诘问与自省的批判反思精神，他的坚韧倔强的作风，他的积极进取、了无禁忌的笔致……这些在以后辗转于各个城市里的禀赋和气质，若追究起来都源于绍兴开端的精神底色。

原生性的文化资源（故居、场景、风俗等）和原创性的资源（作品、人物、环境、人文精神等）的结合，组成了鲁迅在绍兴丰富的文化资源。可留意的是，随着借由文教系统的传播，鲁迅的社会文化影响力无与伦比，这两类资源的关系也颇有意味。鲁迅的文学资源和思想资源等原创性资源的极为广泛的传播，使之成为毋庸置疑的国民作家，了解鲁迅的作品已成为国民基本的文化素养，这些正是绍兴的"鲁迅"能有全国性影响的原因。人们从关注阿Q、孔乙己以及吕纬甫的原型环境，到关注作者的童年生存空间，从关注咸亨酒店、茴香豆、社戏这些文学景象，到关注从小康人家坠入困顿的鲁迅家族与鲁迅精神成长历程……这样一来，鲁迅故居、祖居以及百草园、三味书屋等这些具有研究和纪念意义的自然场景及自然资源，逐渐成为绍兴的表意符号和绍兴城最重要的文化地标。"鲁迅"已经成为绍兴城现代化进程中最重要的文化符号和文化资本。

二、鲁迅纪念馆：规训中的文化地标

在任何一座城市中，最能体现、最大容量承载历史文化信息的公共文化空间，莫过于纪念馆、博物馆。作为都市空间中特殊的文化地标，它可谓城市的文化名片，对宣传城市的形象有不可或缺的作用，是都市文化的核心标示符号。就绍兴的城市化发展进程而言，鲁迅提供的文化遗产，他独特的精神内容、围绕着他的物质文化留存，已经成为绍兴重要的文化记忆。

绍兴鲁迅纪念馆成立于1953年1月，2003年初进行新建。新建的鲁迅纪念馆将鲁迅童年和青少年时期生活的新台门、周家老台门、百草园、三味书屋等遗迹,与鲁迅小说中有名的咸亨酒店、土谷祠、长庆寺等场景,以及纪念馆三者一起汇入整个街区,组成了整体性的"鲁迅故里"。这一建筑群落的精心打造,充分将绍兴的地域性特征和鲁迅成长的历史现场等融为一体,并努力恢复鲁迅作品传达的社会生活氛围,以其特别的格调构成了围绕鲁迅的文化地标。人们进入绍兴、绍兴鲁迅纪念馆的空间中,从具体物象进入特定的文化场域,感受着鲁迅故乡的独有历史文化内容,可以说满足了游览者内心的"阅读期待"。绍兴通过鲁迅纪念馆这一城市文化地标,也构建出了自己最重要的城市文化品牌。

在城市空间中,纪念馆与城市文化空间的关系颇耐人琢磨。很长一段时间,鲁迅纪念馆其实都是作为绍兴最重要的城市文化符号存在的,不过它的初衷并非仅仅服务于绍兴本地的公共文化建设,而是具有全国性的考虑。绍兴鲁迅纪念馆和全国其他纪念馆一样,作为精心营造的纪念现代文化伟人的公共文化空间,共同致力于适应整个国家的政治文化建设需求,并且在不同的历史阶段,根据当时整个国家意识形态的现实需要进行调整,可以说这一时期鲁迅纪念馆与本地城市的文化联系并非是内生的,本地也不能存在出格的文化个性。所以,绍兴鲁迅纪念馆的成立,表面上是绍兴最著名的现代文人的名人纪念场所建设,但实际上它本身不仅仅是着眼于绍兴本地人对鲁迅作为一个乡贤文人很自然的崇敬、思念等情感的表达,鲁迅作为绍兴的文化名人的精神资源首先是服务于高度的意识形态的。

1955年绍兴召开纪念鲁迅逝世19周年大会,"重点阐述了鲁迅与党的关系,号召学习鲁迅精神,为实现第一个五年计划而奋斗"。1957年10月,"召开鲁迅逝世21周年纪念大会……筹委会副主任、副市长张北辰作了题为《学习鲁迅先生革命战斗精神》的报告"。1958年3月,绍兴市文教科发文,要求"全市人民进一步了解与学习鲁迅精神,更好地发挥社会主义积极性"。1960年10月19日,举行纪念鲁迅先生逝世24周年座谈会,座谈会主题为:"学习鲁迅热爱祖国、忠于人民、爱憎分明、刻苦自励的伟大精神,响应党的号召,积极投入到当前大办农业、大办粮食为中心的增产节约运动,为社会主义建设立功。"1964年2月13日，"为配合社会主义教育运动"举办"《'闰土'子孙话今昔》专题展览"。1966年，"中共绍兴地委、绍兴县委在县人民大会堂联合召开'绍兴专区暨绍兴县纪念文化战线上的伟大旗手鲁迅大会'……《学习鲁迅，永远忠于伟大的毛泽东思想》艺术面世"。1976年10月，经省委领导审查后的鲁迅生平事迹陈列在绍兴鲁迅纪念馆展出，"整个展览突出鲁迅——革命家的形象，用毛泽东对他的评价作为陈列的指导思想"。……1979年，"'鲁迅先生生平事迹陈列'修改工作基本完成。从内容到形式，消除了明显的'左'的东西，如陈列的每个部分都用毛主席语录挂帅等。又如，对于三十年代两个口号的论争，在陈列形式和文字说明中摒弃了过去一褒一贬的做法"。……① 以上史实清楚表明，不断地根据全国性的政治需要重新阐释鲁迅，根据社会政治形势的变化取舍、增删、修改"鲁迅"，把他圈定在与政治高度密切的论题内。纪念馆的活动包括展览、陈列都已经上升为当时政治文化生活中的大事，成为"官方化"的纪念仪式。在这种情况下，鲁迅纪念馆一方面获得了超高的待遇，传播力得到了异乎寻常的膨胀，但与此伴生的是它的主题和侧重也完全失去了与所在城市的文化的、情感的血脉。

三、鲁迅故里：绍兴的文化资本

作为都市文化生态中的纪念馆或博物馆，并非简单的文物陈列场所这样的地理空间概念所能局限，它因具有丰富的文化符号意义常成为富有生命力的城市意象，乃至成为某类人群的精神家园。在特定的区域空间中，它既有回瞻历史、唤醒记忆的特质，也有以古绳今、激发当下文化创造力的作用。正因为如此，博物馆和纪念馆已成为体现城市文化需求、品味及新的可能性的公共文化空间。

20世纪80年代以后，随着都市化进程的加速，各级政府开始自觉打造城市文化形象，作为绍兴特殊人文地标的绍兴鲁迅纪念馆越发成为最具开发价值的亮丽名片。2010年出版的《绍兴区域竞争力研究报告——创建品质绝佳之城》

---

① 见绍兴鲁迅纪念馆编的《绍兴鲁迅纪念馆大事记（1949—2002）》。

中，明确指出了："绍兴的人文之盛，在于其广度和深度。如影响广泛的鲁迅故里、极高品位的兰亭、独特价值的沈园……等等，都存有无限的想象和参与空间，文学艺术、教育修学、营销策划、神灵崇拜、饮食健身等领域都可以利用活动来制造独特卖点，并可以开发系列旅游产品。"[①]有趣的是，在绍兴这座有着众多文化名人的古城中，选择鲁迅而非其他人作为城市形象的第一张名片，无疑是看重了经由文教系统的密集学习鲁迅的作品，鲁迅俨然具备超规格的文化影响力这一点。在政府的主导下，"整合资源集中力量，办好鲁迅文化节——等文化节会和水域风情旅游节……使其成为国内有影响力的节会旅游项目。……会展模式打造独特的城市文化品牌，发展城市文化创意产业……打造'江南文化产业发展名片'"[②]。

上世纪90年代以后，绍兴利用"鲁迅"的名人效应和文化影响力，强化鲁迅纪念馆的"注意力经济"效应，打造了鲁迅故里旅游区文化旅游的品牌，由此努力扩展到更多文化产业。同时，推进相应的副产品营销，诸如大量各类名人纪念封的发行；"三味书屋服务部""咸亨酒店"的开张；《〈鲁迅纪念馆〉导游报》的编写……甚至蛇类、盆景展销会，"展现鲁迅笔下咸亨真风情"土特产展销节等节会活动的开展……由此，"鲁迅"作为文化符号注入到了整个旅游服务体系，形成了"三个复合"的文化产业格局：其一，纪念馆建筑、实物、影像、图文，以及更多丰富多样的物理空间，满足观众新奇、知识、娱乐、休闲的享受；其二，与鲁迅相关的文创产品的开发；其三，文化地标与城市品牌营销。可以说，绍兴通过鲁迅这个文化符号，在城市品牌的塑造方面，已取得了不少实实在在的好处。绍兴鲁迅纪念馆也从"鲁迅故里"的文化记忆全面转型为"城市文化产业"的重要一环。毋庸置疑，在经济为中心的商业大潮下，绍兴鲁迅纪念馆主动进入到文化市场，将精神产品和物质产品、有形资源和无形资源结合，从而形成了特有的纪念馆经济模式，这一点本无可

① 倪鹏飞、杨晓兰、章武：《绍兴区域竞争力研究报告——创建品质绝佳之城》，社会科学文献出版社2010年版，第191—192页。

② 倪鹏飞、杨晓兰、章武：《绍兴区域竞争力研究报告——创建品质绝佳之城》，社会科学文献出版社2010年版，第192页。

厚非。但同时也应该看到，对文化资源的过度、不当开发最终也会带来伤害。当以鲁迅为招牌，把孔乙己、华老栓、祥林嫂、鲁四老爷这些鲁迅作品中的大小人物都作为文化商标大加注册——"'华老栓'成了土特产店的名称，'祥林嫂'成了洗浴中心的招牌……"①时，鲁迅作品原本具有的严肃感，它的社会意义势必都会遭到毫无价值地变形。

　　文化资本的运作当然要强调文化资本向经济资本的转换，但又不能单纯为了短时的经济效益将文化资本做毁灭性的开发。"'城市文化资本'的特殊意义在于，城市社会的公益性和社会性发展的规范性……最终价值就是城市形象创造中的文化存在形式与社会进步的同质性。"②所以，重视文化资本的"美学化"要求，在空间上维系城市公众与城市软文化之间的情感纽带，才能真正在打造具有地方特色的城市文化形象方面，形成良性效应。

　　其实，利用"鲁迅故里"进行城市形象的塑造，不仅是地标形象的塑造，还有通过对文化地标的营造累积城市文化资本的问题。将鲁迅纪念馆的实体转型为虚体的文化资本，参与到都市文化形象的推广中，利用文化创意的力量力争在虚拟的媒体空间里强化自己的差异性和可识别性，进而获取更多的传播美誉度和更大的发展空间，这恐怕是绍兴当地文化主管机关最为留意之事。张鸿雁在他的专著《城市形象与城市文化资本论——中外城市形象比较的社会学研究》一书中，引用刘易斯·芒福德的观点说："城市社区的运动能量，通过城市的公共事业被转化为可贮存的象征形式。"③这里所谓"可贮存的象征形式"就是文化资本，所谓"城市的公共事业被转化为可贮存的象征形式"，其实就是将实体的公共文化的符号转化为虚体的文化资本。

---

　　① 2011年4月7日《南方都市报》记者王海军在采访周令飞后写道："周令飞说……'咸亨酒店'这一品牌被估价34.8亿元。在全国，'百草园'的商标有22个、'孔乙己'的商标有17个……'华老栓'成了土特产店的名称，'祥林嫂'成了洗浴中心的招牌……鲁迅被过度商业化了。"

　　② 张鸿雁：《城市形象与城市文化资本论——中外城市形象比较的社会学研究》，东南大学出版社2002年版，第415页。

　　③ 张鸿雁：《城市形象与城市文化资本论——中外城市形象比较的社会学研究》，东南大学出版社2002年版，第3页。

第十二章　作为城市公共空间的北京鲁迅博物馆

　　鲁迅纪念馆真正得以建立是在1949年以后。[①]自1950年全国第一座鲁迅纪念馆——上海鲁迅纪念馆的筹建至今，在鲁迅生活、学习、工作过的多个城市都已建有了风格不同、重点各异的鲁迅纪念馆（博物馆）。绍兴鲁迅纪念馆、南京鲁迅纪念馆、北京鲁迅博物馆、厦门鲁迅纪念馆、广州鲁迅纪念馆和上海鲁迅纪念馆等，在空间上承载了鲁迅先生的生命轨迹，便于以一种更具仪式感的方式，纪念、传播、弘扬鲁迅精神。自然，由于鲁迅的巨大社会影响力，这些公共文化空间的建设也成为当地重要的城市文化资源，可谓各地城市文化建设中的一张张文化名片。在上述各地的鲁迅纪念场馆中，北京鲁迅博

---

　　① 　1936年10月19日，鲁迅逝世。随即，在全国各地，包括陕甘苏区的延安和国民政府统治中心的南京，都出现了各种形式不同、规模不一的纪念活动。至于用什么样的方式来纪念鲁迅，在鲁迅去世后第三天的1936年10月22日，中国共产党中央委员会、中华苏维埃人民共和国中央政府联合发布的《告全国同胞和全世界人士书》和《致中国国民党中央委员与南京国民党政府电》两份电函，就"为了永远纪念鲁迅"提出了中国共产党的八项基本主张。其中就包括了"组建鲁迅研究院""铸造鲁迅铜像"等纪念设施的构想；1936年10月28日，许寿裳先生在给许广平的信中，要求妥善保管鲁迅的一切遗物，并说"此为既有意义之纪念品，均足以供后人之兴感者"。1945年10月19日，为纪念鲁迅逝世9周年，郭沫若在《新华日报》上发表题为《我建议》的文章，提出："为使鲁迅纪念由书斋走到社会，使鲁迅的精神深入人民大众的生活"，建议"应该设立鲁迅博物馆"。当天，戈宝权、胡乔木、周而复、侯外庐、何其芳等十一人联名写信，表示同意郭沫若的建议，并提出了七点补充意见；同年，由许泉主编的《文艺春秋》1945年第3卷第4期上推出"纪念鲁迅先生逝世十周年特辑"，并在特辑的"编后"中，对下一步应该如何研究、纪念鲁迅提出了具体的要求。其中第四条即是"创设'鲁迅纪念馆'，将鲁迅先生的一切遗物和有关的史料物件集中公开永久展览，俾能便利学者的研究"……（史建国：《纪念鲁迅的七个十周年》，《粤海风》2006年第5期。）这是最早提出成立鲁迅纪念馆的相关记录。

物馆无疑是最具有权威性、意蕴也非常丰富的鲁迅纪念文化空间。这个特点不仅源于北京作为首都的政治、文化地位，也来自北京鲁迅博物馆作为全国"鲁迅研究中心、鲁迅文物资料资讯中心、鲁迅宣传展示中心以及当代中外作家园地"这"三中心一园地"[①]的设计理念和品牌创建成果。

北京鲁迅博物馆，最初定名为"北京鲁迅纪念馆"。1956年9月，文化部文物管理局确定该馆名为"鲁迅博物馆"。博物馆位于北京市西城区阜成门内大街官门口二条19号，包含了鲁迅故居和纪念馆两个部分。1955年11月开始建馆施工，至1956年9月，筹建工作基本完成，10月19日正式开馆。1978年，在鲁迅100周年诞辰前夕，北京鲁迅博物馆开始扩建，将博物馆大门南移，把原阜内西三条的鲁迅故居也扩入院内。扩建工程到1981年8月竣工。当年9月19日重新开放。1986年，鲁迅逝世50周年前夕，重新翻修鲁迅故居，恢复了鲁迅的卧室兼工作室——"老虎尾巴"和鲁迅母亲住房及朱安女士卧室的原样。这样，既延续了历史文脉，又充分体现了北京文化的特色。1993年5月到1994年9月30日，进行了博物馆新展厅的工程建设。新展厅面积达到3390平方米，包括序幕厅、主展厅、专题厅、文物库房、休息厅、工作和服务用房等。2006年7月，再次对鲁迅生平陈列展览和院内基础配套设施进行了改造。2014年，鲁迅博物馆与新文化运动纪念馆行政合并。[②]

第一节　政治意志的空间缩影

在任何一座现代城市中，公共文化空间都是这座城市中人际交流的重要依托和载体，它具有公共性、象征性和历史关联性等特点。这些空间甚至成就了城市的特殊气质。一方面城市通过自身的建筑、街道、广场、绿地等外部场所实体提供了这些公共空间的外部形象；另一方面则也凭依这些深具象征性的"内部公共空间"的意义播散，来表达城市的文化精神与意识形态，从而体现

①　黄乔生：《从鲁迅旧居到博物馆》，《海内与海外》2012年3月号，第27页。
②　这一合并举措对鲁迅博物馆的影响还有待深入观察。

出城市文明的趣味。城市公共文化空间所呈现出的形象，受制于社会各种因素及其相互的权力关系，而这些元素的关联机制背后是真正影响城市生长模式的政治、经济、文化等方面的结构性力量。因此，公共文化空间的形态可以说就是城市真实生态的缩影。同样，作为北京特定的"场所"和"城市窗口"，北京鲁迅博物馆既得完成一般的城市文博单位的功能，又需承担意识形态传达、重大历史事件反映等意识形态塑造方面的任务，当然，这些又需要通过自身场所的塑造与普通城市市民之间建立起更具吸引力的关联，如此方能完成"环境认同"的任务。作为新中国成立以后新文化建设的重要空间和场所，作为一个局部的公共文化空间，北京鲁迅博物馆业已累积了丰富的历史积淀，甚至记录着这座城市、这个国家的重大阶段和历史事件。近些年来，它身上又呈现出与社会变动相应的变化，从浓郁的"政治文化空间"走向更丰富的"市民文化空间"的趋势日渐清晰。

北京是一座历史悠久、影响力巨大的城市，也是政治化色彩十分浓重的城市。1949年，中国共产党决定定都北京，北京的城市功能发生了深刻的变化，逐渐成为全国的政治、文化、经济中心，几乎所有重大运动都从北京发起。和全国一样，新中国成立伊始的北京在思想、文化领域状况十分复杂，特别是马克思主义思想文化并未立刻占据主导地位，因此在城市社会化改造和重构的过程中，无论在政权建设、文化建设或城市建设方面，开始进行思想、文化的改造与重建，以期使城市发展的方向与巩固社会主义新中国的政权要求相一致。

如何建设一个崭新的北京——乃至如何建设一个崭新的中国，这个命题摆在共产党人的面前。毛泽东早就在《新民主主义论》中谈到："要把一个被旧文化统治而愚昧落后的中国，变为一个被新文化统治因而文明先进的中国。一句话，我们要建立一个新中国。建立中华民族的新文化，这就是我们在文化领域中的目的。"①于是，一方面开展广泛而严厉的思想改造运动，肃清一切非无产阶级、非革命、非马克思主义的流毒，全面"净化"国家机器的每个部

---

① 毛泽东：《新民主主义论》，《毛泽东选集》第二卷，人民出版社1969年版，第663页。

件、各个角落；另一方面，全面倡导马克思主义立场、观点和方法，用革命的爱国主义、集体主义思想，来树立新文化的标杆。而鲁迅，正如当年毛泽东所推崇的那样，作为现代中国的圣人，作为中华民族新文化的方向的代表，对他的纪念势在必行。

早在1936年鲁迅去世后，中国共产党就开始了鲁迅形象的塑造工程。在中国中央和苏维埃中央政府《告全国同胞和全世界人士书》《致许广平女士的唁电》以及《为追悼鲁迅先生致中国国民党委员会与南京国民党政府电》中，以"文学革命的导师、思想界的权威、文坛上最伟大的巨星""最前进最无畏的战士""最伟大的文学家、热忱追求光明的导师、献身于抗日救国的非凡领袖、共产主义苏维埃运动之亲爱的战友……"来评价与定位鲁迅，"代表了中国一个革命政党当时对鲁迅的最高认识"[1]。这个对鲁迅的定位，相比起当时其他人对鲁迅的评价——如胡愈之的"民族革命的伟大斗士"[2]；洪深的"鲁迅先生不单是我们文学上思想上的一个先觉者和指导者，在中国民族的反封建和反侵略的民族阵营里，也是一个最坚强最勇敢的战士"[3]；王剑三的"人格的伟大！不屈服于任何力量，任何人，任何的浮泛的温情的好话"[4]等等——有着质的区别。

如果说，在当时的社会大背景下绝大部分人对鲁迅的认识、判断和精神实质，除了其文学成就之外，普遍集中在反封建、不屈的战斗、伟大的人格等层面上，那么，这与中国共产党对鲁迅"共产主义苏维埃运动之亲爱的战友"的评价在认知上还有较大的差距。是"中国共产党的领导者，敏锐地看出鲁迅的价值及其与自己的想通之处，倾全力推崇鲁迅，大树鲁迅的精神文化旗

---

① 张梦阳：《中国鲁迅学通史》（上卷一），广东教育出版社2005年版，第241页。

② 胡愈之：《鲁迅——民族革命的伟大斗士》，原载1936年10月20日《生活星期刊》一卷二十一号，录自刘运峰编：《鲁迅先生纪念集》，天津人民出版社2007年版，第55页。

③ 洪深：《后死者的责任》，原载《光明》一卷十号，录自刘运峰编：《鲁迅先生纪念集》，天津人民出版社2007年版，第144页。

④ 王剑三：《人格的提示》，原载1936年10月23日《大晚报·每周文坛》，录自刘运峰编：《鲁迅先生纪念集》，天津人民出版社2007年版，第152页。

帜"①，这才会有1937年10月19日，延安陕北公学在纪念鲁迅逝世1周年纪念会上，毛泽东所作的《论鲁迅精神》演讲，突出强调了鲁迅的"思想、行动、著作，都是马克思主义的"，号召共产党人和革命者学习鲁迅具有的"政治远见、斗争精神和牺牲精神"，为中华民族的解放而奋斗。此后，毛泽东在一系列著作、讲话中都论及鲁迅。特别是《新民主主义论》中，直接把鲁迅作为"共产主义者"，称赞其在对抗国民党的文化"'围剿'成了中国文化革命的伟人"，高度评价鲁迅是"中国文化革命的主将，他不但是伟大的文学家，而且是伟大的思想家和伟大的革命家。鲁迅的骨头是最硬的……鲁迅的方向，就是中华民族新文化的方向"②。这为以后几十年的鲁迅评价、研究，鲁迅精神普及、宣传定下了基调。因此，把鲁迅塑造成中国共产党亲密的战友、党外的布尔什维克，对于党的建设和新中国的建设，其意义是不言自明的。

北京鲁迅博物馆的建设思想，从一开始显然就是循着这个核心思想开展的。作为城市公共文化空间，它必然承担起与整个北京——整个国家在城市文化建设中的"阶级净化"与"形象塑造"职能，不过在这种特定的环境和背景下，它也就逐渐成为远离学术意义的国家政治空间。客观地说，从北京鲁迅博物馆的建立到建成，都是在主流意识形态的高度规范下进行的。这种高度的规范，来自共产党人对于鲁迅精神在新时代中的传承的要求，来自新中国成立后对新型文化重组、塑造新文化英雄的动机。这与当年毛泽东与中国共产党高度评价鲁迅，将鲁迅树为中国新文化的旗手，以此来增强中国共产党领导下的精神文化力量，强化与国民党的文化抗衡力量的做法一脉相承。

新中国成立后不久的1953年，北京鲁迅博物馆即着手开始筹建工作。整个工作由中央人民政府文化部报请国务院并列入北京市城市规划。当年，北京市都市计划委员会（都地字1741号）批复"复准该局在西四区宫门口西三条'鲁迅故居'附近收购民房十三所"。1955年1月6日，北京市人民政府建筑事务管理局又发出正式批件："同意在西四区宫门口原有基地内建鲁迅博物馆。"在

---

① 张梦阳：《中国鲁迅学通史》（上卷一），广东教育出版社2005年版，第242页。

② 毛泽东：《新民主主义论》，《毛泽东选集》第二卷，人民出版社1969年版，第698页。

鲁迅与20世纪中国研究丛书

新中国建设百废待兴的关键时期，将"鲁迅博物馆"的建设列入重点项目，可见其重视程度之高。1955年11月20日，文化部专题审定建馆设计方案，会议由时任文化部长的沈雁冰主持，并组织了周扬、夏衍、冯雪峰、王冶秋、林默涵、许广平等出席方案的讨论会，规格之高也前所未有。这种"审查"制度以后形成规矩，无论是馆室建设或展厅陈列的内容，均必接受高规格的审定。在当时的历史环境下，审定制度表明，政治"净化"机制完全控制、调节着整个社会生活。城市建设、文化建设、精神生活无不受到政治因素的规训。我们从北京鲁迅博物馆编的《北京鲁迅博物馆五十年（1956—2006）》"往事记录"中不断可以发现其经历的政治因素的影响：

1956年9月　开始进行陈列预展。郭沫若、沈钧儒、吴玉章、茅盾、胡乔木、周扬、郑振铎、邵力子、章伯钧、胡愈之、夏衍等领导同志以及有关同志400多人来馆进行审查指导。

1960年10月19日　为了纪念鲁迅诞辰80周年，开始改陈。在当时政治形势的影响下，这次改陈删除了原有陈列中大量表现鲁迅生活内容的材料以及"政治色彩"不很鲜明的古籍收藏、儿童教育、民间艺术、文字改革等专题，凡"不合时宜"的人物及材料也从陈列中删除。

1961年5月25日　闭馆，改陈。

7月下旬　改陈结束。在预展期间，许广平、王冶秋、戈宝权、王士菁、李霁吾、河洛、王振铎、常惠、韩作黎、毛星、高玉宝、高占祥、于兰、兰曼等同志来馆审查指导。

1965年　本年为迎接鲁迅逝世30周年，对陈列进行修改，突出鲁迅作为革命家的一面。

1966年　东馆门大开，陷入混乱。来京串连的红卫兵批判我馆的陈列内容。

1967年　春季因为我馆的陈列内容被红卫兵视为"大毒草"，所以我馆被迫闭馆。业务工作停顿，全面陷入动乱之中。

1969年3月　在军代表的领导下，首先进行陈列内容的"批判"，而后制定改陈方案。

7月　改陈大纲完成。赴南口机车车辆厂、长辛店二七机车厂、沙窝农业生产大队以及有关单位组织座谈，征求意见。

1971年9月16日　改陈工作完成，除王冶秋、曹靖华、孙用、王仰晨等同志来馆审查之外，有关方面的领导同志大多强调组织工农兵审查通过即可，自己并不亲自来馆审查。这样，预展几天后，即因内容"跟不上形势"而闭馆，再一次进行修改。

1972年9月30日　改陈完成。10月10日，开始进行预展。上级有关领导强调组织工农兵发表意见。之后，仍因"跟不上形势"而闭馆修改。

1974年　年初　改陈工作完成，请北京部分工农兵和学生来馆审查展览。之后，边审查，边修改，至9月中旬，组织预展。

9月24日　陈列展览经过反复修改后重新开放。

1975年10月28日　周海婴同志上书毛泽东主席，提出关于鲁迅书信的出版、鲁迅著作的注释以及在鲁迅博物馆增设鲁迅研究室等建议。

11月1日　毛泽东主席在周海婴信上批示："我赞成周海婴同志的意见。请将周信印发政治局，并讨论一次，作出决定，立刻实行。"

……

如果我们把从新中国成立开始至1976年作为中国当代城市转型过程的第一阶段，或者称之为城市要素的"政治增长"阶段的话，那么，北京鲁迅博物馆的建馆史正印证了这一城市发展的历史。无论是从北京鲁迅博物馆的建馆设计，还是展览的陈列，包括鲁迅研究事项的展开、著作的出版等，都作为国家政治文化生活中的大事，甚至上升到需要党的主席来直接发布指令。包括北京鲁迅博物馆在内的文化空间毫无疑问是被纳入国家一体化的政治空间序列中的，这个空间是封闭而缺乏自主活力的，所呈现出的意义也是单一的、单调的，乃至扭曲的。我们在上述这段不长的引述中，可以不断地看到诸如"审查""改陈""删除""修改"等字眼，显然，这是一个学术退隐，变动中的政治强力不停塑造的过程。

第二节　从宣传到经营

上世纪70年代后期，国家转向以经济建设为中心，中国城市建设发展速度迅猛，城市社会的价值观逐渐转向"经济增长"为主体的阶段。城市的现代化演进，其重要的标志就是公共空间的成长，从本质上讲这也是城市功能的回归和对于"人本"主体的肯定。城市的开放培养了市民越来越鲜明的主体意识，激发了他们越来越强烈的精神渴望。市民正成长为自己城市的主人。公园、茶馆、酒吧、博物馆、纪念馆、会馆、图书馆、沙龙、广场、教堂、剧院等各种文化景观，都成为市民不可或缺的生活空间。在这种特定的城市发展过程中，"鲁迅博物馆"也进入了一个不断探索、走向开放的阶段。就公共文化空间的功能而言，它逐步从"政治空间"转向"市民空间"。

整体提升和丰富北京鲁迅博物馆的视觉形象与文化内涵，建立适应这一社会转型过程中的识别符号，是北京鲁迅博物馆的新课题。作为城市文化名片的公共文化空间，其形象视觉识别系统的建立，自然是有效提升其知名度和整体品质的重要元素。北京鲁迅博物馆拥有鲁迅故居和大量鲁迅手稿、遗物，具有先天的优势。1993年北京鲁迅博物馆重新改建。在整体构成上由作为历史遗址的鲁迅故居、作为鲁迅资料收藏中心的博物馆以及作为宣传鲁迅精神的陈列厅三部分组成。建筑采用典型的北京四合院风格，正面的牌楼是雕梁画栋，房屋外观则基本上由白、棕、黑三种颜色构成，朴素、典雅、庄重、自然，空间构建端庄、大气。"展览厅中的常设展览'鲁迅生平陈列'以大量的实物、图片，并配以多媒体手段，全面地展示鲁迅一生的业绩。序幕厅朴素庄重，正中的雕塑呈两页稿纸叠加造型，上刻鲁迅手书自传，周围墙面木石相间，镌刻鲁迅主要著作篇目，寓意文学经典，传至永久。展厅一层中心展区表现的是'什么是路'、'铁屋中的呐喊'、'麻木的看客'和'这样的战士'四个主题形象，为理解鲁迅思想提供启示。"[1]所陈列的展品，注重画面构图，在排列组合中把握轻重、明暗和节奏感，从而使陈列的物品通过视觉感受之"象"而生

---

① 黄乔生：《从鲁迅旧居到博物馆》，《海内与海外》2012年3月号，第27页。

成新的价值之"意"。外部空间的风格化倾向与内部陈列的形象化特点，构筑成了博物馆整体的"镜像"效果。

博物馆管理的理念从传统的"宣传"向"经营"转换，是北京鲁迅博物馆的又一重大转型。从上世纪90年代开始，随着文艺政策的调整与引导，文学消费市场形成，从根本上转变了城市文化与文化运作的格局。1987年文化部、财政部、国家工商行政管理局下发《关于颁布〈文化事业单位开展有偿服务和经营活动的暂行办法〉的通知》，推行"以文补文""多业助文"；1991年国务院批转《文化部关于文化事业若干经济政策意见的报告》，具体部署了深化文化管理体制改革和加强内部管理的相关意见；1992年邓小平南方谈话推动从计划经济向市场经济的转型；1996年国务院发出《关于进一步完善文化经济政策的若干规定》，对文化经济政策作出了比较全面系统的规定；2002年党的十六大报告提出"继续深化文化体制改革"；2003年7月中共中央办公厅转发中宣部、文化部、国家广电总局、新闻出版总署《关于文化体制改革试点工作的意见》；12月国务院印发《文化体制改革试点中支持文化产业发展的规定（试行）》和《文化体制改革试点中经营性文化事业单位转制为企业的规定（试行）》；2010年4月，中共中央办公厅、国务院办公厅转发《中央宣传部关于党的十六大以来文化体制改革及文化事业文化产业发展情况和下一步工作意见》；2011年4月召开的十七届六中全会，专题研究了文化改革发展问题，再次做出《中共中央关于深化文化体制改革推动社会主义文化大发展大繁荣若干重大问题的决定》，更进一步明确了文化体制改革、发展文化产业，构建公共文化服务体系等目标；2012年11月，十八大提出了"深化文化体制改革，解放和发展文化生产力"的要求；2013年11月，十八届三中全会又一次强调完善文化管理体制、建立健全现代文化市场、构建现代公共文化服务体系、提高文化开放水平等重大命题……

这些重大的历史决策，就是要让文化事业单位从长期的"包养"中解放出来，以文化资本运作和文化产业的意识，激发自身的活力，主动满足民众多样性的文化愿望。根据布尔迪厄的文化资本理论，文化资本由"文化能力""文化产品"和"文化制度"三部分组成。这也就是说，当一定的"文化能力"形成之后势必会以一定的形态加以呈现，并推动相应的文化产品进一步繁衍，进而促进文化制度相协调相配合，由此构成文化资本及其运作的基本形态。北京鲁迅博物馆作为一个物理空间的建筑（建筑群），和其他所有人物类纪念馆一样，是一个特定的，既满足历史记忆，又产生"当下"文化价值的特殊的文化空间。在市场经济环境下，它自然也会衍生出诸如旅游产品、影视基地、都市地标、城市文化名片等等文化品牌产品。这种衍生，可以看作是自身通过文化资源的深度开掘与再生产，建立起新的文化消费关系，从而充分体现出自身的社会价值。

1992年11月24日，北京鲁迅博物馆根据中央关于文化事业单位开展第三产业的通知精神，成立了"鲁迅文化经济发展服务中心"，从博物馆管理转向博物馆经营；1993年4月14日，北京鲁迅博物馆与广东佛山博物馆合作经营的"北京祝福出租汽车公司"正式成立。之后，还介入旅游产业，以文化旅游来给博物馆自身造血。北京鲁迅博物馆先后参与了"国际旅游周"宣传活动；推出"千禧年优惠卡"；2002年，又联合六家名人故居、纪念馆，推出了以"一条旅游线——名人故居游""一套流动展览——世纪名人万里行""一本普及读物——世纪名人""一个摄影展——我眼中的名人故居""一台朗诵会——名家名篇朗诵会""一组名篇讲座——名家名篇语文教学"为主旨的"六个一"活动，来强化鲁迅博物馆的品牌价值……

充分利用北京鲁迅博物馆自身的文化优势与文化资本，将外部空间的建筑文化景观形象，和丰富多彩的陈列物组合，使历史文化遗存资源和旅游文化、纪念文化互相呼应，不断激发观众的兴趣，便于吸引广大市民积极参与其中，使得这一空间的文化形象进一步得以扩展。这是一次重要的功能定位调整，意味着北京鲁迅博物馆的内涵不再是单一、封闭的政治乃至文化空间，它正在向着多元化的公共空间迈进。从单调的宣传转向策划营销，作为一种文化市场开放与多元的信号，北京鲁迅博物馆可谓放下了曾经高调的身段。在城市"政治增长"时期，看上去对鲁迅重视程度最高，但那时的纪念和传承是封闭、单一的；到了城市"经济增长"时期，鲁迅受到的重视程度相对低落，但也是这种"低落"，使"鲁迅阐释"从特定的政治功能中逐渐走出，对鲁迅的传播、理解获得了新的机会；城市的"文化增长"时期，鲁迅的阐释、研究在历史文化的延续与直面现实的介入两个层面均不乏空间，对鲁迅纪念的方式也表现出丰富性与多样性。

第三节　拓展中的公共空间

人物类博物馆是一个特殊的公共空间，它基于人们记忆的物质化和场地空间资源的历史化特点，以文物资源作为重要依据和线索，深化、强化特定的记忆，满足特定人群的心理诉求。当然，作为公共空间也需要扩大影响，乃至成为特定城市的文化地标，这就要求博物馆在高度开放的空间中，搭建起公众对话、互动的空间。前文提到，北京鲁迅博物馆的办馆理念是成为"全国的鲁迅资料中心、展示中心、科研中心和作家创作园地"。伴随着对城市公共空间建设认识的深化，这个定位与办馆理念在满足市民文化需求、打造学习型城市的过程中，也在不断拓展。北京鲁迅博物馆发展出了期刊、网站、研究室以及展览、研讨会、讲座等多个项目，打造品牌、扩大影响，使所有要素在博物馆运作过程中有机地结合起来，从而初步形成了北京鲁迅博物馆以高端研究支撑、多元项目引领、多层次互动交流的公共文化平台。

北京鲁迅博物馆在研究领域，始终占据着学术前沿阵地，努力把自己打造成全国鲁迅研究的中心。在上世纪70年代初期成立"鲁迅研究室"后，他们充分利用资源的优势和人才优势，成为国内鲁迅研究的重镇。广泛开展国内外学术交流活动，举办了"鲁迅与周作人比较研究学术讨论会""鲁迅与中国现代文化名人学术座谈会""鲁迅与胡适学术讨论会""'鲁迅的起点：仙台的记忆'国际学术研讨会"等高端学术研讨会，连续开办近30讲"在鲁迅身边听讲座"学术交流活动；积极参与高端人才的培养。2002年，与青岛大学签署合作协议，联合共建青岛大学中国现当代文学博士点，招收博士、硕士以及邀请访问学者多人；利用资源优势和区位优势，致力于鲁迅著作的编辑出版，先后出版了《鲁迅手稿全集》《鲁迅日记》《鲁迅致许广平书简》《鲁迅年谱》《鲁迅大辞典》《鲁迅辑校古籍手稿》《鲁迅藏汉画像》《鲁迅藏书研究》《许广平纪念文集》《鲁迅珍藏汉代画像精品集》等，其中也包括普及鲁迅的《鲁迅生平》《鲁迅名言录》《鲁迅诗选》《北京鲁迅故居》《鲁迅遗印》《鲁迅形象选》《鲁迅与仙台》等著作；1980年出版的《鲁迅研究动态》（1990年更名为《鲁迅研究月刊》）是到目前为止最为重要的鲁迅研究的专业学术期刊。

充分利用现代信息技术，全面推进鲁迅研究和宣传的数字化、信息化，是北京鲁迅博物馆既服务于鲁迅研究，又努力宣传鲁迅所做的重要工作。1989年，他们与北京计算机三厂合作开发"《鲁迅全集》微机检索系统"，将《鲁迅全集》300万字全部输入计算机，并于2004年、2005年继续开发了在Windows平台上运行的"鲁迅著作全编检索系统"单机版和局域网络版；2006年又在此基础上研发了"鲁迅著作全编检索系统""鲁迅译作全编检索系统"和"《鲁迅研究月刊》全编检索系统"的广域网版在线查询系统。同时，开发和建立了鲁迅博物馆藏品数据库、图片数据库以及管理系统，开通北京鲁迅博物馆网站。2015年5月，北京鲁迅博物馆开通微信公众号，更进一步丰富了线上线下多元的鲁迅研究、纪念与传播。

借助多样性的主题活动，将北京鲁迅博物馆打造成中国文学和中外文化展示、交流的平台，使公众参与度大幅提升，也使博物馆自身更贴近社会。这不仅是北京鲁迅博物馆在空间营销理念上尝试走出单一性、寻求更多机会服务公众，也可以视为传播鲁迅的精神传统，充分利用场所的优势，弘扬鲁迅博采众长、拿来主义精神的举措。服务于学习型社会的构建，开展多样性的社会教育工作，建立与市民的沟通信息平台。

上世纪90年代以后，北京鲁迅博物馆所开展的各类主题活动中，除了传统的"鲁迅纪念"展览（"鲁迅生平展览""鲁迅文物珍品展览""鲁迅之世界画展""鲁迅珍藏外国版画精品展""鲁迅的读书生活""鲁迅与裴多菲"）等主题展出外，还尝试举办更多元的展览：

　　　　1996年，他们与四川歌乐山烈士陵园纪念馆联合举办"歌乐山革命烈士史实展"；

1997年，与湖南长沙市钱币协会共同举办"中华历代钱币展"；

1999年，举办"鲁迅博物馆珍藏书画展"；

2000年，举办"少年英雄赞"、"预防未成年人犯罪"展览及"青少年'鲁迅名言名句'书法展"；

2002年，与西安昆虫馆联合举办"昆虫世界"展览、"中国民间藏书精品展"；

2003年，举办"鲁迅友人墨宝展"；

2004年，举办"爱新觉罗·毓岚收藏展""海峡两岸·中国藏书票大展"；

2005年，举办"王小波生平展""中日书法展""法国皮尔·阿麦画展""赵延年1938—2004年木刻作品展""藏书票展"；

2006年，举办"王梦庚复制乾隆御笔玺印暨书法金石展"。

……

这些都明显表现出他们正在不断将展馆主题进行拓展和延伸，从过去全部围绕鲁迅的展示转向更多内容的展示，形成内容丰富、主题多元的多功能、多方位的文化传播效应。在此基础上，积极服务社会，服务市民，让博物馆、让文化空间主动融入市民生活之中。另一方面，他们走进大中小学和社区，营造全民学习的良好氛围：

与清华大学联合举办"清华大学高校青年学生论坛"；与北师大联合举办"名人名篇诗歌朗诵会"；在北京月坛中学等多所中学开办"直面苦难的鲁迅"、"鲁迅与读书"等普及性讲座；组织中小学生参加"我喜欢的鲁迅名言"评选活动；与北京西城区教育局联合举办"爱我中华世纪天津行"博物馆冬令营活动；举办由万名中小学生参与的"我心中的鲁迅"征文活动；与北京鲁迅中学联合举办"鲁迅作品研讨会"；与社区联合举办"迎香港回归报告会"和"迎回归，学鲁迅"百人粉笔画大赛活动……2014年4月23日，他们还参加了在北京市第二中学亦庄分校召开的"第九届（2014）北京阳光少年活动暨'文化、科普进校园活动'启动仪式"。开展"走近鲁迅——馆校牵手校园行"展览及系列活动、"三味书屋互动学习室"活动等社会大课堂精品项目；2015年，他们又与当地政府签署"鲁迅文化和人文精神发展示范区"战略合作协议，目的是为青少年文化科普教育赋予独特的"鲁博"特色。

从高端的象牙塔到携手基层的中小学校和社区，北京鲁迅博物馆在他们搭建的平台上，以开放的姿态关联将高端学术研究与知识普及相结合，把培养研究型人才与提升市民素质（尤其是中学生人文素养）相结合，融学术研究高地和市民教育基地为一体，形成了富有北京鲁迅博物馆特点的文化行为和品牌特色，也成为北京城市的一张富有特色的文化名片。

第十三章　鲁迅文化遗地的精神重生

——以南京鲁迅纪念馆为例

鲁迅于1898年5月考入南京江南水师学堂管轮班（即后来的轮机科）学习，同年11月退学。次年1月转考入江南陆师学堂附设的矿务铁路学堂矿务班，至1902年1月以一等第三名毕业。1902年3月24日赴日本留学。这一段南京生活可谓鲁迅生命历程中的重要起点，尤其是南京的求学真正为鲁迅打开了展望世界的窗口，南京成为鲁迅走向世界的重要台阶……1898年5月至1902年3月，在宁求学的青年"南京鲁迅"已成为南京的一份重要文化记忆。

当然，记忆如若能转变成自觉的文化再生产活动，那将意味着一位伟人、一件史实或一件器物在新的文化空间的精神重生。2006年4月27日，全国唯一一家设在中学的南京鲁迅纪念馆开馆。作为承载"南京鲁迅"记忆的重要文化场所，南京鲁迅纪念馆近年来努力丰富"纪念馆"的文化符号元素，在特定的"纪念活动场域"之中，突出强化青少年现代公民意识的培养。这自然与纪念馆秉持的特别的"南京鲁迅"的记忆有关。个中缘由，作为研究鲁迅精神遗产在当代都市文化空间传播的个案，颇值得一探究竟。

第一节　1898—1902年的"南京鲁迅"

陈漱渝在《一个伟大人物的伟大起点——纪念鲁迅到宁求学一百周年》中说："鲁迅赴南京求学时期，正值他风华正茂的青年时期……真正进入自律阶段学龄的晚期。这是他世界观的奠基期，影响到他后来整个的生活道路和人生追求。如果说鲁迅是矗立在中国现代文化沃土上的一棵独立支持的参天大树，那么，他的根须吮吸过南京这块土地的滋养，他的枝叶沐浴过南京这块天空的阳光。"[1]1898年到1902年，青少年鲁迅求学时的南京，正处于社会的转型期，变革与复古混合、维新与守旧互搏，古城南京正经历着前所未有的矛盾与冲突。一方面是洋务运动、维新思潮带来的"千年未有之变"，中国社会开始了走向世界的进程，鲁迅读书的两所学校正是这一社会大潮的产物；另一方面则是复古、守旧势力的顽固依旧。在南京的社会文化场域中，弥漫着的是新的期盼和旧的瘴气。总体而言，这是一个新的生机正在孕育但又不得不艰难跋涉的历史阶段。

今天看来，当时的南京虽然饱受太平天国引发的战乱的影响，城市近代化的步伐迟缓，但我们依然不难发现，在西方现代都市文明的影响下，南京的新式工业、对外贸易、商业金融、社会生活、教育文化、大众传媒等方面，都得到了前所未有的新发展。可以说，在上述诸多社会力量，尤其新型工商文明的影响下，1898年前后的清末南京正在经历着前所未有的历史转型，现代都市的雏形初现，同时也开始孕育出中国第一代新型城市公民。相对于传统社会，现代城市公民在社会角色意识、身份认同、自我价值偏爱等方面均有着明显的不同，"事实上，真正的'市民'是建立在现代工商业文明之上的，……随着城市工商业的发展，新型劳动力的生成和新式教育的不断推广……市民主体逐渐从'引车卖浆之流'转化为老板、会计师、经理、秘书、工程师、教师、编辑等新兴市民，他们在现代工商业的经济关系中，逐渐形成了重视自我、物质理性、开拓进取、趋时求新的现代价值观念"，因而，"现代市民……是城市中具有现代市民精神的居民"。[2]平等、独立、尊严和尊重意识，成为城市现代性的典型体现。从社会变迁的角度看，现代市民社会和市民意识的萌生，自然

---

[1] 陈漱渝：《一个伟大人物的伟大起点——纪念鲁迅到宁求学一百周年》，《江苏教育学院学报（社会科学版）》1999年第2期，第47页。

[2] 张娟：《三四十年代上海现代市民小说价值重构》，安徽大学出版社2012年版，第2—4、15页。

是对传统封建社会臣民意识的反拨。置身于这个转型的城市之中，虽然鲁迅当时只是18岁的少年，但他也深切地感触到了这种变幻、多元、激荡着的城市精神，这对他的精神成长与人格养成，无疑起着重要的作用。

如果我们把1898年5月至1902年3月这段鲁迅在宁时间作为一个时间坐标，向前后伸展开来，则可以比较完整地展示出发生在南京的一系列重要事件。这些事件正在改变着城市的面目和肌理，推动着城市的现代化：

首先是本时间段内，南京的城市工业化经历了集中、爆发式的增长：1868年，李鸿章创建金陵机器局，开拓了南京近代工业之先河，这也常常被视为南京城市近代化的起始点。随后，南京陆续兴办了如金陵制造火药局、火箭局等近代军工企业；1881年，南京创办南洋官电局；1886年，开设西式医院马林诊所；1894年后，南京出现了由商人投资兴办的胜昌机器厂等民间近代工业企业；1897年，南京邮局设立；1900年，创办磁石式电话通信……其中，1896年金陵机器局工人罢工，产业工人开始为寻求自身利益进行抗争，新型社会组织关系在逐渐形成。

其次是城市商业化发展水平在急剧提升。1899年南京下关滨江设金陵关征税，南京真正成为通商口岸城市。① 之后，国内外商贾接踵而至。"南京市志丛书"之《南京日用工业品商业志》记载："至19世纪70年代，洋火、洋油、洋胰子、洋伞、洋针、洋瓷器、钟表、牙刷等先后涌入南京市场……我国民族资本创办的工厂相继兴起……由此，百货商业兴起。"② 南京开埠的第二年（1900），各种"洋货进口144万关平两，主要为铁道车辆、枕木、木材、煤油、机器、钢材、棉麻丝毛织品、粮食、食糖等。从南京出口土畜产品、矿石等171万关平两"③，可见南京的商业经济的兴盛。又，《南京民政志》中记载，作为民间自发性组织的南京会馆，尤其是外地人在南京建立的会馆大量出

① 1858年的《天津条约》中规定南京成为开放口岸城市，但由于太平天国运动，直至1899年南京下关滨江设关征税，定名金陵关，南京才真正成为通商口岸城市。

② 南京市方志编纂委员会编：《南京日用工业品商业志》，南京出版社1996年版，第36页。

③ 南京市方志编纂委员会编：《南京日用工业品商业志》，南京出版社1996年版，第372页。

现。"清朝时南京会馆有40处……这些会馆大都由官绅或仕商所建……"①这种商人会馆的出现，聚集了大量外地来宁经商、应试、办事的同乡，他们相互呼应、支持，以期在激烈的竞争中取胜。由此可见，当时南京城原本封闭单一式的城市机能正在被打破，由过去的农业社会行政型城市开始向近代工业、商业、政治多元型城市过渡，标志着城市功能近代化的开始。这正是鲁迅到南京的第二年。

《南京公用事业志》中记载："清末民初，南京开始兴办公用事业……光绪二十年（1894），南京的第一条马路建成，由下关码头经鼓楼至通济门。后又陆续修筑城内道路，路宽6米至9米，有利于马车、人力车通行。"②交通的便利自然有利于城市人、物的流通，促进了城市经济的发展。同时，从社会组织和基层政权管理方面看，"光绪末年至宣统年间，实行警察制，保甲废止"③。可以窥见社会管理模式也开始近代化了。

……

鲁迅正是在此社会变动的大背景下进入南京的，这是他生平第一次进入大城市，这里有着完全不同于绍兴传统小城镇的文化结构，绍兴毕竟是以集权行政治理为社会本位和以简单手工业为主要经济形态的小城市。转型中的南京，城市空间、制度条件、工业化生产、自由经济贸易，以生产、消费、流通为核心的商业经济社会，都为城市新市民的产生和都市化的生存提供了机会。对于鲁迅而言，这些都对他有着不可轻忽的影响，当然我们认为其中首要的影响应是自由意志的养成。

鲁迅1898年进入江南水师学堂，同时又可说是"逃入"南京这座城市的，也不乏人生的"被抛入"感。对于他来说，逃离沉滞的故乡逃入新的环境，同时又是一种情感补偿的满足。这种情感的需求究竟是什么？显然就是鲁迅所谓的"逃异路"的"别样"追求。作为南京城的"逃入者"或"抛入者"，鲁迅当时的选择实在是无奈之举：祖父入狱、父亲病逝、故家困顿、逃难避

① 南京市方志编纂委员会编：《南京民政志》，海天出版社1994年版，第470—471页。
② 南京市方志编纂委员会编：《南京公用事业志》，海天出版社1994年版，第1页。
③ 南京市方志编纂委员会编：《南京公用事业志》，海天出版社1994年版，第45页。

险、被视为"乞食者"……在这过程中，使他背负着巨大的情感压力，他看见了太多世人的真面目，对"S城人的脸早经看熟，……连心肝也似乎有些了然"……①这种万般无奈之下，鲁迅被动选择了逃异路、走异地，到南京"寻求别样的人们"。所以，"背井离乡"的逃离、对南京的选择和对"别样"的寻找，有当时特定环境、条件等因素的限制，譬如有"无须学费"的现实原因；有就教于江南水师学堂的本家叔祖周椒生可以投靠的便利；当然最内在的原因还是对故乡S城（绍兴）无出路的失望，对故乡传统生活秩序里人们生存现状的悲观。因此，我们完全可以认为，鲁迅是带着对旧家、旧城，乃至整个旧社会秩序的绝望与否定来到南京的，对于南京新式学校的选择，至少从情感层面上凸显了鲁迅不愿屈服的心理动因，他决计不再去循传统科举之路，不再做绍兴城与绍兴文化结构中的"孔乙己"和"陈士成"。对故乡旧文化空间的不满，对故乡礼教秩序的不满，对新城市和新文化空间的选择，是鲁迅在南京开始其世界观转变的内在动因。

"新学堂"是鲁迅选择南京的目标，自然也应该是"别样"的。作为西学东渐、洋务运动的教育产物，"新学堂"自然带着现代教育体系的因素，那是一些在新型城市空间结构和公共文化平台构建的现代价值。尽管它身上也沾染着旧时礼教的浓厚痕迹。

1890年，清政府创办了南京第一所新式学校——江南水师学堂。学堂聘英国水师教练，参照英国训练水师办法，分设驾驶、管轮两科。1895年，两江总督张之洞奏请创办江南陆师学堂，聘德国人骆博凯为总教习，学制三年。1898年，继任两江总督刘坤一上奏光绪帝，议请"于陆师学堂内添设矿路学一斋，挑选学生分习重力、汽化、地质等学"，获光绪帝准请。矿路学堂聘德国教员，开设国文、德文、日文、测矿学、地质学、化学、熔炼学、格致学、算学、绘图学等课程。该学堂仅于1898年招收了一期学生，共一个班24人，附设于陆师学堂第二期。1899年正月，于陆师第二期附设的矿路学堂开学，收鲁

鲁迅与20世纪中国研究丛书

---

① 鲁迅：《朝花夕拾·琐记》，《鲁迅全集》第2卷，人民文学出版社2005年版，第303页。

迅等学员24人，1901年1月毕业。此外，1896年南京铁路学堂以及南京储才学堂（格致书院）创办。1897年5月2日，谭嗣同、杨文会、刘聚卿、茅子贞等于南京建金陵测量会，提倡科学实验，是为中国第一个测量学术团体。1898年9月14日，刘坤一奏将南京储才学堂改为江南学堂，并将旧有之钟山、酉经、惜阴、文正、凤池、奎光六书院一并改为府、县各学堂。同一天，刘坤一还奏请于南京建农务学堂……将上海制造局兼辖广方言馆和旧有炮队营裁并改建工艺学堂……第二年刘坤一又于江宁建江南练将学堂。延聘洋员，教以马、步、枪炮、工程、辎重、测量等学。1901年，南京建江南蚕桑学堂，是为江苏最早培养蚕桑专业人才之学校……

南京城里政治、经济、文化、教育等声势浩大之"变"，无疑打开了鲁迅的眼界。"晚清时期，江苏行政当局在教育方面进行了重要改革，仿照西方教育模式，建立新型教育行政机构，大力创办新式学校，改革学制，派遣留学生，使教育逐步走上近代化轨道。"[1]"洋务教育打破了传统的科举教育在内容上的狭隘，……从而开启了以学习近代科学文化为主要内容的新教育的先河。洋学堂的创办适应了西学东渐的历史趋势，推动了近代中国社会的发展……从而在一定程度上加快了帝国的苏醒和新生。"[2]再加上当时大量新式报刊与译作的流行，有力推动着新思潮的传播。1896—1898年，谭嗣同在南京著《仁学》，推动维新。1898年南京出版发行了第一张近代私营报纸《基督教旗报》，现代传媒业也随之兴起。有资料记载："自清光绪二十四年（1898）至宣统三年（1911）的13年间，据不完全统计，至少有53家报刊遭到查禁、暂时停刊，或受其他处分；有2人被杀，17人被监禁，被传讯、拘捕、警告或押解回籍者百余人。"[3]这一记载从反面也证明了当时报刊的盛行与思想锋芒的尖锐。1901年10月，两江总督刘坤一、湖广总督张之洞奏请变法，议兴学堂，先行设局编译教科书，局设南京，初名江鄂书局，后更名江楚书局。……

---

① 徐梁伯、蒋顺兴主编：《江苏通史·晚清卷》，凤凰出版社2012年版，第250页。

② 杨启宁、李平编著：《西学东渐与教材引进史研究》，中央广播电视大学出版社2013年版，第138页。

③ 南京市方志编纂委员会编：《南京报业志》，学林出版社2001年版，第388页。

南京城，在这个变动的"别样"城市里，传统做派与现代知识构成了矛盾、混杂的价值景观，为鲁迅提供了对照、比较、选择的生活空间。

鲁迅先进入的是江南水师学堂。《朝花夕拾·琐记》中有记载说："总之，一进仪凤门，便可以看见它那二十丈高的桅杆和不知多高的烟通。功课也简单，一星期中，几乎四整天是英文：'It is a cat.' 'Is it a rat？' 一整天是读汉文：'君子曰，颍考叔可谓纯孝也已矣，爱其母，施及庄公。' 一整天是做汉文：《知己知彼百战百胜论》，《颍考叔论》，《云从龙风从虎论》，《咬得菜根则百事可做论》。……"显然，这不是他心目中的"别样"，教科书新旧杂糅，一片"乌烟瘴气"。因此，"于是毫无问题，去考矿路学堂去了"。①

在《呐喊·自序》里，鲁迅说："终于到N去进了K学堂了，在这学堂里，我才知道世上还有所谓格致，算学，地理，历史，绘画和体操。生理学并不教，但我们却看到些木版的《全体新论》和《化学卫生论》之类了。我还记得先前的医生的议论和方药，和现在所知道的比较起来，便渐渐的悟得中医不过是一种有意的或无意的骗子，同时又很起了对于被骗的病人和他的家族的同情……"②在这样一种新学的语境里，在"看新书的风气便流行起来"③的"变革"大背景下，在当时南京城的新潮涌动中，鲁迅热衷读《时务报》《译学汇编》，一有空闲就喜看《天演论》，这成为鲁迅在矿路学堂期间"别样"的生活状态和学习状态。鲁迅获取了对物理、化学这些西方科学与知识体系的认识，从格物致知尽心穷理转而习得了对社会进化演变的知识，新的思考资源的接触势必对传统价值产生重估与批判的意识，而从西方社会科学术语背后获得的是陌生的民主、竞争、自我、国家等概念。这些知识和意识自然在以后的新文化运动思潮中，发挥了重要的社会作用。这显然也是前文所述的物质理性、开拓进取、趋时求新的现代市民意识的呈现。

① 鲁迅：《朝花夕拾·琐记》，《鲁迅全集》第2卷，人民文学出版社2005年版，第301—312页。

② 鲁迅：《呐喊·自序》，《鲁迅全集》第1卷，人民文学出版社2005年版，第438页。

③ 鲁迅：《朝花夕拾·琐记》，《鲁迅全集》第2卷，人民文学出版社2005年版，第305页。

当然，这种的"别样"是有限度的。学校里依旧有"不变"的地方。即使在矿务学堂，也不时有着"你这孩子有点不对了……"的老前辈严肃的训斥。很显然，在接受启蒙思想、人性解放、西方自然科学知识体系的同时，鲁迅也要面对不可触犯官方禁忌的经学考证等传统学术体系。但也许正是这种"中体西用"知识生态，才使得鲁迅等那一代知识人身上有着"别样"的气质。

从鲁迅在南京的受教育情况，我们大致可以发现三个方面的内容：其一，在城市的变迁中，新型学堂在科学知识、教学体系、教育思想与教育理念方面，已经有唤起重要的公共意识与民主意识的可能性。在南京新旧力量的对比博弈中，鲁迅接受了新知识（体系）、新思想，尤其是熟悉了社会进化论思想的思想资源；其二，"别样"的新旧杂糅的文化思想资源构成，一方面使鲁迅的自我意识从原来的对故乡传统生活秩序感性的逆反层面，逐步进入在对传统礼教秩序的理性批判上，另一方面也使得他对传统文化资源的体会更具深度；其三，鲁迅自行转学入矿务学堂、主动大量阅读维新著作等等，表明他自行选择力量在增强，不再是当年"被抛入"南京城时的许多的无奈与无助感，现在他是在新的生活环境里开始追求自己理想的生活了。

第二节 南京鲁迅纪念馆里的"南京鲁迅"

作为传承鲁迅精神遗产在当代都市中的公共空间，各个城市的鲁迅纪念馆和鲁迅博物馆都有其各自的记忆侧重。在南京建立鲁迅纪念馆，并非仅仅是在全国鲁迅纪念馆的版图中又增补了一个而已，在南京成立鲁迅纪念馆，有着别样的意味。

1936年10月鲁迅在上海逝世之后，全国各地都举行了规模程度不同的悼念、纪念活动。远在延安的中国共产党中央委员会和中华苏维埃人民共和国中央政府发表《为追悼鲁迅先生告全国同胞和全世界人士书》，其中提出应建立各种鲁迅纪念设施的倡议。但南京作为当时国民政府的首都并未有积极的响应，因此当时南京的鲁迅纪念活动相对沉寂，即便是自发的悼念活动、追思会都基本上是处于地下或半公开状态，根本谈不上落实纪念设施、场馆等的建设，沈践先生在《一次不寻常的鲁迅追悼会》一文中曾描述过这样的情景：

> 当年10月下旬，他们曾冒着风险在南京举行过一次鲁迅追悼会……追悼会的地点在南京市中心鼓楼附近薛家巷8号国立戏剧学校的礼堂举行。……面对种种高压，剧校学生无所畏惧，听到鲁迅逝世消息后立即着手筹备在校内举行追悼会。为了防止张道藩的阻挠破坏，各项筹备工作都悄悄地进行，分工由一届同学准备悼词与演讲，学过美术的凌颂强（即当今著名电影导演凌子风）负责绘制鲁迅像；二届同学在当过音乐老师的沈风指导下练唱挽歌。准备工作就绪以后，一声铃响，大家都集合到礼堂开会，除本校同学和部分教师外，还有闻讯而来的校外人士，共约一百人。当时学校规模不大，在校师生总共只有一百三十人左右，礼堂也很小，只能容纳七八十人。许多人只能站在室外天井里参加追悼会。……当时正值抗日战争前夜，剧校同学在悼词与演讲中不仅深深表达他们对鲁迅先生的敬爱与哀悼之情，而且誓言要继承鲁迅的事业，投身到抗日救亡的洪流中去为民族解放而奋斗。①

南京的鲁迅纪念活动算起来是从1949年新中国成立以后开始的，直到上世纪80、90年代才真正形成气候。除了在高校校园里因鲁迅研究已成为重要的学术专题因而围绕鲁迅的各种文化活动所在多有外，一批以鲁迅命名的文化设施、纪念机构开始建立。如上世纪50年代在南京挹江门内的江南水师学堂，曾建有专门的鲁迅纪念室，不过这一纪念室在1980年代因妨碍其他工程建设已被毁；还有，位于现在物资大厦大院的江南陆师学堂门口，专门竖立了"鲁迅读书处"的标石。该处社区也被命名为"鲁迅园社区"；同时，南京师范大学文学院门口和南师大附中的草坪上分别建有鲁迅头像和坐像；南京还创办了"树人"国际学校……这些逐步构成了南京城多方位纪念鲁迅的文化景观。其中，

① 沈践：《一次不寻常的鲁迅追悼会》，《上海鲁迅研究》1996年刊，第103—104页。

南京鲁迅纪念馆是最具典型标志意义的。

不同于北京鲁迅博物馆和上海鲁迅纪念馆——它们的建立从一开始就被纳入了国家文化事业的重要部分，是重要的当代文化工程，有着鲜明的意识形态色彩，南京鲁迅纪念馆的得以建立缘起于学术界、文化界的长期呼吁，最后由政府核准设立的，是自下而上的结果。南京鲁迅纪念馆成立于新时期拨乱反正之后，没有经历过其他类似纪念馆作为特定文化空间曾经遭遇到的政治动荡与影响，从一开始它的定位是比较学术化、专门化的。

1981年，江苏省鲁迅研究学会成立大会暨纪念鲁迅100周年诞辰学术讨论会在南京中山陵召开。会上学者们纷纷倡议建立南京鲁迅纪念馆。1991年，鲁迅110周年诞辰之际，时任江苏省鲁迅研究学会会长的著名学者吴奔星教授再次撰文《鲁迅正走向世界、走向未来——南京鲁迅纪念馆的建立在期待中》，文中谈道："从鲁迅生平的发展看，第一与第二[1]之间单单缺少了南京鲁迅纪念馆。如纪念馆能体现鲁迅的生平和思想发展历程的话，便因缺少南京鲁迅纪念馆而出现了断层现象。南京，是鲁迅求学并且工作过的历史名城，为时达五年之久，是毛泽东同志称他为'三家'的光辉起点，其重要性并不亚于其他省市。由于解放四十多年来没有建立南京鲁迅纪念馆，以致鲁迅曾经学习过和工作过的地方所留下的一些珍贵的历史遗迹，也就逐渐湮没不彰，难于寻访了，未免令人产生惋惜与遗憾的心情。……"[2]奔星先生"为此呼吁了二十多年，直到临终还不忘此事"[3]。

直到2001年3月，由陈漱渝、汝信、宋林飞三位政协委员在全国政协九届四次会议上，提交了关于创建南京鲁迅纪念馆的提案（提案第3470号），并最终由全国政协发至江苏省，要求落实。2002年8月，江苏省文物局、南京市文物局、南京市教育局会同南京师范大学附中有关人员在南师附中召开认证会。

---

① 按："第一与第二"是指鲁迅出生的故乡绍兴和后来工作的北京两个城市，后分别建有绍兴鲁迅纪念馆和北京鲁迅博物馆。

② 吴奔星：《鲁迅正走向世界、走向未来——南京鲁迅纪念馆的建立在期待中》，《南京文化》1991年第4期，第10页。

③ 徐昭武主编：《追寻鲁迅在南京·南京鲁迅纪念馆开馆记》，中国画报出版社2007年版，第183页。

会议讨论了鲁迅在南京主要生活过的地方的现状：（1）江南水师学堂，在挹江门内中山北路上，屋舍保存尚多。上世纪50年代周作人曾指认过鲁迅的宿舍，并建有纪念室。但宿舍在上世纪80年代建大楼时被毁，该处现为海军的研究所，因而不宜建纪念馆。（2）南京临时政府部，位于成贤街，现为市政府大院之一，但原建筑早已不存在，也无法建馆。（3）江南陆师学堂，范围包括今中山北路283号省物资局大院、对门南京军区政治部大院及南师大附中的一部分。江南陆师学堂还存有两幢西式老楼，位于物资局大院的一幢，市文管会有"鲁迅读书处"的标石，其实是陆师学堂总办办公楼。这座楼已成家属住宅，且内部有改变。只有南京师大附中内尚存一幢同样结构的老楼。因此，最后决定在南京师大附中内建南京鲁迅纪念馆。

南京师范大学附中是一所百年老校，与鲁迅有着深刻的渊源。"20世纪80年代南师附中曾建有鲁迅纪念室，周建人先生曾为纪念室题写室名……"[①]近现代以来，一批与鲁迅有深刻关联的学者，如黄源、杨铨、巴金、胡风、常任侠、王景山、钱理群等都是它的校友。这一批"附中人"已经为南师附中积淀了丰厚的人文精神与鲁迅精神资源。从2003年夏开始，南京师大附中成立了由徐昭武任组长，许祖云、陈广阳参加的"南京鲁迅纪念馆筹备小组"，全力进行纪念馆的筹备工作。

南京察哈尔路37号南京师范大学附中葱郁的校园一角，在一片茂密的树丛里，安放着一尊鲁迅安坐在椅子中的塑像。它的对面则是一幢建于光绪二十一年（1895）的欧式二层小洋楼，伴随着百年风云耸立至今，这是当年江南陆师学堂的一部分，南京鲁迅纪念馆就建在这座楼里。这是国内第一家建在中学校园中的鲁迅纪念馆，也是一所特点极其鲜明的鲁迅纪念馆。该馆于2006年4月27日正式举办开馆仪式，之后又在2011年至2012年12月间在原有基础上进行扩建、改造，活动空间面积增加了三倍，也进一步增强了其教育、研究功能。

在南京鲁迅纪念馆的规划和建设过程中，筹备小组广泛调研、论证，最终抓住"南京、中学、教学"三个关键点，将它定位在"中学课本中鲁迅作品的

① 徐昭武主编：《追寻鲁迅在南京》，中国画报出版社2007年版，第182页。

研究中心"和"中学师生学习、研究鲁迅的平台"。这"三个关键点与一个中心、一个平台"的明确，不仅使在全国的范围内规模最小的南京鲁迅纪念馆立刻拥有了自身独特的存在价值与鲜明个性，而且使原本停留在书本上的鲁迅与鲁迅精神有了更具象的呈现，拉近青年一代与鲁迅的距离，使得青年一代阅读鲁迅作品、亲近鲁迅精神变得更加直接，也更具亲和性。

在2006年4月27日的开馆仪式上，时任南师大附中校长王占宝明确阐释了这种特色与定位："我们建立鲁迅纪念馆，不是仅仅追求一个空间的存在，而是一种精神的表征，一种观念的表达，一个视角的选择，一种长效机制的建立。……我们研究的主体是：中学教师和中学生。……我们研究的内容是：鲁迅的人生选择与践行；中学鲁迅作品在当下环境下的教与学；我们研究的向度是：一个'平常的人'怎样成长为一个'伟大的人'；一个'伟大的人'怎样享受自己'平常'的生活；我们研究的方式是：自主性、探究式。……我们将努力将它建设成为中学课本中的鲁迅作品的研究中心，鲁迅人生选择的研究中心。"[①]2010年，在全国鲁迅纪念馆年会上，南师大附中继任校长陈履伟作了题为《南京鲁迅纪念馆的办馆宗旨》发言，更明确地提出办馆指南："第一，以鲁迅在南京为基本的史料布展。……这正是他成长的一个关键时期，是他世界观形成的一个关键时期。这对我们的中学生具有极强的借鉴意义。第二，以中学课本中的鲁迅为研究对象。……它从一个独特的角度，反映了各种思潮的消长和价值观的变迁，也许正是通过一个较长时段中鲁迅形象的演变，才能更好地寻找到真实的鲁迅，鲜活的鲁迅，才能从中提取和积淀出最为宝贵的鲁迅精神。第三，探讨鲁迅在中学生精神成长中的价值、内容和实现方式。"[②]

因此，南京鲁迅纪念馆在布展设计上侧重"南京鲁迅"与"中学鲁迅"：以介绍鲁迅的南京学习生活为主。在600平方米的展厅内，分五个展室。

第一展室"鲁迅与南京：去寻求别样的人们"。探求伟人的足迹，目的就是为了更真切地了解伟人的生活，认识南京之于鲁迅的影响。第一展室主要展

① 徐昭武主编：《追寻鲁迅在南京》，中国画报出版社2007年版，第190—191页。

② 见南京鲁迅纪念馆宣传册。

示鲁迅在南京的学习和工作情况，以图片、实物的形式，形象地呈现鲁迅青少年读书求学时期在南京留下的足迹，同时也包括鲁迅后来归国后在南京工作的情况，譬如：1910年9月，鲁迅曾率绍兴府中学堂师生参观南洋劝业会；1912年2月至1912年5月，鲁迅应聘南京临时政府教育部；以及1914年鲁迅在南京为母亲捐刻《百喻经》的经历。

第二展室"附中人与鲁迅"。以南师大附中的一批著名校友，如巴金、胡风、黄源、杨杏佛、王景山、钱理群等为主体，介绍他们与鲁迅的关系或关联，他们与鲁迅之间的故事，以此探究鲁迅对于附中校友以及附中的影响，展示校友有关鲁迅的研究著作及附中人对鲁迅研究做出的贡献。

第三展室"鲁迅与教材：与鲁迅相遇在作品中"。以图文结合的方式对于教材中出现的重点文章加以呈现，梳理出了鲁迅作品在中小学课本中的呈现脉络，梳理出鲁迅作品在基础教育阶段语文教学中的沿革，分小说、散文、诗歌、杂文等文体进行专版介绍，向观众展示作品的出处、主旨提要、专家解读等。让观众在专家解读的基础上对教材中的鲁迅作品有进一步的认识，也启发学生进一步思考探索。在这一展室中，还整理展出了一些与鲁迅有关的美术作品，希望通过它们来让大家了解到鲁迅及其作品与美术的关联，同时以绘画的直观形式也更有利于青少年认识鲁迅，感受鲁迅的作品，获得艺术上的熏陶。

第四展室"鲁迅与教材：鲁迅作品中的那些人"。将教材中鲁迅作品涉及的重要文化名人进行专版介绍，将人物图片、人物简介、人物在鲁迅作品中的出处以及与鲁迅的关系等等，均作详细介绍。这一展室不仅加深了人们对鲁迅文本的理解，同时还以鲁迅为中心展示了一个时代的人文风景。

第五展室"鲁迅图书阅览"既是展室也是图书资料室和教学活动室，这里已经被打造成一个中学鲁迅作品的教学资料库和研究中心、活动中心。展室中集中收藏了鲁迅著作及相关研究著作、美术作品以及有关鲁迅作品的影音资料，收集整理了中学教材中鲁迅作品的教学资料。

可以看到，紧密联系中小学鲁迅教学，南京鲁迅纪念馆巧妙地"扬长避短"，形成了自己鲜明的个性与特点。南京鲁迅纪念馆以鲜明的定位与建馆方针，利用在中学校园中的优势，将纪念馆与学校教育相结合，形成特有的纪念氛围与地域优势，使"南京鲁迅"这个特殊的精神资源寄寓于南京鲁迅纪念馆的公共空间中，这里不仅仅是一个复活历史记忆的平台与场所，更试图在这个场所中建立起一种召唤结构，力图将记忆转化为自觉的文化行动。

第三节　文教实践中的"南京鲁迅"

任何纪念馆的文化空间意义，都绝非简单的历史资料的保存与陈列，作为当代公共文化平台，将特定场所的空间与一种文化精神资源做恰切的融合，以一种当代人更熟稔的文化符合，设计、投射出鲁迅的精神特质，是深具挑战的事。

南京鲁迅纪念馆从教育过程入手，结合自身在教育方面的优势资源，普及鲁迅、走进鲁迅。他们通过纪念馆平台，将纪念性场所的意义表达置于教育传播的当代语境中，首先致力的就是减少代际的隔阂，探索以更亲切的方式引导学生与鲁迅对话，并在对鲁迅作品的对话、提问和反思中，体认鲁迅的价值。

南京鲁迅纪念馆既通过静态的馆藏文献侧重介绍鲁迅在宁学习的过程，尤其从"南京鲁迅"史料的细节中彰显变动的南京城里青少年鲁迅的成长、思想变迁，营造出与"南京鲁迅"同步思考、同样面对青春期人生困惑的现场感；又通过动态的中学鲁迅教育教学和研究，引入更具深度的思想资源，为师生的思想探索提供更丰富的触发点。现在纪念馆就形成了"图文、史料中的鲁迅"与"教学与研究（中学生眼里）中的鲁迅"两个着力的方向。前者提供了学生更易亲近的"南京鲁迅"的直观的精神资源；后者则利用教学与研究的互动这种更具深度的形式，引导学生走进更为深邃廓大的鲁迅精神世界。

自2010年下半年起，南京师大附中依托南京鲁迅纪念馆的平台开展了一系列主题活动：成立了"树人文学社""'我们'文学社""朝花夕拾·文化寻踪"等学生社团；举办了"'鲁迅杯''巴金杯'系列写作大赛"与"鲁迅思想的当代意义"主题辩论赛；举办"鲁迅周"专题活动；进行了实地采风；举办了"我和鲁迅校际联系""走进鲁迅"等微型展览活动；开办了鲁迅作品影视观摩的"午间小剧场";组织了对纪念馆日常开放管理的学生志愿者队伍……这些都是以更用心的创意凸显鲁迅的意义,让更多的学生走进鲁迅、感受鲁迅。

把普及鲁迅与学校教育相结合,南京鲁迅纪念馆有着得天独厚的有利条件。他们以"走进鲁迅"课程项目为抓手,构建了一个综合了语文、历史、艺术的跨学科多层次的课程体系。

在鲁迅教学研究方面,他们着力打造建立了鲁迅作品教学研究中心,每一学年都对中学教材中的鲁迅作品开展专题教学研究活动,开设观摩研讨课,邀请专家学者举办专题讲座,组织论坛活动,培养一批对鲁迅作品"学有心得、深有研究"的教师队伍,充分发掘和传承鲁迅作品对学生为学、为文乃至为人的积极因素。2011年11月,他们策划开展了鲁迅作品同课异构的教研活动,由高中向下延伸至初中、小学,系统地梳理整个小学、中学阶段的鲁迅作品,对于每一篇作品进行了同课异构的实践,整理出不同课程的典范教学设计。

在鲁迅教学方面,他们以鲁迅作品为原点开拓延伸,既给学生制定了"人文阅读计划",将鲁迅作品列入必读书目,并通过过程性评价的方式进行督促、评价;又将"鲁迅作品选读"作为面向全体学生的校级必修课程,用一个月的时间在语文课程中集中研习鲁迅经典作品。还利用选修课程提供的机会,精心开发以鲁迅经典作品研究为核心、涵盖整个20世纪中国文学发展风貌的课程体系。在课程体系上,他们设计了三个层次的选修课程系列:第一层面是多角度地进行鲁迅作品的研读学习,包括"鲁迅作品选读""杂文读写""图说鲁迅小说"等课程;第二层面是借助对鲁迅作品的深度阅读,进一步通过鲁迅的视角去研究中国文学、中国历史与文化,如"《中国小说史略》讲读""跟鲁迅解读中国历史""鲁迅启蒙文选讲"等系列;第三个层次则是以鲁迅为原点延伸开去,引领学生领略中国现当代文学风貌,认识鲁迅所处的时代,了解"五四"以来中国新文化的发展状况等课程系列,如"现当代文学流派选讲""台港文学选读""现当代通俗文学选读""现当代女性文学选读""与鲁迅同时代的那些人""旧期刊中的新文学风景"等。

完整的课程体系,努力贴近学生的认知特点,注重学生的感受、体验性。

鲁迅与20世纪中国研究丛书

通过文本、图画、影音、实地考察、讨论等多渠道接触鲁迅作品，通过与作品的深度对话进入鲁迅的生命世界，从而体验感受鲁迅的思想魅力、人格精神与生命情怀，这样就打破了鲁迅研读过程中长期存在的"脸谱化"倾向，让学生更能从情感上触摸青年鲁迅及其时代；另一方面，强调实践性和探究性，通过多渠道多样化的主题实践活动设计，激发学生参与的主动性和积极性，鼓励学生将动心、动脑、动口与动手结合起来，在丰富多彩的实践活动中提升学生的综合人文素养，由此，培育学生发现、提出问题的敏锐性，认真思考、探究、理性对话的习惯，还有质疑、反思、批判的精神。在这一过程中，最重要的是："在教学过程中，……启发学生穿越时间的隧道，与鲁迅进行生命的对话，引导学生思考这样的问题：当鲁迅和我们同龄（十七八岁）的时候，他在此地做了些什么？他在思考些什么问题？"①

　　作为20世纪中国最杰出的文化先驱，鲁迅不仅是政治家论断里的文学家、思想家或革命家，他其实可以成为一个可亲近的、与自己生活的城市有着更亲近关系的对话对象。现任南京鲁迅纪念馆馆长的倪峰，在《我们是如何"走进鲁迅"的》一文中介绍说："拉近学生与鲁迅的距离，是与他们共同走进鲁迅的前提……如果没有生命的碰撞，如果不能激发一个人的生命体验、生命情感、生命思考，是无法走近鲁迅，更别说走进鲁迅了。……面对学生鲜活的生命个体，要让我们的教学拥有持久的生命力，既要选择充满生命力的教学文本、教学素材，也需要教师在教学过程中投入自身的生命热情和创造力……把鲁迅的自述、书信、日记以及他人对鲁迅的回忆记述等也作为教学素材，贴近真实鲜活的鲁迅其人；引导学生将小说文本改编排演成课本剧，直接进入作品的角色，感知人物的心理，探求鲁迅的文心；组织学生自己设计编辑期刊杂志，在创造性实践中感受鲁迅当年编辑刊物的艰辛与快乐；布置学生探究一些由课堂教学内容延伸出去的小课堂，用DV、小论文、调查报告、文学绘画创作等多种形式提交自己的探究成果……"②当一群中学生在思索"南京鲁迅"

---

　　①　倪峰：《南京师范大学附属中学"走进鲁迅"课程项目专家论证会纪要》，《新语文学习·中学教学》2013年第4期，第23页。

　　②　倪峰：《我们是如何"走进鲁迅"的》，《名作欣赏·语文讲堂》2013年第10期，第72页。

的人生困惑时，他们的精神波动必定是鲜活生动而有体温的。

当然，孙郁先生曾经说："南京的话题之于鲁迅，其实正是中国话题的一部分。……他和城市的关系，绝非仅仅私密的、狭小的关系。先生的意义在于，他构成了一个人与一段历史，一种文明，一道精神场景的流动的关系。"①透过南京鲁迅纪念馆别有创意的努力，中学师生们在面对鲁迅的人生及其作品时，会更有感情地感知一个过去的时代，在那个时代里青年鲁迅的希冀、努力和困惑，鲁迅身上那种刚直不阿的正义感、对社会现实的关注热情、独立不羁的自由思想、冷峻锐利的批判精神，将会以一种更有体温的方式成为当代中学教育场域的思想文化资源。2012年，江苏省教育厅批准以南京鲁迅纪念馆为依托的南师附中成为省级文科教学基地。南京鲁迅纪念馆的探索还正在路上。

---

① 孙郁：《鲁迅与南京》，徐昭武主编：《追寻鲁迅在南京·序言》，中国画报出版社2007年版。

结语　鲁迅与20世纪中国都市研究的学术前瞻

　　"鲁迅与20世纪中国都市化进程"这个话题，我们以为它已经超出了传统的作家论或文学史研究的范畴，要想深入研究这一问题，需具备社会学、历史学、文化史等跨学科的视域。鲁迅不仅作为文学家存在，他一生建筑的独异的文学空间和文化精神，正伴随着20世纪以降中国的都市化进程，展现出更为丰富的意义。

　　"人与城"本身就是一个有着巨大社会文化历史含量的话题。一个作家与一个历史时代的社会形态、都市化演绎的内在脉络可讨论之处甚多，作家出生地如福克纳所说的"像邮票大小的故乡"那样的故乡小镇，居住的都市、漂泊寻游身历的城市景观等等，都饶有趣味。不过就我们的课题而言，鉴于20世纪中国在历史进程和社会发展形态上的重大变化，20世纪中国的"人与城"更有着特殊的意义。20世纪中国文化、文学的伟人鲁迅（1881—1936）先生自然是绕不开的重镇。他所生活的时代中国还处于半殖民地半封建的社会历史形态。在他不足一个甲子的人生中，自1898年离开家乡绍兴古镇，在日本的东京、仙台留学外，主要在中国的城市里居住，生活过的城市先后有南京、杭州、北京、厦门、广州、上海，还在西安、香港等地短暂讲学。这些城市均保留了鲁迅的一些文化遗迹。鲁迅生前，"人与城"的命题在他这首先是一个个相对具体的，随着他的迁徙留下的步履印迹，鲁迅身后"人与城"则更多是精神的薪火相传，各地的鲁迅文化遗地记录着鲁迅的人格魅力，成为别有特色的城市地标。

在进入这个如此丰富的课题的时候，我们既受到来自鲁迅身上携带着的巨大的文化力量的刺激和兴奋，又陷入相当纠结的困惑中。"鲁迅与20世纪中国都市化进程"，这是一个深具挑战的命题。或许有学人以为，鲁迅本人与其说是现代中国知识分子，还不如讲更像乡村中国的知识分子，或曰"流浪在城市中的波希米亚人"。鲁迅与城市的精神联结究竟在何处呢？从史实上看，最早有一点联系的应是他首次离开家乡，怀揣母亲给的8块银圆到南京求学。用他自己的话说"走异路，逃异地，去寻求别样的人们"①。晚年定居上海，1935年5月他在上海《漫画生活》第9期上发表《弄堂生意古今谈》，"四五年前，闸北一带弄堂内外叫卖零食的声音，假使当时记录了下来，从早到夜，恐怕总可以有二三十样。居民似乎也真会化零钱，吃零食，时时给他们一点生意，因为叫声也时时中止，可见是在招呼主顾了"。这里对摊贩在弄堂的叫卖声的描绘再现了生动形象的市井生态，仿佛鲁迅已多有市井的烟火气，可是他又不是真正意义的都市子民，他更多是异乡客、漂泊者、新思想的探寻者。基于新旧思想、文化的碰撞和冲突，他知道"我的怨敌可谓多矣"，上海生活时鲁迅大都是以"横站"的姿态，面对四周各路的"围剿"。在而不属于，这是其一，在深入研究对象时需要面对鲁迅的这一困境。

其二，"鲁迅与20世纪中国都市化进程"还是一个动态的直指当下的话题。从20世纪下半叶到21世纪初叶的当下，鲁迅的核心价值已是作为历史性的非物质文化遗产的精神承传而存在。不过，我们自身生存处境的却是一个现实感极强，高度物质化、现代化的立体空间充斥的城市。今天，与鲁迅相关，留存于城市一隅的是作为历史文化遗留地的故居，作为纪念地的博物馆、纪念馆、墓葬等，包括以鲁迅名字命名的公园、广场、雕塑、图书馆、电影院、学校等均已参与了所在地的城市文化建设。在文化系统中处于两极的，基础的物质文化与存于顶端的人的思想精神文化，又如何实现真正的互契呢？尤其，"鲁迅与20世纪中国都市化进程"最为关键的问题，需要回答鲁迅的精神遗产究竟是以什么样的方式、什么样的路径，参与到20世纪下半叶以来现代中国的

① 鲁迅：《呐喊·自序》，《鲁迅全集》第1卷，人民文学出版社2005年版，第437页。

都市化进程中。我们的思考和探寻的难点在于，鲁迅不可能是具体的城市文化地标的简单代名词，尤其不可为商业计仅仅抽象为文化符号，这是我们身为学者不以为然的。鲁迅作为现代城市的非物质的精神遗产，它应有一种独有的文化内容和形式。我们看到了各地的鲁迅文化地标的努力，当然也看到了鲁迅精神遗产的扭曲和变形，这自然是令人唏嘘不已的事。

正是基于上述困惑，我们对这个具有挑战性的选题，积极努力而小心地探索着学术路径，即确定总的目标是试图通过鲁迅生存环境、生命历程与20世纪中国的都市化进程中的一些重要的精神问题、社会问题寻踪考量，以核心问题辐射、深入鲁迅文化活动和文学创作的世界，进一步了解他是如何具体感受、想象、批评中国的都市化进程的。以鲁迅1936年的逝世为界，20世纪上半叶和下半叶"都市中的鲁迅"自然有所侧重：上半叶的"都市中的鲁迅"以鲁迅与都市生态的人与事为线索，审视其文学文本里的都市意象与体验，鲁迅一生思考"立人"和"改造国民性"的问题，这对于后来者观照市井百态、透视芸芸众生乃至塑造现代新市民形象都有着重要的意义；下半叶的"都市中的鲁迅"则关注在新的语境中对鲁迅这一文化资源的诠释与利用。综观整个研究过程，我们有以下几点学术思考：

第一，鲁迅文化遗地的调查与其生前都市生活创作的细致解读相结合。在如何理解都市上，汲取路易斯·沃斯关于"作为一种生活方式的都市生活"与西美尔"都市与精神生活"的思想资源。在具体研究中，一方面要切实体会鲁迅生活的20世纪上半叶的中国的历史现场，尤其认真领会鲁迅对中国社会从乡土到都市这一社会变迁中的种种感兴；另一方面鲁迅逝世后的20世纪下半叶乃至21世纪的今天，鲁迅作为重要的现代文学、文化资源与影响是如何参与中国的都市文化的？他的思考的活力究竟在何处？又有何需要反思之处？前者旨在在特定的历史语境、社会文化生态中还原"都市中的鲁迅"；后者则侧重于在当下物化的都市文化生态里探讨鲁迅这一文化资源的当代命运。

第二，都市文化生态里中国现代知识分子的身份认同与更广泛的市民阶层的文化价值取向，是认知鲁迅思想文化资源的两个必要参照。"五四"以来，以新文化运动为代表，中国现代知识分子自觉追求自由民主的精神，在思想启蒙、现代人格的塑造、文化批判以及道德自律和良知自省等等方面已形成强大的现代文化传统，鲁迅无疑是这一现代文化传统的杰出代表。在20世纪中国的都市化进程中，他从国民政府教育部任职佥事科层制的公务员生活，到北京大学等校讲学从事现代大学教育，再到自由写作深度介入报刊出版传媒等现代社会公共空间，乃至参与社团、会所、茶馆、咖啡厅、书店等文化活动。鲁迅一生的行止可以说是典型的现代都市知识分子的行为。中国现代知识分子可能游走于政治权力中心的边缘，却是活跃于社会思想文化风潮的中心。理解"都市中的鲁迅"是不可能脱离中国现代知识分子的成长背景的。更广泛的市民阶层的文化价值取向也是必要的参照。普通市井日常生活的冷暖、谋生、交往、消费、休闲、娱乐等衣食住行里的人间百态，理应是"人与城"的命题里最生动的写照。鲁迅对这一切既有其犀利的批判眼光，他不满"瞒与骗"，看到普通人在"做奴隶而不得"与"做稳了奴隶"之间的挣扎，看到权力和金钱对都市各色人等的侵蚀，不乏激愤的抨击言辞。他更有其感同身受的悲悯，乃至自我诘问的心灵痛楚。这是身为严肃的知识分子的精神标示，是高贵的精神传统。

第三，"都市中的鲁迅"的当下意涵。在20世纪80年代以降，中国都市化进程急剧加速，大工业的扩张，社会组织、社会流动的复杂，社会阶层的分化，商业文明、消费主义的兴起，乃至全球化、信息化时代引领的新的城市革命正如火如荼地发生。另一方面，乡村的沦陷，人的精神生活的扁平化，文化资源的碎片化，也日渐严重。如此的当下社会文化处境下，如何理解作为精神资源的鲁迅和作为都市文化资源的鲁迅文化遗地，的确是一个棘手的挑战。

在本书中我们力所能及地做了一些思考，有一些切己的体会，也有如鲁迅感慨的"老调子已经唱完""此义遂晦"一类的感慨。当下中国正经历着深刻的社会变迁，略而言之其核心是正在走向中国的市民社会。鲁迅的精神资源如何在这一过程中得到认真的对待、汲取，不失其固有之血脉，又在应对当下社会语境时张弛有度，显幽扬隐，这正是"鲁迅与20世纪中国都市化进程"这一命题带给我们的长久思考。

鲁迅与20世纪中国研究丛书

参考文献

基础文献

《鲁迅全集》，人民文学出版社2005年版。

《鲁迅译文全集》，福建教育出版社2008年版。

《鲁迅年谱》（增订本），人民文学出版社2000年版。

《鲁迅辑录古籍丛编》，人民文学出版社1999年版。

《鲁迅佚文全集》，群言出版社2001年版。

《鲁迅回忆录》，北京出版社1999年版。

《1913—1983鲁迅研究学术论著资料汇编》，中国文联出版公司1985—1987年版。

《鲁迅生平史料汇编》，天津人民出版社1981年版。

《而已丛书》，福建教育出版社2006年版。

《鲁迅研究》《鲁迅研究文丛》《鲁迅研究资料》《鲁迅研究月刊》《上海鲁迅研究》《绍兴鲁迅研究》杂志。

国内学术论著

B

鲍晶编：《鲁迅"国民性思想"讨论集》，天津人民出版社1982年版。

C

曹聚仁：《鲁迅评传》，东方出版中心1999年版。

陈方竞：《鲁迅与浙东文化》，吉林大学出版社1999年版。

陈方竞：《多重对话：中国新文学的发生》，人民文学出版社2003年版。

陈子善：《沉香谭屑》，上海书店出版社2012年版。

程麻：《沟通与更新——鲁迅与日本文学关系发微》，中国社会科学出版社1990年版。

陈漱渝：《说不尽的阿Q》，中国文联出版社1997年版。

D

邓云乡：《鲁迅与北京风土》，河北教育出版社2004年版。

董玥：《民国北京城：历史与怀旧》，生活·读书·新知三联书店2014年版。

邓晓芒：《黑格尔〈精神现象学〉句读》第一卷，人民出版社2014年版。

邓正来、杰弗里·亚历山大主编：《国家与市民社会——一种社会理论的研究路径》（增订版），上海人民出版社2006年版。

F

方明光：《海上旧梦影》，上海人民出版社2003年版。

佛雏校辑：《王国维哲学美学论文辑佚》，华东师范大学出版社1993年版。

G

高旭东：《鲁迅与英国文学》，陕西人民教育出版社1996年版。

郜元宝：《鲁迅六讲》，上海三联书店2000年版。

戈公振：《中国报学史》，上海古籍出版社2004年版。

郭长保：《新文化与新文学——基于晚明至五四时期的文学文化转型研究》，线装书局2012年版。

顾炎武：《历代宅京记》，中华书局1984年版。

J

蒋梦麟：《西潮·新潮》，岳麓书社2000年版。

L

梁漱溟：《梁漱溟全集》第2卷，山东人民出版社2005年版。

李长之：《鲁迅批判》，北京出版社2003年版。

李书磊：《都市的迁徙——现代小说与城市文化》，时代文艺出版社1993年版。

李长莉：《晚清上海社会的变迁：生活与伦理的近代化》，天津人民出版社2002年版。

李楠：《晚清民国时期上海小报》，人民文学出版社2006年版。

梁伟峰：《文化巨匠鲁迅与上海文化》，上海文化出版社2012年版。

刘丽华、郑智：《鲁迅在北京》，北京工业大学出版社1996年版。

吕超：《比较文学新视域：城市异托邦》，中国社会科学出版社2011年版。

刘少文：《1872—2008中国的媒介嬗变与日常生活》，中国社会科学出版社2010年版。

李天明：《难以直说的苦衷——鲁迅〈野草〉探秘》，人民文学出版社2000年版。

李翔宁：《想象与真实——当代城市理论的多重视角》，中国电力出版社2008年版。

李伟江：《鲁迅粤港时期史实考述》，岳麓书社2007年版。

李怡：《日本体验与中国现代文学的发生》，北京大学出版社2009年版。

林毓生：《中国意识的危机——"五四"时期激烈的反传统主义》，穆善培译，贵州人民出版社1988年版。

刘小枫主编：《人类困境中的审美精神——哲人、诗人论美文选》，东方出版中心1994年版。

刘小枫：《拯救与逍遥》（修订本），上海三联书店2001年版。

刘小枫：《现代人及其敌人——公法学家施米特引论》，华夏出版社2005年版。

罗苏文：《近代上海：都市社会与生活》，中华书局2006年版。

M

孟悦、戴锦华：《浮出历史地表》，中国人民大学出版社2004年版。

N

聂绀弩：《聂绀弩全集》第4卷，湖北人民出版社2004年版。

倪墨炎：《鲁迅旧诗探解》，上海书店出版社2002年版。

倪鹏飞、杨晓兰、章武：《绍兴区域竞争力研究报告——创建品质绝佳之城》，社会科学文献出版社2010年版。

南京市方志编纂委员会编：《南京日用工业品商业志》，南京出版社1996年版。

P

彭晓丰、舒建华：《"S会馆"与五四新文学的起源》，湖南教育出版社1995年版。

Q

钱理群：《心灵的探寻》，河北教育出版社2000年版。

裘士雄等：《鲁迅笔下的绍兴风情》，浙江教育出版社1985年版。

S

单演义：《鲁迅在西安》，西北大学出版社2009年版。

山东师范学院聊城分院中文系图书馆：《鲁迅在广州》，山东师范学院1977年版。

上海鲁迅纪念馆：《六十纪程（1951—2011）》，上海社会科学院出版社2011年版。

上海鲁迅纪念馆：《人物类博物馆、纪念馆现状与发展前瞻学术研讨会论文集》，百家出版社2002年版。

《纪念鲁迅定居上海80周年学术研讨会论文集》，上海社会科学院出版社2009年版。

舒芜：《舒芜集》（第四卷），河北人民出版社2001年版。

孙玉石：《〈野草〉研究》，中国社会科学出版社1982年版。

孙玉石：《现实的与哲学的——鲁迅〈野草〉重释》，上海书店出版社2001年版。

孙玉石：《中国现代主义诗潮史论》，北京大学出版社1999年版。

孙逊、杨剑龙：《阅读城市：作为一种生活方式的都市生活》，上海三联书店2007年版。

T

汤锦程：《北京的会馆》，中国轻工业出版社1994年版。

谭君强：《叙述的力量——鲁迅小说叙事研究》，云南大学出版社2000年版。

W

王富仁：《鲁迅前期小说与俄罗斯文学》，陕西人民出版社1983年版。

王富仁：《中国反封建思想革命的一面镜子——〈呐喊〉〈彷徨〉综论》，北京师范大学出版社2000年版。

王富仁：《中国文化的守夜人——鲁迅》，人民文学出版社2002年版。

王国维：《王国维全集》第八卷，浙江教育出版社2010年版。

王尔敏：《近代文化生态及其变迁》，百花洲文艺出版社2002年版。

王凤超：《中国报刊史话》，商务印书馆1991年版。

吴聪萍：《南京1912：城市现代性的解读》，东南大学出版社2011年版。

吴宓：《吴宓日记（1928～1929）（第4册）》，生活·读书·新知三联书店1998年版。

汪晖：《反抗绝望——鲁迅及其文学世界》，河北教育出版社2000年版。

汪晖：《旧影与新知》，辽宁教育出版社1996年版。

汪民安、陈永国、张云鹏主编：《现代性基本读本》（上），河南大学出版社2005年版。

王乾坤：《由中间寻找无限——鲁迅的文化价值观》，陕西人民教育出版社1996年版。

王乾坤：《鲁迅的生命哲学》，人民文学出版社1999年版。

王晓明主编：《批评空间的开创：二十世纪中国文学研究》，东方出版中心1998年版。

王学泰：《游民文化与中国社会》（增修版），同心出版社2007年版。

吴小英：《回归日常生活：女性主义方法论与本土议题》，内蒙古大学出版社2011年版。

汪毅夫：《鲁迅与新思潮——论鲁迅留日时期的思想》，陕西人民教育出版社1996年版。

王瑶：《鲁迅与中国文学》，陕西人民出版社1982年版。

吴俊：《鲁迅评传》，百花洲文艺出版社1997年版。

X

薛绥之：《鲁迅生平资料丛抄》，天津人民出版社1978年版。

夏晓虹：《晚清女性与近代中国》，北京大学出版社2004年版。

解志熙：《美的偏至——中国现代唯美—颓废主义文学思潮研究》，上海文艺出版社1997年版。

许广平：《许广平文集》，江苏文艺出版社1998年版。

许广平：《鲁迅回忆录手稿本》，长江文艺出版社2010年版。

许广平：《欣慰的纪念》，人民文学出版社1981年版。

徐昭武主编：《追寻鲁迅在南京》，中国画报出版社2007年版。

徐麟：《鲁迅中期思想研究》，湖南师范大学出版社1997年版。

徐麟：《鲁迅：在言说与生存的边缘》，山东文艺出版社1997年版。

许寿裳：《挚友的怀念》，马会芹编，河北教育出版社2001年版。

Y

杨洪承：《"人与事"中的文学社群——现代中国文学社团和作家群体文化生态研究》，人民出版社2014年版。

杨洪承：《文学社群文化形态论》，安徽文艺出版社1998年版。

杨东平：《城市季风：北京和上海的文化精神》，新星出版社2006年版。

杨宽：《中国古代都城制度史研究》，上海人民出版社2003年版。

姚霏：《空间、角色与权力——女性与上海城市空间研究（1843—1911）》，上海人民出版社2010年版。

叶中强：《从想像到现场——都市文化的社会生态研究》，学林出版社2005年版。

乐黛云编：《国外鲁迅研究论集》，北京大学出版社1981年版。

乐黛云主编：《当代英语世界鲁迅研究》，江西人民出版社1993年版。

Z

周国伟、柳尚彭：《寻访鲁迅在上海的足迹》，上海书店出版社2003年版。

张娟：《三四十年代上海现代市民小说价值重构》，安徽大学出版社2012年版。

张竞：《鲁迅在广州》，广东人民出版社1977年版。

张克、崔云伟主编：《70后鲁迅研究学人论文集》，上海三联书店2014年版。

张克：《颓败线的颤动：鲁迅与中国文学的现代性》，上海三联书店2011年版。

郑师渠、史革新、刘勇：《文化视野下的近代中国》，中国传媒大学出版社2009年版。

孙瑛：《鲁迅在教育部》，天津人民出版社1977年版。

张鸿雁：《城市形象与城市文化资本论——中外城市形象比较的社会学研究》，东南大学出版社2002年版。

朱崇科：《广州鲁迅》，中国社会科学出版社2014年版。

张福贵：《惯性的终结——鲁迅文化选择的历史价值》，吉林大学出版社1999年版。

张灏：《寻找秩序与意义——危机中的中国知识分子》，高力克等译，山西人民出版社1988年版。

张京媛主编：《后殖民理论与文化批评》，北京大学出版社1999年版。

朱水涌、王烨主编：《鲁迅：厦门与世界》，厦门大学出版社2008年版。

张贞：《"日常生活"与中国大众文化研究》，华中师范大学出版社2008年版。

中山大学中文系编：《鲁迅在广州》（资料专辑），广东人民出版社1976年版。

郑家建：《被照亮的世界——〈故事新编〉诗学研究》，福建教育出版社2001年版。

郑欣淼：《鲁迅与宗教文化》，陕西人民教育出版社1996年版。

周作人：《中国新文学的源流》，华东师范大学出版社1995年版。

周作人：《知堂回想录》，群众出版社1999年版。

周作人：《周作人文类编》，钟叔河编，湖南文艺出版社1998年版。

周作人：《鲁迅小说里的人物》，北京十月文艺出版社2013年版。

朱光潜：《朱光潜全集》，安徽教育出版社1987年版。

朱维铮：《音调未定的传统》（修订版），浙江大学出版社2011年版。

国外学术论著译本

日本

北冈正子：《摩罗诗力说材源考》，何乃英译，北京师范大学出版社1983年版。

柄谷行人：《日本现代文学的起源》，赵京华译，生活·读书·新知三联书店2003年版。

山田敬三：《鲁迅世界》，韩贞全、武殿勋译，山东人民出版社1983年版。

斯波义信：《中国都市史》，布和译，北京大学出版社2013年版。

藤井省三：《鲁迅比较研究》，陈福康编译，上海外语教育出版社1997年版。

藤井省三：《鲁迅〈故乡〉阅读史——近代中国的文学空间》，董炳月译，新世界出版社2002年版。

丸山真男：《日本政治思想史研究》，王中江译，生活·读书·新知三联书店2000年版。

丸尾常喜：《"人"与"鬼"的纠缠——鲁迅小说论析》，秦弓译，人民文学出版社1995年版。

伊藤虎丸：《鲁迅、创造社与日本文学：中国近现代比较文学初探》，孙猛等译，北京大学出版社1995年版。

伊藤虎丸：《鲁迅与日本人——亚洲的近代与"个"的思想》，李冬木译，河北教育出版社2002年版。

竹内好：《鲁迅》，李心峰译，浙江文艺出版社1986年版。

竹内好：《从"绝望"开始》，靳丛林译，生活·读书·新知三联书店2013年版。

竹内实：《中国现代文学评说》，程麻译，中国文联出版社2002年版。

植村邦彦：《何谓"市民社会"——基本概念的变迁史》，赵平等译，南京大学出版社2014年版。

法国

加斯东·巴什拉：《空间的诗学》，张逸婧译，上海译文出版社2009年版。

列斐伏尔、赫勒：《让日常生活成为艺术品——列斐伏尔、赫勒论日常生活》，陈学民等编，云南人民出版社1998年版。

弗朗索瓦·于连：《迂回与进入》，杜小真译，生活·读书·新知三联书店1998年版。

德国

本雅明：《巴黎，19世纪的首都》，刘北成译，上海人民出版社2006年版。

恩格斯：《论住宅问题》，《马克思恩格斯选集》第3卷，人民出版社
1995年版。

弗里德里希·席勒：《审美教育书简》，冯至、范大灿译，上海人民出版
社2003年版。

黑格尔：《精神现象学》，贺麟、王玖兴译，商务印书馆1979年版。

黑格尔：《历史哲学》，王造时译，上海书店出版社2001年版。

黑格尔：《法哲学原理》，范扬、张企泰译，商务印书馆1961年版。

卡尔·曼海姆：《文化社会学论集》，艾彦、郑也夫、冯克利译，辽宁教
育出版社2003年版。

卡尔·雅斯贝斯：《时代的精神状况》，王德峰译，上海译文出版社2003
年版。

康德：《实用人类学》，邓晓芒译，上海世纪出版集团2005年版。

海德格尔：《存在与时间》，陈嘉映、王庆节译，生活·读书·新知三联
书店1987年版。

马丁·海德格尔：《海德格尔选集》，孙周兴选编，上海三联书店1996年
版。

马克斯·韦伯：《非正当性的支配——城市的类型学》，康乐、简惠美
译，广西师范大学出版社2005年版。

尼采：《历史对于人生的利弊》，姚可昆译，商务印书馆1998年版。

尼采：《苏鲁支语录》，徐梵澄译，商务印书馆1992年版。

尼采：《论道德的谱系·善恶之彼岸》，谢地坤等译，漓江出版社2000年
版。

马克斯·韦伯：《新教伦理与资本主义精神》，于晓等译，生活·读
书·新知三联书店1987年版。

西美尔：《时尚的哲学》，费勇等译，文化艺术出版社2001年版。

西美尔：《货币哲学》，陈戎女等译，华夏出版社2002年版。

西美尔：《金钱、性别、现代生活风格》，刘小枫编，顾仁明译，学林出

版社2000年版。

西美尔：《金钱、性别、现代生活风格》，刘小枫编，顾仁明译，华东师范大学出版社2010年版。

奥斯瓦尔德·斯宾格勒：《西方的没落》，齐世荣等译，商务印书馆1991年版。

美国

白馥兰：《技术与性别：晚期帝制中国的权利经纬》，江湄、邓京力译，江苏人民出版社2006年版。

本尼迪克特·安德森：《想象的共同体》，吴叡人译，上海人民出版社2003年版。

丹尼尔·贝尔：《资本主义文化矛盾》，赵一凡等译，生活·读书·新知三联书店1989年版。

费正清、刘广京编：《剑桥中国晚清史》（下卷），中国社会科学院历史研究所编译室译，中国社会科学出版社2006年版。

刘禾：《语际书写——现代思想史写作批判纲要》，上海三联书店1999年版。

黄仁宇：《中国大历史》，生活·读书·新知三联书店1997年版。

李欧梵：《铁屋中的呐喊》，岳麓书社1999年版。

李欧梵：《上海摩登：一种新都市文化在中国（1930—1945）》，毛尖译，北京大学出版社2001年版。

余英时：《中国思想传统的现代诠释》，江苏人民出版社1998年版。

余英时：《士与中国文化》，上海人民出版社2003年版。

余英时：《现代危机与思想人物》，生活·读书·新知三联书店2005年版。

理查德·利罕：《文学中的城市——知识与文化的历史》，吴子枫译，上海人民出版社2009年版。

列文森：《儒教中国及其现代命运》，郑大华、任菁译，中国社会科学出版社2000年版。

刘易斯·芒福德：《城市发展史》，宋俊岭、倪文彦译，中国建筑工业出版社2005年版。

刘易斯·芒福德：《城市文化》，宋俊岭等译，中国建筑工业出版社2009年版。

罗尔·帕特曼：《性契约》，李朝晖译，社会科学文献出版社2004年版。

卢汉超：《霓虹灯外——20世纪初日常生活中的上海》，段炼、吴敏、子羽译，上海古籍出版社2004年版。

马泰·卡林内斯库：《现代性的五副面孔》，顾爱彬、李瑞华译，商务印书馆2003年版。

斯坦利·罗森：《启蒙的面具》，吴松江、陈卫斌译，辽宁教育出版社2003年版。

史书美：《现代的诱惑：书写半殖民地中国的现代主义（1917—1937）》，何恬译，江苏人民出版社2007年版。

塞缪尔·P.亨廷顿：《变化社会中的政治秩序》，王冠华等译，生活·读书·新知三联书店1989年版。

周策纵：《五四运动史》，岳麓书社1999年版。

周策纵：《五四运动：现代中国的思想革命》，周子平等译，江苏人民出版社1996年版。

R.E.帕克、E.N.伯吉斯、R.D.麦肯齐：《城市社会学——芝加哥学派城市研究》，宋俊岭等译，华夏出版社1987年版。

英国

迈克·克朗：《文化地理学》，杨淑华、宋慧敏译，南京大学出版社2003年版。

迈克·费瑟斯通：《消费文化与后现代主义》，刘精明译，译林出版社

2000年版。

玛丽·塔尔博特：《语言与社会性别导论》，艾晓明等译，华中师范大学出版社2004年版。

诺曼·费尔克拉夫：《话语与社会变迁》，殷晓蓉译，华夏出版社2003年版。

亚当·斯密：《国富论（精华本）》，陈建平编译，中国商业出版社2009年版。

齐格蒙特·鲍曼：《现代性与矛盾性》，邵迎生译，商务印书馆2003年版。

捷克

雅罗斯拉夫·普实克：《普实克中国现代文学论文集》，李燕乔等译，湖南文艺出版社1987年版。

加拿大

巴巴拉·阿内尔：《政治学与女性主义》，郭夏娟译，东方出版社，2005年版。

鲁迅与20世纪中国研究丛书

后　记

　　本书是国家社会科学基金重大项目"鲁迅与20世纪中国研究"的子课题之一。经过课题组全体成员近三年来的努力，现在基本完成了预设的研究目标。有关本书的写作思路和一些研究追求，在书中"旨趣"和"结语"部分已经有较为详细的说明，这里不赘言了。最后，还想再啰唆几句的是，在课题组一次次讨论和交流的过程中，我们面对这样一个极有挑战性的话题，大家既有着碰撞而形成的应对共识，又有着一直难以摆脱的一些困惑，如：究竟以何种方式叙述和总结鲁迅对当代文化，乃至对社会发展的各个方面现代化进程的深远影响？文学家、思想家、革命家、"五四"新文化运动主将，这些融为一体的鲁迅，作为文化资源的存在，究竟应该从怎样一个最佳视角获取鲁迅精神、思想、文化的真正精髓，给当代文化建设提供最为有效的和厚重的文化财富？我们面对的"中国都市化进程"这一社会发展和文化建设扭结的典型形态，它应该不只是地理概念的历史现象，它既是鲁迅文化资源的载体，又是当下社会生活现代性演进最为重要的存在。为此，我们确立了本课题着重探寻的三大研究取向：鲁迅的创作与20世纪中国都市社会生活的关系；鲁迅对20世纪中国都市社会生态、都市化进程的作用和内涵考辨；鲁迅逝世后鲁迅文化遗地对鲁迅思想文化资源的继承与使用。这些不仅仅是我们研究问题的基点和向度，而且也是我们不断讨论深入理解课题精神内涵的中心问题。我们面对课题研究始终有着一种"悖论的张力"之诱惑，同时又有无法完全穷尽探究其思想和精神奥秘的困惑。

其一，鲁迅创作文本世界和其生活中的人与事，及"20世纪中国都市社会生活"是我们研究依据的两个重要对象，其相互关系的阐释应该指向鲁迅文化资源如何作用影响现当代中国都市化的内在理路，但是理论预设的意义与鲁迅的实际并不完全吻合，往往使得我们陷入一种研究的"焦虑"。我们尊重研究对象，一切从鲁迅本体和创作出发，细读文本和考辨其历史文献，发现鲁迅创作中的都市镜像、性别视角、文体自觉等；而生存于都市公共空间里的个体的职业、交际与群体的社团、媒介的复杂纠缠，不乏一个"人与城"的模糊雏形，抑或呈现出现代都市生成的市民形态和其发展的演进路径、文化轮廓。可是，再仔细面对现代都市最为本质的市民文化形态、都市经济的商业消费、文明进化程度等重要特征和标识，似乎又并不那么令人折服地可以直接在鲁迅身上找到准确的答案。阐释包孕着想象与思考，自然是一个自圆其说的求证过程。我们在鲁迅与20世纪中国都市社会生活关系中的阐释，的确又是充满着困惑和矛盾的探索过程，其中的梳理和陈述不免有许多不尽如人意之处，权当一个尝试，或曰提供一个可批评的话题吧。这是课题研究后的感受之一。

其二，考察鲁迅对20世纪中国都市社会生态、都市化进程作用和内涵，无疑是本课题研究的最重要旨归。我们一方面沿着上述鲁迅实实在在的由乡村到都市的行踪，一篇篇创作文本的写作路向，寻求其两者之间的关系；另一方面也努力超越实体的鲁迅，探寻精神鲁迅与20世纪中国都市社会具有的精神命题同构之关系。我们对精神鲁迅的探寻可以说一直没有停止过，如同对中国都市社会形态的现代性追问一样。但是，很长时间以来，由于历史进化、因果律及其意识形态规约，乃至文化传统潜在作用等思维惯性，我们考量精神鲁迅是有一定限度的，都市社会形态发展的必然性、规律性历史演进叙述成为主流。为此，课题研究的深化，就在于在"乡村与都市""游民与市民""市井与日常生活""市民社会与文化精神"等一系列互为对应的思想精神命题上提问，并且试图深入其中回答它们究竟如何与鲁迅发生关联，什么才是最为贴近鲁迅精神本真的还原和思考。我们更加注重鲁迅与20世纪都市社会关系中的历史场域多重线索和诸种作用力，创作世界中的内部结构形式、丰富复杂的形态与文化语境的关联，人与事发生发展中最为重要的各种心理功能的影响。不是预设性地简单肯定和否定鲁迅身上强烈的社会批判意识，或拔高其对现代都市文明的前瞻性。不过，我们在小心审理历史中客观与主观交错的多元形态和互相纠缠的矛盾线索中，时而被约定俗成的既有历史观念所限定，时而又被沉浸于某种体验的情感偏向所拖累。因此，课题中关于鲁迅的这些阐释在理论和实践上努力超越前人研究的积极追求，引发出一些有意义有启发性的认知，自然多少也有着深刻的片面性，吸收新理论拓展视野过程中尚需要进一步完善的一些学理性问题。

其三，后鲁迅时代与20世纪中国都市现代化进程的当代性考察，是我们课题研究试图努力的又一个重要途径。最初设想是侧重当代城市建设中鲁迅文化遗地对鲁迅思想文化资源的继承与使用所呈现的城市活力之调查。现代化大都市如何借鲁迅完成由文学中的城市想象到现代化城市建设中的文化传播之过程，可以说折射出了20世纪中国社会最重要的文化历史变迁，也积极影响着21世纪中国人精神的面相与其生活的幸福指数。20世纪的中国社会与鲁迅应该不只是在经验叙述层面的命题，很大程度上，它是一个被赋予现代意义的"鲁迅与都市"，是一种历史进程中精神生活实践的现代性症候和积累。无论精神象征的鲁迅还是物化或地域化的城市文化地标，都有着各自变动不居的"经验"和"想象"。21世纪的今天，中国人现代性的想象里有着"鲁迅与都市"命题的衍生和变形，我们见到了诸多城市鲁迅物质和非物质遗产的文化想象和文化地标，传达的不只是鲁迅精神鲜活的存在，更是一个城市不断发展的文化欲望。基于此，立足空间视域审视作为文化符号的鲁迅博物馆、纪念馆在当下城市建设和发展中的多义功能和作用是我们乐意尝试的；也选取特殊城市北京和南京的鲁迅博物馆、纪念馆建设轨迹加以细致梳理。客观说，这一实际的努力由于多种主客观的原因，现在完成的内容与期望达到的目标尚有一定的距离。鲁迅的文化遗留是打造当代城市精神的重要资源和民族国家建构中深具现代化意义的重要载体。在日益发展的当代中国城市文化建设中，我们需要继承和吸收多元而丰富的文化资源，这其中鲁迅文化资源的引领和介入，将是最有现代性意义的精神财富。我们初涉此深广的文化领域，愿意创造一个学术空间，以期更多同道者的关注和批评。

我们最终将课题形成了这样一部学术著作，虽然是并不厚实的小册子，但是课题组全体成员已经尽了自己的努力。课题组具体的写作分工，张克博士除了承担本书的导言（第二、三、四节）与第二、三、四、八、九章写作任务外，还参与了全书的整体统稿工作；张娟博士承担了本书的导言第一节，与第一、五、六、七章的写作任务；钱旭初教授承担了本书的第十、十一、十二、十三章的写作任务。杨洪承主持全书整体的研究工作，确定课题整体研究思路和写作纲目，并多次组织课题组围绕各自的写作任务进行学术交流讨论，凝聚大家的智慧，及时发现和指导写作中的学术问题，对各章节初稿修改调整，最终对全书进行了统稿。课题完成的过程中，十分感谢《鲁迅研究月刊》《江苏社会科学》等期刊给予的大力支持，他们积极提供版面，先期发表了多篇课题的阶段性成果。这对青年学者有着很大的学术鼓舞。该课题的顺利完成，还特别要感激国家社会科学基金重大项目首席专家谭桂林教授给予的最大学术信任和无私支持。无疑，该著作是大家在学术上共同追求的成果。在此，向所有与课题工作相关的、一直默默关心和支持的同人，表示真诚的谢意！

杨洪承

2016年3月10日